經典增修版

The Book of Lost Things

失物之書

約翰・康納利 John Connolly 著　　謝靜雯 譯

各界好評

這本精采的成長小說讓人汗毛直豎。

——《鏡報》

現實與虛幻世界如此交融不分，《失物之書》直叫人不寒而慄。

——《每日快報》

康納利直接踏進施了咒的森林裡，沿著林間蜿蜒路徑所走出的旅程，跟格林兄弟構思出來的內容同樣險惡又令人忐忑……康納利掌控這個素材的手法非凡；緊張、恐怖、黑色幽默，讀來扣人心弦。這個寓言體成長故事靈巧展現了如何運用傳統故事來反映我們世界時而無情殘酷的議題。

——《每日郵報》

透過出色想像力所寫出的動人寓言，談的是失落的苦悶，以及青少年時期的苦痛。

——《時代》

這本成人小說深受兒童文學的影響，很有技巧、具說服力，讓身處一九四〇年代的少年主人翁對某些局勢一無所知，而這些局勢是成人讀者或任何處於現代社會的小孩立即心領神會的。《失物之書》以清晰且引人入勝的方式寫成，延續自詹姆斯．馬修．巴利（《彼得潘》作者）至C．S．路易斯（「納尼亞傳奇」作者）最棒的英國童話傳統，是一本迷人、魔幻、設想周全的書。

——《獨立報》

老童話的新詮釋，想像力豐富，寫來優美動人。

——美國圖書館協會刊物《選擇》

康納利讓自己的想像力盡情馳騁，創造了一個近乎魔幻的世界，以簡練、優雅十足的散文風格，將這個世界描寫得栩栩如生。

——《愛爾蘭獨立報》

《失物之書》奇特、怪誕又富人性，結局極具詩意。

——《愛爾蘭時報》凱文．史維尼

本書的寫作風格簡約、優雅、老式，而且撼動人心……一個緊扣心弦、無情又憂鬱的故事。

——都柏林《週日論壇報》

《失物之書》緊抓惡夢的滑溜表面……機智、懸疑又可怖。

——《RTE指南》

筆鋒遒勁、力道十足的作家。讀這本書的時候，我背脊直發冷。這本書真不可思議。

——傑佛瑞．狄佛（Jeffery Deaver，《石猴子》作者）

這本書謹獻給成年人珍妮佛・里得亞（Jennifer Ridyard），以及就要成年的卡麥隆・里得亞（Cameron Ridyard）與亞禮思德・里得亞（Alistair Ridyard）。

每個大人心裡都住著一個孩子，而每個小孩心裡，都有個未來的成人靜靜等候。

與人生教導我的大道理比起來，童年聽過的童話故事蘊含了更深的意義。

——席勒（1759-1805）

你想像所及的一切都是真的。

——畢卡索（1881-1973）

目錄

中文版作者序

親愛的讀者：

此刻你手裡正捧著《失物之書》。可能是你買來的，或是借來的，要不也許是偷來的——這麼做可能沒什麼好處，也不大妥當。如果你是光明正大拿到這本書，那麼，謝謝你。如果你捧著這本書，正在考慮到底買或不買，那麼讓我先跟你提提這本書的二三事。

這本書是我最私密的作品，講一個少年的故事：他在母親去世後相當悲慟，便遁入由書本與故事構成的世界裡，特別是他熟知且熱愛的童話故事。這些故事具有普世價值，多數由格林兄弟在十九世紀的歐洲首度結集付梓。格林兄弟寫道，同一個故事在不同的社會與不同的時代會衍生出不同的版本。比方說：中國和歐洲都有灰姑娘的故事。儘管有文化差異，不同版本的故事卻有驚人的相似之處，但同時也有令人回味無窮、常是一針見血的差異。

當我還是個孩子，我透過書本的三稜鏡來觀看世界；從小說與故事裡學得的事情，令我在童年與成年時期受益無窮。我們這些喜愛書本與閱讀的人都會有這種體驗：某個故事使我們改頭換面，閱讀的經驗稍微改變了我們對世界的觀感。這正是《失物之書》的主角大衛所經歷之事，也是我希望讀者閱畢此書後所產生的體驗。

《失物之書》是爲成人寫的書，探討的是童年。沒錯，年少的讀者可以拿來看，而且我希望這些讀者也會喜歡。不過，蘊含在書裡的失落感，以及結尾所傳達的希望，恐怕僅有成人才能領會。事情合該如此。人生有漫漫時間可透過種種磨難來教導我們；童年卻該有自己天眞與平安的時刻。

《失物之書》能譯成中文出版，我既開心也覺得受寵若驚。不論是你自己挑這本書來讀，或有其他原因促成，我祝你開卷愉快，盼望人生對你溫柔以待。

約翰・康納利

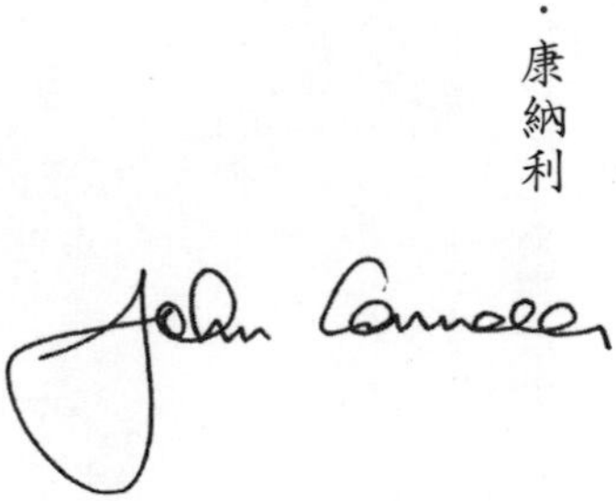

導讀

「很久很久以前……」，那裡藏著我們的創傷與恐懼

文◎劉鳳芯

（……）我感受到童話保護著我，與我聯手抵禦這場混沌；童話故事助我克服恐懼，不受侵擾，特別當外在危險和周遭人們的焦慮持續不斷時。比之眼下混沌，童話就像立足在更高更有力的位置，替我指引出事件的結構與事件彼此間的關連性——在童話事件中，邪惡確實存在，但絕不會持久。

——心理治療師 Ingrid Riedel, 1978

二戰期間，我父親常常大聲朗讀格林童話給我們聽，那是非常美好的經驗。

——英國插畫家 Corinna Sargood, 1998

以上兩段回憶，內容都關於童話。首段是猶太籍心理治療師 Ingrid Reidel 回憶在納粹大規模征討歐洲期間，童話如何扮演心理抗禦機制，幫助年幼的她克服恐懼。而從第二段的現身說法中，我們再次見證童話如何在一個插畫家的戰爭童年時光追憶中，扮演著安定的力量。

那些或轉述於鄉野林間、或織就於紡車機旁、或燃興於壁爐火尖，經由不斷口耳相傳流傳至今的經典童話內容，向被視爲常民對自然、對人禍的創傷紀錄與恐懼反映。殊不見韓賽爾與葛瑞特的糖果屋探險背後，含藏著多少兒童擔心遭到父母遺棄、甚或遭遇食人魔的巨大恐懼；而〈美女與野獸〉之所以迷人，也因著女主角面對野獸的掙扎與不安，正道出許多夫妻年齡差距懸殊的媒妁婚姻中，驚恐女性伴侶的心聲。但在這些含藏驚懼與創傷的經典童話中，奇想的元素與綺麗的情節，卻又使童話故事聽來、讀來都叫人炫迷神往。

一向走謀殺、驚悚、懸疑寫作路數的愛爾蘭裔當代小說家約翰．康納利在其二〇〇六年改變文風的代表作《失物之書》中，便運用童話來表現和詮釋一個受創的童年。書中十二歲的敏感英國男孩大衛，甫經喪母，已夠悲傷難當，豈料父親旋又另組新家，大衛被迫接受後母和即將降生的新弟弟。而大衛在面臨個人與家庭的巨變之中，還需躲避二戰威脅，舉家被迫離開倫敦，避居鄉下。由於大衛母親生前即喜閱讀格林童話，外加大衛房內環壁眾書總是隱隱作聲，使得這位在現實世界已臨界悲傷絕望極限的男孩，終於在德軍轟炸機墜落他家花園、常春藤的捲鬚爬進他的房間，象徵他個人與家庭私領域最後一方空間都遭受戰爭無情舔蝕、都受外人無義入侵的那天晚上，在逝母與故事的不斷召喚下，像愛麗絲爲追索帶著懷錶的白兔而一腳踱／墮入地洞那般，穿過地底花園，走入一則又一則的童話。緊接著，大衛又像《綠野仙蹤》的陶樂絲那般，踏著尋母的黃磚道，在守林人和騎士的先後相伴之下，意欲尋得國王，親見《失物之書》，以解母親所在之謎。當然，康納利筆下這位較之愚懦的奧茲大王不相上下的國王，並無法替大衛解惑，然大衛一路上在各個經作者新詮的童話中所經歷和學到的，卻提供大衛更穩重的個性、更成熟的心態，面對離別和心傷。書中男孩大衛終蛻變爲男性，而故事結尾，也一如所有童話故事般，有了圓滿收場。

《失物之書》是一本以童話架構來解釋童話意義的書，也是一本童話故事大會串。書名具有多重指涉，童話故事懷藏人們的創傷、恐懼與失望，因此這本經典童話的合集，名副其實就是一本失落集；而童話閱讀在當代幾乎與兒童讀者緊密相連，因此像康納利這般的成人回頭拔擢故事、新詮童話，又或者像大衛這類年屆青春門檻之際的少年，迴身轉進童話，既是一種對於童年的回望，也是一種對於童年曾經失落經驗的重構與撫慰，以便再出發。

（本文寫於二〇〇七年，作者為國立中興大學外文系專任副教授）

導讀

關於成長、回家以及《失物之書》種種

Of Growing Up, Coming Home, and the Book of Lost Things

文◎譚光磊

【內文涉及劇情】

二〇〇六年十月二十五日下午一點三十分，我看完愛爾蘭作家約翰．康納利的《失物之書》。我朗聲唸完最後一章，倒數兩段尤其讓我濕了眼眶：「一生的時光在此地只不過是一瞬間，而人人皆能依夢想打造自己的天堂。因爲所有失落的全已再度尋回，大衛於是在那片黑暗中闔上雙眼（For a man's lifetime was but a moment in that place, and every man dreams his own heaven. And, in the darkness, David closed his eyes as all that was lost was found again.）。」

由於工作使然，閱讀過程中我不斷試圖尋找一個強而有力的行銷語句，可以簡潔準確說出本書特點，勾起讀者興趣。例如「黑暗版《說不完的故事》」，或者「泰瑞．吉利安（Terry Gilliam）的『神鬼剋星』如果沒拍爛，就會是《失物之書》」，我也想到尼爾．蓋曼的《星塵》和凱斯．唐納修《失竊的孩子》。更別提去年橫掃西班牙影壇，拿下多項奧斯卡大獎的「羊男的迷宮」，也同樣是戰爭背景的成人童話，用奇幻想像映襯現實的苦難和恐懼。

然而這一切終歸徒勞。援引再多的經典名作、暢銷大書來比較，也沒法把《失物之書》最迷人之處說得眞切。故事裡有精采的童話新詮：狼人是小紅帽和大野狼的後代，七矮人是受壓迫的勞工階級，白雪公主是又醜又肥的惡婆娘，詩人布朗寧筆下的騎士羅蘭則成了尋找戀人的被放逐者；關於少年成長的永恆議題，從孩子到成人的蛻變，童年的終結、兒童的殘酷本質；父親形象的百般變貌，母親死亡的巨大創傷，繼母角色的邪惡與否，當然還有最經典的英雄冒險原型——離開本來世界，前往超自然的領域，與惡夢和恐懼化身交戰而後歸返。

但這些特點仍顯得繽紛撩亂，仍然說不出《失物之書》最根本核心的東西。那也許就是，我在閱讀過程中，找回了小時候看故事書想要一頁頁往下翻的美好感覺。那是一種很單純的欲望，不受任何世故或價値沾染。這樣的經驗已經離我好遠，以致於起先還辨認不出，啊，原來那就是遺失的童年的美好。

＊＊＊

《失物之書》是一個關於成長和回家的故事。康納利化身睿智的說書人角色，娓娓道出主角的冒險歷程：很久很久以前，一個名叫大衛的英國男孩死了母親，他哀傷欲絕，遂在母親生前最喜歡的童話故事裡尋找慰藉。那時歐陸戰火方起，納粹的轟炸行動不斷，大衛的同齡朋友紛紛撤離倫敦，他也和父親避居鄉間。然而父親愛上了曾照顧亡妻的護士羅絲，再婚後生下男孩喬奇，一家四口住在羅絲祖傳的鄉間古宅。大衛討厭新媽媽新弟弟，更覺得父親不該移情別戀。他開始聽見架上的書本悄聲低語，還會突然暈眩昏厥，醒時依稀記得一個異於現實的天外國度。

一日，大衛與羅絲爆發劇烈口角，被父親關禁閉。他在古書話語的引領下，走向墜毀後院的納粹轟炸機，再睜開眼，已經置身另一個時空。高大的守林人帶他穿越森林，走過迷途孩童死後長出的人面花叢，衝破凶殘的狼群，抵達外面插滿金屬利刃的小屋。守林人說，很久很久以前，有一個聰明美麗的紅衣女孩常穿越森林，前去探望祖母，她因爲太過聰明，村裡的男人都看不上眼，卻在森林漫步時瞥見英挺的公狼，並且馴服了牠。後來她和公狼生下半人半狼的後代，這就是兼具人類智慧和狼族獸性的人狼「路波」的由來……

大衛一心只想回家，於是守林人帶他東行。相傳城堡裡的國王有一本神奇的「失物之書」，收盡天下所有魔幻事物，肯定能助男孩回家。但是國王年老力衰，已經無法掌管國家，路波首領「王者勒華」想要取而代之，號召各方狼族大軍，浩浩蕩蕩向城堡開拔。同時，穿梭於兩個世界的駝背人陰魂不散，宣稱只要大衛拿弟弟來交換，就可以回家，母親也會死而復生。

男孩歷經千辛萬苦，破解把守橋梁的洞穴巨人「鯤爾」的謎題；遇見挖鑽石礦卻備受欺壓的無產階級勞工七矮人，見識白雪公主的蠻橫潑辣；遭女獵人追捕，差點被動手術改造成人頭狐狸身的怪物；後來又與遭流放的騎士羅蘭結伴而行，目睹屍橫遍野的落日沙場，協助小村莊對抗蟄伏甦醒的恐怖巨蟲。

可是旅行的終點在哪裡？母親是否受困於這個變調童話的陰陽魔界？駝背人眞正的目的又是什麼？走向故事的終局，騎士能不能找到他的失蹤戀人？大衛願不願意出賣弟弟換取歸鄉之路？

＊＊＊

我初次意識到長大這回事，是在唸大學的時候。或者該說，沒有長大這回事。原來所謂的長大成人，並無界定清楚的分野：跨越此線者謂之成年，今後懂得一切人情世故，從職場應對到修理家中水電；未跨過者請耐心等待，你的時候還沒到。

也許這就是成長故事永恆的魅力所在，正如康納利所言：「每個大人心裡都住著一個孩子；而每個小孩心裡，都有個未來的成人靜靜等候。」我們永遠在學習、永遠在摸索。沒有「一夜長大」這回事：長大是一種延續終生的狀態；是一種自由和解放，從今以後只對自己負責。

朋友笑我代理的幾本大書都與「孩子」脫不了關係，不是《追風箏的孩子》，就是《不存在的女兒》，甚至還有《失竊的孩子》。如今又有《失物之書》。一個又一個的成長故事，引起了成千上萬的讀者共鳴。爲什麼？是我們看到了心裡的那個孩子，還是我們迫不及待想要變成心裡那個成人？

《失物之書》的最精妙之處，在於康納利賦予了成長故事一個嶄新面貌，在敘述大衛冒險的過程中，他運用我們再熟悉不過的共通故事，揉合、重塑、拼貼成爲屬於他自己的想像國度。男孩歷劫歸來，應該才要開始躋身成人世界，作者卻只用了一章，就寫盡了人生果眞「充滿了大悲大痛和無窮喜樂，受苦與懊悔、勝利與滿足」。當故事終了，垂垂老矣的大衛在父親眼中仍是一個孩子。大人與小孩一體兩面的隱喻，在此達到完滿。

＊＊＊

第一次見到《失物之書》，是在去年倫敦書展。那年書展首次離開市中心，轉往東區碼頭邊的新場地，號稱設備好、地方大。所有人都抱著期待，甘願每天搭地鐵再轉輕軌，到海風狂嘯的城郊朝聖，沒想到是一場災難：動線混亂、空調過強、廁所太少且遙不可及，餐飲攤大排長龍，抱怨聲不絕於耳。就在這樣的兵荒馬亂之中，我經過康納利的出版社 Hodder & Stoughton 攤位，看到一排排《失物之書》的試讀本放在架上。

黑色書皮，紅褐色的書背，皮革質感，與後來正式版的剪影風格截然不同。我拿了幾本帶回臺灣，準備做爲日後宣傳之用。現在回想起來，當時試讀本尚未變成臺灣書市的宣傳「標準配備」，長篇小說的熱潮也還沒正式揭幕。在國外拿到《失物之書》的試讀本，頗有幾分預示的味道。

回臺灣後不久，經紀人艾瑪．懷特就寄來了完整書稿，但我一直放著沒動。直到半年後的法蘭克福書展，她又給我一份《失物之書》的行銷計畫，我一看就驚爲天人。出版社清楚勾勒出本書的讀者定位，從長程的作家品牌戰略到短程的逐月操作戰術，既富巧思又結構縝密。康納利親自爲書中每一則童話撰寫解說，有如ＤＶＤ精采的幕後花絮或導演講評，洋洋灑灑幾萬字都收錄在《失物之書》的專屬網站上。

十一月，我賣出中文版權，共有十六家出版社表示興趣，十家參與競標，整個過程只能用驚心動魄來形容。出價最高的四家出版社分別提出行銷企畫，我和艾瑪接連幾天打國際電話討論，終於決定《失物之書》花落麥田。

＊＊＊

今年暑假，康納利的英國出版社替他安排了一場東南亞的巡迴行程，到香港、新加坡等地宣傳新書，正好碰上《失物之書》中文版問世。眼見機不可失，麥田自然就把他請來了臺灣。可是康納利預定行程結束的時間和中文版推出日期有一段差距，而他連續三個月英國、美國和東南亞宣傳下來，實在是離家太久，很想趕快回愛爾蘭。出書檔期只好再三調整，總算敲定了他七月下旬的訪臺時間。

五月底，《失物之書》的準備工作進行得如火如荼，我飛往美國參加書展。幾年下來，我已經很習慣獨自出國，也以爲自己很豁達，只要帶著電腦就無處不可以爲家。可是面對長達三週的行程，我竟然想家想得厲害，還沒出發就開始相思氾濫：想念食物的氣味、朋友的歡談、城市的景色，甚至只是熟悉的文字和語言。

我在雨季中回到臺北，出版社也開始最後的聯繫工作：排行程、訂旅館、安排訪問、書店簽售還有洗塵接風。我看到康納利在部落格上寫著美國宣傳種種，他自己搭飛機從都柏林到倫敦轉機再到費城，進海關就被刁難（帶著三百張小說配樂光碟卻被當成走私盜版），租車開到下榻旅館，立刻又要趕赴書店進行活動，現場還可能冷冷清清。這哪是什麼光鮮亮麗的明星巡迴？沒有公關簇擁保全相隨，還得自己駕車往返，搭機橫跨一整個大陸。我突然有點明白他爲什麼想家了。

《失物之書》講的不也是一個回家的故事？從倫敦老家到鄉間（羅絲的）莊園，再到童話風景的異鄉，不論穿越的是崇山峻嶺還是奇幻王國，大衛渴望與父親重聚。城堡裡的國王再也不能回家，他的「失物之書」是童年記憶的碎片，一個未竟之夢的可悲補償。我們都想回到那個熟悉的地方。

在我回家後不久，在康納利回家前夕，經過十個月的醞釀，《失物之書》中文版就要問世。願它在中文的世界裡，在這塊曾是異鄉的土地上，找到一個家。

（本文寫於二〇〇七年，作者為光磊國際版權公司負責人）

1
所有尋得與失落的

很久很久以前（故事都該這樣開場），有個男孩失去了母親。

事實上，所謂「失去」的過程相當漫長。奪去他母親生命的病，像個賊兮兮、怯生生的東西，從內裡悄悄慢慢啃齧，緩緩耗盡裡頭的光亮。隨著時間一天天過去，母親的雙眼日漸黯淡，膚色愈趨蒼白。

老天一點一滴將他母親偷走，令他愈來愈怕完全失去母親的那一天。他要母親留在身邊。他沒有兄弟姊妹；雖說也愛父親，但老實講，更愛母親，實在無法想像沒有母親的日子。

這男孩名叫大衛。他做盡一切，只希望能讓母親活著。他祈禱。他盡量聽話，以免母親得爲他犯的過錯受罰。他在屋裡躡手躡腳，盡力不發出聲響，跟玩具兵玩戰爭遊戲時也會壓低音量。他作息固定並努力遵守，因爲他相信母親的命運跟自己的行爲息息相關。下床時，總讓左腳先著地，才放下右腳。刷牙時，總是數到二十，次數一滿就立刻停下不刷。碰浴室水龍頭與屋內門把時，總要固定碰滿幾次：奇數很不好，偶數就不打緊，二、四、八特別討

喜，但是他不喜歡六，因爲六是三的兩倍，而三又是十三的個位數。十三眞的很不祥。

如果頭撞上了什麼，爲了維持偶數原則，他就會多撞一回——偶爾還得反覆撞個幾次，因爲頭要不是碰壁反彈，亂了次數，就是因爲頭髮不如願地掃掠過牆。他撞得那麼用力，頭殼也疼了，暈眩欲吐。在母親病最重的那一整年，他每天早上起床後的第一件事，就是把同樣的東西從自己的臥房搬往廚房，晚上睡前再全搬回臥房，包括：一冊小開本格林童話選集、翻得老舊折角的《磁力》漫畫集①；童話集還得精確擺在漫畫本正中央。晚上，兩本書的側邊要緊靠臥房地毯一角安放；一到早上，則擺到廚房裡他最愛的那張椅子上。藉著這些方法，大衛就能出些心力，幫助母親活下去。

每天放學後，大衛便坐在母親的床沿陪伴，趁她體力夠的時候聊聊。其他時候就只能看著母親睡，數算她費勁呼吸所發出喘吁吁的聲音，用念力要她待在自己身邊。他常隨身帶本書，母親若醒著，頭痛又不厲害，就會要他高聲朗讀。母親有她自己的書，都是些傳奇小說、推理故事、密密麻麻滿是小字的厚重黑皮小說。不過，她比較喜歡大衛唸一些老一點兒的故事聽，像是神話、傳說，或是童話。那些故事有城堡、有冒險遠征的主角、會說人話的猛獸。大衛不反對。雖然十二歲已經不算是小孩了，他依舊喜愛這些故事，更何況唸這些故事能讓母親開心，也就讓他多愛一分。

母親患病前，常告訴他「故事有生命」，但故事的生命跟人或貓狗的生命不一樣。不管留不留神，人還是活得好端端的；狗兒如果覺得乏人關注，通常就會拚命引起注意；貓咪若一時興起，還會假裝人根本不存在——這點牠們可拿手了。

故事可不一樣：人說故事，故事才會活起來。要是沒人高聲誦讀，沒人躲在毯子底下、就著手電筒光，睜大了眼專注閱讀，那麼在我們的世界裡，故事就不存在了。故事好似啣在鳥喙裡的種子，等候落地入土；像樂譜上的音符，渴望樂器將其帶進世間。故事潛伏靜待，期盼現身的時機。一旦有人閱讀，故事就開始變化，在想像力中生根，讓閱讀的人改頭換面。故事渴望人來讀，大衛的母親會這樣低語。它們就是需要。所以，故事會排除萬難跳脫自己的世界，闖進我們這邊來。

這些事情是母親病倒之前告訴他的。母親常常邊說邊捧著書，指尖戀戀滑過書皮，就像他或父親偶爾說了或做了什麼，讓母親頓時想起自己多愛他們，然後以指尖輕撫他們的臉一樣。對大衛而言，母親的嗓音好似一首歌，不時即興變化，展現前所未聞的奧妙。待年歲漸長，音樂對他漸形重要（雖說分量仍不敵書本），母親的嗓音較不像歌了，更像是交響曲，能依著熟悉的主題和旋律無盡延伸變奏，隨著她的心情和興致變幻無窮。

隨著時光流逝，閱讀變成了較為孤獨的體驗，直到母親的病將他倆帶回大衛的童年時光，只不過這回角色互換。母親罹病之前，大衛常常悄悄走近正在讀書的母親，露個笑容向她致意（她也總報以微笑），在離她不遠的位置坐下，埋首自己的書中；因此，儘管兩人沉浸在各自的世界，卻共享了同樣的時光與空間。從母親閱讀的神情中，大衛能察覺書裡的故事是否在母親心裡活了起來、母親自己是否在故事中也有了生命，然後回想起母親先前說過的一切：關於故事和傳奇，以及它們在我們身上施展的威力，反之，還有我們掌控它們的力量。

大衛會永遠記得母親過世的日子。那時他正在學校，學著（或瞎混著）分析詩的格律，滿腦子全是「戴克托斯」②、「磐塔米特斯」③這些聽來就像史前天地裡那些奇異恐龍的詞句。校長推開教室的門，走向英文老師班傑明先生（學生都叫他「大笨鐘」④，因爲他身材壯碩，又習慣從背心褶縫掏出老懷錶，用低沉憂傷的語調，向淘氣的學生宣告時光之荏苒）。校長向班傑明先生低聲說些話，班傑明先生肅穆地點點頭，轉身面對全班，眼光與大衛相遇，說話語調比平常來得輕柔。他點了大衛的名，告訴大衛可先行離席，要大衛整理好書包跟著校長離開。大衛那時就知道發生什麼事了。校長帶他到醫護室之前，他就懂了。護士端杯茶給他喝之前，他早明白了。校長站在他面前，面容嚴峻如常，但顯然努力想對這喪親的男孩溫柔一些，而他早已明瞭。茶杯碰上嘴唇、話說出口以前，他就知道了。茶燙了他的嘴，提醒自己還活著，卻失去了母親。

縱使不斷重複例行作息，卻還是沒能保護母親。他事後回想，是不是哪一項沒做好？是不是那天早晨數錯了數？當初如果往好幾種項目再添個動作，或許就能扭轉一切？如今都已無關緊要。母親已經走了。早該待在家裡的。人在學校時，老是擔心她，因爲若不在她身邊，她的存在就躍出控制範圍之外。那套例行程序在學校不管用。學校有其規則和作息，自己這套就更難實施。大衛想拿學校那套來頂替，可是畢竟不同。現在母親就爲這付出了代價。因深感失敗而羞愧不已，大衛這才哭了起來。

接下來幾天，印象只是一片模糊。鄰居和親友來去紛紛，高大陌生的男士們揉揉他的頭，遞給他一先令；著黑洋裝的胖女士們哭著將大衛擁入胸懷，聞到的盡是她們的香水和樟腦丸味。他被擠進客廳角落裡跟著熬夜，大人一個個輪流談起的母親，卻是他從不認識的人、個人過往與他完全不同路的奇怪人物。例如：小時候，母親的姊姊過世時，她就是不哭，因爲不肯相信對她而言那樣珍貴的人竟會永遠消失不復返。少女時期犯了小過，她爸爸一時之間失去耐性，揚言要把她交給吉普賽人，她於是逃家一天……長大後，成了身著亮紅色洋裝的美麗女郎，而大衛的爸爸從情敵面前大剌剌把她給偷了走。婚禮那天，她身穿白色婚紗，美麗動人，拇指卻讓玫瑰刺傷，在禮服上留下了眾目共睹的血斑。

大衛終於睡著，夢見自己成了這些故事的一部分，得以參與母親生命的每一階段。他不再只是耳聞過往故事的小孩，而是在場目睹了那一切。

大衛最後一次見到母親，是蓋棺之前，在葬儀社裡。看來雖有些不同，但仍是她原來的樣子——從前的她，那個受病魔侵蝕之前的她。她臉上有妝，就像上教堂做禮拜或跟爸爸出外用餐看電影那樣。她換上了最愛的那件藍洋裝，雙手交疊在肚腹上，手指交纏著玫瑰念珠，戒指都取掉了，雙唇紅通通的。大衛站著俯望她，手指碰碰她的手。摸起來好冷，也有些潮濕。

爸爸來到他身旁。只剩他倆還沒離開這房間。其他人都到外頭去了。車子在外等著載大衛和爸爸到教堂去。那車又大又黑。駕車的男人頭戴尖帽、毫無笑顏。

「大衛，你可以親親她當作道別。」大衛抬眼望著爸爸，他雙眼微濕、眼眶紅腫。母親過世第一天，爸爸就哭過了。那時大衛自學校返家，爸爸一把擁住他，向他保證一切終將好轉。在那之後，爸爸便沒再流淚，直到此刻。大衛望著望著，一顆豆大的淚湧起，緩緩地、幾乎有些彆扭地，滑落臉頰。他回身向母親，身子探進棺柩，吻了她臉頰。她身上有股化學味，還有別的；別的什麼，大衛不願多想——他在媽媽的唇上嘗到了。

「再見了，媽媽。」他輕聲說。雙眼刺痛。他想做些事情，可又不知道該做什麼。

爸爸一手搭上了大衛的肩，彎下身來輕柔吻了媽媽的唇，臉的一側貼上她的臉頰，喃喃說了些大衛聽不清的話，而後與大衛離開了房間。棺柩由禮儀師和助手抬著再度出現時，棺蓋已經闔上。唯一看得出大衛母親躺在裡頭的標示，就是棺蓋上刻著名字和生卒年月的那塊小金屬片。

那晚，母親獨自留在教堂裡。如果可以，大衛情願伴著她。不知媽媽寂不寂寞？不知她是否清楚自己身在何處？不知她是否已到天堂，或者得等牧師最後祝禱、棺木入土後，才能上天堂？他實在不願想像媽媽一人孤伶伶的，讓木頭、黃銅和釘子封牢在裡面，可是他沒辦法跟爸爸開口談這事。爸爸不會懂，況且也無濟於事。既然沒辦法獨自待在教堂裡，他索性往房裡去，試著想像母親的處境。他將窗簾闔攏，把門關上，讓房裡盡可能漆黑無光，接著爬進床底。

床本身就低，床底下的空間更窄。由於位在房間角落，大衛便盡量靠邊擠，直到左手貼上牆，眼睛緊緊閉上，躺著動也不動。過了一會兒，他想抬起頭，可一抬頭就撞上支撐床墊的床板；他硬推，床板仍牢牢釘在原位。他雙手往上推，想把床抬起來，可是太重了。他聞到塵埃和尿壺的氣味，嗆咳起來，不禁流淚。他決定從床底下脫身，可把自己拖出來比挪進現在的位置還難。他打了噴嚏，頭撞上床底，又是一陣痛擊。他開始慌張，赤著腳速速踢掃，希望能在木板地上有些抓力。他朝上伸手，藉床板使力，將自己一路拉出，直到足夠靠近床緣，能再擠出身子爲止。他蹣跚站起，傾靠著牆深深喘息。

原來死亡就像這樣：困身於小小空間裡，讓巨大重量給制住，直到永永遠遠。

大衛的母親在一月的某個早晨下葬。地面冷硬，弔喪者皆戴著手套、身披大衣。將棺柩往土穴裡放時，棺木看來短得過分。母親活著的時候總是顯得高䠷，可死亡把她縮小了。

往後幾週，大衛將自己放逐在書本裡，因為他對媽媽的記憶，與書籍、閱讀交纏不分。原屬於媽媽的書，親友挑了些「適合」的傳給了大衛。他意識到自己啃著讀不懂的小說，唸著不大押韻的詩。有時他會拿去問爸爸，但是爸爸對書本似乎興趣缺缺。在家裡的時間，爸爸總一頭栽進報紙裡，執迷於現代世界的炎涼浮沉，菸斗的縷縷煙霧自報紙上方升起，好似印地安人發出的訊號。希特勒的軍隊橫掃歐陸，進擊英國本土的威脅愈來愈可能成眞，讓爸爸比以往更放不下了。媽媽說過，爸爸以前閱書無數，後來卻擺脫了沉浸於故事裡的習慣。如今他偏好有長長印刷欄位的報紙，字字以手工精心編排而成，創造出某種上了報攤就幾乎頓失意義的東西；等到有人閱讀，裡頭的新聞早已成了凋零的舊聞，被報外世界的事件迎頭趕上。

書本裡頭的故事痛恨報紙裡的故事，大衛的媽媽會這樣說。報紙上的故事像是剛捕獲的魚，只有在新鮮期才值得一顧，保鮮期卻不持久。它們像街頭叫賣晚報的頑童，盡是大呼小叫、死纏爛打；而故事——眞正的故事，正統的、出於想像的故事，好似藏書豐富的圖書館裡，那不苟言笑卻熱心助人的館員。報紙故事跟煙霧一樣虛空不實，壽命跟蜉蝣一般短；它們不會生根，反倒像野草一般沿地蔓生，從更值得青睞的故事那兒盜走陽光。爸爸的心思總讓那些競相爭鳴的尖銳聲音占據，就算將注意力轉向某個聲音讓它靜下，也隨即讓下一波喧譁取代。媽媽總是面帶微笑，悄聲跟大衛說這些話；而爸爸明知兩人正談著他，卻沉著臉咬菸斗，不願讓他們因為成功惹毛了自己而竊喜。

於是，護衛媽媽書本的重任就落在大衛身上。他把母親遺留下的書跟當初為他採買的那些放在一起。所有關於騎士、士兵、惡龍、海怪等傳說，或是民間傳奇、童話故事，都是母親在少女時期鍾愛的故事。疾病逐漸控制她、令她動彈不得後，換大衛唸書給她聽。病痛把她的嗓音減爲呢喃低語，將她的呼息化爲舊沙紙摩擦腐木的粗嘎聲，直到最後實在過於費力，便不再呼吸。母親過世後，他想避開這些老故事，因爲故事跟母親之間的連結那樣深，他實在無法欣快閱讀。可是這些故事可不肯輕易被否決，開始呼喚大衛。它們似乎在大衛身上認出（或許他自己也漸漸認爲）好奇、富創造力的特質。他聽到故事說話的聲音：一開始只是輕聲細語，接著便放大音量、逼人留神。

這些故事很古老，跟人一樣。就因它們威力十足，始能留存至今。就算將書本扔到一邊去，故事的情節仍會在腦裡迴盪不去。它們由現實跳脫而出，卻也自成另一個世界，古老又怪異，令它們的存在得以獨立於書頁之外。媽媽曾告訴他，這些老故事的世界與我們的世界平行共存；偶爾，分隔這兩個世界的牆變得薄弱，兩者便開始融而爲一。

屆時，麻煩因之啟動。

屆時，壞事就要降臨。

屆時，駝背人開始出現在大衛周圍。

---

① *The Magnet*，少年週刊，發行於一九〇八至一九四〇年之間。二次大戰期間，因紙張短缺及成本問題，在一九四〇年停刊。
② Dactyls，即「揚抑抑格」。
③ Pentameters，為「五音步」。
④ Big Ben，為倫敦重要地標。

2

羅絲與漢白力醫師，以及細節的重要性

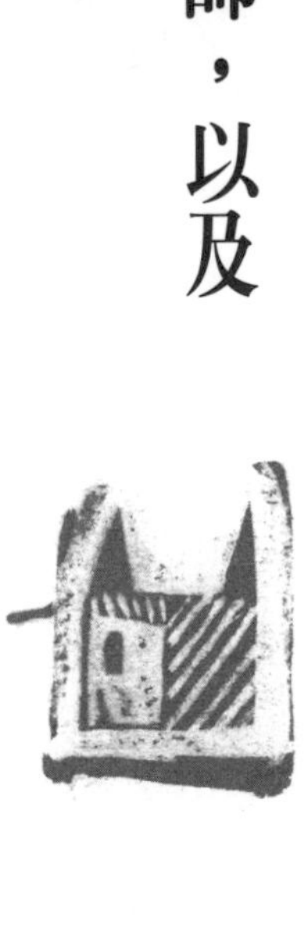

奇怪的是，大衛記得自己在母親過世不久後，竟有種近乎「解脫」的感覺——只能這麼形容，而這感覺讓大衛覺得自己壞透了。媽媽走了，再也不會回來。牧師講道時說些什麼都無所謂了：他說母親到了更美好更幸福的天地，苦痛終於了結。他跟大衛說，即使大衛看不見母親，但母親永遠與他同在。說這個沒用。一個看不見、摸不著的媽媽，無法在夏日向晚一道散個長長的步，也不能從她好似無窮盡的自然知識庫內，信手拈來說出樹木花朵的名字。沒法幫忙看功課——從前當她傾身挑出寫錯的字或是琢磨陌生詩篇的含意，就會嗅到她熟悉的氣息。冷冽的週日午後，壁火熊熊，落雨淅瀝拍打窗戶與屋頂，房裡滿是柴火煙熏與烘烤脆餅的氣味，而這時她也不能相伴閱讀。

大衛緊接著想起，在那最後幾個月，媽媽早已無力做這些事情。醫生開的藥讓她虛弱不適、無法專注，連最簡單的事也無法集中心力做，當然也不能長時間散步。到了末期，有時大衛甚至不確定媽媽是否還認得他。她開始散發奇特的氣味，不壞，只是怪，聞起來像是許久未穿的舊衣。夜裡，她會因痛楚而高喊出聲，爸爸會抱住她並試著安撫。病況危急時，醫生會前來應診。最終，她病勢過重而不能待在自己房裡，來了救護車將她帶往一家不大像醫院的醫院——因爲那兒似乎從沒人復原過，從沒人再踏進家門；病人只是愈來愈安靜，直到最後只剩一片死寂、一張張躺過的空床。

雖然那「醫院」離家很遠，可是每隔一天，爸爸下班返家跟大衛共進晚餐後，就會上那裡去；一週至少兩次，大衛會伴著爸爸開著老福特車去，即使往返車程讓他做完功課、吃過晚餐後，只剩少得可憐的個人時間。爸爸同樣疲累不堪。大衛心想，爸爸不知哪來的氣力？每日清晨起床爲他做早餐、上班前先送他到校、回家、泡茶、幫忙他解決功課的難題，之後還要探望母親、返家、給他晚安吻，讀一小時的報紙後才拖著身子上床。

有一回，大衛夜半醒來，喉嚨乾渴得很，就到樓下拿水喝。他聽到客廳一陣鼾聲，探頭一看，發現爸爸竟在扶手椅上睡著了，報紙散落一地，頭沒地方枕，歪在椅子邊。清晨三點。大衛不知該怎麼辦，最後還是把爸爸叫醒，因爲他記起一次長途旅行中，自己在火車上睡著了，因睡姿不當，脖子連疼了好幾天。爸爸一被吵醒，看來有些詫異，也有點兒惱怒，不過他還是起身上樓補眠去了。大衛相信，爸爸全副衣裝、離床老遠地倒頭就睡，肯定不是第一次。

媽媽過世，擺脫了纏身病痛，父子二人也不需再長途往返於那一大棟黃色建築——人們在那兒凋零；再也不用昏睡於椅子上；再也不必囫圇吞下晚餐。反之，降臨的只是某種靜寂，好似把鐘拿去修理，不多時，你會意識到鐘不在了，因爲那讓人安心的輕柔滴答聲已不復聞，而你卻是這麼這麼想念。

不消幾天，這種解脫感消逝無影。因媽媽生病而需要配合的那些事全不用再做了。他不禁高興，但也隨之備感罪惡，而這種罪惡感不但延續數月不減，反之變本加厲。一想到沒有媽媽的日子，他就無法承受。他開始希望媽媽還在醫院裡。如果還在，他就要天天去探訪，即使每天早上要特別早起寫功課也不要緊。

學校成了煎熬。夏天還未來臨，暖暖輕風將學生像蒲公英種子四處吹散之前，他早已慢慢和朋友疏遠。傳聞九月開學時，學生都將要從倫敦撤離，遣送至鄉間，可是爸爸承諾他，不會讓他跟別人一樣被遣離。畢竟，現在只剩他倆了，得相依為命。

爸爸雇了豪爾太太來清掃房子、煮飯、燙衣服。大衛放學回家時，她通常都在，不過總忙得沒時間跟他說話。她正受訓當個空襲警報執行長，還得照顧先生和孩子，沒空跟大衛聊聊或是問問他當天過得好不好。

豪爾太太四點一過就離開，而爸爸最早要到六點才會從任教的大學回來，有時還拖得更晚。也就是說，大衛獨自困守空屋，僅有收音機和書本為伴。有時候他會坐在爸媽以前共用的臥房裡。媽媽的衣服還留在其中一個衣櫃裡。洋裝和裙子一落落整齊排著，他瞇著眼使勁瞧，那看來就像人。大衛會用手指掃過這些衣服，讓它們颼颼一動、瑟瑟作響，想起媽媽穿著那些衣服走動時，布料就是那樣擺動。他會躺在靠左的枕頭上（媽媽習慣睡在這側），試著將自己的頭放在媽媽從前靠頭的同一位置，枕頭上明顯的微暗污跡處。

這個新世界讓人痛苦得無法負荷。他那麼賣力嘗試過：他謹守例行作息，小心翼翼數數。他循規蹈矩，生命卻擺了他一道。這個世界跟故事裡的世界不一樣。故事裡的世界，善有善報、惡有惡報。循著正路走、遠離森林，就保證安然無恙。若某人生了病（譬如說，某個故事裡的老國王），那麼他的兒子就會被遣去尋找靈丹妙藥、生命之水。如果其中一個兒子勇氣十足、忠心誠意，就能救國王一命。大衛一直很勇敢，媽媽更是堅強。最終，勇氣畢竟不夠，這世界並不因此給予獎勵。大衛愈往這想，就愈不情願當這種世界的一分子。

他仍舊依習慣過日子，但不似以往那樣一板一眼，只要連碰門把或水龍頭兩次，左手先，再來是右手，維持偶數，就滿意了。早上下床或下樓梯時，他還是試著先讓左腳著地，這不難做到。若是太隨性，不知道還會出什麼事，說不定會影響到父親。說不定，謹守常規慣例，即使沒能挽救媽媽，無形中卻救了爸爸一命。現在就只剩他倆，重要的是，別冒太多風險。

就在這時，羅絲走進他的生命裡，而怪病開始發作。

第一次是在特拉法加廣場。週日，他和爸爸在皮卡迪利廣場的普羅咖啡廳用完午餐，正要去餵鴿子。爸爸說普羅咖啡廳即將關門大吉，讓大衛一陣感傷，因爲他覺得那地方很氣派。

媽媽過世，剛好五個月三週又四天。這天，有位女士跟他們一起在普羅咖啡廳用餐。爸爸介紹她給大衛。她叫羅絲，很瘦，長髮烏黑、唇色豔紅；衣裝看來價格不菲，金子和鑽石在她耳朵和喉頸上亮閃閃的。她明明說自己食量很小，卻把雞肉吃得幾乎精光，之後還有胃口塡進布丁。大衛覺得她相當面熟，原來她掌管媽媽過世前待的那家不太像醫院的醫院。爸爸告訴大衛，羅絲對媽媽照顧周到。但大衛心想：卻沒周到得讓媽媽免於一死。

羅絲試著跟大衛攀談，談學校、朋友、他在傍晚喜歡做哪些事，大衛回答得十分勉強。大衛不喜歡她望著爸爸的模樣，不喜歡她直呼爸爸名字的方式。爸爸說了什麼有趣或機智的話，羅絲就碰碰他的手。大衛不喜歡這樣。別的先不說，他討厭爸爸在羅絲面前故作詼諧或要小聰明。這樣不對。

三人漫步離開餐館，羅絲勾著爸爸的手臂，大衛隔著點距離走在前頭。放大衛自己先走，他倆似乎倒也愜意。大衛不確定目前情勢如何，也許，他不過是自欺欺人。抵達特拉法加廣場時，他默默接下爸爸遞來的一包種子，用種子吸引鴿子過來。鴿子順服地迅速往食物的新來源移動，羽毛因城市塵土和煙灰而髒污，眼神空洞呆板。爸爸和羅絲站在附近悄聲對話。大衛瞧見他們匆匆親吻，他們卻以爲他那時正往別處看。

就在此時……前一刻，大衛手臂長伸，種子順著手臂飛灑出去，兩隻胖鴿子在他袖口那兒啄食，但下一刻他已平躺在地，爸爸的外套墊在他頭下，好奇的旁觀路人和一隻怪異的鴿子，全低頭盯著他。肥胖的雲朵在他們頭部後方急速飄移，好似空白的漫畫對話框。爸爸跟大衛說他昏倒了，大衛覺得爸爸說的肯定沒錯，只不過現在腦袋裡出現了之前不存在的聲音和低語，還隱約記得森林景致和狼群嚎叫。他聽到羅絲問能否幫上忙，爸爸說不要緊，會帶大衛回家、讓他上床休息。爸爸攔下計程車，開回他們原本停車的地方。離開以前，告訴羅絲稍晚會打電話過去。

那晚，大衛躺在房裡，腦袋裡的低語與書本的聲音合鳴。他得用枕頭蓋住耳朵，才能掩去那些嘰嘰喳喳的噪音，那些極爲古老的故事從沉睡中甦醒，開始尋找地方生長。

漠白力醫生的診所位於倫敦市中心一條路樹夾道的街上，就在一幢有露臺的房子裡。診所內寂靜無聲。地板鋪了昂貴的織毯，牆上妝點汪洋海上的船隻圖片。白髮蒼蒼的老祕書端坐在等候室一張桌子後方，忙著整理文件、在打字機上寫信、接電話。大衛坐在附近的大沙發上，爸爸就在身旁。落地老爺鐘在角落滴答。大衛和爸爸不發一語。屋裡這般安靜，不管說什麼，桌後那位女士都會聽見，不過，大衛也覺得爸爸正生他的氣。

特拉法加廣場之後，大衛又發作兩次，每次都比前一回更久，而每回都在大衛心頭留下更怪異的影像：牆垛上旗幟翩飛的城堡、樹皮滲血的密林；一個匆匆一瞥未能看清的人形，駝著背，衣衫襤褸，穿過這個奇異世界的陰影而來，等候著。爸爸曾帶大衛去見家庭醫生班森醫師，可是班森醫師找不出大衛有什麼毛病。他轉介大衛至大醫院，那位專家拿光照入大衛的眼睛，檢查頭顱。他問大衛一些問題，接著向爸爸提出更多問題，有些跟媽媽和她過世有關。兩人商談時，大衛在外頭等候。爸爸談完出來，滿臉怒意，他們因此來到漢白力醫生的診所。

漢白力醫生是心理醫師。

祕書桌邊的鈴響起，她向大衛和爸爸點點頭。

「可以進去了。」

「去吧。」爸爸說。

「你不跟我一起進去？」大衛問。

爸爸搖搖頭，大衛知道他已跟漢白力醫師談過，可能通過電話吧。

「他只想單獨見你。別擔心。你出來的時候，我人會在這裡。」

大衛尾隨護士走進另一個房間。那房間比等候室更大更華麗，還備有軟椅和沙發。四壁排滿了書，跟大衛唸的那些不同。大衛覺得自己一踏進門就能聽見書本之間的對談——那些對話他大多聽得一頭霧水，不過它們說得非—常—慢，彷彿吐露的事情非同小可，或是講話的對象太駑鈍。有些書顯然正希哩呼嚕彼此爭論，就像收音機裡的專家對談一樣，使勁想讓其他人折服於自己的學養。

這些書讓大衛坐立難安。

蓄著灰鬚灰髮的矮小男士坐在對他而言過大的古董桌後方。他戴著長方框眼鏡，眼鏡繫著一條金鍊子免得遺失，頸間緊繫紅黑蝴蝶結，深色西裝鬆垮垮的。

「歡迎。我是漢白力醫師，你一定是大衛了。」

大衛點點頭。漢白力醫師請大衛坐下，然後翻著桌上的筆記本，邊讀邊捋鬍子。一結束，他便抬頭問大衛狀況如何。大衛回說還好。漢白力醫師追問他確定嗎；大衛答說還算確定。漢白力醫師說爸爸很擔心他，並問大衛是否想念媽媽；大衛沒回答。漢白力醫師跟大衛說，他為那幾次發作感到憂心，他們得一起試著找出原因。

漢白力醫師給大衛一盒色鉛筆，要他畫幢房子。大衛拿起黑筆，謹慎畫出牆壁和煙囪，加了些窗戶、一扇門，在屋頂上添畫波浪石瓦。他畫瓦片畫得忘懷，漢白力醫師卻說已經夠了。醫師瞧瞧那張圖，然後朝大衛看，問大衛怎麼沒想到用彩色鉛筆。大衛跟他說，圖還沒畫完，等屋頂加好屋瓦，就打算塗成紅色。醫師用如同他那些書本說話的語調，非—常—慢地問大衛，為何屋瓦那樣重要。

大衛懷疑漢白力醫師到底是不是真的醫生。醫生通常該是絕頂聰明，漢白力醫生看來卻不怎麼伶俐。大衛非—常—慢地解釋，屋頂若無石瓦，就會滲雨，它們以自己的方式發揮跟牆壁一樣重要的功能。漢白力醫師問大衛是否怕雨會滲進來。大衛說，自己不喜歡弄得一身濕。人就算在屋外，只要穿著妥當，就沒那麼糟；問題是，大多數人不會在室內穿雨衣。

漢白力醫師看來有些疑惑。

接著，他要大衛畫棵樹。又一次，大衛拿起那枝黑筆，細心描畫樹枝，在每根枝幹上加畫小葉。只畫到第三根樹枝，又被漠白力醫師打斷了。這回，醫師臉上有種表情，那種爸爸攻克週日報紙的字謎遊戲時，臉上偶爾出現的神情。他心滿意足，只差沒像漫畫裡的瘋狂科學家一般，站起身，揮指向天，大叫「啊哈！」

漠白力醫師接著問大衛一堆關於家裡、媽媽和爸爸的問題。他再次問到暫時失去知覺的事，問大衛是否記得什麼。發生以前他感覺如何？失去意識前有沒有聞到怪味？事後頭疼不疼？以前頭痛過嗎？現在頭痛不痛？

大衛認爲醫生執意相信怪病的發作讓他失去知覺，且重獲意識前不會記得任何事情，反而漏問了最最重要的問題。其實根本不是。大衛考慮告訴漠白力醫生，他發作時看見了怎樣的奇風異景，醫生卻又開始問起媽媽的事。大衛不想談媽媽了，再也不要了，尤其要跟個陌生人講，更是不想。醫生也問到羅絲，問大衛對她的觀感，但大衛不知如何回答。他不喜歡羅絲，也討厭爸爸跟她走在一塊，但他不想告訴漠白力醫生，免得醫生轉告爸爸。

會談末尾，大衛哭個不停，連自己也不懂爲什麼。他哭狀慘烈，甚至流出鼻血。看到血，他心驚肉跳，不禁尖吼大叫，跌落在地，全身顫抖不已，一道白光掃掠過腦海。他以雙拳擊打地毯，漠白力醫師去找人幫忙時，他還聽到書本發出深表不滿的嘖嘖聲。爸爸衝了進來，接著大衛眼前一片漆黑。那短暫如幾秒鐘的黑暗，其實維持了好一陣時間。

大衛在黑暗中聽見一個女聲，像是媽媽的聲音。一個人影走近，但不是女人，而是男人。長臉，身形佝僂，終於從他所屬世界的暗影中現身。

而他笑意盈盈。

3

新房子、新生兒、新國王

以下，是事情的來龍去脈。

羅絲懷孕了。大衛和爸爸在泰晤士河畔啃薯條時，爸爸告訴了他。船來船往波波碌碌，空氣中混合了燃油與海草的氣味。這是一九三九年十一月。街上的警察比以往更多，四處是軍裝畢挺的男人。沙袋層疊堆靠窗戶，倒鉤鐵絲網盤繞於地，恍若猙獰的彈簧。安德森式防空避難小屋散踞家家戶戶的庭院，公園裡已挖出戰壕。隨處貼滿白色海報，內容是燈火管制的提醒、國王下達的宣告、對參戰國的指示。

大衛認識的孩童多已離城。他們大批挨擠在車站裡，外套上繫著棕色行李標籤，即將前往農場與陌生城鎮。他們一離開，城市顯得空蕩許多，人心則更加惶惶不安，而這種感覺似乎掌控了滯留在城內的人們的生活。不久，轟炸機就會來襲。夜裡，全城會籠罩於不見指的黑暗中，增加敵方轟炸任務的難度。燈火管制會讓這城市昏暗無光。少了光害，肉眼能見著月表的隕石坑，天際滿布星辰。

往河邊走去，看到海德公園裡有更多防空阻攔氣球正在充氣。充飽氣以後，就會懸掛在空，以厚重鋼纜固定到位。這些鋼纜能讓德軍轟炸機無法低空飛行，而必須從更高的方位投彈。如此一來，轟炸機就沒能精準擊中標的物。

這些氣球狀似巨型炸彈。大衛的爸爸說這眞諷刺，大衛問他什麼意思，他說眞可笑，該要防範炸彈和轟炸機、保護此城的東西，看來卻跟炸彈沒兩樣。大衛點點頭，覺得的確奇怪。他想到坐在德軍轟炸機裡的飛行員，蹲踞於轟炸瞄準器前，賣力避開來自下方的對空砲火，城市在他下方游移。大衛想，那人投擲炸彈之前，是否想過房舍裡和工廠中的人。從高空望下，倫敦看來像個模型，小小街道上有玩具屋和迷你路樹。假裝一切是假的，假裝炸彈在下方爆開時，沒人會燒傷或死去——也許唯有如此，才可能下手投彈。

大衛試著想像自己身在轟炸機內（英國軍機，威靈頓式或惠特利式），飛過德國某城上空，炸彈蓄勢待發。他能放下炸彈嗎？畢竟是戰爭。德國人全是惡棍，人人皆知。是他們先帶頭開始的。就像在操場上打架，總是先動手那人的錯，做錯了就不該抱怨後果。大衛心想，他會出手，可是他不願考慮底下可能有人，只能想那兒僅有工廠、船塢，都是暗影中的輪廓，而當砲彈落下，炸毀那些人的工作場所，他們正舒躺在床，安全無虞。

他突然有個想法。

「爸，如果因爲氣球的關係，德軍沒辦法瞄準，那他們不就會隨地投彈？對吧？他們不是想炸工廠嗎？要是他們炸不到，應該會亂炸，希望誤打誤撞能打中吧？他們不會因爲氣球的關係，就先回家一趟改天晚上再來吧？」

大衛的爸爸先是默不作答，而後終於開口。

「我想他們才不管。他們只想打擊士氣，讓我們灰心喪志。如果沿途正巧炸毀飛機廠或是造船廠，那更好。這就是某類惡霸的作法。先軟化你、動搖你，接著一舉擊斃。」

他嘆口氣：「大衛，有件事我們得談談。重要的事。」

他們剛結束與漠白力醫師的諮商。醫生又問大衛是否想念媽媽。當然想。眞是蠢問題。他因想念媽媽而傷心，這可不用醫生來告訴他。反正大部分時間他都不懂漠白力醫生的話，除了因爲醫生會用些大衛不懂的字彙，更因爲他的聲音現在幾乎全被架上書本的低鳴聲蓋過去了。

書本發出的聲音，大衛聽得愈來愈清楚。他明白漠白力醫生沒辦法像他一樣聽到這些聲音，要不然，在這辦公室裡工作早就瘋了。偶爾漠白力醫師會問個受到那些書本認可的問題。它們會同聲說「嗯」，像男聲合唱團練唱一個單音。如果他說了什麼書本不苟同的話，它們就低聲臭罵連連。

「庸醫！」

「廢話！」

「這白痴。」

一本封面上有「榮格」燙金字的書火冒三丈，從架上一把倒栽蔥落地，躺在地毯上生悶氣。書掉下來，漠白力醫生一臉詫異。大衛好想告訴他那本書說了什麼，但轉念一想，讓他知道自己聽到書本說話，可不是好主意。大衛聽過有些人因爲「腦袋出錯」而被「安置他處」。大衛不想被關進精神病院，反正除了沮喪或生氣的時候之外，他也不是時時聽得到書本談話。大衛盡力保持鎮靜，盡量想正面的事情，可是有時候眞難，特別是跟漠白力醫生或羅絲共處的時候。

此刻，他坐在河邊，而整個世界即將再度轉變。

爸爸說：「你就要有小弟弟或妹妹了。羅絲懷孕了。」

大衛放下薯條不吃，味道嘗起來怪怪的。他感覺腦袋裡有股壓力漸漸高升，有一刻以爲自己會再度發作，從板凳上跌下，可是不知怎的，他仍好端端坐著。

「你要跟羅絲結婚？」

「我想是吧。」爸爸說。上週，大衛聽到羅絲與爸爸討論這件事。羅絲來訪那時，大衛早該睡了，卻坐在樓梯上偷聽兩人談話，他有時候會這樣。不過，一旦交談停止、吻咂聲響起，或是羅絲低聲沙啞笑著，他便會回床上去。最近一回偷聽時，羅絲談到「人家」，還有那些「人家」如何議論紛紛，而她討厭那些閒言閒語。那一刻，他們提起了「結婚」這話題。爸爸暫離去煮水，大衛沒再聽下去。他在樓梯間險些被瞧見，心想爸爸一定起疑了，因爲過不久，爸爸便上樓看看大衛。大衛直閉著眼假寐，爸爸看了似乎寬心了，但大衛緊張過度，也就沒再回樓梯間。

爸爸對他說：「大衛，我要你知道一件事。不管我們跟什麼人一起生活，我愛你，這點永遠不會改變。我也愛你媽媽，我永遠愛著她，只是，這幾個月以來跟羅絲在一起，對我很有幫助。大衛，她人很好。她很喜歡你，試著給她一次機會，好不好？」

大衛沒回答，喉頭一緊。他一直想要個弟弟或妹妹，但不是像這樣。他要的是爸爸與媽媽的孩子。這樣不對。這不能算是他的弟弟或妹妹。是羅絲生的。根本不一樣。

爸爸雙臂環抱大衛的肩。「嗯，你想說什麼？」

「我想回家了。」大衛回答。

爸爸的手臂停在大衛肩上一、兩秒後，垂了下來，整個人顯得有些軟趴趴的，好似方才有人將他洩了些氣。

「好吧。」爸爸頹喪說道：「我們就回家吧。」

六個月後，羅絲產下一個男嬰，大衛與爸爸離開大衛成長的家，搬去跟羅絲及同父異母弟弟喬奇同住。羅絲住在一幢巨大老宅裡，坐落於倫敦西北邊，屋子有三層樓高，前後皆有大庭園，四周密林環繞。爸爸說，這房子在羅絲家族裡傳了好幾代，至少比他們自己的房子大上三倍。大衛起初不想搬家，不過爸爸向他溫和解釋緣由：那兒離爸爸新工作的地點比較近，在這戰爭期間，爸爸待在工作崗位上的時間必須拉長。住得近，爸爸就能常見到大衛，也許有時還能回家吃中餐。爸爸也告訴大衛，倫敦的情勢愈來愈危險，待在城外會安全一些。德軍戰機就要來了，雖說爸爸確定希特勒最終會慘敗，但世事好轉之前，總會先往谷底跌。

大衛不很確定爸爸現在到底以什麼爲業。他知道爸爸對數學很在行，直到前陣子都在一所規模相當的大學任教。然後他離開大學，到城外一間老舊的鄉村宅邸爲政府工作。那附近有軍營，通往宅邸的大門有士兵站崗、巡邏。大衛問及爸爸的工作時，爸爸通常只告訴他，那工作跟幫政府檢查數據有關。搬離自家到羅絲住處的那一天，爸爸似乎覺得對大衛有所虧欠。

隨搬家卡車離城時，爸爸說：「我知道你喜歡故事和書。你或許想不通爲什麼我不像你一樣喜歡。嗯，從某方面來說，我的確喜歡故事，而那也算是我工作的一部分。你知道吧？

有時候故事看似關於某件事，但事實上談的卻是完全另一回事；故事裡頭隱藏某種意義，得抽絲剝繭才找得到。」

「就像聖經故事。」大衛說。每週日，牧師常會解釋高聲唸完的聖經故事。那牧師眞的很無趣，大衛不是次次都專心聽講。在他看來很單純的故事，牧師卻從中解讀出令人驚奇的含意。牧師似乎喜歡把事情變得複雜，或許是這樣一來，就能講久一點吧。大衛對教會不大感興趣。因爲媽媽的遭遇，他還在跟上帝嘔氣，也氣上帝把羅絲和喬奇帶進他的生命。

「可是，有些故事的意義原本就不打算讓人人都能了解。」大衛爸爸繼續解釋，「它們是專給少數人看的，所以眞正的意思被小心隱藏起來。可能是用文字或數字，或混合這兩種，不過目標一致，就是不讓看到的閒雜人等看懂。除非你知道密碼，要不就空無意義。

「德軍用暗號傳送訊息，我們也是。有些訊息非常複雜；而有些看似單純，其實常常是最複雜的。有個人得想辦法弄懂它們的意思，而那就是我的工作。我試著了解那些故事的祕密含意，雖說寫它們的人不想要我弄明白。」

爸爸轉向大衛，將手搭在他肩膀上。「因爲信賴你，所以讓你知道。你絕對不能跟任何人透露我的工作內容喔。」

他把手指舉至唇前。

「高度機密喔，小伙子。」

大衛模仿那手勢，附和：「高度機密。」

他們繼續駕車前行。

大衛的臥房是低矮的小房間，位在大宅最高處，是羅絲特地為他挑的，房間裡滿是書本和書架。大衛的書跟房裡那些更古老、更奇特的書本共享書架。他盡量多挪出空間好放自己的書，最後決定依據大小和色彩來排列，看來比較順眼。這麼一來，他的書就混雜在原有的書本之間，例如童話故事集最後躋身在共產主義史和一次世界大戰最後戰役的探討之間。大衛讀了一點點那本談共產主義的書，他不太確定共產主義到底是什麼，只知道爸爸似乎覺得那東西壞透了。他想辦法讀了大約三頁就沒了興趣，書裡那些「工人對生產工具的所有權」和「資本家的掠奪」幾乎讓他昏睡過去。第一次世界大戰史好一些，光是看那一堆老式坦克圖片就夠了，圖片是從畫刊上剪下來的，插放在不同書頁裡。架上有本枯燥的法文字彙教科書，還有一本關於羅馬帝國的書——裡頭有些插圖非常有趣，內容洋洋灑灑羅列了羅馬人如何對敵人下毒手、敵人又如何以牙還牙。

大衛那本希臘神話跟鄰近某冊詩集的大小及色調相當，所以有時候從架上拿下來的是詩而不是神話。他試讀一下，發現其中幾首詩竟然還不壞。有一首談及某騎士（只不過在詩裡面，別人喚他為「貴公子」①）以及他尋找某座黑塔的過程、塔內的祕密。不過，這首詩似乎沒好好收尾。騎士到了那座塔，然後，嗯，就這樣而已。大衛想知道塔裡有什麼東西，還有，既然到達黑塔了，騎士又有何境遇。可是詩人似乎覺得這些無關緊要，讓大衛不禁對寫詩的人好奇起來。誰都看得出來，騎士到了那座塔，才是那首詩正精采的時候，詩人卻在這關頭溜走，寫別的東西去了。也許他當初預計會再回頭，卻忘了，或許他無力替這座塔想出驚世駭俗的怪獸。大衛想像那詩人的模樣：他埋在紙片堆裡，寫在其上的無數種幻想的生物，要不是劃掉了，就是潦草寫成。

狼人
龍
很巨大的龍
女巫
很巨大的女巫
很小的女巫

大衛試著為這首詩描摹一頭怪獸，卻發現自己心有餘力不足——知易行難，怎麼想似乎都不搭調。他反倒喚起某種半成形的生物，蹲踞在他想像力中那布滿蛛網的角落，他懼怕的東西全在黑暗裡，在彼此身上蜷曲、滑梭。

大衛開始填滿書架上的空位，意識到房間裡有種變化。比較新的書擺在那些來自過往的書籍旁邊，看來、聽來，都是惶恐不安。老書的模樣嚇人，向大衛沙啞單調地咕噥。這些老書以小牛皮和皮革裝幀而成，其中幾本所含納的知識，要不是久遭遺忘，就是隨著科學和探索進展所發掘的新眞相而落得謬誤不宜。這些懷有過時知識的書籍因為價値貶抑而滿心不甘，它們現在的地位比故事還低。在某個層面來說，「故事」明擺著就是杜撰、虛構而成，其他書可是為了更崇高的目的而誕生的：當初，人人投注心血為之催生，將自身對這世界的知識和信念全數傾注於此；現在要這些書承認那些人被誤導了、當初的假設現在大多一文不値，眞是情何以堪。

他鑽研聖經後，發現有本鉅著斷言世界末日將於一七八三年降臨，而這本書已經半瘋了，不相信眼下的年代晚於一七八二年，因爲一旦如此，就等於承認自己的內容訛誤有失，那麼它存在的目的也就僅限於珍奇玩物。一本講火星當代文明的薄書，由擁有一架大型望遠鏡的男人寫成，他的眼力可隱約辨識出那未曾流淌、莫須有的水道痕跡；那書喋喋不休地說火星人早已撤至地底，現在正暗地打造巨型引擎。它夾在幾本給聽障者的手語書之間。謝天謝地，它到底說了什麼，那些書全聽不見。

大衛也發現有些書跟他自己的類似。有幾冊厚厚的、附插圖的童話和民間傳說，裡頭色彩鮮麗飽滿如昔。在新住處的頭幾天，大衛的注意力全轉到它們身上，他躺在靠窗椅櫃上讀，偶爾向下凝望前方的森林，彷彿等故事裡的野狼、巫婆、食人巨魔突然在樓下現身。書裡的描述跟依傍著房子的森林如此神似，實在很難相信兩者不是同一個。這些書的裝訂更加強了這個印象。部分故事是手工添寫上去的，其中的插畫精心繪成，此人頗具藝術天分。大衛在書上遍尋不著增添這些圖文的作者姓名，其中有些故事對他而言相當陌生，同時卻又與他幾乎熟記在心的故事遙相呼應。

其中一個故事裡，某位公主因大法師作法而被迫徹夜舞動、白日昏睡，卻沒有王子或機智僕人插手營救。公主最後死了，不過冤魂返來折磨大法師，令他不堪痛苦，猛地投身地底深淵，讓烈火焚身而亡。小女孩穿過林子，野狼想傷害她，正在逃命時巧遇身負斧頭的樵夫，不過在這故事裡，樵夫不只取了野狼的命、將女孩帶回她家人身邊。喔，不是不是。樵夫斬下狼首，把小女孩帶回自己的小屋，將之拘留。小屋位處森林最茂密黑暗的地帶。等她年歲足了，就與她成婚。婚禮由一隻貓頭鷹主持，就這樣，她成了樵夫的新娘，雖說遭軟禁的這些年，她因念及父母而未曾停止哭泣。她爲樵夫生了些孩子。樵夫將他們帶大，訓練他們追獵野狼、尋覓在林裡迷途的人。樵夫告訴他們，若是男性，就將之滅口，取財物；若是女性，就帶回來給他。

大衛不分晝夜猛讀這些故事。羅絲的房子從來不夠暖，他得拿毯子裹住全身來禦寒。風從窗框或闔不攏的門縫溜進來，攪翻敞開的書頁，好似爲了某些目的而迫切需要覓得訊息。過去幾十年來覆蓋房子前後的大片常春藤早已穿牆而入，鬚根自大衛房間上方牆角處向下蔓延，或牢牢攀住窗櫺內側。一開始，大衛試用剪刀切斷藤蔓丟棄。可是不消幾日，常春藤重返，似乎比先前更壯更長，更加固執地牢附在木頭與灰泥漆上。蟲子也趁機穿梭於這些洞口，大自然和屋裡世界的分界變得模糊不清。他發現甲蟲群聚在櫥櫃裡，地蜈蚣在擺襪子的抽屜裡探索。夜裡，老鼠在隔板後方來去匆匆。大自然似乎打算將大衛的房間占爲己有。

更糟的是，他入睡後，愈來愈常夢見他命名爲「駝背人」的傢伙。對方正穿越與大衛窗外極爲肖似的森林。駝背人會前進至樹木生長線邊緣，眼望立於大片綠地上的一棟屋子，而且那棟也跟羅絲的房子沒兩樣。他會在夢裡跟大衛說話。他的笑容帶著嘲弄，說的話讓大衛一頭霧水。

「我們正等著呢。歡迎啊，陛下。新國王萬歲！」

①《貴公子羅蘭來到黑暗塔》（*Childe Roland to the Dark Tower Came*），羅伯特・布朗寧一八五五年的長篇敘事詩。

4

強納生・陶維、比利・戈丁，以及住在鐵道旁的男人

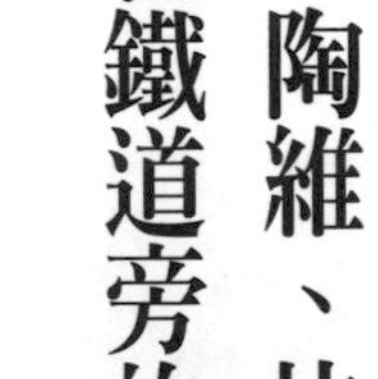

大衛的房間結構奇特。天花板低矮、混亂無章，不該傾斜之處卻有坡度，辛勤的蜘蛛得以到處織網。大衛幾次衝動探入書櫃較陰暗的角落，總會發現臉龐髮梢上蛛網縷縷，逼得網民朝角落速速奔逃，繼而猙獰蹲踞，苦思屬於蜘蛛的復仇。房間一角有個玩具木箱，另一端是大衣櫃。夾在中間的是五斗櫃，上頭放了一面鏡子。房內漆成淺藍色，外牆的常春藤延生入室，偶爾有蟲子闖進來供蜘蛛飽腹，以致遇上晴朗天氣，房間與戶外世界好似連成一氣。

房內唯一的小窗俯望底下的草坪和樹林。站在椅櫃上，能望見隔村的教堂尖塔和房舍屋頂。雖說倫敦就在南邊，但這房子隱身於樹群和深林裡，與世隔絕，所以把這兒當南極也無妨。窗邊椅櫃是大衛最鍾愛的閱讀地點。書本仍彼此低語對話，但現在，大衛若心情正好，只消說個字，就能讓它們全閉上嘴。話說回來，大衛閱讀的時候，書本通常鴉雀無聲，彷彿只要大衛沉溺在故事裡，它們就心滿意足。

又是夏天。大衛的閱讀時間綽綽有餘。爸爸多次鼓勵他跟附近的孩子交朋友，其中有些

正是從倫敦撤離來的。可是大衛不想跟他們來往；他們在大衛身上嗅到某種疏離與悲傷，所以也跟他保持距離。書本取代了同伴的位置，特別是那些老舊的童話故事書，手寫的增篇和新的插畫如此古怪邪門，讓大衛更加著迷。這些故事讓他想起媽媽，不過，是好的那方面；凡是能勾起跟媽媽有關的回憶，也就同樣能將羅絲和她兒子喬奇隔得老遠。不讀書的時候，窗邊椅櫃讓他能飽覽這宅院的奇景之一：靠近樹林邊緣的草坪裡，嵌著一座低於地表的凹陷花園。

花園看來有點像無水的游泳池，四個一組的石階向下通往一塊長方綠地，四邊由扁石步道圍繞。園丁布格司先生定期在每週四修整草地、照料植物，必要時就助大自然一臂之力。花園的石材建物卻長期失修：石壁有些不小的裂縫，某個角落的砌石整個崩塌，留了個大開口，連大衛都能硬鑽過去——不過，他頂多只探進頭看看而已。牆後的空間陰暗悶濕，藏滿四處亂竄的東西。爸爸曾提議，若有必要，凹陷花園也許很適合當防空洞，不過到目前為止，他頂多只在園裡的工具棚中堆了些沙袋和幾大片波浪鐵皮，把布格司先生搞得很煩，因為他得繞過這些東西才能拿到工具。凹陷花園成了戶外唯一屬於大衛的地盤，特別是他想避開書本的呢喃，或躲開羅絲對他生活的侵擾。羅絲雖出於好意，但他可不領情。

大衛和羅絲的關係不佳。因爲爸爸的要求，他盡力做到相敬如賓，可就是無法喜歡她，痛恨她現在竟成了自己世界的一部分。不只是因爲她取代了或打算取代媽媽的位置（雖說這就夠糟了），她還不顧食物定量配給的壓力，盡想在晚餐準備他愛吃的菜色，眞討厭。她希望贏得大衛的好感，卻讓大衛更加厭惡。

大衛認爲她也瓜分了爸爸對媽媽的懷念。生活跟羅絲及新生的喬奇這樣密不可分，爸爸已經逐漸遺忘媽媽了。小喬奇是個難纏的孩子，很愛哭，看來總是病痛連連，讓醫生成了家中常客。爸爸和羅絲很寵喬奇，即使因而每晚無法安睡，變得脾氣焦躁、疲累不堪也無所謂。如此一來，大衛愈形隨心所欲，一方面感激因喬奇而得享這份自由，另一方面卻又因缺乏關注而忿恨不平。不管怎樣，閱讀時間因此增加，倒也不壞。

對這些舊書愈來愈入迷，大衛也就更想多認識這些書的前任主人。這些書顯然屬於某個跟自己很相像的人。他最後終於找到一個名字，「強納生．陶維」，就寫在其中兩本的封皮內面。他滿心好奇，想一探這人的事情。

某天，大衛強忍對羅絲的反感，下樓到廚房去。她正在那兒忙著。管家布格司太太（也就是園丁布格司先生的太太）到伊斯特本去探訪姊妹，所以羅絲那天得親手處理家務。外頭傳來雞舍裡母雞的咯咯叫聲。稍早，布格司先生餵了母雞，檢查兔子破壞菜園的狀況，順帶巡查雞舍，看有沒有洞讓狐狸鑽，大衛跟著幫忙。一週前，布格司先生在屋子附近設下陷阱，逮住了一隻送上小命的狐狸。那狐狸險些給陷阱夾斷頭。大衛當時說了些話，說真替狐狸難過。布格司先生唸了他一頓，提醒他，光是一隻狐狸闖進雞舍，就能一舉殲滅所有母雞。不過，眼見那卡在小小尖牙之間的舌頭、意圖掙脫陷阱而啃咬扯落的毛皮，動物慘死的模樣還是讓大衛很不安。

大衛幫自己調了杯麥汁檸檬水，在餐桌一端坐下，向羅絲問好。羅絲停下洗碗工作轉身跟他說話，開心與驚喜讓她的臉亮了起來。大衛原本就打算要盡全力對她好一些，希望能從她那兒弄到多一點資訊；而羅絲平常除了吃飯、睡覺時間或是聽大衛沒好氣的極短對答外，跟他也沒有其他話題可聊，便乘機全心把握這搭起彼此橋梁的機會，所以大衛的演技不用苦撐過久。她拿毛巾擦乾雙手，在大衛身邊坐了下來。

「我還好，謝謝。」她回答：「有些累就是了，喬奇啊還有別的，不過這只是暫時的。這陣子以來有些尷尬。我確定你也感覺到了。我們四個人像這樣突然湊到一塊兒。不過，你在這裡我實在高興。這個房子只給一個人住，實在太大了。可是我父母又希望這房子留在家族名下，這對他們……很重要。」

「為什麼？」大衛問，努力不讓聲音透露出自己多有興趣。他不想讓羅絲發現，自己跟她說話只為了套出一些關於這房子的事，特別是他房間和房裡的書本。

「嗯……我家族擁有這房子很久了。我祖父母蓋好這房子以後，就跟著孩子住在這兒。他們希望這房子能代代相傳，盼望永遠有孩子住在裡頭。」

「我房裡的書是他們的嗎？」大衛問。

「有一部分是。」羅絲回答：「其他的屬於他們的孩子：我父親、我姑姑，還有……」羅絲停頓一會兒。

「強納生？」大衛提示，羅絲點了點頭，一臉哀愁。

「對，是強納生。你從哪裡知道這名字的？」

「就寫在幾本書裡頭。我正在想他是誰。」

「是我伯父，就是我爸的哥哥，不過我從沒見過他。你房間以前就是他的，那些書大多也是他的。如果你不喜歡，那真是不好意思……我原本想那房間很適合你。我知道房間有點暗，可是有那些書架，當然，還有那些書……我當初應該多想想的。」

「怎麼了？我喜歡啊。也喜歡那些書。」

羅絲別過頭去。「喔，沒事。那就沒關係了。」

「有關係。」大衛說：「請告訴我。」

羅絲讓了步。

「強納生失蹤了，他那時才十四歲。是很久以前的事了，我祖父母讓他的房間維持原貌，希望他會回來。他始終沒回來。還有個小孩跟他一起失蹤了，是個小女孩。女孩名叫安娜，是我祖父朋友的女兒。那友人夫婦死於火災，祖父就將安娜帶來，跟自己家人共同生活。安娜當時才七歲。祖父心想，讓強納生有個小妹妹，也讓安娜有個大哥哥照顧，一定很不錯。總之，他們一定是走丟了，唉，我也不知道，一定出了什麼事。再也沒人見過他們。真的、真的很不幸。祖父母找了好久。到森林裡河流邊找，在鄰近市鎮打聽。甚至上倫敦去，四處張貼他們的肖像和布告，可是從沒人通報他們的消息。

「後來，他們又生了兩個孩子，就是我爸爸和姑姑凱薩琳，可是祖父母永遠忘不了強納生，從未放棄他與安娜有一天可能會回來的希望。特別是祖父，他不曾從這喪痛中復原，似乎將一切怪罪在自己身上。我猜，他一定覺得當初該好好保護他們。或許這就是他早逝的原因吧。祖母臨終時，要我爸爸千萬別攪亂那房間，讓書留在原位，等強納生回來。她從未絕望。她也掛心安娜，可是強納生畢竟是她的長子。我想，她每天望出臥房窗戶時，肯定巴望見到他走上花園小徑，雖然比離開時年紀稍長，但仍是她的愛子，等著聽那精采絕倫的失蹤故事。

「我爸爸遵照祖母的要求，讓書本留在原位。我父母過世後，我也照做。我一直想要有個自己的家庭。我只是覺得，強納生這麼愛他的書，若是有懂得欣賞那些書的小孩住在他房裡，而不是任其擺著朽壞、沒人讀，他一定也高興。現在是你的房間了，不過如果你希望我們把你移到另一間房，也可以。房間還很多。」

「強納生是什麼樣的人？妳祖父談過他的事嗎？」

羅絲想了一會兒。「嗯，他的事，我當初跟你一樣好奇，也問過祖父，甚至還把他好好研究了一番。祖父說，他靜得出奇。你也看得出來，他跟你一樣喜歡讀書。說起來有點好玩，他愛童話故事，可是那些故事又嚇得他心驚肉跳。問題是，他最害怕的也是他最愛不釋手的。他很怕野狼。我記得有一次祖父跟我說，強納生會做惡夢，夢見野狼猛追著他。還不是普通的狼喔！因為那些狼是從他讀的故事變來的，所以會說人話。他夢裡那些狼可聰明了，凶猛得很。因為他老做惡夢，祖父試過把他的書拿走，可是書不在身邊又讓他忿忿不平，到最後祖父總是讓步，又把書還給他。有些書到強納生手裡的時候，早已相當老舊。要不是很久以前有人在裡頭寫了字，其中幾本可能還價值不菲。祖父猜想，那些外加的故事和圖案可能是賣書人的作品。倫敦的書商，怪人一個。他賣很多童書，可是我想他不是很喜歡小孩。我覺得他只是愛嚇唬人。」

羅絲凝望窗外，沉浸在祖父與失蹤伯父的回憶中。

「強納生和安娜失蹤後，祖父再度造訪那家書店。我猜，他大概覺得有孩子的人會到那兒買書，說不定他們或是他們的孩子見過失蹤的兩人。可是，到了書店所在的那條街，卻發現那店早不見蹤影，原址已由木板圍封起來，早就沒人在那兒生活或工作。沒人能告訴他，擁有那家書店的矮小男人怎麼了。也許死了吧。祖父說那人很老了。非常老，而且非常古怪。」

門鈴響起，打破了大衛和羅絲間那股和諧魔咒。是郵差，羅絲起身應門。她回來後，問大衛想不想吃些東西，可是大衛說不。他有些氣自己竟然鬆懈了對羅絲的戒心。雖說最終換來一些資訊，他卻不希望羅絲以爲兩人之間已一切太平，才怪，一點都不是。他留羅絲一人在廚房，逕自掉頭往房間去。

回房前，他繞去看看喬奇。寶寶在嬰兒床上熟睡，一旁放著他專用的大防毒面罩、面罩的充氣風箱。大衛試著說服自己，喬奇人在這裡不是他的錯，他可沒要求要到這世上來。不過，大衛還是沒辦法逼自己多關愛他一些。每看到爸爸抱著新生兒，自己體內就有股撕扯的感覺。喬奇代表了所有的差錯和變故。媽媽過世後，只剩大衛和爸爸，因爲只有彼此相依，兩人更爲親近。現在爸爸多了羅絲和新生兒，大衛卻沒有其他人，只有自己。

大衛離開寶寶，回到自己的閣樓去。剩餘的午後時光，就在那兒瀏覽強納生．陶維的舊書。他坐在窗邊椅櫃，心想強納生從前也坐過這位置，走過屋裡同一條走廊、在同一間廚房裡用餐、在同一個客廳裡玩耍，連睡的床都跟大衛同一張。或許，時光倒流，他仍做著這些事。大衛和強納生正同占一個空間，只不過身處歷史的不同階段。強納生就像是穿行過大衛世界的隱形魂魄，不知道自己每晚正跟一名陌生人共枕。這麼一想，大衛不禁打了哆嗦，卻也因爲兩個這樣相像的男孩能以某種方式同享這種聯繫，也有些開心。

強納生和小女孩安娜出了什麼事呢？大衛臆測。也許他們逃家了——大衛這年紀已能了解故事書裡的離家出走，和現實上十四歲男孩拖著七歲小女孩會面臨的事情，實有天南地北之差。若眞是逃家，過不了多久他們就會又累又餓、悔不當初。爸爸曾說，萬一迷路，就要自己或請大人幫忙找到警察，但是不可以接近獨行的男人。只能問女士，或是一對男女，帶著孩子的夫妻更好。爸爸會說，再小心也不爲過。強納生和安娜就是這樣嗎？他們是不是找錯了人，而那人不想幫他們返家，反倒拐走他們，藏匿在沒人找得到的所在？爲什麼有人會做這種事？

臥躺在床，大衛知道這問題的解答。媽媽最後一次去那家不像醫院的醫院之前，他聽到爸媽聊到當地一個叫比利·戈丁的男孩，某天放學回家的途中失蹤了。死了。比利·戈丁跟大衛不同校，也不屬於大衛的朋友圈，但因爲是足球高手，星期六早上總在公園裡踢球，所以大衛知道他的長相。聽說阿森納足球隊的人跟戈丁先生商談過，等比利再長幾歲就讓他加入，不過有人說那是比利自己瞎編的，根本沒那回事。之後，比利就失蹤了。連續兩個週六，警察到公園來，找任何可能有他消息的人談話。他們也找大衛和爸爸談，但是大衛幫不上忙。第二個週六過後，警察沒再回到公園來。

過了幾天，大衛在學校裡聽說有人在鐵道那頭發現比利·戈丁的屍體。

那夜準備上床前，他聽到爸媽在臥房裡談話，得知比利被發現的時候，全身赤裸。警察逮捕了一名男子，那人跟母親同住在窗明几淨的小屋裡，離發現屍體的地方不遠。大衛從爸媽講話的方式推知，比利死前發生了很慘的事，跟那個住在乾淨小屋的男人有關。

那晚，媽媽特別費力從臥房走過來親親大衛。她緊擁大衛，再次警告他別跟陌生男人談話，交代他放學一定要直接回家。如果有陌生人接近，要給他糖吃，或表示只要一道走，就答應給一隻鴿子當寵物，大衛就要快步前行。若是那男人窮追不捨，大衛得往眼前第一棟房子去，將來龍去脈告訴屋裡的人。不管他做什麼，不管那陌生人說什麼，他千萬千萬不能跟陌生人走。大衛答應絕對不會。應諾媽媽的當下，大衛突然想到一個問題，卻沒問出口。媽媽看來憂心十足，大衛可不想讓她操心過度，到最後連出去玩耍都不行。媽媽關上燈、留他在一室陰暗後，那問題仍縈繞在心：要是那人逼我跟他走呢？

此刻，在另一間房裡，他想起強納生和安娜，納悶是否有個來自乾淨小屋、與母親同住的男人，口袋裡放著糖果，硬逼他們跟著他往鐵道那兒去。

那兒，一片暗昧中，那人用自己的方式，跟他們玩耍。

晚餐時，爸爸又談到戰爭。大衛仍然感覺不到戰爭已開打。即使在電影院可以看到新聞影片報導戰役片段，然而交戰場景都在遠方，比大衛原先期待的要單調多了。戰爭聽來相當刺激，到目前爲止卻與現實迥然不同。的確，噴火戰鬥機和颶風戰鬥機組成的飛行中隊常飛越屋子上方，英倫海峽上空也總有激戰。這陣子，德軍戰鬥機反覆突襲南方的小型機場，甚至在倫敦東區的克里波門聖吉爾斯教區投彈（布格司先生形容爲「典型的納粹行爲」，不過爸爸較爲心平氣和，說他們原本想摧毀泰晤士港的煉油廠，卻搞砸了）。儘管如此，大衛還是覺得跟這一切很疏遠。不像發生在自家後院。照理說，不該接近敵機殘骸，但倫敦人還是從墜毀的德軍戰機拿東西做爲紀念，不時因跳機的飛行員而興奮不已；這兒離倫敦才不到五十哩遠，卻風靜浪平。

爸爸摺起《每日快報》放在盤子旁。報紙比以往輕薄，減至六頁。爸爸說是因爲開始限制用紙。《磁力》週刊在七月停印，從大衛身邊奪走了比利．邦特①，不過每個月仍有《男孩》畫報②，以及每週出刊的《空中觀測員》，大衛總是將後者細心歸放在《戰力飛行器》套書旁邊。

「你必須參戰嗎？」用完晚餐，大衛問爸爸。

「不會。我想是不會。」爸爸答道：「我待在原處，比較派得上用場。」

「高度機密。」大衛說。

爸爸微笑以對。

「沒錯，是高度機密。」

大衛一想到爸爸可能是間諜，或至少懂得諜報員的事，就興奮莫名。至今，這是戰爭唯一有趣的部分。

那晚，大衛躺在床上，望著淌進窗戶的月光。天際清澈，月光皎潔。過了一會兒，他闔上雙眼，夢見狼群和小女孩；一座傾頹城堡內，老國王在寶座上沉睡。鐵道沿著城堡延展，有人正穿過鐵道旁的高大蔓草而來。一個男孩、一個女孩，還有駝背人，消隱於地底。大衛聞到水果軟糖和薄荷糖的味道，還聽到小女孩哭著，直到行近的火車掩蓋她的聲音爲止。

---

① Billy Bunter，查爾斯・漢彌頓（Charles Hamilton）在《磁力》週刊中，為灰修士學校（Greyfriars School）校園系列故事所創造的角色。

② *Boy's Own* 是英國的故事畫報，針對男孩與少年所設，於一八七九至一九六七年間出刊。

5 關於入侵者和變身種種

九月之始，駝背人終於跨進大衛的世界。

這個夏天漫長緊張。爸爸花在工作地點的時間比在家裡長，有時候一連兩、三天不回家睡。反正天一黑，他連回家一趟都困難重重。為了阻撓可能入侵的德軍，路標全移除了。好幾次，爸爸連大白天開車回家都會迷路，若是夜裡熄了車頭燈開車，天曉得最後會開到哪兒去。羅絲開始體會到當個母親真不簡單。大衛心想，如果自己小時候跟喬奇一樣難纏，媽媽是不是也吃不消。希望不是。現況的壓力讓羅絲不再對大衛萬般容忍，大衛的情緒也愈見低落。兩人鮮少交談。大衛看得出來，爸爸對兩人的耐性幾近消磨殆盡。昨夜晚餐時，羅絲將大衛無傷大雅的話視為粗言侮辱，兩人不免口角，令爸爸大為光火。

「拜託一下好不好！你們兩個為什麼不想辦法好好相處？」爸爸大吼：「我回家不是為了看這個。比壓力、比誰吼得大聲，這我工作的時候都不缺！」

坐在高椅上的喬奇哭了起來。

「你看你幹了啥好事。」羅絲說，餐巾往餐桌一扔，到喬奇身邊去。

爸爸把頭埋進雙手裡。

「所以……都算我的錯？」爸爸說。

「嗯，反正不是我的問題。」羅絲答。

不約而同，兩人的眼光轉向大衛。

「你們竟然怪到我頭上！」

大衛氣沖沖重步離開餐桌，留下才吃一半的晚餐。他還沒吃飽，可是那道燉菜全是青菜，只攙混了一些難吃的廉價醃腸片添些變化。他知道隔天還是得把剩菜吃完，可是他才不管。加熱再吃也不會比現在更難入口。他走往房間路上，還巴望聽到爸爸下令要他回桌把飯吃完，但竟沒人喚他回去。他重重往床上坐下，恨不得暑假趕快結束。他們已經幫大衛找到住家附近的學校，上學總比成天跟羅絲和喬奇混在一起強得多。

大衛已經很少上漠白力醫生那裡了，沒人有空帶他進倫敦。反正，看起來也沒再發作。他不再昏跌於地或頓失知覺，對書的低語幾乎早習以為常，卻似乎有某種更怪異、更令人不安的事情，比書本的呢喃還要詭異。

大衛連連做著「白日夢」——這是他唯一想到的形容。感覺像是在深夜時分，因讀書或聽廣播而漸漸疲憊，於是，有那麼一刻，不小心睡著了，開始發夢，而自己其實不知道已經睡著了，世界突然變得很詭異。在房裡玩、看書，或在花園散步的時候，事物突然變得閃爍不清。牆壁會消失，書本從手上跌落，花園被山坡與高大灰樹所取代。他發現自己身處新天地，一個有暗影和冷風的微光地帶，瀰漫野生動物的氣味。有時候他甚至聽到多重聲音。眾聲呼喚他，聽來有些熟悉，一旦想凝神傾聽，那幻覺則稍縱即逝，他便再度回到自己的世界。

最奇怪的是，其中一個聲音聽來像媽媽的。那聲音說起話來最嘹亮、最清晰。她從幽暗裡朝他呼喚，召喚他，告訴他自己還活著。

離凹陷花園愈近，白日夢威力愈強。大衛覺得這些夢境讓他心神不寧，總是盡可能避開那一帶。事實上，這些夢令他困擾不堪，若爸爸撥得出時間安排約談，他眞想告訴漠白力醫生。他想，或許自己終究會跟醫師提起書本的低語，這兩者可能有關連。但轉念一想，漠白力醫師一定會問起媽媽的種種，讓他想起會被「安置他處」的危險性。大衛跟醫師提過對媽媽的想念，醫師反而談起喪親的悲痛，說有這樣的感受很自然，只是得想辦法克服。因媽媽垂死而傷心，是一回事；聽到媽媽從花園暗處傳來的呼喊聲，堅稱自己還活著，就在腐朽牆磚後方，這又是另外一回事。大衛不確定漠白力醫師對這事會有什麼回應。他不想被送進精神病院，可是這些夢眞嚇人，實在不想繼續。

開學倒數前某日，大衛在屋裡待膩了，便到宅院後方的林裡散步。他撿起一根粗枝，揮掃長得老高的野草。在矮樹叢裡發現一張蛛網，便想折一段細枝誘蜘蛛出來。他將細枝丟在蛛網中央，毫無動靜。大衛明白，那是因爲細枝不會動。能引起蜘蛛注意的，是昆蟲的求生掙扎——蜘蛛只是小蟲子，竟有這樣的智慧。

他回望屋子，看到自己臥房的窗戶。牆上的常春藤幾乎圍繞了整個窗框，讓房間愈來愈像是大自然的一部分。隔個距離看，他注意到常春藤在他窗戶那裡最爲茂密，卻幾乎沒碰同一面牆的其他窗戶。一反常態，常春藤並非散布在屋牆下側，反而沿著窄徑筆直攀向大衛的窗口，有如童話裡帶傑克到巨人那兒的豌豆莖。這常春藤似乎很清楚自己的目的地。

有個人影在大衛房裡走動。他看到那形影經過鏡子，服色是森林綠。一時間，他認爲那是羅絲或布格司太太，卻又記起布格司太太到村裡去了，而羅絲很少進他房間，如果眞要進去，也會先經過他同意。不是爸爸，房裡那人的身形不合。大衛想，其實不管房裡的人是誰，身形都不對。他很肯定。那形影稍顯駝背，彷彿長年躡手躡腳，身體蜷扭、脊椎曲彎，手臂像是歪扭的樹枝，十指蜷曲，隨時想掠奪眼前所見。鼻子又窄又彎，頭頂著彎帽。有一會兒離開大衛視線，後又再度現身，手捧大衛的一本書。那人影先是隨意翻著書頁，一找到有興趣的就停手，似乎讀了起來。

接著，大衛聽到喬奇在嬰兒房裡大哭。那人影把書扔下，傾聽。大衛看到人影的手指伸展向天，彷彿喬奇是他眼前垂掛在樹的熟透蘋果，準備好讓人摘下。他似乎跟自己爭論著下一步該如何，大衛見他左手伸向尖下巴，輕輕搓著。他在考慮的當兒，回首俯望下邊樹林。瞥見大衛，一下子突然止住動作，俯低藏身。不過，就在那刻，大衛看到那蒼白臉龐上的濃黑雙眼。那臉又長又瘦，像是曾用架子撐拉成形。一張闊嘴，唇色極爲黑黝，像是擺久了發酸的酒。

大衛奔向屋子，衝進廚房，爸爸正在讀報。

「爸，有人在我房間！」

爸爸好奇地抬頭望他。

「什麼意思？」

「有個男人在上面。」大衛堅稱：「我在樹林裡散步，一抬頭看自己的窗戶，他就在那裡。他戴著帽子，臉很長。然後他聽到寶寶哭了，就停下手邊的事來聽。他看到我望著他，就想躲起來。拜託，爸，你一定要相信我！」

爸爸皺起眉來，放下報紙。

「大衛，如果你在開玩笑……」

「我沒有，眞的！」

他跟在爸爸身後上樓，手中還抓著樹枝。房門關著。開門前，爸爸暫停半晌，接著伸手扭轉門把。門開了。

他們等了一會兒，平靜無事。

「看吧。沒事嘛……」

有個東西撞上爸爸的臉，他大叫起來。那東西一陣驚恐急飛，在牆上和窗戶間猛擊亂撞。驚魂甫定，大衛從爸爸身後使勁盯著，看到那入侵者是隻喜鵲。牠極力想逃出房間，振翅快飛，使得黑白羽色模糊不分。

「到外頭呆著，把門關緊。」爸爸交代，「這種鳥很凶悍。」

雖然還是怕，大衛仍聽話照做。他聽到爸爸開窗，朝喜鵲大吼，強迫牠往那開口去，最後終於不再聽到鳥的聲音。爸爸開門，微冒著汗。

「嗯，可把我倆給嚇了一跳。」

大衛望進房間。地上有些羽毛，僅只於此。毫無鳥的蹤跡，或是他先前目睹的矮小怪人。他走向窗口。喜鵲停棲在花園那傾頹的砌石處，似乎正回瞪他。

「只是隻喜鵲。你看到的就是那個。」

大衛忍不住想辯解，可是他知道，如果他堅持房裡有比喜鵲更大更險惡的東西，爸爸只會要他別胡鬧。喜鵲不戴彎帽，不朝哭泣的寶寶伸手。大衛看到他的雙眼和佝僂身體，還有貪婪的長手指。

回頭再看花園，已不見喜鵲。

爸爸誇張地嘆口氣：「你還是不相信只是喜鵲，對不對？」

爸爸跪下來檢查床底，打開衣櫥，探看隔壁浴室，甚至瞧瞧書櫃後面頂多容一手伸進的空間。

「看吧？只是隻鳥。」

可是他看得出大衛仍有疑慮，便一起搜查頂樓所有房間和其他樓層，直到確認屋裡只有大衛、爸爸、羅絲、喬奇。接著爸爸就離開回去讀報。回到房裡，大衛從窗邊地面撿起一本書。是強納生·陶維的故事書，書頁攤開，停在小紅帽故事那頁。故事插圖是高大的野狼站在小女孩眼前，掌上沾了祖母的血，露出尖牙準備吞下小孫女。某人，可能是強納生，用黑色蠟筆草草劃過野狼身體，好像為野狼所代表的險惡而困擾不安。大衛闔上書，放回架上，注意到房裡一派寂靜。沒有呢喃聲。書本噤聲不語。

那喜鵲可能有辦法把書弄下地，大衛心想，但總不可能穿過深鎖的窗戶進房裡來吧。一定還有別人在這裡，這他很確定。在老故事裡，人們總會自己變身，或者被變形，搖身成了動物和鳥禽。難道駝背人不會為了避人耳目而變身成喜鵲嗎？

但他沒走遠。不，他沒飛遠，只到花園那兒而已，然後就消失了。

那夜，大衛躺在床上，寤寐之間，媽媽的聲音從花園的黑暗中傳到耳畔，喚著他的名，要他千萬別忘記。

大衛那時便了解，時候就快到了。他一定得進去那個地方。他終究得面對裡頭的東西。

6

戰爭與兩個世界間的通道

隔天，大衛和羅絲吵得不可開交。

不滿已醞釀多時。喬奇喝的是母奶，也就是說，爲了喬奇的需求，羅絲被迫半夜起床。即使餵飽了，喬奇仍翻來覆去哭鬧不休，爸爸就算在身邊也無能爲力——有時這便成了兩人爭吵的起因。通常從一件小事開始，諸如爸爸忘了收拾盤子、沾了泥的鞋底一路拖過廚房地板，而後迅速演變成爭相嘶吼，最終以羅絲淚漣漣、喬奇哭著應和媽媽來收場。

大衛覺得爸爸比以前看來更老更累。他擔心爸爸，想念爸爸的陪伴。那天早上，即將爆發一場大吵的早晨，大衛站在浴室門口，看爸爸刮鬍子。

「你工作好賣力喔。」

「大概吧。」

「你老是很累。」

「你跟羅絲處不來，讓我很厭倦。」

「對不起。」大衛說。

「嗯。」爸爸說。

他刮完鬍子，用水槽裡的水抹掉臉上泡沫，用粉紅毛巾拭乾。

「我現在很少看到你。只是這樣。我想念你在身邊的時候。」

爸爸對他微笑，輕拍他的耳朵。「我知道。可是我們都得犧牲一下，外頭那麼多人的犧牲遠超過我們。他們天天冒著生命危險，而我有義務盡我所能幫他們。我們得找出德軍有什麼計畫、對我方心生什麼懷疑。這是我的工作。別忘了，我們能在這裡實在幸運。在倫敦的那些人可苦多了。」

前一天，德軍重創倫敦。根據爸爸的說法，上千架戰機在謝佩島上方混戰。大衛心想倫敦現在不知如何。四處是燒毀的建築？街道盡是碎瓦殘礫？鴿子還在特拉法加廣場嗎？他猜應該是。鴿子沒聰明到懂得遷居。也許爸爸說得對，他們能避開，算是幸運了；可是大衛不禁也想，現在住在倫敦肯定相當刺激。恐怖難免，但是刺激。

「過些時候總會結束，到時候大家就能再過正常生活。」爸爸說。

「什麼時候呢？」大衛問。

爸爸看來心事重重。「我不知道。短時間內沒辦法。」

「幾個月嗎？」

「再久一點吧。」

「爸，我們現在占上風嗎？」

「我們苦撐著。目前來說，這就是我們的最佳策略。」

大衛離開，讓爸爸先換衣服。爸爸出門前，全家一起吃了早餐，可是爸爸和羅絲沒說上幾句話。大衛知道他們這陣子又吵架了。一等爸爸出門上班，他躲著羅絲，比平常躲得更遠。他在房裡玩了一會兒玩具兵，稍後便躺在屋後的蔽蔭裡看書。

羅絲就在那兒找到他。書雖攤在胸前，大衛的注意力卻集中在他方。他正望著草地遠端看，也就是花園所在，眼睛盯著砌石的大洞，好似等著看裡面有所動靜。

「喔，你在這裡啊。」羅絲說。

大衛抬頭看她。陽光直射，逼得他半瞇上眼。「妳想怎樣？」

他沒打算這樣說話，聽來似乎無禮又魯莽。他不是有意的，也不是變本加厲。本來可以問「需要幫忙嗎」，或甚至在句子前加上「對啊」、「沒錯」，或只是「嗨」一聲也行。可是等他想到，已經太遲。

羅絲的下眼眶泛紅，膚色蒼白，額頭和臉頰看似比先前多了不少橫紋，人也臃腫許多——大衛心想大概跟生小孩有關。他問過爸爸，爸爸交代他千萬別跟羅絲提起。爸爸可不是開玩笑的，他甚至用上「我倆小命加起來都賠不上」來強調事關緊要，表示大衛不需表明自己的看法。

變得更胖、更蒼白、更疲累的羅絲就站在大衛身旁。逆光下，他看得出羅絲的怒氣高漲。

「你好大膽子，竟然這樣跟我說話！你成天坐著，埋頭看書，對家庭生活毫無貢獻，還狗嘴吐不出象牙來！你以爲你是哪根蔥？」

原打算道歉的大衛決定作罷——羅絲這樣說，根本不公平。他主動要幫忙的時候，羅絲幾乎總是拒絕，因爲他似乎總挑在羅絲無力對應時（喬奇胡鬧或她手忙腳亂的時候）提出。布格司先生照料花園時，大衛總是盡量幫忙清掃或耙落葉，但那在戶外，羅絲看不見他的功勞。布格司太太負責所有的清潔工作，大部分餐點也由她掌廚，可是每當大衛想幫忙，她總是揮手趕開，堅持說他只會幫倒忙。他最好的選擇，似乎就是盡量離大家遠遠的。反正，暑假就剩這最後幾天。村裡的學校因教師短缺而延後幾天開課，不過爸爸似乎很確定，最晚在下週初，大衛就會好好坐在新課桌後面。從那時直到學期中，他白天在校，晚上忙功課，每日工時幾乎跟爸爸一樣長。爲何不能趁這時候放鬆一下呢？現在他的怒意直追羅絲。他站起身，發覺自己現在跟羅絲一般高了。意識到說話的人是自己之前，話早已從口裡源源而出：半眞半假的話、粗言侮辱、自喬奇出生以來所有壓抑的憤怒，全混在一起。

「妳又以爲妳是誰？妳又不是我媽，憑什麼這樣跟我講話。我本來就不想來這裡住。我只想跟爸爸在一起。我們兩個人本來好好的，然後妳就出現了。現在還加了喬奇。妳覺得我只算個絆腳石，哼，妳也擋了我的路啊，還有爸爸的！就像我一樣，他還愛著我媽。還想著她。爸爸永遠不會像愛媽媽那樣愛妳，永遠不會。不管妳做什麼或說什麼。爸爸還愛她。還、愛、她。」

羅絲打了他。用手掌摑了他的臉。下手不重，而且一意識到自己的行爲，立即收手。這樣的衝擊仍足以讓大衛一時失衡。他臉頰刺痛，淚湧雙眼，因驚嚇而張嘴站立，而後與羅絲一擦身，衝向自己的房間。即使羅絲喚他、歉聲連連，他頭也不回。他隨手鎖上房門。羅絲敲門，他拒開。過一會兒，她離開，沒再回來。

大衛待在房裡直到爸爸返家，聽見羅絲在走廊上跟爸爸談話。爸爸的嗓門大了起來，羅絲試著安撫。樓梯上傳來腳步聲。大衛知道大事不妙。

爸爸的拳頭力道之大，房門幾乎就要從門鉸鍊上脫落。

「大衛，開門！馬上開！」

大衛照做，在鎖洞上將鑰匙轉了一圈，待爸爸一進房，便趕緊向後退步。爸爸氣得臉色幾乎發紫，舉起手來好像要揍人，接著似乎又決定罷手。他喉頭抽動，深吸口氣，搖了搖頭。再度開口時，聲音出奇平靜，這比先前的大發脾氣還讓大衛提心吊膽。

「你沒有權利跟羅絲那樣說話。你要尊重她，就像你尊重我一樣。這陣子大家都辛苦，可是不表示你今天的行為就合理。我還沒決定該如何處置你。要不是時間太晚，我就把你送到住宿學校去，到時你就知道你人在這裡有多幸運。」

大衛試著發話：「可是，羅絲打……」

爸爸舉起手來。「我不想聽。如果你再開口，麻煩就大了。現在開始禁足。你明天不能到外頭去，不能看書也不能玩玩具。你的門要一直開著，如果我抓到你玩或看書，那好，我就修理你一頓。你坐在床上，好好反省自己說的話。還有，最後我們准你回歸文明人的生活時，想想你又該怎樣補償羅絲。大衛，我對你真失望。把你帶大，是要你有更好的表現。你媽和我，我們都這樣希望。」

爸爸說完就走。大衛重重坐回床上。他不想哭，卻情不自禁。真不公平。跟羅絲那樣說話，是他錯了，可是出手打人也不對啊。眼淚簌簌落下，他意識到架上書本的喃喃聲。他早就習以為常，就像鳥鳴或林中風聲，幾乎當成耳邊風。此時，音量卻愈來愈大。身邊有股燃燒的氣味，像是點燃的火柴和電車纜線擦出火花一樣。第一陣痙攣來襲，他咬緊牙關，可是沒人在場目睹。房裡出現一個裂洞，將這個世界的結構扯裂兩半，他看到那頭的另一個國度。有座城堡，碉堡處旗幟飄揚，士兵踏著正步，長長隊伍魚貫穿過大門。接著城堡不見了，由另一座城堡起而代之。城堡的四周圍繞著東倒西歪的樹木，比第一座更加陰暗、輪廓模糊，唯一的巨塔為城堡主體，像手指一般直指向天。最頂端的窗戶亮著，大衛感覺那裡有些什麼，怪異又熟悉。它以媽媽的聲音向他召喚：

大衛，我沒死，來我這裡，救救我。

大衛不知道自己失去知覺多久、是不是睡著了；一張開雙眼，房裡一片暗，嘴裡有股銅腥味。他明白自己咬傷了舌頭，想跟爸爸說發作的事，但肯定得不到幾分同情。屋裡寂靜無聲，他推想大家早已就寢。陪侍的月亮照在一排排書本上，書本現在又靜了下來，只有幾本較為單調無聊的書偶爾發出鼾聲。架子高處有本煤礦史因失寵被打入冷宮，它特別無趣，還有個惹人厭的壞習慣：先是鼾聲雷動，接著大聲猛咳，使得一團團黑塵自書頁升起。大衛聽到它咳嗽，也意識到某幾本老書之間（那些他愛極了、詭奇陰暗的童話故事）有種警醒無眠的氛圍。他隱約感到它們正等著事件發生，雖然說不準是什麼。

雖說記不清夢的內容，大衛確定方才做了夢。他很確定，那場夢並不愉快，卻只餘縈繞不已的不安、右手掌的輕微刺痛，彷彿有人拿野葛輕掃他的手掌。一側臉頰也有相同的觸感。某種感覺揮之不去，那就是當他暫離世界時，有不好的東西碰了他。

他還穿著白天的衣服。他爬下床，在漆黑裡脫下衣服、換上乾淨的睡衣。回到床上，與枕頭角鬥一番，翻來覆去，想找個舒服的姿勢好再度成眠。但安眠無望。閉眼躺著，注意到臥房窗戶大敞。他不喜歡讓窗開著。連關窗也很難防止蟲子進來，更不想要讓那喜鵲趁他睡覺時再跑回來。

大衛離床，小心接近窗戶。有個東西繞上他赤裸的腳，驚然把腳一抬，是常春藤的捲鬚。沿著內牆有些新芽抽枝，綠指延伸過衣櫃、地毯、五斗櫃。他跟布格司先生提過，布格司先生答應要弄個梯子，修剪外牆的常春藤，只是還沒動工。大衛不喜歡碰常春藤，它步步侵占房間的方式，看似活生生的。

大衛找到拖鞋穿上，才跨過常春藤到窗邊。於此同時，他聽到女聲叫他的名字。

大衛。

「媽？」他沒把握地回問。

嗯，大衛，是我。聽著，別怕。

可是大衛很怕。

拜託。我需要你幫忙。我被困在這裡頭。困在這個奇怪的地方，我不知道該怎麼辦。請快來，大衛。如果你愛我，跨過來吧。

「媽。我會怕。」

那聲音再度開口，變得微弱一些。

大衛。他們快要把我帶走了。別讓他們把我從你身邊帶走。拜託！跟著我，然後帶我回家。跟著我穿過花園。

大衛一聽，恐懼消失了。他一把抓起晨褸，安靜快步跑下樓梯，往外跑向草地。他在黑暗中停步。夜空中有種騷動，時有時無、低沉的噗噗聲自高空傳來。大衛抬頭看見高處有東西隱約發光，像是下墜的彗星。是飛機。他一直望著那光源，直到抵達通往凹陷花園的階梯。他不想停頓，因爲一旦稍停，不免衡量自己的行動，可能會變得太過恐懼而罷手。他一路跑向牆上的大洞，天空光源愈來愈亮，他感覺腳底踩倒了草。那飛機燒得烈火紅光，運轉不良的引擎噪音急速穿透夜幕。大衛停步，看它下降。它迅速下墜，灼燒的金屬碎片一路散落。太大了，應該不是戰鬥機。是轟炸機。飛機墜向地面，他似乎分辨得出著火的機翼形狀，也聽得見剩餘引擎氣急敗壞的低轉聲。它愈來愈大，到最後像是塡滿了天空，讓房子頓時縮小，橘紅火焰燃亮夜色。它直往凹陷花園而來，火焰舔舐著機身上的德軍十字徽，彷彿老天決意要阻止大衛游移越界。

選擇早已爲他做下，由不得他。大衛不能稍有遲疑。身後世界成了一片火海，他硬將自己塞過牆洞，進入了黑暗。

7

守林人和斧頭的功用

石磚和灰泥消失了。大衛十指觸及的盡是粗糙樹皮。他身在樹幹裡頭，眼前有個拱形洞口，再過去則是幽暗林地。落葉紛紛，緩慢旋落於林間地面。帶刺樹叢和扎人荊棘提供低矮掩蔽，放眼卻不見花朵。景色由深淺不一的綠與棕組成。一種奇異霧光撫照事事物物，彷彿黎明將臨，或一日將盡。

大衛待在漆黑樹幹中，靜伏不動。媽媽的聲音不見了，只剩隱約的樹葉摩搓聲，遠方急流過石聲。不見德軍航機的痕跡，毫無存在過的跡象。他忍不住想回頭，回屋裡喚醒爸爸，傾訴所見。可是他又能說些什麼呢。經過那天發生的種種，爸爸憑什麼相信他？他需要證物，能代表這新世界的某種象徵物。

大衛走出空心樹幹。天際無星，密雲遮蔽星群。空氣最初聞來清新爽淨，可是他一深呼吸，霎時就注意到一點別的、較不討喜的東西。大衛的舌頭幾乎嘗得到那氣味：由銅腥與腐敗所合成的金屬苦味。讓大衛想起某天與爸爸在路旁見到的死貓，毛皮扯裂、開腸破肚。那貓聞起來跟這新天地的夜空相像極了。大衛打起冷顫，卻不全然因爲冷。

他忽地意識到身後吼聲隆隆，背上有股熱流。樹幹開始膨脹延展，他緊趴在地、翻滾開來。樹幹中空處擴展不止，直到成了好似鋪滿樹皮的巨洞入口。洞裡深處，火焰閃動，然後像張噴吐無味食物的嘴巴，一把吐出了著火德軍轟炸機的部分機身，其中一名機員的身體還困在底下的座艙殘骸裡，機關槍直指大衛。機骸穿過樹林下側矮叢，快速闖出一條焦黑火焚的軌跡，最後才停棲於空地上。火勢更加猛烈了，機骸冒著大量濃煙。

大衛起身，拍掉衣服上的樹葉和泥土。他想接近著火的飛機。從座艙可以看出來是架Ju88雙引擎飛機，也看得見幾乎讓火焰吞沒的槍砲手屍體。不知還有沒有機員存活。受困的駕駛員緊貼在座艙裂損的玻璃上，頭顱焦黑、咧嘴揭露滿口白牙。大衛從不曾如此近身目睹死亡，不像這樣，不曾這般暴力、散發惡臭，還漸轉焦黑。他忍不住想像那德軍臨終最後幾刻，困在灼烈熱氣中、肌膚燒焚。他突然對這永遠無法得知其名的死者湧起同情。

物體從他耳旁咻掠飛過。像夜行昆蟲飛過時帶來一陣暖意，而爆裂聲幾乎即刻隨之響起。第二隻蟲嗡嗡飛過，不過大衛已經平臥在地，爲了避開口徑點三〇三步槍槍彈而匍匐找掩護。他找到地面低窪處，投身而入，雙手護頭、盡量貼平在地，直到彈雨停下。等他能確定彈藥已盡，才敢再抬頭。他謹慎起身觀看，火焰與火花碎屑正衝射向天。頭一次，他體會到這森林的樹木有多巨大，比住家樹林最古老的橡樹更高更粗。灰色的樹幹毫無枝椏，從他頭頂往上至少一百呎，才突然茂生成濃密龐大、大多光禿無葉的樹冠。

一個黑色盒狀物自碎損機身脫逸開來，落在離大衛不遠處，冒煙微微。看來像架老相機，不過一邊帶輪。他認出其中一個輪子上標有德文「制高點」，在那下方有個標籤寫著「上面附有色光鏡片」。

是個炸彈瞄準器。大衛看過圖片。德軍飛行員就用這東西來辨識地面的轟炸標的物。那個躺在機骸裡遭火焚的男人，當他趴伏機艙中，飛經底下的城市，也許這本來正是他的任務。大衛對那死去男人的同情逐漸消退。炸彈瞄準器讓他們的行徑顯得更有眞實感，不知怎的，也更駭人。他想到瑟縮在安德森式防空避難小屋裡的家庭，孩子哭鬧，大人衷心盼望落下的任何東西落得遠遠的，別擊中他們。他想到群聚於地下鐵車站的人，耳聞爆炸聲，讓塵土落得滿面，上頭則因炸彈天搖地動。

而他們還算運氣好的。

他猛踢瞄準器，伴之以完美的右腳射門，聽到裡頭的玻璃碎裂聲，明白那精巧的鏡片已毀，滿足感湧起。

而刺激感沒了。大衛手插晨褸口袋，想多勘察環境。離他所立之處約四、五步遠，有四朵亮紫花卉高立過草，是他在此第一回見到的眞正色彩。葉片有黃有橘，在大衛看來，花心好似熟睡孩童的臉孔。即使森林黝暗，他還是能分辨出闔起的眼、微啟的嘴、一雙鼻孔。這些花卉迥異於他所見。若能摘一朵給爸爸，也許就能說服他這地方眞正存在。

大衛走近花群，腳底落葉碎響。就快走到時，其中一朵花的眼睛突然張開，露出小小黃眼，接著便張嘴尖叫。其他的花馬上醒來，幾乎同時用葉子裹住自己，露出堅硬帶刺的葉背，上頭因黏液而微亮。大衛直覺最好別碰那些刺。蕁麻和野葛夠可怕了，天曉得這裡的植物會用什麼毒素來自衛。

大衛皺起鼻孔。風將焚燒飛機的臭味從身邊吹開，另一股惡臭卻隨之而來。在這裡，先前察覺的金屬苦味更加濃烈。往森林裡多走幾步，便看見落葉底下起伏不平，點點紅藍表示下頭有東西，只不過勉強半掩。大約是個男人的體形。大衛湊近一看，下頭有衣物和毛皮。他皺眉。是動物，穿衣服的動物。指尖帶爪，腿部似犬。他試著瞥看獸的臉，可是根本沒臉。牠早已身首分家，森林地面殘留動脈濺灑出來的血跡，是不久前才發生的事。

大衛掩住嘴巴免得想吐。短短幾分鐘目睹兩具屍體，讓他反胃起來。他離開那屍體，回身走向原先那棵樹。就這當兒，樹幹的巨洞竟在他眼前消失了，那棵樹縮回原先大小，他眼睜睜看著樹皮不停增長、覆蓋過洞，掩蓋了回他的世界的通道。它成了巨樹森林的其中一棵樹，而這些樹如此相像，難分彼此。大衛摸摸樹身，東壓西敲，希望能重啟大門，返回自己原有的生活，卻是徒勞。他就快哭出來，不過心裡明白一哭起來就完了，他會變成一個離家千里的小男孩，無力又恐懼。反之，他觀望四周，找到一端突出地表的扁平大石，挖出來，用最尖銳的邊緣敲挖樹幹，一回，又一回，一而再、再而三，直到樹皮龜裂、剝落在地。大衛感覺到樹打著哆嗦，像人突遭重擊而發顫那樣。內裡的白皙木髓轉紅，血般的汁液開始從傷口滲出，順著樹皮的紋理和裂縫流淌，垂滴落地。

有個聲音說：「別那樣。這些樹不喜歡。」

大衛轉身。一個男人站在離自己很近的暗影中。他又高又壯，肩膀寬闊、頭髮黑短，穿著幾乎及膝的棕色皮靴、獸皮製成的短外套，雙眼極綠，看來幾乎像是森林所幻化成的人形，右肩扛著斧頭。

大衛扔下石頭。「對不起。我不知道。」

「嗯。」那人靜靜打量他，最後說道：「我猜你不知情。」

他走向大衛，大衛本能地後退幾步，直到雙手擦觸那樹爲止。又一次，樹似乎在碰觸下發起抖來，可是這感覺比之前較不明顯，彷彿原先的傷口正逐漸復原；現在有這個陌生人在場，它確定不會再受同樣傷害。男人逐步接近，大衛可沒那麼放心：他有把斧頭，看來就像是能讓人身首異地的那種。

這會兒，男人從陰影中現身，大衛能夠細察他的臉。他看來很嚴厲，但也帶有一絲善意。大衛覺得這人可信任，開始放鬆一些，不過還是小心盯緊那大斧頭。

「你是誰？」大衛說。

「我也要問你同樣的問題。」男人說：「這樹林歸我管，我沒在林子裡見過你。不過，我還是回答你。我是守林人。我沒有別的名字或什麼要緊的稱號。」

守林人走近著火的飛機。火焰漸熄，暴露出空蕩骨架，看來像巨獸的骨骸——烤熟的肉已從骨頭上剝除，棄置於火堆。再也看不清槍砲手的樣貌，他成了一團金屬與機器零件中一個黑漆漆形體。守林人驚奇地搖搖頭，接著轉身往大衛方向邁步，走過男孩身邊，把手貼在受傷樹木的軀幹上，仔細查看大衛加諸於上的創口，像是輕撫馬或狗兒一般拍了拍樹。他跪下來，從附近石頭上摘取地苔塞入洞裡。

「沒事了，老傢伙。」他跟樹說：「很快就會復原。」

大衛頭頂上方高處的枝幹搖擺了一下，其他的樹動也不動。守林人將焦點轉回大衛。

「現在該你了。」守林人說：「你叫什麼名字，在這裡做什麼？這個地方不適合男孩獨自遊蕩。你坐這個『東西』來的嗎？」

他指指飛機。

「不是。是它跟著我來的。我叫大衛，從那棵樹幹穿過來的。那裡本來有個洞，但是消失了。所以我才往樹幹上挖，希望能切出一條回去的路，或者至少在樹上做做記號，才能再找到它。」

「你穿樹過來？打哪來的？」

「一個花園。牆角有個洞，我從那頭找到通道過來。我以為聽到了媽媽的聲音，就跟著過來。現在回去的路不見了。」

守林人再次指指機骸。「那你怎麼把那東西帶來的？」

「有空戰，它從天上掉下來的。」

就算這消息讓守林人備感驚奇，他也沒表現出來。

「裡頭有個人的屍體。」守林人說：「你認識他嗎？」

「他是槍砲手，其中一名機員。我從沒見過他。是德國人。」

「他死了。」

守林人再度以指頭碰碰樹，輕輕撫著表皮，好似希望在那底下找到剛才聽說的通道裂口。「像你說的，現在沒門了。不過，你想在樹上做記號並沒錯，雖說方法實在不高明。」

他將手伸進夾克衣褶，拿出一小球粗線，解開線團，直到長度讓他滿意為止。他拿線繞住樹幹，從一個小皮袋裡取出黏稠的灰色塗液抹在粗線上。真不好聞。

「免得動物和鳥兒來咬繩子。」守林人解釋，撿起斧頭。「你最好跟我來。我們明天再決定該拿你怎麼辦，現在得先把你弄到安全的地方。」

大衛不為所動。他依然能聞到空氣中的血腥與腐敗，現在近距離一看，他注意到斧頭上沾滿血滴，男人身上也有血跡。

「請問……」大衛說，盡可能裝作一派天真。「如果你守護樹林，為什麼需要斧頭？」守林人望著大衛，幾乎帶著盎然興味，彷彿看穿了男孩如何賣力隱藏憂慮，不過仍對他的佯裝功夫頗為佩服。

「斧頭不用在樹林上。」守林人說：「而是拿來對付住在樹林裡的東西。」守林人抬起頭，嗅嗅空氣，拿斧頭朝那無頭屍的方向指指。

「你聞到了。」

大衛點頭。「我也看到了。你弄的嗎？」

「對。」

「看起來像人，但不是。」

「不是。」守林人說：「不是人。我們稍後再談。你不必怕我，不過，這裡有別的東西，我們兩人都該怕。來吧。牠們的時候到了，焚燒的肉味與熱氣會吸引牠們來這裡。」

大衛明白自己別無選擇，只能跟著守林人走。拖鞋微濕，他覺得冷，守林人把夾克讓給他穿，將他背在背上。已有好久沒人背他。現在的他對爸爸而言太重了，可是守林人好像不為負重所擾。他們穿過森林，眼前樹木似乎綿延無盡。大衛想好好觀察新景象，可是守林人動作快，大衛只能忙著抓穩。頭頂上方，雲朵暫時分啟，露出月亮。月色血紅，如夜幕表皮的一個大洞。守林人加快腳步，寬大步伐橫掃森林地面。

「我們得要趕快。牠們快來了。」

話才出口，震天嗥叫自北方升起，守林人開始奔跑。

8
狼群與不—只—是—狼的狼

森林從身邊飛馳而過，灰、棕與冬日褪色的綠，一片混沌不明。荊棘攀扯守林人的夾克和大衛的睡褲。不只一回，大衛得趕緊俯下頭，免得灌木高叢耙傷了臉。嗥叫聲已然停息，守林人仍未放緩腳步，一刻也不停留。他沒開口，大衛也保持靜默。他很害怕，有一次還試著回頭，但險些重心不穩，便不再試。

到了林地深處，守林人止步，彷彿傾聽動靜。大衛差點開口追問怎麼了，想想還是作罷，依舊緘默，跟著豎耳傾聽到底是什麼讓守林人稍作停留。他毛髮直豎，覺得脖子微微刺痛，確定兩人正被監視。他隱約聽見右側樹葉騷響，左側細枝裂折。背後有動靜，彷彿矮叢中的東西想盡可能不出聲地包圍他們。

「抓緊啊。」守林人說：「就要到了。」

他往右衝刺，離開平地，衝過蕨類密叢。大衛隨即聽到背後的樹林爆出聲響，緊迫追逐再度開始。他手上有了傷口，血滴落地，睡衣從膝蓋到腳踝扯出了大洞，還掉了一只拖鞋，夜晚空氣凍痛了光禿腳趾；手指因為天冷還有費勁緊抓守林人而發痛，但他沒鬆手。他們穿過另一處樹叢，身處起伏不平的小徑上，沿斜坡蜿蜒而下，通向前方看來像花園的地方。大衛向背後一瞥，覺得自己看到了兩顆蒼白的眼球在夜光中閃爍，還有一團厚灰毛皮。

「別向後看。」守林人說：「不管怎樣都別回頭。」

大衛轉頭面向前方，驚恐萬分。當初跟著媽媽的聲音進入此地，現在後悔極了。他不過是個男孩，身穿睡衣與一只拖鞋，藍色舊晨褸上披著陌生人的夾克，任何地方與他都格格不入，他只屬於自己的臥房。

林木逐漸稀疏，大衛和守林人到了一塊地，上頭種了一排排蔬菜，看得出細心照料的痕跡。眼前是大衛見過最奇特的小屋，四周圍著低矮木籬。住屋以森林的原木搭成，門在正中央，兩側有窗，斜屋頂一端有石砌煙囪——跟一般小屋的相似處僅限如此。夜空下，房子的輪廓好似刺蝟，滿蓋木製或金屬刺棍，削尖的棍子和鐵條塞在原木間，或穿原木而過。走近後，大衛看到牆壁裡，甚至屋頂上，有片片玻璃和銳石，屋子像是灑滿了鑽石一般，在夜光下閃閃發光。窗戶橫條層層戒備，巨釘從門的內側穿刺而出，所以要是猛摔在上頭，免不了瞬間遭刺死的危險。這不是小屋，這是堡壘。

穿越籬笆，離屋子的安全防護不遠時，某個形影自屋牆後方冒出來，朝他們趨近。身形像隻大野狼，只不過牠上身套著金白色夾雜的華麗襯衫，下半身穿著亮紅及膝馬褲。大衛望著牠，牠以後腿站起身，直立如人。顯然牠不只是動物，耳朵尖端長了一團毛，耳朵形狀卻與人差不多，口鼻比狼短，雙唇自長又尖的牙齒向後撐開。眼神最能昭顯牠介於狼人之間的掙扎：狡猾卻具自知之明，滿帶飢餓與渴望，那雙眼睛不屬於動物。牠朝兩人低吼以示警告。

其他類似的生物也從森林裡現身。有些穿著衣服，多是襤褸不堪的夾克、破舊的褲子，個個以後腿起身直立。爲數更多的卻只是一般的狼，身形較小、四腳著地，在大衛看來野蠻無腦。讓大衛最害怕的反倒是帶有人類特徵的那些。

守林人讓大衛下地。

「緊跟著我。如果出什麼事，就往小屋跑。」

他拍拍大衛的下背，大衛感覺有個東西落入夾克口袋。他盡量保持低調，假裝因天冷想取暖，讓手往口袋游走。他將手伸進口袋裡，摸到一把大鐵鑰匙的形狀。他拳頭緊握住鑰匙，好似一條小命全靠它了，而他逐漸明白，事實或許眞是如此。

屋子旁的狼人牢牢盯著大衛，眼神恐怖，逼得大衛低頭望地，要不就朝守林人頸背瞧，不管看哪裡，就是不看那雙熟悉又陌生的眼。狼人長爪摸著小屋牆壁上的刺棍，彷彿測試其傷人力道，接著便開口，聲音渾厚低沉，盡是唾沫咕噥與低鳴喉音，但字字句句大衛可全聽清楚了。

「守林人，看來你這陣子可忙啦。忙著鞏固你的窩。」

「樹林一直在變化……」守林人答：「外頭有奇怪的生物。」

他調了調手中斧頭，好抓得更穩。狼人即便留意到暗藏的威脅，也沒顯露神色。反之，低吼以表同意，好似牠與守林人不過是鄰居，在樹林散步時無意間碰了頭。

「整個國度都在變化。」狼人說：「老國王再也管不住他的王國。」

「我的智慧不足以判斷這些是非。」守林人說：「我從沒見過國王，關於看管他疆土的事，他不會找我商量。」

「也許他應該找你。」狼人幾乎漾起微笑，只除了並無一絲善意。「畢竟，你把這些樹林當自己王國看待。你可別忘了，有人可是會質疑你統轄的權力。」

「在這裡，對所有的生物，我待之以應得的尊重。不過就常理來說，人類理應統管一切。」

「也許該是建立新秩序的時候了。」狼人說。

「會是哪門子秩序？」守林人問。大衛聽得出他語調裡的嘲諷。「狼群的秩序？掠食者的秩序？就因爲你用後腿走路，不代表你就是人。你耳上穿金戴銀，也不表示你就成了王。」

「世上可以有很多種國度、很多類國王。」狼人說。

「你在這裡稱不了王。」守林人說：「如果你想試試看，我會一把解決你和你所有兄弟姊妹。」

狼人大張顎頰，齜牙怒吼。大衛渾身顫抖，守林人卻不動如山。

「看來你已經動手了。森林裡頭那個是你的大作吧？」狼人問，幾乎毫不在乎。

「這些是我的樹林，四處皆是我的作品。」

「我指的是我的哨兵。可憐的福迪南的屍體。牠好像沒了頭。」

「牠叫做福迪南？我沒機會問，牠等不及想撕裂我的喉嚨，我倆沒功夫先閒聊一番。」

狼人舔舔嘴唇。

「牠那時餓了。我們全餓了。」

牠的眼睛從守林人朝大衛速速一閃，談話之間多是如此，不過這回眼光在大衛身上逗留了久些。

「牠不會再有胃口的困擾了。」守林人說：「我幫牠解除了口腹的負擔。」

福迪南早給拋在腦後，狼人的焦點全集中在大衛身上。

「看你奔波來回找到了什麼？」狼人說：「看來你發現了屬於自己的怪東西，森林來的鮮肉哪。」

牠說話時，一條細長的口水自長嘴滴下。守林人作勢保護，將手搭往大衛肩上，右手抓牢斧頭。

「這是我姪子，來這裡住。」

狼人四足落地，背上毛髮怒聳，嗅聞空氣。

「你撒謊！」牠低嗥，「你沒兄弟、沒家庭。你一人獨居在這兒，向來如此。這不是我們國度的小孩。他帶來新的氣味。他……不一樣。」

「他是我的，我是他的監護人。」守林人說。

「森林裡剛有一場火。那裡有奇怪東西燒著。跟他一起來的嗎？」

「我一無所知。」

「如果你不清楚，或許這男孩知道，可以跟我們解釋一下那個打哪來的。」

狼人朝同伙點點頭，一個烏黑物體飛越空中而來，在大衛身旁落地。

是德軍槍砲手的頭，燒得灰黑焦紅，飛行帽燒熔進頭皮裡，大衛再一次瞥見他的牙還卡在扭曲的死亡容顏中。

「他身上沒幾兩可吃。」狼人說：「嘗起來像灰燼、發酸的東西。」

「人不以人爲食。」守林人嫌惡地說：「你的行爲正暴露了本性。」

狼人不予理會。

「你沒辦法保障這男孩的安全。別人也會聽說他的事。把他交給我們，我們會提供狼群的庇護。」

狼人的眼神暴露其話之不實。這野獸全身上下訴說著飢餓與欲望。四肢細瘦，白襯衫底下可見凸出的肋骨緊撐灰色毛皮。跟牠一道的那些也飢腸轆轆。牠們無法抗拒可能到手的食物，正慢慢圍近大衛和守林人。

突然之間，右側有陣不明騷動，狼群裡一隻較爲低等的狼難耐口欲、躍身而起。守林人轉身，斧頭一舉，那狼一聲尖吠便倒地而亡，頭首幾近分身。聚攏的狼群響起一陣叫嚎，眾狼激動又懊喪地扭身繞轉。狼人瞪著倒地的動物，憤而轉向守林人，口中尖牙暴露無遺，背毛全數聳起。大衛想，牠一定會攻擊兩人，其他狼也會跟進，將兩人分屍。不過那傢伙稍具人性的那面似乎壓過了動物性的那一半，控制住憤怒，再度以後腿站立，擺了擺頭。

「我警告過牠們保持距離，可是牠們餓壞了。有新的敵手和新的掠食者跟我們爭搶食物。不過，守林人，這隻跟我們不同。我們不是動物。這些個較低等的東西控制不住衝動。」

守林人和大衛漸漸退往小屋，試著接近它將能提供的安全屏障。

「少自欺了，野獸。」守林人說：「沒有『我們』這回事。比起你與你的同類，我跟樹上葉、地上塵還更相像。」

幾匹狼趨前欲食倒地的同黨，但那些身著衣裝的並不如此。牠們渴望不已地看著，不過，就跟牠們的頭目一樣，也想強撐自制的外表，但其實浮面得很。大衛看得出牠們鼻孔因血腥味而抽搐，若守林人不在這兒保護他，那些狼人肯定早把他五馬分屍。較低等的狼同類相食，單是啃食同類就能滿足；但那些人模人樣的，牠們的胃口反而比其他的狼還恐怖。

狼人思忖著守林人的回覆。在守林人身體遮護之下，大衛從口袋抽出鑰匙，靜靜準備插匙入鎖。

「如果我們之間沒有同盟關係……」牠審慎說道：「那我就沒良心問題了。」

牠望向群聚的狼，引頸嚎叫。

「時候到了。」牠斷吼道：「該飽腹一番了。」

大衛將鑰匙穩插入孔，開始轉動，此時狼人四足落地，低身前傾，準備躍起。

靠近森林邊緣的一匹狼，突然傳來一聲警覺的吠叫。那動物轉身面對仍不可辨的危險，吸引了狼群的注意。關鍵幾秒間，甚至那頭目也閃了神。大衛冒險一瞥，看見沿著樹幹移動的形影盤繞如蛇。那匹狼向後避開，輕聲哀鳴。牠一分神，一段綠藤便自低處枝椏伸展而出，繞過狼頸，緊箍毛皮，繼之將那狼強扯高拋入空。牠開始缺氧咽氣，四肢徒勞空踢。

森林像是活了過來一般，一陣綠色長索混亂扭動，觸鬚捲繞腿部、長嘴與喉頭，將狼群和狼人拖投入空或困鎖在地，愈捆愈緊直到所有掙扎止息。狼群立刻開始反擊，又咬又吼，可是牠們無力對抗這樣的敵手，那些有辦法的已欲撤退。首領在對肉的欲念和對生存的渴望之間舉棋不定、來回轉著頭，大衛感覺鑰匙一轉。長長藤蔓正朝狼人移動，爬過了蔬菜區翻整有致的濕土。牠得快快決定或戰或逃。狼人對守林人和大衛發出最後一聲怒吼，便迴身向南奔逃。守林人將大衛推過門洞，進入小屋的安穩懷抱，大門在背後緊緊密闔，將森林邊緣的咆哮和瀕死鬧聲隔絕開來。

9

路波和牠們的來由

暖橘光輝在小屋裡漫開，大衛走往重重封鎖的其中一扇窗。守林人等確定大門拴牢、狼群逃逸後，才將木柴堆入石砌壁爐準備生火。他不動聲色，看不出是否因外頭事端而煩擾，甚至可說是異常平靜，而那種平靜多少也感染了大衛——他早應嚇得六神無主，甚至深受重創。畢竟，會說人話的狼要脅他，還目睹活生生的常春藤發動攻擊，而德軍飛行員讓尖牙咬齧一半的焦黑頭顱就落在腳邊。反之，他僅是滿頭霧水，好奇心頓起。

大衛的手指和腳趾搔癢起來。隨著暖度升高，他開始流鼻水，便脫下守林人的夾克。他抓起晨褸袖子抹了抹鼻子，接著便稍感羞愧。現在看來慘兮兮的晨褸是他僅剩的外衣，朝當前慘狀雪上加霜似乎不智。除了那袍子，他有只拖鞋、一件破爛髒污的睡褲；比起其他衣物，睡衫簡直完好如新。

木條封住的窗戶內側還有百葉窗，透過橫縫可看到外頭。他看到狼屍被拖進森林，地面還拖出一道血跡。

「牠們更大膽更狡詐了，也就更難取牠們的命。」守林人加入大衛，一同站在窗邊。「一年前，牠們還不敢這樣公然攻擊我或我護衛的人，可是現在牠們的數量遠過於往，日日增生。很快牠們就會想辦法實現奪取王國的野心。」

「常春藤攻擊牠們耶。」大衛還不大能盡信眼前所見。

「森林，或至少是這座森林，有自衛的方式。」守林人說：「那些野獸違反自然，對事物的自然秩序造成威脅，森林可不想讓牠們染指。我想，這跟國王和他權力漸失有關。這世界分崩離析，日漸詭異。路波是目前興起的最危險生物，因爲在牠們內裡，最惡劣的人性和野獸特質互爭爲王。」

「路波？」大衛說：「你這樣叫那些像狼的東西？」

「雖說身上具狼的特質，但牠們不是狼。雖然爲了遂行其意而能以雙腿行走，牠們的首領還以珠寶和精美衣物妝點自己，但牠們也不算是人。那首領自稱『王者勒華』，聰慧卻具野心，奸狡殘酷。牠想向國王宣戰。我從穿行森林的旅人那兒聽到一些傳言，談到橫越國土的大批狼群，北方白狼和東方黑狼皆聽從灰狼兄弟及首領路波的召喚。」

大衛坐在火邊，守林人說了個故事。

守林人的第一個故事

從前，有個女孩住在森林外圍。她活潑聰穎，總穿著紅斗篷。因為紅斗篷襯著樹木和矮叢分外鮮明，萬一走丟，別人能很容易找到她。幾年過去，女孩初長成人，愈見標致，很多男人想娶她為妻，遭她一一回絕。沒人配得上她，她比見過的男人都要聰明，他們根本不是她的對手。

女孩的祖母住在森林裡的小屋，她常常帶著麵包和肉去探訪，在那兒住上一陣子。祖母沉睡時，紅衣女孩會在樹林間遊蕩，遍嘗林地的野莓異果。某天，她在陰暗小林裡散步，來了一匹狼，提防著想避她耳目悄悄溜過，可是女孩的感官實在敏銳，她見到了狼，望進那雙狼眼，愛上牠的奇特。狼轉開身，她尾隨往從未涉足的森林深處行去。那匹狼試著在幾處無徑可尋、無路可見的地點擺脫她，可是她反應過快，一哩又一哩，持續追逐。最後，狼厭倦了追趕，轉身面對她。牠齜露利牙，低吼警告，可是女孩不怕。

「可愛的狼啊……」她低語：「你不必怕我。」

她伸出手，放在狼的頭上，指頭撫掠狼的毛皮，讓牠平靜下來。狼看到她的雙眸有多美麗（好看清牠）、雙手有多溫柔（好撫摸牠）、嘴唇如許柔軟紅潤（好品嘗牠）。女孩傾身向前親吻狼。她拋開紅斗篷、將花籃擺一旁，與那動物共眠。他們的結晶沒那麼像狼，比較像人，成了第一隻路波，也就是叫做「王者勒華」的那個。在牠之後有更多尾隨而至。女人受紅斗篷女孩引誘而來。她會在森林小路遊蕩，用熟透多汁的莓類、能讓肌膚重獲青春的純淨泉水，誘惑那些路過的女人。有時她會前往市鎮或村落邊緣，在那兒等候路過的女孩，大喊佯裝求救，將之誘引入林。

還有心甘情願跟她走的，那些女人向來夢想與狼共枕。

從此再也沒人見過她們。因為，路波最終會在月光下襲擊、吞食產下牠們的人。

這就是路波來到世上的來由。

說完故事，守林人走到角落床鋪旁的橡木櫃，找了件大衛合穿的襯衫、稍微過長的褲子、有些太鬆的鞋——套上粗羊毛襪，鞋子就合腳了。鞋子是皮製的，顯然多年沒穿。大衛想知道鞋子打哪來的，分明曾經屬於某個孩子。他試著向守林人探問衣物的來歷，守林人只是轉身埋頭準備兩人要吃的麵包和乳酪。

用餐時，守林人細問大衛當初爲何入林來、問起他離開的世界。一言難盡。不過守林人對戰爭和飛行機器的話題興致較低，對大衛、他的家庭和母親的故事較爲好奇。

「你說你聽到她的聲音。可是她死了啊，怎麼可能？」

「我不知道。不過是她沒錯。我知道是。」

守林人滿臉狐疑地說：「我許久未見女人穿越森林。如果她人在這裡，那她一定是找到了通向這世界的其他管道。」

守林人告訴大衛，他當下所處這個世界的諸多事物。提到那統治已久的國王，因衰老疲憊，失去了對王國的掌控，幾近成了東邊城堡內的隱士。他說了更多關於路波的事，還有牠們欲想跟人一樣，能統御他者。也提到王國遠方多處四起的新城堡，是隱邪藏惡的黑暗地帶。

他提起一名騙徒，那人無名無姓，不同於王國裡其他生物，連國王也怕他。

「他是不是駝背？」大衛突然發問：「是不是戴一頂彎帽？」

嚼著麵包的守林人停下動作。「你怎麼知道？」

「我看過他。」大衛說：「他到過我房間。」

「就是他。」守林人說：「他會偷走小孩，從此沒人再見過他們。」

提及駝背人，守林人的神態有種悲傷，卻也帶有怒意。大衛心想，路波的首領王者勒華是不是弄錯了？也許守林人曾有個家庭，但發生了很淒慘的事情，只留他孤伶伶一人。

10

騙徒與騙術

那夜，大衛睡在守林人的床上。床鋪聞起來有風乾莓類、松果、皮革毛草的動物氣味。守林人在火邊的椅子上打盹，斧頭近在手邊，漸熄的火光將他的臉籠罩在搖曳陰影裡。

雖說守林人保證小屋很安全，但大衛拖了好久才入睡。窗戶的細縫已經封蓋起來，煙囪一半高的地方還塞了穿滿小洞的金屬板，以防森林的生物從那兒入侵。外頭的森林寂靜無聲，可是那種沉寂並非安寧與平靜。守林人跟大衛說過，森林在夜間會轉變：當霧光消逝，那些來自地底深處、半成形的生物，會盤據森林；大多夜行動物要不是死了，就是學會比從前更當心，免得變成掠食的對象。

男孩察覺到一種奇特的紛雜感受。當然，有恐懼，以及某種痛心懊悔——當初竟糊里糊塗離開安全的家，踏進這個新世界。不管多困難，他想回到自己熟知的生活，卻也想多瞧瞧這塊土地，何況，還沒找到能解釋媽媽聲音的緣由。這就是逝者必定經歷的遭遇嗎？他們也許只是在前往他處的途中，路過這土地？媽媽困在這裡嗎？是不是弄錯了？或許她命不該

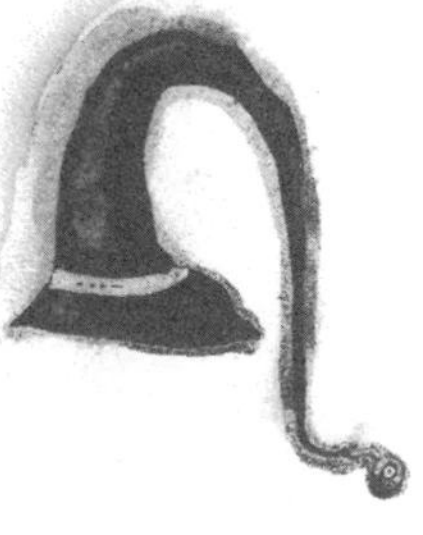

絕，而現在她在此苦撐，希望有人找到她，帶她回到所愛的人身邊。不，大衛不能回頭，還不行。樹上已經做了標記，等他找到關於媽媽的眞相，還有這世界跟她存不存在有何關係後，他就會去找回家的路。

不知爸爸是否開始想他了？這念頭讓他濕了眼。德軍飛機的撞擊應該已驚醒每個人，軍隊或防空組織也許已封鎖花園，很快就會注意到大衛不見了，說不定正在搜索他。自己雖不在場，卻因此在爸爸的生活中增加了存在的分量，這份認知讓他有種滿足感。現在爸爸也許比較擔心他，而沒那麼在意工作、密碼或是羅絲、喬奇。

萬一，他們不想念他呢？要是他走了反倒讓他們的生活輕鬆起來呢？爸爸和羅絲就能成立新家庭，不爲過往餘緒所擾；也許，只在每年一回他失蹤那天，才有感而發——這感受最終也會消逝，到時候幾乎沒人記得他，僅留短暫回憶；就像羅絲對伯父強納生·陶維的記憶，只因大衛問起才得以復活。

大衛試著拋開這些思緒，閉上雙眼，終能入眠。他夢見爸爸、羅絲、同父異母的新弟弟，還有從地底掘道而出的東西，等著他人的恐懼賦予形體。

在他夢境的黑暗角落，一個影子雀躍騰起，歡天喜地將彎帽拋向空去。

大衛醒來，聽到守林人正在準備食物。他們在牆邊的小桌上啃著硬硬的白麵包，用粗製馬克杯喝濃濃的紅茶。外頭天際僅現極弱微光。大衛想當然是因爲大清早仍未破曉，但守林人說，許久以來，太陽隱沒難見，這世界的光照強度頂多如此。這讓大衛臆想，自己是否不知不覺朝北遠行，竟到了冬夜綿延數月的地方？可是，即使在北極，漫長黑夜也有夏日永晝加以調和。不是，這裡不是北地。這裡是他方。

吃完早餐，大衛在缽裡洗臉洗手，試著用手指刷洗牙齒。結束後，他開始碰觸和數數的小儀式，意識到房裡一片靜默，才明白守林人端坐在椅，靜望自己。

「你在做什麼？」守林人問。

頭一回有人這樣問大衛，片刻間他答不出話，想替自己的行爲提出看似可信的理由，最後還是決定說實話。

「是規則。」他直言：「是我的例行工作。我想保護媽媽免於傷害，才開始這樣做。我以爲有用。」

「那有用嗎？」

大衛搖頭。

「沒用，我想沒有吧。也許有，只是還不夠。你大概覺得很怪。你覺得我這樣做很怪吧。」

他不敢正眼望守林人，害怕會在守林人眼神中看到的東西。反之，他朝缽裡盯著，看見自己在水上的扭曲倒影。

守林人最終開口了，輕聲說：「我們都有自己的例行工作。不過，它們得有個目的，有個我們可驗收、能得安慰的成果，不然就毫無用處。沒有的話，它們就像囚籠裡的動物只能來回踱步一樣。就算不是瘋了，也是瘋狂的前奏。」

守林人起身拿斧頭給大衛看。

「看這裡。」他指著刀鋒說：「每天早晨，我得確定斧頭乾淨銳利。我看顧房子，檢查門窗是否緊閉無虞。我照料我的地，除去雜草，確保土壤澤潤。我穿越森林，清理步道，保持暢通。樹木遭破壞時，我盡全力補救。這些是我的例行作息，做好這些事就是享受。」

他將手溫柔搭上大衛的肩，大衛見他一臉體恤。「規則和固定作息都很好，但要能夠給你滿足感。你眞的能說碰觸和數數對自己有好處嗎？」

大衛搖頭。「不能吧。可是，不做的話我會怕。害怕可能的後果。」

「那就找你做完覺得有安全感的。你跟我說過有個新弟弟，那就每天早晨看看他，照顧爸爸和繼母，照料園裡的花朵或窗櫺上的盆栽。找比你弱小的人，試著給他們安慰。把這些事當成自己的固定作息、調節生活的規則。」

大衛點頭，將臉從守林人那方轉開，想隱藏可能被解讀的表情。也許守林人說得對，但是他實在無心為喬奇和羅絲付出。他可以試著接受別的、輕鬆一點的任務，可是，保護入侵他生活的人？他辦不到。

守林人拿起大衛的舊衣服（破舊晨褸、骯髒睡衫、泥污的單只拖鞋），放進粗袋裡，甩袋過肩，開啟門鎖。

「我們要去哪裡？」大衛說。

「我們要讓你回你的國土去。」守林人說。

「可是樹洞消失了啊。」

「那我們要想辦法讓它再現。」

「但是我還沒找到媽媽。」大衛說。

守林人哀傷望著他說：「你的媽媽死了。你自己跟我說的。」

「可是我聽到她說話！我聽到她的聲音。」

「也許是，或者是類似的東西。我不想裝作懂得這塊土地的每個祕密，但我能告訴你，這地方很危險，日日每下愈況。你一定得回去。路波族的王者勒華說對了，我保護不了你。我連自己都護不住。來吧，現在是上路的好時機，因爲夜行野獸正在沉睡，而最恐怖的日行野獸尚未清醒。」

大衛明白自己沒什麼選擇可言，便隨著守林人離開小屋進入森林。一次又一次，守林人停步傾聽，舉起手向大衛示意該保持緘默。

「路波和狼群呢？」走了約莫一小時，大衛終於發問。他唯一看到的生命跡象是鳥類和昆蟲。

「怕是不遠了。」守林人答道：「牠們在較不會受攻擊的森林他處搜尋食物，最終，牠們會再度嘗試把你偷走。所以，你得在牠們復返前離開此地。」

大衛想到王者勒華和牠的狼群撲擊而來，用顎頰和爪子撕扯自己身上的肉，不由得發起抖來。他開始了解，爲了媽媽而前來搜索此地，可能得付出代價。不過，至少回家的抉擇似乎已成定局，他無以置喙。如果他想，總是可以再回來——只要墜毀的德軍飛機沒摧毀花園。

他們來到巨樹環繞的林間空地。大衛正是穿過此處，進入了守林人的世界。一抵達，守林人戛然停步，大衛差點撞上。大衛很謹慎地從守林人背後窺望，想看看讓他停步的原因。

「啊——糟了。」大衛倒抽了口氣。

目光所及，每棵樹上皆有繩子爲記，而大衛的鼻子告訴他，繩子全塗上守林人用來防止動物齧啃的難聞物質，無法分辨哪棵樹能通往他的世界。他多走幾步，想找出自己鑽身而出的空洞，可是每棵樹樣貌雷同、樹皮平滑，連唯一可辨認的凹洞和節瘤都填滿、改變了；曾蜿蜒穿過森林的小徑也消隱無蹤，讓守林人頓失方位。德軍轟炸機也了無痕跡，它在地上刻出的航跡給填平了。大衛心想這肯定耗了幾百個小時、費上許多工夫才有這個成果，怎麼可能一夜間完成？地上竟然連個腳印都不留？

「誰會做這種事？」

「一個騙徒。」守林人說：「戴彎帽的駝背男人。」

「爲什麼？爲什麼不把你綁的繩子拿走就好？」

回話之前，守林人想了一會。「沒錯。不過這樣他就沒什麼樂趣可言，也就沒法當個精采的故事。」

「故事？什麼意思？」

「你是故事的一部分。」守林人說：「他喜歡編故事。他喜愛累積故事好拿來說嘴。眼前這場面，就能當成一個好故事。」

「可是我要怎樣回家呢？」守林人試著勉強他回家時，他盡想待在這塊新土地找尋媽媽；一待返歸自己世界的方法不在了，他反倒突然很渴望回去。這可眞詭異。

「他不想讓你回家。」守林人說。

「我又沒對他怎樣。」大衛說：「他爲什麼想把我留在這裡？他爲什麼那麼壞？」

守林人搖頭。「我不清楚。」

「那誰知道呢？」大衛幾乎因沮喪而高聲起來，希望身旁有個比守林人消息更靈通的人。

斬殺狼群或給些多餘的意見，守林人還算行，可是他似乎跟不上這王國裡的蛻變。

「國王……」守林人終於說：「國王可能知道。」

「你不是說他早已不管國事，很長一段時間沒人見過他了。」

「不等於說他不清楚現況。」守林人說：「聽說國王有一本《失物之書》，是他最珍愛的東西。他一直把書藏在皇宮的王座室裡，除了自己以外，不准任何人看那本書。我聽說那本書裡含藏了國王的一切知識，時局不佳或有疑慮時，他便尋求書的指引。或許裡頭也有指引你如何回家的答案。」

大衛試著解讀守林人的表情。他不確定原因，可總有強烈的感覺，感覺守林人並未道出關於國王的全部眞相。進一步追問前，守林人把放置大衛舊衣物的布袋拋進灌木密叢裡，回頭朝來程的方向走。

「這樣就少個東西要扛。路途可漫長了。」

大衛朝無名難辨的樹群不捨地瞥了最末一眼，轉身跟著守林人回小屋去。

他們離開後，一切靜謐。一個形影自巨大古樹的盤根底下鑽出來。他的背駝了，手指扭曲，頭上戴頂彎帽，快速穿行於矮樹間，直到灌木叢。叢中長滿飽脹、讓霜凍甜了的莓果，他對果實視而不見，寧可要躺在葉間那又粗又髒的布袋。他伸手進去，拿出大衛的睡衫，把衣服往臉上貼，深深吸氣。

「失落的男孩……」他對自己低語：「還有即將失落的孩兒。」

說完，他一把抓起袋子，隱逝於森林暗影裡。

11

在森林裡走失的孩子與他們的遭遇

大衛和守林人安然無恙地回到小屋。他們將食物分裝進兩個皮袋，將一對錫壺盛滿流經屋後的溪水。大衛看到守林人跪在水邊，檢查濕地上的印子，什麼也沒跟大衛說。大衛匆匆一瞥，覺得那些印子看來像是大型犬或是狼留下的足跡。印子底部都有些水，可知是新近印上的。

守林人帶的武裝裝備，包括斧頭、弓、一袋箭、一把長刀，又從儲藏櫃拿出一把短刃劍。他停了半晌，吹拂劍上的塵埃，把劍與一條佩劍皮帶遞給大衛。大衛從沒握過真的劍，劍術知識頂多跟用木棒玩海盜遊戲差不多；身上佩劍，讓他覺得自己更強壯、更勇敢。

守林人鎖上小屋，將手平貼門上，像禱告一般低下頭來，一臉哀愁。大衛猜想，守林人是否莫名覺得可能再也見不到家門？他們走進森林，以穩定步調往東北行去，頂替日照的慵懶冷光照亮路途。過了數個鐘頭，大衛累壞了。守林人放他休息，但只准這麼一會兒。

「我們一定得在天黑前離開林子。」他告訴大衛，大衛不需問明原因。他已經怕會聽到狼群與路波，怕牠們的嗥叫聲就要打破林間靜寂。

他們走著，大衛有機會能察看四周。他也算知道一些樹木名，卻說不出眼前是哪一種樹。其中一棵似是老橡樹，常綠葉片下有松果垂掛；另一棵的大小和形狀有如大耶誕樹，銀色葉片的底部滿是簇簇紅莓。樹木多光禿無葉。大衛偶爾瞥見一些像孩子的花朵，它們雙目大張、滿眼好奇，不過一有守林人和大衛靠近的跡象，它們立即以葉子護覆自己，微微顫慄直到威脅遠去。

「那些花叫什麼？」

「沒有名字。」守林人說：「有時候，小孩走偏了路，在森林裡迷途，就再也沒了蹤跡。他們死在森林裡，要不讓野獸吞噬了，就是給惡人殺害，他們的血滲進地裡，最後就會長出這樣的花朵，通常離那孩子臨終之處很遠。它們集體群簇，就像孩子恐懼的反應。這些花或許是森林紀念這些孩子的方式。森林能體會失去孩子的傷痛。」

大衛明白了，除非先跟守林人說話，否則他通常不會主動開口。於是，一路上總由大衛提問，守林人盡其所能回答。他試著解說此地的地理環境：國王城堡在東邊好幾哩外，這之間的區域人煙稀少，偶有小聚落點綴延綿地貌。一道深淵分隔了守林人的森林和往東過去的領地，得跨過深淵才能繼續前往國王城堡的旅程。南邊是廣闊黑海，可是鮮少有人能在上頭遠航，因為那裡是海怪「水域之龍」的領地，時遭暴風雨與巨浪侵襲。北方和東方有山脈橫亙，但山頂幾乎終年覆雪，無法跨越。

守林人又對大衛多說些路波的事。

「路波來到這兒以前，狼是那種尋常、可預期的生物。通常是十五或二十隻狼結合成一群，各自擁有生活、狩獵、繁殖的地盤。路波現身後，一切隨之劇變。狼群的數量增長，紛紛結黨聚群、擴張地盤，地盤間再無界線可言；殘酷勢力抬頭。以前大概有近半數的幼狼會夭折，都是因爲數量的關係；幼狼需要的食物比父母多，一旦食物短缺，牠們就會挨餓。有時候父母會殺了幼狼，但只限於幼狼露出疾病或瘋癲的跡象時才這樣。大體上，狼算得上稱職的父母，會與小狼分享獵物、護衛牠們，對之付出關懷和溫情。

「可是路波帶來對應小狼仔的新手段：牠們只餵食最強壯的，而同一窩幼狼裡，這種小狼從不超過二或三隻，有時候甚至不到。體弱的就被吃了。這麼一來，狼群即能保持健壯，卻本性大改。牠們互相爭鬥，毫無忠誠可言，只能依賴路波的統治讓牠們免於失控。要是沒有路波，我想，狼群就能回復過往的狀態。」

守林人教大衛如何分辨狼的雌雄：母狼的口鼻和前額較窄細，頸與肩部較細瘦、四肢較短。年輕的母狼跑得比同齡的公狼快，是較優秀的獵人、致命的敵人。正常的狼群通常以母狼爲首，可是路波再一次篡取這個自然秩序。路波群中也有母狼，但是重要決定由王者勒華和牠的嘍囉來下。守林人暗示，也許這正是牠們的弱點：傲慢導致牠們悖逆千年來的雌性本能，如今驅動牠們的僅是權力欲望。

「狼群不會放棄獵物。」守林人說：「除非筋疲力竭。牠們一口氣可跑上十或十五哩，速度比人行進快得多，在不得不喘息前，還能多疾走五哩。路波的速度較慢，因爲牠們選擇用兩腿走路，無法像從前那般迅捷。但是，我們步行的速度還是敵不過牠們。只希望今晚到達目的地的時候，能找到馬匹。那裡有個馬販，我身上的錢足夠我倆買匹馬。」

沒有路徑可循，全仰賴守林人對森林的認識；離小屋愈遠，守林人愈常停下腳步，細察地苔的生長狀態、風從樹上刻刮下來的形狀，知道並未走岔路，才放下心來。在這之間，只經過一戶住家——或該說是黑褐色廢墟。在大衛眼中，那住家是熔化了，而非荒廢，只剩石砌煙囪還佇立，變黑了但完整無損。他看得到熱熔的液滴在牆上冷卻硬化，還有窗戶崩陷而塌落變形的空間。行走的路線讓大衛得以近身觸摸那建物，看明白那嵌進牆面的是淺棕色厚塊。他往門框搓搓手，用指甲摳了摳。淡淡的氣味升起，他認出那質感。

「是巧克力耶。還有薑餅。」

他扳碎一大塊準備品嘗，守林人從他手中一把敲落。

「不行。看上去、聞起來，可能很甜美，但是藏有毒素。」

他跟大衛說另一個故事。

守林人的第二個故事

從前，有一對姊弟。父親過世後，母親改嫁，可是繼父是個惡人，痛恨這兩個孩子，憎恨他們待在他家。這年，農收未果、饑荒來臨，孩子會消耗他寧可留給自己的珍貴食物，他更加鄙視。不得不給他們的每一小口食物，他都痛捨不得。他愈來愈難擋飢餓，便向妻子提議可以吃了孩子，夫婦兩人就能免於一死。等時機轉好，總能夠再多生些孩子。妻子大為恐慌，害怕新任丈夫會趁她不留神時對孩子下毒手，卻也明白自己無能餵養他們，便帶他們進入森林深處遺棄，讓他們自食其力。

孩子很害怕，第一晚哭著入睡，卻終究慢慢了解森林。女孩比弟弟更聰明、更強壯，她先學會設陷阱抓小動物和鳥禽，從巢裡偷蛋。男孩寧可遊手好閒，發發白日夢，等姊姊供應擒獲的獵物，讓兩人得以溫飽。他想念媽媽，想回到媽媽身邊。有些日子，他什麼也不做，從早到晚只顧著哭。他想念以前的日子，不想花心力擁抱新生活。

一天，姊姊喚他名字，卻不見他回來。她去尋找弟弟，一路在地上留下花朵，以便找路回到僅存不多的食物補給那裡。她一直走到某處空地邊緣，眼前有棟不同凡響的屋子。牆壁由巧克力和薑餅做成，屋頂鋪滿太妃糖厚片，窗户玻璃以清糖製成。牆上嵌了杏仁、牛奶軟糖、糖漬水果。整棟房子散發香甜和縱情享受的氣氛。她找到弟弟，弟弟正從牆上挑豆子吃，因巧克力而滿嘴烏黑。

「別擔心，沒人在家。」弟弟說：「試試看吧。很可口喔。」

弟弟遞給她一片巧克力，她沒接手。弟弟眼皮半闔，臣服於房子的美妙滋味。姊姊試著開門，可是門鎖上了。她透窗窺視，但隔著窗簾看不到裡頭。她不想動口，因為這房子有些什麼讓她覺得不安，可是巧克力的氣味讓她無法抵擋，便縱容自己輕咬一片。竟然比她想像的還好吃。她的胃索求更多，便加入弟弟的行列，大快朵頤，最後沉沉睡去。

醒來時，他們並非躺在森林樹下的草地，而是在屋裡，困身於垂吊天花板的籠子中。一個女人正往爐子填燃柴火。她又老又臭，腳邊地板上積了成堆骨頭，是落進她魔掌裡的孩子的殘跡。

「鮮肉啊！」她對自己呢喃道：「鮮肉給老太婆的爐子添菜嘍！」

小男孩哭了出來，但姊姊要他噤聲。那女人來到身邊，透過籠子的柵欄望著他們。她一臉黑疣、滿口壞牙，像老舊墓碑一般彎駝著背。

「現在，誰先來啊？」她問。

男孩想把臉藏起來，好像這樣就能避開老女人的注意。可是姊姊更勇敢。

「抓我吧。我比弟弟豐滿，烤起來比較好吃。趁妳吃我的時候，可以把他養胖，這樣妳拿他下鍋的時候，可以吃得比較久。」

老女人開心地高聲奸笑。

「聰明的女孩。但是還沒聰明到能躲過老太婆的盤子！」

她開籠伸手，朝女孩頸背一抓而起，將之拖出，鎖上籠子，把女孩帶到爐邊。爐子就快熱了。

「我進不去啦。」女孩說：「鍋子太小了。」

「胡說八道。」老女人說：「我放過比妳更大隻的進去，煮起來都沒問題。」

女孩一臉懷疑。

「可是我手長腳長，上頭還肥嘟嘟的。不行啦，我永遠也擠不進那爐子裡。如果妳硬把我塞進去，妳永遠沒辦法把我弄出來。」

老女人抓住女孩雙肩死命搖晃。

「我錯看妳了。妳這女孩無知又愚蠢！看，我讓妳瞧瞧這爐子多大。」

她爬上去，將頭和肩膀伸進爐口。

「看吧？」她的聲音在鍋裡迴響，「大小對我來說綽綽有餘，何況是個小女孩。」

老女人背一轉的當兒，小女孩朝她衝去，全力將之一把推進爐裡，猛地甩上爐門。老女人試著將門踢開，可是女孩動作太快，早已砰然架上門閂（老女人不希望開始烘烤時還讓小孩逃爐而出），留她困鎖其中。接著朝火上添柴，慢慢烹煮老女人。她尖叫哀嚎，威脅要處女孩以極刑。爐子那樣熱，她身上油脂開始融化，散發恐怖的惡臭，讓女孩倒胃起來。即使皮肉分離、骨肉分家，老女人依然纏鬥不休一直到死。小女孩取了燃燒的柴火散繞小屋四周。屋子在他倆身後熔化，僅剩聳立不搖的煙囪。他們再也沒回那地方去。

接下來幾個月，女孩在森林裡愈漸快活。她搭了座小遮棚，過些時日便成了小屋。她學會謀生，也愈來愈少思及往昔生活。但弟弟一心渴望能與媽媽團圓，始終鬱鬱寡歡。過了一年又一日，他離開姊姊，回到老家。媽媽與繼父早已離去，沒人知道他倆的行蹤。他回到森林，卻因對姊姊又妒又恨，沒回到她身邊。他走上一條妥善照理、毫無雜根與荊棘的林間小徑，小徑旁的矮叢還長滿多汁的莓果。他循路前行，邊走邊嚐莓果，從未留意自己每向前一步，小徑便在身後隱滅無蹤。

過了些時候，他來到一處空地。空地上有間精美小屋，牆上有爬藤、門邊綴著花，煙囪炊煙裊裊。他聞到烤麵包與放窗臺冷卻的蛋糕香味。門邊出現一個女人，跟從前的媽媽一樣，既有活力又開朗。女人招手邀他過去，他便去了。

「進來啊進來。你看來累了喔？那些莓果哪填得飽成長期的男孩呢。我火上正烤著食物，還有柔軟舒適的地方供你休息。你想待多久都行。我沒孩子，一直想要有個自己的兒子呢。」

男孩將莓果丟在一旁，小徑在他背後永遠消失。他跟著女人進屋，火上有個大圓鍋正沸滾冒泡，砧板旁擺著一把尖刀靜候。再也沒人見過他。

12

橋與謎語，齜爾許多惹人厭的特質

守林人故事方休，天光也變化起來。他抬頭望天，彷彿盼黑夜能慢點兒來。他乍然停步，大衛循著他眼光望去，看到他們頭頂上方，大約是森林林冠的高度，有個黑色形體繞行，感覺遠處有聲啞啞尖鳴。

「可惡。」守林人恨恨低語。

「那是什麼？」大衛問。

「大烏鴉。」

守林人從背上取弓，架箭上弦。跪下來，瞄準，放箭。正中目標。弓箭穿身，大烏鴉在空中猛然抽動，接著便滾落下地，離大衛所立之處不遠。牠已斃命，箭鋒血紅。

「卑劣的鳥。」守林人說，提起鳥屍，將箭矢自鳥身抽出。

「你爲什麼殺牠？」大衛問。

「大烏鴉和狼一同狩獵。這隻正將狼群引向我們。狼群會拿我們的雙眼餵牠當犒賞。」

他回頭往來時路的方向看。

「牠們現在只能靠氣味了，可是牠們正朝我們逼近，錯不了的。我們得加快。」

他們再度上路，彷彿自己是狩獵終了的疲累狼匹，一路疾行直到抵達森林邊緣，走上一片高原。深淵就在前方，有幾百呎深、四分之一哩寬，細如銀線的河水蜿蜒流過。大衛聽到源自峽谷壁上似是鳥鳴的回音。他小心翼翼將眼光越過深罅邊緣，盼能看清發出噪音的東西。他看到某種形體滑行過空，由峽谷的上升氣流支撐，比他見過的鳥類都要龐大——光裸、近似人的腿，腳趾頭怪異地拉長，像鳥爪般彎曲。牠的雙臂大張，巨大的皮褶垂下為翅，長長白髮在風中飛舞。就在大衛傾聽時，牠唱起歌來。這生物的嗓音非常高亢美妙，他把歌詞聽清了：

落下者為食
摔下者必死
在那野獸的巢穴
鳥兒也不飛

牠的歌曲由別的聲音接唱、應和，大衛勉強認出有更多這類生物穿梭於峽谷間。最靠近他的那隻在空中翻了個筋斗，優雅卻詭異駭人。大衛見牠赤身裸體，便馬上移開眼光，羞愧又尷尬。

牠有女人的形體，老邁，身上是鱗片而非肌膚——總之仍算女性。他再偷瞄一眼，看到那生物以漸小的圓圈繞行下降，直到突然收束翅膀，讓身形成爲流線，快速落下，伸展出帶爪的腿，似乎直朝峽谷壁上去。牠襲擊壁岩，大衛見牠爪裡有東西掙扎：是某種棕色小哺乳動物，沒比松鼠大多少，從岩石間給猛然拉開，腳掌朝空揮動不已。擄掠者轉向，往大衛底下一大片凸岩進食去，發出勝利尖鳴。有些對手因牠的叫喊而警醒，趨前想搶掠這餐，可是牠往空中擊翅以示警告，牠們便漸漸散去。當牠盤旋，大衛趁機察看其面部：像女人，只是更長更瘦，無唇的嘴讓尖牙永遠外露。現在這些牙猛力刺進獵物，牠大快朵頤，扯下大塊染血的毛皮。

「巢穴……」守林人說：「是駭比①的巢穴。是摧殘王國此帶的新起惡勢力。」

「駭比。」大衛複述。

「你看過這樣的生物嗎？」守林人問。

「沒有。不算看過。」

可是我讀過牠們的事。我在希臘神話裡看過。不知為何，我覺得牠們不屬於這個故事啊，但牠們卻在這裡……

大衛覺得一陣作嘔，便從峽谷邊緣退步，谷深如此讓他暈頭轉向。

「我們怎麼過去？」

「朝河的下游走半哩，有座橋。」守林人說：「光線消逝以前，我們能趕到。」

他領著大衛沿峽谷走，緊靠森林邊緣，免得失足落入可怖深淵。大衛聽見牠們的擊翅聲。不只一次，他覺得自己偶爾見到一隻飛出峽谷邊緣，心懷不軌地瞪視他們。

「別怕。」守林人說：「牠們是懦弱的東西。如果你跌下去，牠們會從空中把你拉起，搶食著將你扯裂，可是只要在地面，牠們還不敢貿然攻擊。」

大衛點頭，但還是不放心。在這塊土地上，飢餓似乎必然戰勝膽怯，埋伏的駭比跟狼群一樣削瘦憔悴，看來飢腸轆轆。

兩人的腳步聲與駭比的拍翅聲互相應和，走一陣子之後，看到兩座跨越深淵的大橋。兩橋一模一樣，由繩子結成，以長短不一的細長薄木板為底，在大衛看來不是很安全。守林人困惑地盯著橋。

「兩座橋。這裡明明只有一座啊。」

「嗯……」大衛直截了當說：「現在有兩座啦。」有兩種選擇，看來不算過分。也許這地段很繁忙。話說回來，看來也沒別的越谷方法，除非能飛，準備好冒險與駭比一搏。

聽到附近有蒼蠅嗡鳴，他跟著守林人走往空地，深淵已在視線之外。那兒有間小屋與幾間馬廄的殘跡，莊園顯然已遭遺棄。有間馬廄外躺著一具馬屍，大部分的肉已挑離骨頭。守林人窺望馬廄，接著探進房屋敞開的入口，大衛在旁觀看。守林人垂頭走回大衛身邊。

「馬販走了。看來他似乎帶著倖存的馬匹逃走了。」

「是狼的關係嗎？」大衛問。

「不是。是別的東西下的手。」

他們回到深淵那裡。附近有隻駭比懸在空中望著他們，為了待在定位，雙翅快奏拍擊。在那裡牠多停了半晌，剎那間身體猛地一扯，魚叉的帶刺銀尖射穿其胸，一條長繩將叉柄固定在峽谷壁下方之處。駭比緊握魚叉，好似能將之扯離身體以便逃逸。可是拍翅力道開始減弱，牠向下驟降，扭轉翻騰，直到長繩扯至長度極限，牠頓然停住，身子撞擊岩石，發出單調悶響。從深淵邊緣，大衛和守林人眼睜睜看著駭比的屍身給強拉往岩壁的空洞，魚叉尖刺防止屍體溜落。最後，屍體安抵洞口並給拉進裡頭。

「嗯……」大衛發聲。

「是齪爾②。」守林人說：「因此有了第二座橋啊……」

他趨近橋梁，兩橋之間有塊石板，上頭費勁但粗糙地刻了些字。

一者以實為謊，
一者之實皆謊。
一路為死，
一路為生。
問個問題，
指引帶路。

「是謎語。」大衛說。

「不過，是什麼意思呢？」守林人問。

答案很快揭曉。大衛總因故事裡有齪爾而深感著迷，卻從沒見過牠們。在他心目中，牠們是住在橋下、神出鬼沒的形影，考驗旅人，盼旅人通關失敗以大飽口福。這些攀過峽谷口、手持熊熊火炬的身形與他預期的有些落差。牠們比守林人矮小，但身形十分寬壯，膚如象皮，又粗又皺。沿著脊椎生有高突骨板，如恐龍的背，面貌似猿。擺明了是醜惡不堪的猿類，雖說似為痤瘡所苦，但怎樣都算猿。每座橋前有個齪爾就定位，令人不快地笑著。牠們有細小紅眼，在火炬的光線中邪惡發亮。

「兩座橋，兩條路。」大衛邊想邊說出聲。洩漏任何心思給兩個齪爾之前，大衛突然意識到自己的行為，便決心隱藏想法，直到有個定論為止。齪爾占盡優勢，他可不想讓牠們多得便宜。

這謎語的意思很明白：某座橋不安全，走那橋必死無疑，要不遭駭比毒手，要不就是死在齪爾手裡。或者假設兩方動作都不夠快，那就會墜落深谷，於谷底重重落地。其實大衛覺得兩座橋看來都搖搖欲墜，但他得假定這謎語有可信之處，要不然，嗯，這謎語就了無意義。一者以實為謊，一者之實皆謊。大衛知道這謎語，在哪兒見過。也許在某個故事裡。啊，有了！一個只能扯謊，而另一個只能說實話。所以，可以問其中一個齪爾得走哪座橋，但是牠們（大衛不確定齪爾是雌是雄）可能不會說真話。這問題也有解決辦法，只是大衛記不得了。究竟是什麼呢？

光線終於完全消逝。森林裡揚起高聲狼嗥，聽起來近在咫尺。

守林人說：「我們得過橋。狼群找到我們的蹤跡了。」

「沒選橋就不能過去。」大衛解釋道：「除非我們選了，否則齪爾大概不會讓我們通過。若我們硬衝過去，而挑了錯的……」

「那我們連狼群都用不著擔心了。」守林人幫他講完。

「有個辦法。我知道有。只是得想起該怎麼做。」

他們聽見林裡騷動轟轟。狼群更迫近了。

「一個問題。」大衛喃喃。

守林人右手舉斧，左手抽刀，面對樹線，準備對付自林間現身的東西。

「有了！」大衛說，又輕聲補充：「我想到啦。」

他走近左側的齜爾，這個比另一個稍微高些、也好聞些，但這沒透露什麼線索。

大衛深吸口氣。

「如果我要另外一個齜爾指出正確的橋，會選那座？」

一陣無聲。齜爾皺起眉，使得有些臉瘡噁心地流出膿汁。大衛不知道這座橋多久前才建好，或曾有多少旅人路經此地，可是他感覺從沒人這樣問過齜爾。最後，這齜爾似乎放棄解讀大衛的邏輯，一手指向左側。

「是右頭那座。」大衛跟守林人說。

「你怎麼確定？」

「因爲如果我問話的齜爾說謊，那另一個齜爾就說實話。說實話的會指向正確的橋，但是說謊的那個會騙人，所以如果老實的那個指向右邊的橋，那麼扯謊的會說假話，跟我說是左邊那座。

「若我問話的齜爾得說實話，那麼另一個就會說謊，指出錯的橋。不管是哪種，左邊的是假橋。」

儘管狼群步步進逼，眼前有滿頭霧水的齜爾，再加上刺耳尖鳴的駭比，大衛還是忍不住滿足地笑開來。他記起謎語，還想起解答呢。就像守林人說的，有人想要編造故事，而大衛是故事的一部分，可是這故事本身又由其他種種故事組成。大衛讀過齪爾和駭比的事，很多老故事裡都有守林人，甚至會說話的動物（像是狼）也會在裡頭意外現身。

「來吧。」大衛跟守林人說。他走近右側的橋，站守橋頭的齪爾向一邊移步，讓他過去。他伸腳踏上第一塊橋板，緊抓繩索。一旦小命仰賴自己的選擇，便開始覺得沒那麼有把握；看到腳下滑翔的駭比，更是焦慮。可是，既然做了抉擇就不能回頭。他踩出第二步，又一步，始終牢握纜繩，試著別往下看。他一路行進順利，這才明白守林人沒跟進。他停在橋上回頭看。

森林遍布狼眼。在火炬的照明裡，大衛看得到狼眼熒熒。牠們從暗影中冒出來，慢慢向守林人攻近。比較原始的狼帶頭，路波待守後頭，要等較低等的同伙先撂倒武裝的人以後，才要走近。齪爾已不見蹤影，顯然了解跟野生動物討論謎語沒什麼意義。

「不行！」大衛喊：「你快來！還來得及！」

可是守林人動也不動，只是向大衛呼喊：「去吧，快走。我盡力擋住牠們，能撐多久就多久。你到另一邊的時候，把繩子切斷。聽到沒？切斷繩子！」

大衛搖頭，哭著不斷重複：「不行啦。你一定要跟我來。我需要你跟我一起來。」

接著，幾乎同步，狼群撲騰。

「跑啊！」守林人大喊，揮斧閃刀。第一匹狼死去，大衛看到血泉細霧噴灑入空，牠們包圍住守林人，急咬猛啃。有些想要繞過他去追男孩。轉頭最後一瞥，大衛起跑。橋還走未過半，卻隨著他每個動作狠狠搖晃、讓人作嘔。腳步砰砰響徹谷地，不久，掌踩木頭的聲響也加了進來。大衛往左看，見到三匹追捕的狼取道另一座橋——守林人守著第一座橋，牠們無法繞行，希望能從遠側攔截大衛。這群狼很快便占了上風，其中一隻是路波，位居最後，身穿殘破白洋裝、耳吊金垂飾，一邊跑、唾沫邊從下巴滴垂，牠用舌頭舔了舔。

「儘管跑啊。」牠說，嗓音幾乎有點女孩子氣。「看能跑出什麼名堂來。」牠朝空猛咬。「反正到另一頭，你嘗起來一樣夠味。」

大衛因牢握繩纜，手痛了起來。橋晃動不休讓他暈眩。狼群就要趕上他了，他肯定沒辦法在牠們之前搶先抵達對岸。

緊接著，假橋有幾塊踏板崩陷，為首的狼跌穿過洞，大衛耳聞魚叉咻咻作響，刺穿狼腹，將狼往岩壁的齙爾那裡猛扯。

另一匹狼剎然止步，這樣突然，雌路波幾乎從後頭將牠撞翻。在牠們的兄弟衝破之處，開了個至少六或七呎寬的大洞。更多魚叉穿射大洞而來，齙爾不願再被動守候獵物跌落。狼一走上假橋，便劫數難逃。另一隻帶刺尖刃尋得標的，第二隻狼從繩纜空隙間給拖扯出去，在鋼刃上痛苦地劇烈扭動致死。現在只剩路波了。牠緊繃全身，躍過橋中大洞，在另一側安全著地。牠打滑一下，穩住自己後，以後足站起身。現在已然在齙爾武器射程之外，牠勝利高吼，有個影子猝然來襲。

這隻駭比比大衛見過的都要龐大，比同類更高壯，更古老。牠撞擊的力道足以讓路波跌出繩纜外。攻擊的當下，牠爪子已深埋路波肉身，牢牢緊抓，路波才免於墜谷致死。路波揮打腳掌，上下顎猛往虛空啃擊，想要攻咬駭比，但此戰已敗。大衛驚恐望著。第二隻駭比加入，將爪子深深刺入路波的頸子。這兩女妖往反方向拉扯，雙翅快擊，將路波撕扯為半。

守林人仍試著攔擋狼群，但注定敗仗一場。大衛看他朝著好似由毛皮和尖牙組成的活動高牆，次次快擊猛砍，直到終於敗倒，狼群朝之撲襲。

「不要！」大衛高喊。他因怒意和悲傷不能自已，卻發現腳步奔跑起來，同時瞥見兩隻路波躍過守林人身軀，領著一對狼上橋。他聽到腳掌使支柱嘎嘎作響，牠們的體重讓橋不住搖晃。大衛安抵深淵對岸，拔劍面對趨前的動物。牠們現在已過半路，正快速逼來。這橋的繩纜固定在一對粗柱上，深嵌進大衛腳邊的岩石。大衛拿劍砍擊第一條繩纜，割穿約莫一半。他再度出擊，繩子便抽射而去，橋突然向右翻傾，將兩隻狼推進谷裡。大衛聽到駭比開心叫著，拍翅聲愈見響亮。

橋上還有兩匹狼，不知為何，竟能以靈活腳掌勾繞剩餘繩纜，以後腳站立，緊依左側繩纜，繼續朝大衛來。他劍砍第二條繩纜，聽見路波警覺大叫。橋震動著，繩索在刀刃下散解。刀鋒貼繩，他望向路波，高舉雙臂，使盡全身所能聚集的氣力，切砍下去。

繩子斷裂。路波無物可抓，只剩腳下木頭橋板，一面大喊一面下墜。

大衛凝望深淵遠側，守林人已去。狼群將他拖進林子，在地上留下一道血跡。現在只剩牠們的頭目還在場，虛榮好打扮的王者勒華身穿紅褲與白衫挺立著，恨意不掩，瞪著大衛。牠為痛失狼群成員而仰頭長嘯，但並未離去。反之，牠繼續監視大衛，直到大衛最後離橋而去、消失在小坡。大衛為了救命恩人守林人而輕泣著。

---

① Harpies：希羅神話裡貪婪無厭的鳥身女妖。

② Trolls：斯堪地那維亞民間傳說中，住在山間或洞穴裡，長相似人的醜惡生物，會偷小孩。

13

矮人與他們時而暴躁的本性

大衛走在鋪著碎礫與石塊的白色道路上。路不直，隨障礙而轉道蜿蜒：這兒一條小溪，那兒一塊凸岩。夾道兩側有溝渠，從那兒起延伸至樹線的區域滿是雜生植物與青草。比起剛剛離開的森林，這些樹較低矮，較不密集，看得到樹群後頭岩質矮坡的輪廓。他頓感疲勞不堪。追逐已了，他精力盡失，只渴望睡個好覺，卻不敢放膽在曠野或離深淵太近的地方睡。得找個安身之處。經過橋上那場混戰，狼群不會輕易放過他，一定會找別條路跨過深淵，鍥而不捨尋覓他的蹤跡。憑直覺，他舉目向天，但上空並無追蹤他行跡的鳥類，沒有不忠的大烏鴉，等著向緊迫盯人的追緝者洩漏他的去向。

爲了補充精力，他從袋裡取點麵包吃，暢飲壺水。覺得稍微好過一些，眼前的袋子和細心打包的食物卻又讓他想起守林人，雙眼再度泛淚，壓抑著不讓自己縱情哭泣。他站起身，將行囊扛上肩，差點跌坐在剛從左側低溝爬上路的矮人身上。

「看路啊你！」矮人說。他約有三呎高，身穿藍色短外衣、黑褲、及膝黑靴。頭戴長筒藍

帽，帽尖有個再也不響的小鈴。臉和手沾了土，髒兮兮的，肩扛尖鋤，鼻子紅通通，鬍鬚短而白，上頭似是沾黏了食物殘渣。

「對不起。」大衛說。

「你是該道歉！」

「我沒看見你。」

「喔！那是啥意思？」矮人威嚇地揮舞尖鋤，「你是身高至上嗎？你嫌我矮？」

「嗯，你是矮啊。這也沒什麼錯啦。」他匆匆補充道：「跟某些人比，我也算矮。」

矮人不再聽他說話，反而向一列朝路上邁進的粗短身影叫喊。

「喂，各位同志，這邊有個傢伙嫌我矮。」

「眞無禮。」一個聲音說。

「同志，你先制住他，等我們過去。」另一位說，緊接著似乎重新考慮：「等等，他多高大？」

矮人細看大衛。「不算很高大。一個半我們高。頂多一又三分之二個我們吧。」

「好，我們來解決他。」回答如是。

剎那間，大衛似乎讓矮小不悅的人團團圍住，他們喃喃唸著「權利」和「自由」和受夠了「這檔子事」。他們滿身污垢，全戴著綴有破鈴的帽子。其中一位往大衛的小腿脛一踢。

「唉唷！會痛耶。」

「現在你知道我們受……呃，感受了吧。」第一位說。

一隻骯髒小手扯著大衛行囊，另一隻想偷他的劍，第三隻似乎僅爲了好玩而直戳他身上的癢處。

「夠了！」大衛吼道：「住手啦！」他狂揮背囊，看見兩名矮人對此有了反應而相當滿意。他倆摔入溝裡，誇張地左滾右翻好一會兒。

「你幹麼那樣？」第一名矮人滿臉震驚。

「誰叫你踢我。」

「才沒有。」

「就有。還想偷我的袋子。」

「哪有。」

「喔，實在太誇張了。」大衛說：「你明明知道有。」

矮人垂下頭，懶洋洋踢蹭著路面，揚起一小團白塵飛揚。

「喔，好啦。也許有吧，對不起。」

「沒關係。」大衛伸手幫矮人將兩名同伴從溝裡拉起。無人身受重傷。

其實，這一切告一段落後，矮人看來倒是相當喜歡這場邂逅。

「讓人想起『大鬥爭』啊，剛剛那個。對吧，同志？」

「沒錯！同志。勞工一定要持續抗爭壓迫到底。」

「嗯，可是我又沒壓迫你們。」大衛說。

「你可能會啊，如果你想。」第一名矮人說：「對吧？」

他可憐兮兮抬眼望著大衛。大衛看得出來，對方眞的滿心渴望有人嘗試壓迫他未果。

「嗯，你說了就算。」大衛只是爲了逗矮人開心而說。

「萬歲！」這矮人喊道：「我們成功抗拒了壓迫的威脅。勞工朋友將不受枷鎖束縛！」

「可是你們身上又沒鎖鍊。」大衛說。

「是象徵性的鎖鍊。」第一名矮人解釋，頷了頷首，恍若甫吐出深奧的話語。

「喔。」大衛不確定「象徵性的鎖鍊」到底是什麼——其實大衛不確定矮人說些什麼。不過，既然他們共有七人，看來似乎對了。

「你們有名字嗎？」大衛問。

「名字？」第一名矮人說：「名字？當然有。我……」他自以爲是地小咳一下，「是一號同志。這些是二、三、四、五、六和八號同志。」

「七號怎麼了？」大衛問。一陣尷尬的沉默。

「我們避談前任七號同志。」一號同志終於開口：「他在黨內的資料已正式刪除。」

「他去幫他媽做事。」三號同志很熱心地解釋。

「資本主義者！」一號同志滿懷敵意地說。

「是麵包師傅。」三號同志糾正他。

三號同志踮起腳尖，跟大衛悄聲說：「我們現在不准跟他說話。他媽媽的小麵包也不許吃，連她放好幾天只賣半價的都不行喔。」

「我聽到了。」一號同志說：「小麵包我們可以自己做。」他怒沖沖補充：「可不需要階級叛徒做的麵包。」

「不行，我們做不來。」三號同志說：「烤出來總是硬邦邦的，然後她就會抱怨。」

矮人相當高昂的興致瞬間煙消雲散，拿起工具，準備離開。

「得上路了。」一號同志說：「很高興認識你，同志。呃，你是同志吧？」

「我想是吧。」大衛雖不確定，卻不想冒險跟矮人再吵一架，「如果我是同志，那還可以吃小麵包嗎？」

「只要不是前任七號同志烤的……」

「或是他媽媽烤的。」三號同志語帶挖苦。

「……你愛吃什麼都隨你。」一號同志作結，向三號同志舉起指頭警告。

矮人齊步邁回道路另一側溝渠，循著崎嶇路徑進入樹林。

「請問一下……我猜是不能啦，不過我能不能跟你們一起過夜呢？我迷路了，也累壞了。」

一號同志猶豫起來。

「她一定會不高興。」四號同志說。

「不過……」二號同志說：「她總是嘀咕沒人跟她聊天，看到新面孔說不定會心情大好。」

「心情大好啊……」一號同志的語氣充滿渴望，好似那是某種久遠以前嘗過、滋味絕妙的冰淇淋。「你說得沒錯，同志。」他向大衛說：「跟我們來。我們會好好照顧你。」

大衛高興得差點跳起來。

一路上，大衛忙著進一步了解矮人的事——至少他自以爲多懂了些，可是矮人講的，他沒全部聽懂。那些關於「勞工對生產工具的擁有權」、「第三委員會的第二議會的原則」而不是「第二委員會的第三議會」（這議會顯然在會後誰該洗杯子的爭議中落幕）的事。

眾矮人提到的女人可能是誰，大衛也稍有概念，爲了避免萬一，先查證比較有禮。

「你們與某位女士同住嗎？」他問一號同志。

其他矮人的嗡嗡談話聲驟然停息。

「很不幸，是。」一號同志說。

「跟你們全部七個？」大衛繼續。他不確定爲什麼，但一名女子與七位小矮人同住，有些怪。

「不同床啦。」矮人說：「沒啥樂趣。」

「啊……對。」大衛試著思考矮人說的樂趣是什麼，然後決定最好別多想。「呃，她不會就叫白雪公主吧，是嗎？」

一號同志猛然停步，引起背後同志一陣連環撞事故。

「她不是你朋友吧？她是嗎？」一號同志疑心重重。

「喔，不是。」大衛說：「我從沒見過那女士。聽說過她的名號，這樣而已。」

「啊。」矮人說，顯然放下心又開始前行。「每個人都聽過她。『噢……那個跟矮人同住、吃垮他們的白雪。弄都弄不死呢。』哦，是啊，白雪公主人人皆知。」

「呃，弄死她？」大衛問。

「毒蘋果啊。」矮人說：「功敗垂成，都因爲低估了劑量！」

「我還以爲毒害她的是邪惡後母。」大衛說。

「你不看報紙嗎？」矮人說：「邪惡後母有不在場證明。」

「我們早該先調查好。」五號同志說：「她那時似乎正忙著毒死另一個人。這實在是百萬分之一的機率。大伙兒就是倒楣而已。」

這會兒輪到大衛停下腳步。「你的意思是說，你們想對白雪下毒？」

「我們只是希望讓她睡上一陣子。」二號同志說。

「很長一陣子。」三號同志說。

「為什麼？」大衛說。

「你會明白的。」一號同志說：「總之，我們餵了她蘋果，接下來的場景就是：睡睡、睡睡、哭哭。『可憐的白雪，我們會很懷念她的，但人生總得繼續啊。』我們將她平放在石板上，在她旁邊放了花朵和哭泣的兔寶寶。天曉得，眞是裝飾配件一應俱全！結果，來了個混帳王子親了她。我們這一帶原本根本沒有什麼王子好嗎？他身騎可恨的白馬，就這樣憑空冒出來。他冷不防下馬，像一隻朝兔窟攻去的惠比特獵犬，往白雪直撲而去。只會四處歷險遊蕩、隨性親吻正巧遇上的沉睡陌生女子，眞不知道他自以為在幹麼？」

「眞變態。」三號同志說：「該要關起來。」

「總之，他騎著白馬，像個大型噴香的茶壺保暖罩那般，裝腔作勢扭身進場，硬要插手，多管閒事。接著她就醒來了。嘖，她心情可壞透了，先是因為那王子『太放肆』而賞他一記，再來，王子便聽她臭罵不停，聽了五分鐘，沒與她結為連理，反倒爬回馬上，朝落日揚長而去，自此沒再見過。整個蘋果事件，我們嫁禍在本地人壞後母身上。可是……嗯，如果說這一切有啥教訓可學，那就是，要栽贓給別人前，得先確定那人是適合人選，就這樣。某次審判，基於不當挑釁伴以證據不足，判我們緩刑。庭上告知我們，白雪如果再出什麼事，即使是指甲缺了個角，我們就得那個了。」

一號同志模仿在絞刑繩上嚥氣的樣子，免得大衛不懂「那個」的意思。

「喔……」大衛說：「可是我聽過的故事不是這樣。」

「故事！」矮人嗤之以鼻，「那接下來你就要說『永遠幸福快樂』了。我們看來快樂嗎？對我們來說，沒永遠幸福快樂這回事。說永遠悲慘以終，還差不多。」

「我們早該把她留給熊享用的。」五號同志說得淒涼，「謀殺這檔子事，熊可精通了，十足高手。」

「金髮女孩歌蒂拉。」一號同志點點頭深表贊同，「經典啊那個，眞是經典了得。」

「哼，她那麼壞。」五號同志說：「你不會怪那些熊，眞的。」

「等等。」大衛說：「歌蒂拉逃離熊的房子之後，再也沒回去啊。」

他不由得住嘴，因爲矮人望著他，一副他可能有些遲鈍的樣子。

「咦，她沒逃走嗎？」

「她愛上那些熊的粥。」一號同志說，輕拍鼻翼，彷彿向大衛傾吐天大祕密。「怎樣吃都不夠，最後三隻熊厭倦她了，嗯，就這麼回事。『她跑進林子裡，再也沒回熊的家』，說得煞有介事！」

「你是說……牠們殺了她？」大衛問。

「牠們吃了她。」一號同志說：「配著粥吃。在這一帶，『逃走，再也沒人見到』就是那個意思。就表示『給吃掉了』。」

「嗯，那『永遠幸福快樂』呢？」大衛有些沒把握地問：「又是什麼意思？」

「『很快就給吃了。』」一號同志說。

說完，就到了矮人的家。

14 白雪公主真的很惹人厭

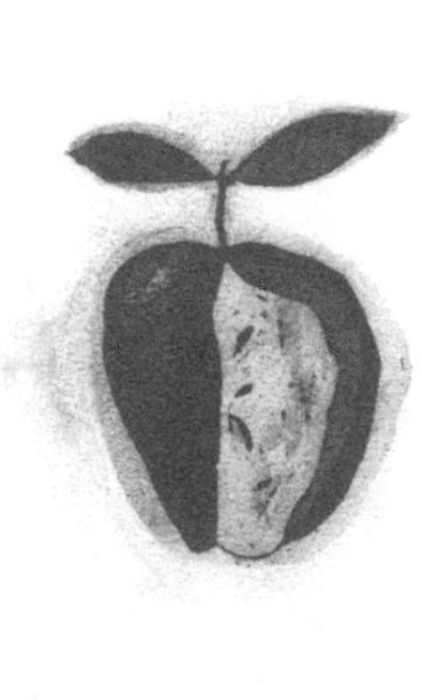

「你們遲到了！」

一號同志才打開小屋前門，大衛的耳膜震響如鐘。「呦—呴—我們回來了！」一號同志緊張高喊，聲調平板無味；大衛爸爸有時從酒吧回來晚了，知道自己麻煩大了，就會對媽媽用這種聲音。

「別拿『我們回來了』敷衍我。」回答如是。「你們死去哪啦？我快餓死了，胃就像空蕩蕩的桶子。」

是女人的嗓音。大衛從沒聽過這種低沉卻又高亢的聲音，簡直像理應地處海床的巨大海溝，只是不怎麼有水。

「噢……我聽到肚子咕嚕亂叫。」那聲音說：「就這，你聽啊！」

一隻白皙大手伸出來，一把抓住一號同志的頸背，將他提離地面、扯進裡頭。

「哦，沒錯。」過了一、兩秒後，一號同志開口，聲音聽來稍嫌模糊。「現在我聽到了。」

大衛讓別的矮人帶頭先進小屋。他們走路的樣子，彷彿剛得知行刑者回家喝茶前，手頭還有些時間可排進幾場斬首極刑一般。大衛朝身後漆黑森林流連一望，心想是否該冒險待在外頭碰碰運氣。

「把門關上！」那聲音說：「我快凍死了，牙齒格格抖個不停。」

大衛覺得眼前別無選擇，便踏進小屋，將門牢牢帶上。

站在眼前的是他所見識過最壯最胖的女士。她的臉塗了厚厚白粉底，髮色烏黑，用條彩棉帶朝後固定，雙唇抹了紫口紅，身穿粉紅洋裝，洋裝大得足以容納一座小型馬戲團。一號同志給用力壓在裙褶上，以便聽清楚那底下巨胃當前發出的怪響。他的小腳幾乎（但不完全）著地。洋裝飾滿緞帶、鈕釦、蝴蝶結，大衛想不通這女士該怎麼記住哪些是脫衣用、哪些又是純裝飾。她的腳擠在至少小三號的絲質拖鞋中，戒指幾乎陷沒在手指的肥肉裡。

「那，你又是誰？」她說。

「他是客人。」一號同志說。

「客人？」女士將一號同志如不要的玩具般一把扔下。「嗯，為什麼不早說你要帶客人回來？」她拍拍髮梢，微笑以對，露出沾了口紅的牙。「早知道我就先打扮一番，早知道就化好妝。」

大衛聽到三號同志向八號同志低語，勉強才隱約聽到「任何事」和「改善」這樣的字眼。不幸地，這女士還是嫌他們大聲了點；三號這般費心，頭上仍舊慘遭一記。

「給我小心點。嘴賤的討厭鬼。」

她向大衛伸出蒼白大手，行了行屈膝禮。

「我白雪公主。很高興與您結識。無庸置疑。」

大衛跟她握手，心驚地看著自己手指讓白雪公主軟綿綿的手心吞噬。

「我叫大衛。」

「這名字不錯。」白雪格格笑著，將下巴埋進胸前，弄出了圈圈贅肉，讓整顆頭像是融化了一般。「你是王子嗎？」

「我不是耶，抱歉。」大衛說。

白雪面露失望。她放走大衛的手，想把弄自己手上一枚戒指，可指環過緊，動也不肯動。

「那，是貴族？」

「不是。」

「貴族的兒子？等著十八歲生日接手大筆遺產？」

大衛假意思量。

「呃，也不是。」

「嗯，那你是什麼東西？別跟我說又是他們那些無聊到死的朋友，來這裡談勞工和壓迫的事。我可警告過他們：不准談革命，要談得等我喝完茶再說。」

「可是我們眞的受到壓迫啊！」一號同志抗議。

「你們當然有壓迫感！」白雪說：「你們只有三呎高！聽著，在我發脾氣以前，去準備我的茶。脫了靴子，我不准你們這群人把我好端端的乾淨地板弄得四處都是泥。你們昨天才清洗過。」

矮人脫下靴子，跟著工具放在門邊，在小水槽前排隊洗手，準備做晚餐。他們切著麵包和蔬菜，在開放式火爐上烤兩隻兔子。香味讓大衛垂涎欲滴。

「我猜你想要吃的，還要別的什麼吧。」白雪對大衛說。

「我很餓。」大衛承認。

「嗯，你可以共享他們那隻兔子。可別想動我那隻。」

白雪在火邊大椅上笨手笨腳坐下，鼓漲雙頰，大聲嘆息。

「我恨這鬼地方。無聊得要死。」

「那妳爲什麼不乾脆離開？」大衛說。

「離開？去哪呀？」

「妳沒有家嗎？」

「我爸和繼母搬走了，說他們的地方太小，容不下我。反正他們無趣得要命，我寧願在這裡窮極無聊，也不要跟他們一起。」

「喔。」大衛心想，是否該提起法庭訴訟和矮人圖謀毒害白雪的事。他很有興趣，可是不確定追問會不會失禮。畢竟矮人的處境如此艱難，他不想往雪上添霜。

最後，白雪替他下了決定。她傾身低語，嗓音像是相互摩擦的兩個岩塊。「反正，他們就是得照顧我。法官告訴他們，那是他們的義務，誰叫他們想毒死我。」

大衛可不願與想毒害自己的人同住。不過他猜白雪不擔心那幾個矮人再試一次。他們只要出手，小命也就跟著沒了。不過一號同志的神情讓大衛懷疑，跟白雪住上一陣子，死了幾乎可算是樂事一樁。

「妳不想認識英俊的王子嗎？」

「我遇過很帥的王子。」白雪彷彿做夢般朝窗外凝望，「他才吻醒我，就得上路離去。不過他跟我說，等他先去殺隻龍或是啥東西以後，就會回來。」

「他當初應該待下來，先對付我們這隻。」三號同志嘀咕。白雪朝他丟了塊木頭。

「看我得忍受些什麼？」她跟大衛說：「他們到坑裡工作的時候，留我整天孤伶伶在家；等他們回來，還得聽他們抱怨連連。我實在不懂，他們幹麼不嫌麻煩挖個半天，看來啥也沒撈到！」

聽到白雪的話，大衛看到矮人間互換了眼神，甚至以為自己聽到三號同志嗤笑出聲，直到四號同志往他腿脛一踢、要他噤聲。

「所以，我的王子回來以前，我得跟這群東西待在這裡。」白雪說：「或者等另一個王子出現、決定娶我，看哪件事先發生。」

她咬掉小指的肉刺，嚼了一會，吐進火裡。

「喂。我、的、茶、哩？」

小屋裡的鍋子杯盤皆為之震響，塵埃自天花板落下。大衛看到一家子老鼠遷出鼠洞，從牆縫離去，不再復返。

「我啊，肚子一餓，嗓門會大一點。」白雪說：「好啦，誰把那兔子端過來。」

白雪那方傳來的呼嚕喝湯聲，刮磨、咀嚼，間或打嗝，其他人則默默進食。她胃大如牛，先把自己那隻兔子剝得精光，只剩骨頭，然後連問都沒先問一聲，便動手往六號同志的盤子上挑肉吃。她吞下整條麵包、大半塊臭氣四溢的三角乳酪。矮人在工具棚裡釀製的麥芽酒，讓她大杯大杯暢飲，最後以兩大塊一號同志烤的水果蛋糕作結，還抱怨有顆葡萄乾讓牙裂了一角。

「我說過有點乾啊。」二號同志對一號同志悄聲說。一號同志只是臭著臉。

看到再無一物可食，白雪從餐桌踉蹌起身，往火邊椅上走去，忽地重重坐下，立即睡去。大衛幫忙矮人清桌洗碗，接著跟他們到角落裡去。他們全抽起菸斗來，菸草散發濃重氣味，彷彿燒烤濕透的舊襪子。一號同志主動要跟大衛分享菸斗，大衛有禮婉拒。

「你們在挖什麼？」

幾個矮人嗆咳起來，大衛注意到沒人想直視他雙眼。只有一號同志似乎願意回答這問題。

「煤礦之類的。」

「哦？」

「是啊，算是煤礦。那東西曾經是……算是……某方面來說……是煤。」

「有點點像煤。」三號同志熱心說。

大衛斟酌再三：「呃，你是說鑽石？」

七個小人影立即撲跳到他身上。一號同志用小手摀住大衛的嘴。「在這裡別說那兩個字，永遠不行。」

大衛點頭。矮人們確定他明白茲事體大，才又從他身上爬了下來。

「你們還沒跟白雪提過，呃，像煤的東西。」

「還沒。」一號同志說：「嗯，從來抽不出時間說。」

「你不信任她？」

「你自己信任她嗎？」三號同志問，「去年冬天，食物難求。四號同志醒來，發現她正啃著他的腳。」

四號同志肅穆點頭，讓大衛知道此言絕對不假。

「咬痕還在喔。」他說。

「如果她發現礦坑有所斬獲，可會把我們全榨到乾。」三號同志繼續說道：「那我們就會受到更大壓迫，也會更貧困。」

大衛環視小屋，的確乏善可陳。有兩間房：他們目前安坐的這間和白雪占為己有的臥房。矮人共睡一床，就在火邊的角落裡，三個睡床頭，四個占床尾。

「如果她不在，我們就能稍作修繕。」一號同志說：「可是如果我們開始花錢在房子上，她會起疑，所以我們只得保持現狀。連多添張床也不行。」

「這附近沒人知道礦產的事嗎？沒人起疑？」

「喔，我們總是放風聲給大家，說我們略有所得。」矮人說：「但僅供餬口。挖礦很苦，除非確定能致富，沒人想動手。只要我們放低姿態別招搖，別砸錢在精美服飾或金鍊子上……」

「或床鋪上。」八號同志說。

「或床鋪上。」一號同志同意，「一切就不成問題。只是我們不年輕了，要是現在腳步能放慢些，爲自己安排些高級享受，該有多好。」

矮人望著在椅上打鼾的白雪，同聲嘆息。

「其實啊，我們是希望能買通什麼人，把她從我們手中帶走。」一號同志最後承認。

「你是說，付費要人娶她？」大衛問。

「當然，那人肯定走到窮途末路了，可是我們會讓他值回票價。」一號同志說，「嗯，我不確定這整片土地的鑽石量抵不抵得過與她同住的代價，可是我們會給夠多的鑽石來減輕那人的負擔。他可以買些頂級耳塞、一張巨床。」

至此，幾個矮人已經打起瞌睡來。一號同志拿了根長竿，緊張地走近白雪。

「她討厭讓人吵醒。」他向大衛解釋道：「我們覺得這樣做對大家都方便。」

他用長竿末端戳戳白雪。毫無動靜。

「我想你要用力點。」大衛說。

這次，矮人給她好好的紮實一戳。似乎有用，因爲她馬上抓住竿子猛力一拉，差些把一號同志筆直往火爐裡彈。他這才記得要放手，跌在金屬煤桶上。

「嗯……啊……」白雪抹掉嘴角的口水，從椅上起身，跌跌撞撞進房。「早餐要培根。四顆蛋，還有一根香腸，不，八根香腸。」

說完便砰然甩上門，一頭倒在床上，即刻熟睡。

大衛落坐火邊椅上，蜷起身來。屋裡因白雪與矮人的鼾聲而轟隆作響，混合了鼻哼聲、嘘哨聲、沙沙的咳嗽聲。大衛想起守林人被拖拉入林的血跡，記起王者勒華與牠的眼神，知道自己不能跟矮人待超過一晚。他得繼續前進。得往國王那裡去。

他起身走向窗邊，外頭夜色濃重，放眼不見一物。凝神諦聽，只聞貓頭鷹鳴啼。他沒忘記引他到此地的是什麼，可是自從他踏進這個新世界，媽媽的聲音再也沒來找他。只有她繼續呼喚，大衛才能尋得她。

他喃喃：「媽，如果妳人在外頭，我需要妳幫忙。如果妳不引路，我沒辦法找到妳。」了無回應。

他回到椅上閉眼入睡，夢見自己的臥房、爸爸，和他的新家庭。屋裡還有別人。在夢裡，駝背人在走廊上靜靜潛行，直走至喬奇房間。他佇足良久、凝望嬰孩，隨後便離開房子返回自己世界。

15

鹿女孩

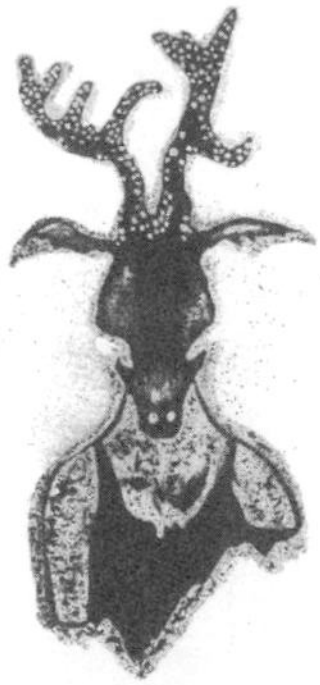

翌晨，大衛和矮人啟程時，白雪還在床上打呼。離她愈遠，小矮人的精神似乎跟著大為提振。他們陪大衛一路走到白色道路那兒，接著便尷尬地圍著他站，想找個最佳的道別方式。

「我們顯然不能向你透露礦坑所在地。」一號同志說。

「顯然不能。」大衛說：「我了解。」

「因爲是祕密，算是啦。」

「對，當然。」

「不想讓張三李四閒雜人等到那兒探頭探腦。」

「似乎很有道理。」

一號同志扯著耳朵若有所思。

「就在右邊大山丘後頭。」他急急開口：「有條小徑通過去。聽好了，那兒很隱密，得留神找。有棵樹上刻了隻眼可當標記——至少我們覺得那是刻上去的。那些樹啊，永遠讓人摸不著頭緒。萬一，也就是說，你需要一點陪伴的話。」一號同志臉龐一亮。「哈！一個『小不點同伴』！看我剛做了啥好事？你知道，『一點陪伴』就像朋友那樣；『一個小不點同伴』像是一伙矮人，懂嗎？」①

大衛懂了，彷彿盡義務般笑了笑。

「嗯，別忘嘍。」一號同志說：「如果你碰上王子或貴族青年，凡是遇上看來走投無路、能爲錢娶胖女人的，就叫他來找我們，好嗎？確定他先到這條路來等我們現身。我們不希望他先找到小屋那兒，你知道……」

「免得嚇跑了。」大衛幫他說完。

「對，正是。嗯，祝你好運。待在大路上別走偏。離這裡一、兩天路程，有個村落，那裡肯定有人能在路途上助你一臂之力，可別受誘惑而走離道路。樹林裡有不少難纏東西，能把人誘進魔掌中，你一路當心哪。」

說完，矮人隱身入林，大衛不再有「小不點同伴」的「一點陪伴」。他們邊行進、邊歌唱，是一號同志爲他們上工路途所編的曲子。沒什麼曲調可言。一號同志似乎苦尋不著適合與「勞力國有化」和「資本家走狗的壓迫」押韻的字眼。當歌聲淡出，留大衛一人站在靜寂道路上，他依舊難過不已。

他喜歡這些小矮人。雖然常不懂他們說些什麼，但以一群有謀殺傾向、對階級問題深深執迷的小矮人來說，他們實在幽默有趣。他們離開後，他備感孤單。這條路顯然是主要幹道，但大衛似是唯一的旅人。四處可見曾行經此道的人畜蹤跡：早已冷卻的火堆餘燼，飢餓動物咬齧過的皮帶。不過，這看來已是那天與另一人類的最近身接觸。持續的微光只在清晨和深夜有顯著變化，這種光線耗磨他的精力，讓精神隨之委靡、注意力渙散。有時候他似乎站著就睡著了，腦裡閃過場場夢境，夢見漢白力醫師高高站在眼前，似乎跟他說話，還有陣陣黑暗，彷彿還聽見爸爸的聲音。雙腳一走離大道，他就會頓然清醒；從石地移往草地時，雙腿幾乎纏絆難解。

他知道自己餓壞了。他跟矮人一起用過早餐，可是胃又咕隆作響，隱隱作痛。背囊裡還有糧食，矮人給了他幾片水果乾，可是他不清楚抵達國王城堡前還得走多遠，這點連矮人也幫不上忙。就大衛看來，國王不大干涉國事。一號同志跟大衛說過，曾有某個人來到小屋，聲稱是皇家稅徵人員，可是跟白雪相處一小時之後，那人連帽子都沒戴就連忙離開，再也沒回來。關於國王，一號同志能確認的唯一事實是：（可能）有位國王、大衛走的那條道路盡頭有座城堡（不過一號同志從沒親眼見過）。大衛只能繼續走，心思飄散、胃部抽痛，眼前道路白晃晃。

好幾次他差點滾進溝裡。一回，就在森林邊緣的空地附近，瞥見樹上蘋果垂懸。綠油油的蘋果就要熟了，他感覺自己口水直流。他記起矮人的訓誡，警告他永遠得待在正路上，不能稍受森林贈禮所誘惑。可是從樹上摘些蘋果哪有什麼關係？從果樹那裡也看得見道路，用一根落枝也許就能敲下幾顆果子，讓他撐上一天或更久。他停步傾聽，無聲無息。森林一片靜謐。

大衛離開道路。地面鬆軟，每走一步，腳下就發出討人厭的啪答泥濘聲。走近那棵樹，看到枝末的果實比樹中央高處的小，也沒那麼熟。樹中央高處的蘋果個個碩大如拳，爬上樹就搆得著。要爬樹，大衛可在行。不消幾分鐘工夫便攀上樹身，很快就坐在枝幹凹處咬著甜美無比的蘋果。自從當地農夫悄悄塞給羅絲幾顆「給家裡小的吃」，他已有好幾週沒吃蘋果。那些蘋果又酸又小，這幾顆卻可口極了。汁液流淌下巴，嘴裡果肉堅實。

吞下第一顆蘋果的最末一口，他扔棄果核，再摘一顆。想起媽媽要他別吃太多蘋果的警告，這顆他放慢速度吃。媽媽說過，蘋果會引發胃痛。大衛猜想，任何東西暴飲暴食保證都會讓人生病。不過他不確定，假若整天幾乎未進食，這規則還算數嗎？他能肯定的是：果子很美味，他的胃感激莫名。

第二顆蘋果才吃一半，聽到下頭森林一陣騷動。左側有東西迅速趨近，他看到矮叢中有動靜，黃褐色獸皮一閃而過。看來像鹿，可是大衛看不到牠的頭，顯然正奔逃避險。大衛想到狼群。他朝樹幹低伏，想藉以遮掩自己。才一動，心想狼群經過時會不會察覺他在地面留下的氣味。或許鹿的誘惑力足以蒙蔽牠們的感官，嗅不到他。

幾秒過後，鹿從掩蔽處衝出來，踏入大衛樹下的空地。牠停步半晌，彷彿不確定該朝哪方向去。此刻，他才首次看清鹿的頭部，不由得倒抽口氣。那不是鹿、而是小女孩的頭，金髮，深綠色眼睛。他看得到女孩的脖子和鹿身的分界，因為在這兩生物銜接之處有道紅痕。大衛的吸氣聲讓女孩一驚，向上看，四目交接。

「救救我！」她哀求，「拜託。」

追逐的聲響逼近，大衛看到馬背上的人向空地衝刺而來。騎士拉弓準備發箭，鹿女孩也聽到了，後腿一繃緊，朝林子求掩護。箭穿其頸時，她還在半空中。這一擊將她身體向右拋，繼而倒地抽搐。鹿女孩嘴巴一開一闔，臨終前像是想說些話。她後腿猛踢泥土，全身顫抖不止，接著就動也不動。

騎士騎著高大黑馬疾行入空地。頭罩兜帽，一身秋季森林色，盡是各色黃褐與綠。左手握短弓，肩掛箭筒。騎士下馬，從馬鞍上的劍鞘抽出長刃，走近倒臥的屍體，舉起刀，一次又一次砍擊鹿女孩的頸部。第一擊之後，大衛別過臉去，手緊摀嘴巴，雙眼緊閉。鼓起勇氣往後再看一眼，女孩的頭已與鹿身分離。那獵人抓髮提頭，深色血液從頸上滴落林地。騎士利用髮絲將那顆頭繫在鞍頭、掛靠馬的腹側，再將鹿的屍骸披放於馬身，準備上馬。騎士停步、盯著地面，正要以左腳上馬。大衛循其眼光看到馬蹄邊棄置的果核。獵人放下腳，瞪著果核，迅雷般抽箭出筒，架箭上弓。箭尖朝蘋果樹高舉，直指大衛。

「下來。」獵人說，聲音因爲圍巾包覆住嘴而稍微模糊。「下來，要不我把你射下來。」

大衛毫無選擇，只好乖乖聽從。他覺得自己就要哭出來，只得拚命壓抑。空氣中還飄著鹿女孩的血腥味。他只希望獵人滿足於今日所獲，也許會覺得放他一馬不爲過。

大衛下了樹，有一刻直想拔腿就跑，冒險入林，卻幾乎立即推翻這個念頭。騎在馬上卻還能以箭獵殺騰跳的鹿，肯定輕而易舉就能擊中逃跑的男孩。他走投無路，但盼獵人大發慈悲。站在戴兜帽的人面前，望進鹿女孩了無生氣的盲眼，他心想：下此毒手的人，怎可能大發善心？

「臥倒。」獵人說：「面朝下。」

「拜託別傷我。」大衛說。

「趴下！」

大衛跪下，逼自己平趴貼地。他聽到獵人走近，雙臂給扭扯在背，手腕讓粗繩捆起。獵人取走他的劍，綁住他兩邊腳踝，將他高高提起，扔掛在巨馬背上。他身體疊在鹿女孩身上，身體左側痛頂馬鞍。一路疾行，身側的痛楚變成節奏一致的規律撞擊，好似匕首刀刃往他肋骨間直抵。即使如此，他也無心多想自己的痛苦。

大衛能想到的，只有鹿女孩的頭。行進時，女孩的臉跟他自己的緊貼磨蹭，仍帶餘溫的血抹了他一頰，他在女孩如鏡的深綠雙眼裡望見自己的倒影。

① little 可做「少」或「矮小」解，a little company 因此有兩義：「一點陪伴」與「矮小的同伴」。

16

三位外科醫生

大衛覺得似乎騎了一個鐘頭，也許更久。獵人不發一語。跨掛在馬背上，大衛頭疼暈眩。鹿女孩的血腥味很濃重，隨著他們一路前行，她緊貼大衛的肌膚也逐漸冰冷。

終於來到森林中一棟長型石屋。房子外觀簡單，未加修飾，有窄窗與挑高屋頂。一側有間大馬廄，獵人將馬繫在那兒；這裡還有其他動物。一頭母鹿站在小隔間裡嚼乾草，朝新來者眨眼。鐵籠裡有雞、木籠中有兔；附近有隻狐狸用爪扒抓籠子柵欄，注意力在獵人和搆不著的可口獵物之間擺盪。

獵人下馬，從馬鞍取下鹿女孩的頭，另一手提起大衛，拋扛過肩，帶他入屋。獵人拉起門閂，鹿女孩的頭撞在門上，發出輕輕的單調悶響。進門後，獵人將大衛扔在石地上。他以背著地，躺臥在那兒，迷惑恐慌。燈一盞盞點亮，他終於能看清獵人的祕密巢穴。

四壁覆滿首級，全數架在木板，釘固石牆上。有許多動物首級，有鹿、狼，甚至有隻路波置於牆面中心；其他還有人頭。有些是青年，有三個老男人，其餘多是小孩：男孩、女

孩，雙目由玻璃珠替代，在燈光中熠熠閃亮。房間末端有座壁爐，一旁有張乾草單人床墊。緊靠另一面牆有張小桌、一把單人椅。大衛轉頭看見房間另外一端鉤子上掛有肉乾，看不出是獸肉或人肉。

兩張大橡木桌占居中心位置。桌子如此龐大，一定是在屋裡一塊塊拼裝起來的。桌上沾有血漬。從倒臥之處，大衛看到桌面有鎖鍊、手銬，還有皮製綁帶。桌子的一側有一整架子的刀、刃、手術用具，顯然很老舊了，但維護得銳利乾淨。桌子上方懸有一整組金屬和玻璃管，就擺在設計繁複的框架中，半數跟針一般細，其餘則粗大如大衛手臂。

架上瓶子形形色色、大小不一，有些盛滿了透明液體，其餘則用來貯放器官。裝眼球的瓶子幾乎滿至瓶口，彷彿硬扯出眼眶但視力卻未給奪走，看來簡直活生生的。另一瓶裝了隻女人的手，戴有金色婚戒，紅色指甲油正緩緩剝落。第三只瓶子裝了半顆腦袋，暴露出內在的運作結構，上有彩色大頭針做記號。

還有更慘的東西。噢，慘多了……

他聽見腳步走近。獵人站著俯視他，兜帽放下，圍巾鬆開，露出底下的面孔。是女人的臉。膚色紅潤素淨，薄唇，面容嚴肅。頭髮鬆垮地纏綁頭上。髮色帶黑、白、銀，像是獾的毛皮。大衛觀望她一解長髮，髮絲披流雙肩，墜垂後背。她跪地，右手一把攫住大衛的臉，檢視其頭顱，將他的頭前後轉動。放開他的臉以後，又觀察他的脖子及四肢肌肉。

「你行。」像是自言自語，女人讓他繼續臥地，著手處理女孩的頭。完工前足足有數個鐘頭沒再對他多說個字。她扛起大衛，將他放在矮椅上，向他展示辛苦的成果。

鹿女孩的頭已給固定在黑木板上，頭髮洗淨，在木塊上鋪散開來，以膠水固定。雙眼移除，代之以綠黑色橢圓玻璃；為了防腐，肌膚上了層像蠟的物質。女獵人用指節敲打一陣，鹿女孩的頭發出空洞聲響。

「她很漂亮吧？你不覺得嗎？」女獵人說。

大衛搖頭，可是什麼也沒說。這女孩本來有名字，有爸爸媽媽，也許還有兄弟姊妹。她本來可以好好玩耍、愛人與被愛，原本可能會長大成人、生育後代。現在那一切都不可得了。

「你不同意？」女獵人問，「也許你替她難過。可是你想想，幾年以後她會變老變醜；男人可能會利用她；一胎接一胎的孩子從她身上直蹦出來；她的牙齒會腐蝕崩落，皮膚乾皺老化，髮絲隨之稀疏轉白。現在這樣，她永遠是個孩子，永保美麗。」

女獵人傾身向前，撫著大衛臉頰，頭一次露出微笑。「不久，你也會跟她一樣。」

大衛扭開臉。

「妳是誰？為什麼這樣做？」

「我是獵人。」她簡潔答道：「獵人一定得打獵。」

「她只是個小女孩。雖然有動物的身體，仍只是個女孩。我聽到她說話，她很害怕，然後妳就殺了她。」

女獵人輕撫女孩髮梢。

「沒錯。」她輕聲說：「她比我預期的撐得還久，比我想的還要狡猾。也許當初用狐狸的身體比較妥當。可是現在已經太遲了。」

「是妳把她弄成那樣的？」大衛雖心驚膽跳，女獵人的所作所為讓他吐出的每個字充滿嫌惡。他聲音中的憤懣讓女獵人一臉詫異，似乎覺得有必要為自己的行徑稍作辯解。

「獵人總是不停尋覓新獵物。光是獵殺野獸，我實在厭倦了。至於人類，心思敏銳但軀體孱弱，算不上好獵物。然後我突發一想，如果能夠將動物身體與人類智慧結合在一起，那該有多妙，對我的狩獵技巧又是多棒的考驗哪！可是要創造這樣的混種生物不簡單，實在難。將動物和人類湊在一起之前，他們早一命嗚呼。止血時間不夠長，無法這樣結合，人類腦死、動物停了心跳，耗費的工夫隨著紅血滴滴付諸東流。

「不過，好運上門。我巧遇行經森林的三位外科醫生，逮住他們帶回這裡。他們提到某種自創藥膏，能將切斷的手接回腕上，或將腿接回身軀，我逼他們露一手給我看。我切斷其中一人的手臂，另外兩人負責治好，就跟他們誇口的一樣。我又將另一人劈成兩半，他的朋友再度讓他完整如初。最後我將第三人的頭斬下，他們又把頭裝回頸上。

「一旦他們告訴我自行調製藥膏的方法……」她邊說邊指牆上三個老人的頭，「他們就成了我第一批新獵物。現在，獵物個個不同，因為每個孩子都會給我湊上的動物帶來一點個人特質。」

「為什麼專挑小孩？」大衛問。

「因為大人會絕望，小孩卻不會。小孩會想辦法適應新軀體和新生活。哪個小孩不曾夢想變成動物？老實講，我比較喜歡獵殺小孩，娛樂效果更佳，而且賞心悅目，更適合當我牆上的戰利品。」

女獵人後退一步，細細端詳大衛，彷彿頭一回意識到他問題的內涵。

「你叫什麼名字？打哪來？你不是從這附近來的。從你的氣味和談吐就知道。」

「我叫大衛，從別的地方來。」

「哪裡？」

「英國。」

「英國？」女獵人複述，「你怎麼到這裡來的？」

「我的國度和這國度之間有個通道。我穿過來了，但是現在回不去。」

「慘哪，可眞慘。英國有很多孩子嗎？」

大衛不答。女獵人猛然抓住他的臉，指甲刺進他的皮膚。

「回答我！」

「很多。」他猶豫不已。

女獵人放開他。

「也許我會要你指路。現在這裡小孩好少，他們不像從前那樣四處遊蕩了。這個啊……」她指指鹿女孩的頭，「……是我逮到的最後一個，一直保留到現在。不過，我現在有你。我該像處置她那樣解決你，還是讓你帶我去英國？」

她走離大衛幾步，思索良久。

「我很有耐性。這塊土地我一清二楚，種種變動我全熬過來了。小孩會再出現的。冬天就快來了，我有足夠食物養活自己。降雪以前，我要你當我最後一回的獵物。我想你比我的小鹿還聰明，我會把你變成狐狸。天曉得，也許你能逃出我掌心，在森林某個隱密所在度過此生。不過，目前爲止還沒人成功過。總是有希望的，我的大衛啊，要抱著希望。睡吧，明天我們動工。」

語畢，她拿布擦淨大衛的臉，朝他雙唇輕柔一吻，將他扛到大桌上，鍊在那裡，免得他夜間逃逸，繼而將燈全數熄滅。在壁爐的火光中，她脫下衣服，裸身躺在草墊上睡去。

大衛沒睡。他思量自己的處境，回想讀過的故事，也憶起守林人提過的薑餅屋。每個故事皆有可取之處。

不久，他開始策劃。

17

人馬獸和女獵人的虛榮

翌日清晨，女獵人醒來著裝，在火上烤肉，喝藥草茶，然後來到大衛身邊將他一把拉起。硬邦邦的桌面，加上鎖鍊的箝制，他的後背和四肢疼痛不堪，只小睡了一下，不過他現在有了目標。直到此刻爲止，他大多仰賴守林人和矮人們的善心照料、保障他的安全；現在他得自食其力，生還與否全掌握在自己手中。女獵人給他茶，要他吃些肉，可他怎麼也不肯開口嘗。肉聞來濃重刺鼻，帶有野味。

「是鹿肉。你一定得吃。你需要體力。」

大衛仍舊緊閉雙唇，一心只有鹿女孩和她肌膚緊靠自己的觸感。誰知道哪個小孩曾是這動物身體的一部分，成了人類和野獸的合體？說不定這就是鹿女孩的肉，血淋淋從她身上剝下，成了女獵人的新鮮早點。他不能，也不想吃。

女獵人不再堅持，卻留了麵包給大衛，甚至鬆開他一隻手以便他進食。趁大衛吃東西，她帶來馬廄囚籠中的狐狸，放在大衛身旁桌面上。狐狸望著男孩，似乎預知即將到來的事。

他倆互望，女獵人開始聚攏所需物品：刀刃、鋸子、棉球、繃帶、長針、幾條長黑線、試管、小瓶、一整瓶黏稠的透明藥膏。她將風箱附在幾個試管上（「以備萬一，這可保持血液暢流」），調整束縛帶的鬆緊，配合狐狸細小的腿。

準備工作一完成，她向大衛說：「對未來的新身體，你有何感想？這隻狐狸好，年輕又靈活。」

狐狸露出白色尖牙，想咬斷籠子的鐵絲。

「我的身體和牠的頭，妳要怎樣處理？」

「我會曬乾你的肉，充作冬季存糧。小孩的頭與動物軀體能成功結合，反其道卻不可行。動物腦袋無法適應新身體，沒法正常活動，當不成好獵物。一開始我純粹好玩、不為別的，將牠們放生，可是我現在不浪費時間做那檔子事了。那些存活下來的就在外頭森林裡。牠們病懨懨的，有時我恰巧碰上，出於同情就把牠們宰了。」

「我一直在想妳昨晚說的話。」大衛戰戰兢兢開口說：「關於小孩都夢想當動物的事。」

「不是嗎？」

「我想是吧。我一直想當馬。」

女獵人一臉興趣。

「為什麼是馬？」

「小時候在故事裡看過人馬獸，就是半馬半人。該是馬頸的地方卻是人的軀幹，所以能用雙手握弓。美麗健壯，結合了馬的力量和速度、人的技巧與狡黠，是無懈可擊的獵人。妳昨天在馬背上動作迅速，但還不算與馬一體。我是說，妳的馬也絆倒過吧？或是行動出乎妳意料之外？我爸爸小時候騎過馬，他告訴我，最上乘的騎士也會摔下馬。如果我是人馬獸，結合馬與人的最佳特質，那麼我去狩獵的時候，沒東西能逃過我的掌心。」

女獵人的眼光從狐狸轉向大衛，再轉回來。她背過身，走回小桌旁，找到一張紙和鵝毛筆，畫了起來。從坐著的地方，大衛看得到圖表、數據、馬與人類的身形，全以藝術家的手法精心繪成。他沒攪擾女獵人，只是耐住性子看。他望向狐狸，發現牠也盯著女獵人。男孩和狐狸維持這狀態，同心期待，直到女獵人完工停筆。

她起身回到巨型手術桌，不發一語將大衛能自由活動的手再度綁起，讓他動彈不得。有一刻他心焦如焚。也許計策沒成功，她現在就要往他身上操刀斬頭，移植到野生動物身上，從鮮血、藥膏與極端痛楚中製造出某種生物。她會不會快斧一口氣斬下頭？還是要慢慢切割、磨鋸軟骨與骨頭？會不會先下安眠藥，讓他閉眼前是一種生物，醒來時已變身爲全然不同的物種？或者她以折磨人爲樂？女獵人的手在大衛身上操弄，他很想大叫，卻噤聲不語，強忍恐懼。他的自制值回了票價。

把他綁牢後，女獵人披上帶兜帽的斗篷，走出屋子。幾分鐘過去了，大衛聽到馬蹄踢躂，女獵人騎馬入林。蹄聲漸遠，留大衛一人與狐狸面對面：即將合爲一體的兩頭野獸。

大衛打了一會兒瞌睡，女獵人返家的聲音喚醒他。這次，馬蹄聲聽來很近。屋門打開，女獵人現身，以韁繩引馬進屋。馬一開始似乎有些遲疑，可是她對馬柔聲說話，馬便隨她進門。大衛看到馬的鼻子對屋裡的氣味有所反應，覺得牠的眼神驚惶。她將馬繫在牆環上，走近大衛。

「我跟你打個商量。我一直在想人馬獸這種東西。你說得沒錯，這種野獸肯定是完美的獵人。我想變成人馬獸。如果你幫我，我發誓會放你自由。」

「我怎知道妳變成人馬獸以後不會馬上殺了我？」

「我會把弓和箭毀了，也會畫張地圖引你回正路。就算我決定追捕你，但我無弓可獵，對你有何威脅？我不久就會再多製些弓，可是那時你早遠走高飛。如果你哪天再走經我的森林，看在你曾幫過我的分上，我會放你通行。」

接著女獵人傾身往大衛耳中低語：「如果你不肯幫我，那我就把你跟狐狸湊在一起，還保證你活不過今天。我會在森林裡窮追不捨，直到你筋疲力竭。等你一步也跑不動，就活剝你的皮，在寒冬的日子披你的皮保暖。你可活可死，由你自己作主。」

「我想活。」

「一言爲定。」女獵人語畢，將弓和箭放進火爐焚燬，替大衛畫了詳盡的森林路線圖，指出回大道的路。大衛將地圖小心塞進襯衫口袋。女獵人接著教他如何操作。她從馬廄拿了一對巨刃來，跟斷頭臺用的一樣笨重銳利。以一套繩索和滑輪系統，將巨刃架在手術桌上方。女獵人調整其中一把刃，好令刀刃落下時能把自己一斬兩段，繼而教大衛該如何敷用藥膏，這樣在她軀幹接上馬身前才不會失血而死。她一遍又一遍帶他演練程序，直到他銘記在心。

女獵人脫光衣服，雙手拿了把長又重的刀刃，重砍兩下，將馬頭切離馬身。馬血大量湧出，大衛和女獵人迅速將藥膏淋在馬頸露出的血肉上。混合劑開始作用，傷口冒出煙，滋滋作響。從血管和動脈湧出的東西立即停止。馬身倒在地上，心跳搏動，馬首落在附近，雙目在眼眶中亂轉，舌頭從口中鬆垮垂下。

「我們時間不多。動作快，快啊！」

她躺在桌上那把大刃下側。大衛盡量不看她的裸體，將注意力集中在放開刀刃的工作上，遵照先前的指示來準備。他再次檢查繩索時，女獵人猛然抓住他的手臂，右手握著尖刀。

「如果你想逃跑或背叛我，你還沒走一臂之遠，刀就會出手，正中你的身體。懂嗎？」

大衛點頭。他一邊腳踝綁在桌腳上，即使想碰運氣，也跑不遠。女獵人鬆手放了他。在她旁邊的玻璃瓶裡盛著神奇藥膏，大衛的任務就是把藥澆灌在她傷體上，然後將她從桌上拖移到地面，再幫她爬到馬身邊。兩方傷口碰觸的時候，他得再淋下更多藥膏，讓女獵人和馬接合起來，創造出一種生物。

「動手啊，動作要快。」

大衛向後退。固定斷頭刃的繩子緊綳綳的。爲免意外，他只須用自己的劍刃切斷繩子，讓大刃落在女獵人身上，一把將她身子一劈爲半。

「準備好了嗎？」大衛問。

他的劍刃貼繩，女獵人咬緊牙關。

「好。下手吧！現在做！」

大衛將劍刃高舉過頭，使盡全力往繩子砍下。繩斷刃落，將女獵人一分爲二。她痛苦尖喊，血從身體兩半汩汩流出，她在桌上劇烈扭動。

「藥膏啊！」她大喊：「快點用！」

大衛反而再度舉劍，剁下女獵人的右手。手落地時還緊緊握著刀。大衛第三次出擊，弄斷將他困身於桌的繩子。他跳過馬身，往門邊跑去。於此同時，女獵人憤怒痛苦的尖喊充斥整個房間。門鎖上了，鑰匙還在鎖孔內。大衛想轉卻轉不動。

在他身後，女獵人的尖叫聲愈來愈高亢，接著突然有股燒灼的氣味。大衛轉身見她上身的大傷口正冒著煙、咕嚕起泡，藥膏正治療傷處。她的右手臂也蓋滿了藥膏。她正往地上傾倒更多藥膏，好浸覆斷手的腕部，治療創傷。靠著斷臂和右手的力量，她硬將自己推下桌，往地板去。

「你給我回來！」她嘶聲怒語：「我們還沒完。我要把你生吞活剝！」

她將殘臂朝右手掌碰，往這兩部分潑滿藥膏。這兩半立即接合。她將刀子提至嘴巴，牙齒緊咬刀刃，將自己拖過地板，逼近大衛。鑰匙在鎖中轉了圈，門打開，她的手正摸到大衛褲管末端。大衛一把將腿抽開，往戶外奔去，又戛然停下。

不只他一人。

屋前空地聚滿一群有著孩子身體與獸頭的生物。有狐狸、鹿、兔子、鼬鼠，小型動物的五官不搭調地搭在人類較寬大的肩膀上，頸子因藥膏的作用而窄縮。這些混種生物行動笨拙，彷彿駕馭不住自己的四肢。牠們拖著腳走，踉踉蹌蹌，臉上滿是迷惑和痛苦。牠們慢慢走近房子，女獵人已將自己拖過門口穿堂，來到草地。刀子從她口中落下，她一把緊握在拳頭裡。

「你們在這兒幹麼？你們這些又臭又髒的東西——馬上離開這裡。滾回暗影裡藏身去。」

這些野獸毫無反應，只是顫巍巍繼續往前，眼光凝聚在女獵人上。女獵人抬頭仰望大衛，害怕起來。

「帶我進去裡面。快點，在牠們碰到我以前。我原諒你所做的一切。你可以自由離開。只是別把我留在這裡……別跟牠們一起。」

大衛搖搖頭。其中一個有男孩身體與松鼠頭部的向大衛抽抽鼻子，大衛從她身邊走開。

「別丟下我啊。」女獵人高喊。野獸幾乎將她團團包圍。她一手創造的野獸層層圍逼，她的刀子朝虛空無力揮擊。

「救我啊！」她朝大衛叫喊：「求你救救我！」

動物向她撲擊，撕扯啃咬，將之碎屍萬段。大衛轉身離開這殘暴的景象，潛逃入林。

18

羅蘭

大衛在森林裡穿梭了好幾個鐘頭，盡量依著女獵人的地圖走。標在地圖上的路徑，有些早已消失，有些打從一開始就不存在。代代相傳、做爲原始路標的圓錐石堆常給高高蔓草遮蔽，讓茂密地衣掩覆而過，或是讓途經的動物或壞心眼的旅人摧毀。大衛只得一次次繞回原地，或用劍劈斬矮叢以便找出地標。有時候他不禁想，女獵人是否預謀假造地圖來騙他，設局將他困在林裡，等變成了人馬獸，他這獵物就能手到擒來。

透過樹林，他突然瞥見一條白色細線。一眨眼，已站在森林邊緣，放眼正有條路。大衛不知自己身在何處。可能又回到與矮人分開的十字岔口，或是已沿路更往東進。他不在意。能走出林子，回到通向國王城堡的正路，讓他雀躍不已。

他繼續前行，直到這個世界的微光開始黯淡。白天沒有正常的光線實在讓人侷促不安，因此大多時候他總是感傷，比面對當前處境該有的情緒更爲悲傷。他坐在岩石上，吃乾麵包和矮人堅持塞給他的水果乾，以沿路小溪的冷水將食物沖吞入腹。

不知爸爸和羅絲在做些什麼。說不定他們很擔心他。若他們查看凹陷花園，不知會有什麼反應。他不知道花園那兒是否仍有殘跡可循。他想起火燒轟炸機的烈焰照亮了夜空，墜機引擎絕望地轟隆巨吼。墜機一定早將花園摧毀殆盡，讓石磚和機身碎片遍灑草坪，令後方林木隨之起火。也許大衛逃穿的牆洞已在墜機之後崩塌，而聯繫兩界的通道也跟著消失。爸爸不可能知道飛機墜落時，大衛是否身在花園；或是如果大衛在場，又遭遇了什麼事。他想像眾人篩檢飛機殘骸，尋找焦黑的屍體，擔心會找到嬌小的身軀。

大衛不免擔心，自己離穿進此界的出入口愈走愈遠，到底對不對。如果爸爸或其他人尋得通道、過來找他，他們不就會抵達同一個地點？守林人似乎很有把握，覺得遠道去找國王是最佳對策，可是守林人已經走了。守林人無法自救於森林的魔手，更無力保護大衛。男孩如今形單影隻。

大衛朝路的前方眺望。不能回頭了。狼群可能還在找他，即使他能找到往深淵的路，到時候還得找另一座橋。眼前唯一選擇就是繼續前進，希望國王能助他一臂之力。如果爸爸來找，大衛盼望他能自保。大衛從溪邊找了塊扁岩，用尖石在扁岩上刻了自己的名字，以箭頭指出行進的方向，寫下「去見國王」，以免爸爸或別人沿這條路來尋他。他在路邊疊了圓錐石堆，就像那些林間小徑的標示，把他的訊息擺在最上方。他頂多只能這樣做。

打包吃剩的食物時，有個人影騎著白馬靠近。大衛很想躲起來，可是他知道，如果自己看得到騎馬的人，對方一定也看得到自己。人影更近了，大衛看到對方身穿銀製護胸甲，上頭飾有一對太陽圖符，頭戴銀製頭盔。馬鞍一側懸劍，另一側是一張弓與裝滿的箭筒——可說是這個世界的上選武器。馬鞍上還掛著同樣帶有雙日圖示的盾牌。到了大衛身邊，來人停馬俯望大衛。他的臉龐有些熟悉之處，讓大衛想起守林人。跟守林人一樣，他看來肅穆仁慈。

「年輕人，你要往哪裡去？」他問大衛。

「我要去見國王。」

「國王？」騎士看來不爲所動，「國王對你有何用處？」

「我要想辦法回家。聽說國王有本書，那本書裡頭可能有讓我回家的方法。」

「何方？」

「英國。」大衛說。

「我不曾聽聞那個國號，只能猜那裡遠離此地。任何地方離此地都很遙遠。」他補充，彷彿沒多想就脫口。

他在馬上微微挪動身子，環顧四周，放眼掃視樹林與他倆身後的山丘、前後方的道路。

「男孩不宜在此地獨行。」

「我兩天前才越過深淵。那裡有狼，還有幫我忙的人，就是守林人，他已經……」

大衛突然住口，不想大聲說出守林人的下場。他的朋友倒在狼群重壓之下、血跡拖往森林裡去的情景，全歷歷在目。

「你跨過深淵？告訴我，是你砍斷繩子？」

大衛試著解讀騎士的表情，不想招惹麻煩。自己破壞了橋，肯定造成不小損害，可是他又不想扯謊。況且，直覺告訴他，如果撒謊，騎士仍會跟他對質。

「我是不得已。狼就要追上來。我毫無選擇。」

騎士微笑。「你可把齙爾弄得七竅生煙。牠們若想繼續耍把戲，就得重新搭橋，而駭比可會糾纏不休。」

大衛無奈聳肩，一點也不爲齙爾難過。強迫旅人爲了蠢謎語的解答而賭上性命，這種行徑實在不可取。他還希望駭比會拿幾隻齙爾當晚餐吃，雖說他猜想齙爾嘗起來不怎麼可口。

「我打北方來，所以你那番胡鬧沒能阻撓我的計畫。不過，在我看來，有能耐惹惱齙爾，還能逃過駭比和狼群的年輕人，可能值得帶在身邊。我跟你打個商量：若你伴隨我一陣子，我就帶你去見國王。我有個任務得完成，沿途需要一名扈從幫忙，效勞數日。我的回報則是，保證你往宮廷的旅程安然無恙。」

看來大衛似乎別無選擇。他相信狼群不會原諒他在橋那兒造成的死傷，肯定已經找到別條路橫越峽谷，說不定正尾隨他的蹤跡。他在橋那邊純粹是運氣好。第二次可能就沒那麼幸運了。一人在路上旅行，他總是任人擺布，那些女獵人之流就可能對他下毒手。

「我跟你走。謝謝。」

「好。我叫羅蘭。」

「我是大衛。你是騎士嗎？」

「不是，我只是軍人，如此而已。」

羅蘭朝下向大衛伸手。大衛一握住，馬上給抓離地面，拉到羅蘭的坐騎背上。

「你看來相當疲累。我就姑且降尊紆貴，與你同享我的坐騎。」

羅蘭用腳跟輕拍馬腹，疾步出發。

大衛不習慣騎馬。要適應馬的動作眞難。他的臀部有規律地反覆上下彈撞馬鞍，痛死了。直到馬兒席拉大步奔馳，他才開始享受騎馬的體驗。幾乎像是沿路漂浮一般。即使背上多了大衛這個負擔，席拉的馬蹄仍速速橫越腳下土地。頭一回，大衛沒那麼怕狼了。

騎了好一陣子，四周景致逐漸生變。草地焦黑，彷彿歷經大爆炸，地面破土處處、劇烈翻攪，樹木砍倒，樹身削尖、鑽插於地，似是要建成防禦工事。滿地散落片片盔甲、破損不堪的盾牌、碎裂的劍。看來，他們眼前望著的是激戰後的殘景。地上有血跡，卻不見屍身，戰場上坑坑洞洞的泥塘顏色偏紅而非棕。

中央有個很突兀的東西，如此怪異，席拉也停了下來，一隻腳蹄直蹭著地。連羅蘭也難掩恐懼瞪著看，只有大衛知道那是什麼東西。

是一臺馬克V型坦克，第一次世界大戰的遺跡。可發射六百磅重砲彈的粗短槍管從左側砲塔凸伸出來，可是上頭毫無記號。坦克光潔嶄新，彷彿才剛從某地新鮮出廠。

「那是什麼？」

「是坦克。」大衛說。

他明白不可能讓羅蘭對這東西多了解幾分，所以再補上：「是機器，像是大型……嗯，加蓋的車，可以駕著來來去去。這個……」他指著可發六百磅砲彈的砲管：「是槍，大砲的一種。」

大衛以鉚釘當攀手和踏腳處，勉強爬上坦克主體。艙口蓋開著，看得到裡頭駕駛座旁的煞車和排檔系統，還有大型里卡多引擎的細部結構，卻不見人影。看起來還是不像使用過。蹲踞在坦克頂上，大衛環視一周，在這片泥濘場子上見不到車輪軌跡。彷彿馬克V型是自無中生有。

他從坦克上爬了下來，離地最後幾呎索性跳下，落地時濺起了血水和污泥，弄髒褲子。他這才又想起，所立之處有人受了傷，也可能已經喪生。

「這裡出了什麼事？」他問羅蘭。

騎士在馬鞍上挪挪身子，仍因在場的坦克而不安。

「我不清楚。從這些跡象看起來，似乎打過仗。空氣裡還嗅得到血腥味，可是陣亡士兵的屍體呢？如果他們已經入土，那墳墓又在何處？」

他們身後響起說話聲。「旅人哪，你們看錯地方了。戰場上沒屍體，屍體在……別的地方。」

羅蘭讓席拉轉身，抽劍出鞘。他幫大衛上馬，讓大衛坐在身後。大衛一坐穩，也伸手將自己的短劍從鞘中抽出。

一道老壁殘垣（某種較大、早已不存於世的建物殘跡）就立在路邊。石塊上坐個老人。禿頭，青藍粗血管散布於坦露的頭皮，恍若畫在寒冷不毛之地上的河流。他雙眼布滿血絲，眼窩過大，表皮下面的紅肉因此鬆垮垂下，在眼球底下暴露出來。鼻子很長，雙唇慘白乾癟。他身穿老舊棕色袍子，長及腳踝，就像修士的道袍。赤著雙腳，腳趾甲泛黃。

「誰曾在此交戰？」羅蘭問。

「我沒問他們的名字。」老人說：「他們來了，然後死了。」

「目的爲何？他們肯定爲了某種使命而戰。」

「當然。我確定他們深信自己有正當使命；不幸地，牠可不這麼認爲。」

戰場傳來的氣味讓大衛作嘔，也加重大衛對這老人的不信任感。老人談及「牠」的方式、提到「牠」就微笑的模樣，讓大衛明白，在此喪命的人死狀甚慘。

『牠』是何方神聖？」羅蘭問。

「是頭母獸，住在森林深處一座殘塔下方。沉睡多年後，如今再度甦醒。」老人用手勢指指身後樹林。「他們是國王的手下，想維護對垂死王國的控制而付出了代價。他們在此宣示了立場，接著便全軍覆沒。他們撤退到我後面的樹林尋求掩護，拖著死傷的伙伴同行，在那裡牠恣意橫行。」

大衛清清嗓子：「這坦克怎麼來的？它又不屬於這裡。」

老人咧嘴笑開，露出滿口爛牙與發紫牙齦。「也許就跟你一樣啊，孩子。你也不屬於此地。」

羅蘭催著席拉往森林去，跟那老人保持距離。席拉是匹勇猛的馬，只遲疑半晌，就遵從主人的命令。

血與腐敗氣味愈來愈重。前頭有片四分五裂、慘遭腰斬的灌木林，大衛知道那就是臭氣的真正來源。羅蘭要大衛下馬，要他轉身背靠一棵樹，牢牢盯住老人。老人還待在矮牆上，轉頭越肩望著他倆。

大衛知道羅蘭不想讓他目睹矮叢後的東西，可是一聽到撥開矮叢進入的聲音，禁不住衝動匆匆一瞥，看見樹上垂掛屍體，幾乎只剩血跡斑斑的骨骸。他快快轉開，發現自己正與老人眼對眼。大衛不知道對方如何從停棲的牆上這麼迅捷無聲移位。不過他現在就在這裡，這麼靠近，還能嗅到他有酸臭莓味的口氣。大衛將手中的劍握得更緊，老人的眼睛卻眨也不眨。

「孩子，你離家可遠嘍。」老人舉起右手，手指摸摸大衛一撮散髮。大衛猛然甩頭，推那老人一把。竟然像是推著一堵牆。老人看來孱弱，卻比大衛壯多了。

「你還聽得到媽媽叫你的聲音嗎？」老人拿左手貼在右耳，彷彿試著捕捉空氣中的聲響。他尖著嗓子哼哼唧唧：「噢——大衛——」

「住嘴！你現在就停！」

「不然你就要怎樣哪？一個小男孩離家那麼那麼遠，哭著要找他死去的媽媽。你有何能耐？」

「我會對你動手喔。我說眞的。」

老人朝地上呸吐一聲。唾沫落地處的草地嘶嘶作響。那液體擴散開來，在地上形成噗噗冒泡的小池。

小池裡映出爸爸、羅絲和寶寶喬奇的樣貌。他們開懷笑著，連喬奇也是。他讓爸爸高拋在空，就像大衛小時候一樣。

「你知道嗎？他們才不想你呢。他們一點也不想你，還很高興你一走了之呢。你讓爸爸有罪惡感，因爲你老讓他想起媽媽。可是他現在有新家庭了；你不在，他就不用擔心你或你的感受。他早已把你拋在腦後，就像忘記你媽媽一樣。」

池中的影像變了，大衛看到爸爸和羅絲共用的臥房。羅絲和爸爸站在床畔親吻。大衛望著他們一起躺臥下來，不由得偏開頭。他臉龐刺痛，覺得身體裡有股巨大的怒意升起。他不願相信，可證據就在眼前，那個從劇毒老人口中吐出的蒸騰唾沫小池裡。

「看吧。現在沒什麼値得讓你回去了。」

老人大笑。大衛出劍一擊，甚至沒注意到自己出手。他只是如此憤慨、如此悲傷，從未感到如此深遭背棄。什麼東西似乎接管了他對身體的控制，某種在他之外的東西，他似乎因此失去了自己的意志。他的手臂自行舉起，向老人劈砍而下，割裂了棕色袍子，在袍下肌膚劃出一道血痕。

老人退步，將手指放在胸前傷處，指頭因血而染紅。他的臉龐開始變形，延展成半月，下巴猛然彎起，碰上彎曲的鼻梁。粗糙黑髮一撮撮從頭顱上迸生。他將袍子脫棄一旁，大衛看到他一身金與綠，纏以圖飾繁複的金腰帶，還有彎曲如蛇身的金匕首。衣料上有個裂口，正是大衛的劍在這華美布料上劃過之處。最後，一個扁平黑色盤狀物在男人手中出現。他將之往空中快揮一下，便成了頂彎帽，往頭上一放。

「你……」大衛說：「你到過我房間。」

駝背人向大衛低聲嘶吼，腰間匕首扭曲蠕動，彷彿眞成了條蛇。他的臉因震怒與痛楚而扭曲。

「我遍行於你的夢境。我知道你朝思暮想的一切、你感受到的一切，還有你恐懼的一切。我知道你是個惹人厭、善妒、滿懷恨意的小孩。儘管如此，我原本還打算幫你，本來要幫你找媽媽，可是你竟動手割傷我。你是個可怕的孩子。我有辦法讓你悔不當初，讓你懊恨至極，甚至希望自己不曾出世。不過……」

他的語調突然一變，變得沉靜、理性，反而讓大衛更加恐懼。

「我不會這麼做，因爲你還需要我。我可以帶你到你要找的人身邊，帶你們回家。只有我辦得到。我只要求一件小東西當回報，非常小的東西，你一點也不會留戀……」

他還沒說完，就讓羅蘭回來的聲音給擾亂了。駝背人在大衛面前搖搖手指。「再談吧。那時候，也許你會更識相點！」

駝背人開始原地轉圈圈，愈轉愈快，愈轉愈猛，在地上挖出了洞，消失於他們的視線外，只留下棕色外袍。他的唾沫滲進地裡，來自大衛世界的景象再不復見。

大衛感覺羅蘭來到自己身邊。兩人望進駝背人留下的暗洞。

「那是誰？是什麼東西？」羅蘭問。

「他把自己假扮成老人。他告訴我能幫我回家，也說他是唯一有辦法的。我想他就是守林人提過的那人。守林人叫他騙徒。」

羅蘭看到大衛劍刃上滴著血。

「你割傷他？」

「我很氣。想都沒想，就出手了。」

羅蘭從大衛手中拿走劍，從樹叢摘了一片大綠葉，拭淨刀刃。

「你一定得學會控制自己的衝動。劍想要人使用，想要見血。這就是刀劍被鍛造出來的原因。刀劍在世上並無其他目的。如果你不控制它，它就會掌控你。」

他將劍遞回給大衛。「下次你再看到那人，別只是傷他，而要取了性命。不管他說什麼，總之不安好心。」

他們一起走向席拉所立之處，席拉正嚼著草。

「你剛剛在那裡看到什麼？」大衛問。

「我猜，跟你看到的相差無幾。」羅蘭搖搖頭，因大衛違反指令而微惱。「殺了那些人的東西將他們的肉從骨上吸走，留他們的屍骨懸掛於樹。放眼所見，屍體遍林。地面還因血流而濕漉，不過他們死前傷了那不知是不是『野獸』的東西。地上有種骯髒東西，黝黑腐臭，把那些人的矛和劍都融解了。如果牠會受傷，那就可以取牠的命，可是光靠一名士兵和一個男孩的力量，不足以應付。這與我們無涉。我們繼續走。」

「可是……」大衛不確定該說什麼。故事可不像這樣。故事裡的士兵和騎士會屠殺惡龍及怪獸。他們勇猛無懼，不會逃離死亡的威脅。

羅蘭跨坐在席拉背上，伸手等著接過大衛。「大衛，若有話要說，就開口。」

大衛字斟句酌，不想冒犯羅蘭。

「那些人全死了。不管殺了他們的是什麼東西，雖然受過傷，卻還活著。牠會再出手殺人，不是嗎？會有更多人死掉。」

「也許吧。」羅蘭說。

「不是該想想辦法嗎？」

「你有什麼提議？難道用我們名下一把半的劍去追捕牠？大衛，活在世上充滿了脅迫和危險。我們挺身面對自己必須面對的，有時即使得冒著個人生命危險，仍得犧牲小我完成大我。可是我們不會無故捨棄生命。我們每個人只有一回人生可過，只有一條命可奉獻。無望的時候，浪擲生命並無光榮可言。來吧。暮色愈來愈重了，我們得找個地方蔽身過夜。」

大衛又遲疑了一會，拉住羅蘭的手，給拉上馬鞍。他一心想著那些喪生的人，猜想下此毒手的是哪種生物。坦克仍然停在戰場中央，孤立怪誕。不知為何，它找到路從他的世界來到此界，卻看不見操作人員，顯然也無人駕駛。

他們將坦克留在身後，大衛憶起駝背人的唾沫小池，還有駝背人說過的話。

他們一點都不想你。他們還很高興你一走了之呢。

不會是眞的吧，會嗎？大衛看過爸爸寵愛喬奇的樣子，散步時看過爸爸望著羅絲、牽著她手的模樣，猜得到他倆每晚在關起門的臥房內做的事。萬一他找到回家的路，他們卻不要他回去？萬一，沒有他，他們眞的比較快樂呢？

駝背人跟他說過，能讓一切好轉，能把媽媽還給他，帶他倆回家，而且只要求小小的回報。就在羅蘭用馬刺踢踢席拉，催牠前進時，大衛猜想：會是哪種回報？

於此同時，遠在西邊，眼不見耳不聞之處，勝利的齊聲嗥叫朝空中升起。狼群已經尋得跨越深淵的另一座橋。

19

羅蘭的故事和狼群斥候

羅蘭不願因夜色而歇腳，急著繼續他的使命，也因追趕大衛的狼群而備感憂心。可是席拉也疲乏了；大衛筋疲力竭，連羅蘭的腰都抓不緊。來到看似教堂的廢墟，羅蘭同意在此歇息幾個鐘頭。天冷，羅蘭卻不准生火，給大衛一張毯子裹身保暖，讓他從銀製扁瓶啜飲一口——裡頭的液體先是燙灼大衛的喉頭，繼而讓他充滿一股麻麻暖意。他臥下仰望天際。教堂尖塔在眼前高聳迫人，窗戶空洞有如死者之目。

「這個新宗教啊……」羅蘭不以爲然地說：「在國王還有心力，也仍掌有權力遂行其意時，想要求大家了解它。現在國王在城堡裡沉思無爲，他的小禮拜堂空蕩蕩。」

「你信仰什麼？」大衛問。

「我相信我所愛所信任的那些人。其餘一切盡是愚行蠢事。這個神祇跟祂的教堂一般，空洞虛無。祂的信徒選擇將自己的好運歸功於祂；可是當祂對信徒的懇求充耳不聞、任憑他們受苦時，他們又說那只不過是因爲祂神祕難解，而讓自己全然臣服於祂的意志下。這算是哪門子神呢？」

羅蘭的語氣有滿腔怒火與辛酸，大衛心想他是否曾尋求過這個新宗教，在遭逢不幸時，便轉身背棄。媽媽過世後幾週幾個月內，大衛坐在教堂裡聽牧師講神、講神如何愛世人，心中偶爾也有這種感覺。他覺得很難將牧師的神與任由媽媽慢慢痛苦死去的神同等看待。

「你愛什麼人呢？」大衛問。

羅蘭假裝沒聽見。

「跟我說說你的家。談談你的國民；跟我聊任何事，除了假神以外。」

大衛跟羅蘭談起爸媽、凹陷花園、強納生．陶維與他的舊書，談自己如何聽到媽媽的聲音，隨之進入這奇國異地，還提到羅絲和喬奇的到來，話中難掩對羅絲和寶寶的怨氣。他突然覺得羞愧，本來不打算在羅蘭面前顯得這麼孩子氣。

「還眞是棘手。」羅蘭說：「你被奪走了那麼多，不過，或許也同樣被賜予了不少。」

他不再多說，深怕男孩以爲他在訓話。反之，他背靠馬鞍，跟大衛說起故事來。

羅蘭的第一個故事

從前從前，有位老國王，應允要讓唯一的子嗣與遙遠國度的公主成親。國王向即將遠行的孩子道別，將家族傳承多代的金杯交託給他，告訴兒子，金杯是贈與公主的部分聘金，也是對方家族與自己家族結盟的象徵。他交代一名僕人與王子隨行，照料王子一切需要。兩人便出發前往公主的國度。

旅行多日後，僕人嫉妒王子，趁王子熟睡時偷了高杯，穿上王子最華美的服飾。王子一醒來，僕人便要他以自己與所愛之人的性命起毒誓，不能把事情透露給任何人，還告訴王子，從今以後無論大小事都要服侍他。於是，王子變成僕人，僕人搖身成了王子，他們便這般來到公主的城堡。

抵達後，假王子受到殊榮款待，真王子則給遣去看顧豬群，因為假王子告訴公主，那僕人壞心又不順從，更不可信任。國王遣送真王子出去照料豬，讓他睡在泥濘乾草間，而大騙子則飽享精致美食，頭臥最柔軟的枕子。

國王是個有智慧的老者，聽聞他人對這養豬人頗有好評，讚其儀態優雅，對看顧的動物仁慈，對往來的僕人和氣以待。有一天，國王去找他，要求他說說自己的一二事。他礙於誓約，告訴國王恕不能從命。國王不習慣有人抗命不從，怒意頓生。真王子下跪說道：「我為毒誓所縛，無法向任何人吐露關於自己的實情。但求您諒解，我並非對陛下有不敬之意。可是君子一言既出、駟馬難追，若違誓，連牲畜也不如。」

國王思忖半天，對真王子說：「我看得出來，你埋藏於心的祕密讓你煩憂，也許一旦你高聲說出，就會開心一點。你何不到僕人住處備而不用的冷灶那裡說說，這樣你也能寬心一些。」

真王子遵照國王的要求，而躲在灶後暗影裡的國王聽到了真王子的遭遇。當晚，國王舉辦盛宴，慶賀公主翌日將與那冒牌貨成親。他邀請真王子為座上賓，要他戴上面具，坐在王位一側，另一側則安排給假王子坐。他對假王子說：「我想考驗你的智慧，若你同意接受測試……」假王子二話不說就同意了。國王跟他說了個故事，其中就有個假冒他人身分的騙子，將原屬於另一人的財產和榮華全數強占。假王子趾高氣昂，對自己的地位有十足把握，沒看出故事與他脫不了關係。

「你會怎樣處置這樣一個人？」國王問。

「我會把他剝個精光，放在穿滿釘子的桶子內。」假王子說：「然後把桶子綁在四匹馬的後面，拖著遊街，直到裡頭的人四分五裂、一命嗚呼。」

「這就是你的懲罰了。」國王說：「因為這也就是你犯的罪。」

真王子恢復原有地位，娶了公主，從此以後過著幸福快樂的生活。而假王子就在滿是尖釘的桶內被五馬分屍，無人為之哭泣；他死後，也沒人再提起他的名。

故事一完，羅蘭望著大衛。

「你覺得我的故事如何呢？」

大衛皺起眉來。「我想我讀過相似的故事。可是我的故事是講公主，不是王子。結局倒是一模一樣。」

「你喜歡這個結局嗎？」

「我小時候喜歡，覺得假王子罪有應得。我喜歡惡人受懲而死。」

「現在呢？」

「看來很殘忍。」

「可是如果他有權力決定，他也會以此道待人。」

「大概吧。可並不代表這種懲罰就有道理。」

「所以你會大發慈悲？」

「如果我是眞王子的話，嗯，會吧，我想是。」

「你會原諒僕人嗎？」

大衛想了想。

「不會。他犯了大錯，應當受到懲罰。我會要他去照料豬群，感受眞王子先前受迫的生活。如果他傷害任何一隻動物或是任何一個人，那他就要接受同樣的待遇。」

羅蘭點頭贊同。「這樣的懲罰仁慈而恰當。睡吧。狼群緊追在後，能休息時你就得把握機會休息。」

大衛聽話照做，頭靠在背囊上，閉眼即刻沉睡。

他一夜無夢，在虛假的黎明顯示白日來臨前，只醒來一回。他一睜眼，感覺自己聽到羅蘭正跟某人輕聲說話。他轉眼望去，看到對方正盯著一個小銀墜鍊看，裡頭有個男人的圖像，比羅蘭年輕，非常俊秀。羅蘭低語的對象就是那個影像。雖然大衛沒聽懂全部內容，但「愛」這個字清楚說了不只一次。

大衛尷尬地將毯子拉近頭部，想把話語隔絕開來，直到再度入睡爲止。

大衛再度醒來，羅蘭早已起身、四處走動。食物所剩無幾，大衛還是拿了些與羅蘭共享。他在小溪中梳洗，差點又要開始數數的儀式，猛然記起守林人的忠告，於是罷手。反之，他清理劍，在岩石上磨利，檢查腰帶是否仍然堅韌，固定劍鞘的環帶是否完好，請羅蘭教他怎樣架馬鞍到席拉身上、如何綁緊韁繩轡帶。羅蘭照做，還教他如何檢查馬的腿與蹄，看看有無受傷或不適的跡象。

大衛想問問羅蘭關於墜鍊圖像的事，又不想讓羅蘭誤以爲自己在夜裡監視。他反而問了另一個從初遇以來便縈繞於心的問題，墜鍊男人之謎竟也隨即獲得解答。

羅蘭將馬鞍再度安上席拉的背，大衛問道：「羅蘭……你給自己下的任務是什麼？」

羅蘭拉緊環繞馬腹的帶子。

「我有個朋友……」他沒正眼看大衛，「名叫拉斐爾。他想向那些質疑他勇氣、在背地裡說他壞話的人證明自己。他聽過一個傳說，在一個滿室珍寶的房間裡，有個女子讓女巫師作了法而長年沉睡。他起誓要將女子自魔咒中解救出來。他從我的領地出發，從未復返。他對我來說，比兄弟還親。我發誓要查明他的遭遇。如果他最終命運是一死，我便要替他復仇。我聽說城堡會隨著月亮週期而移動，現在停駐的地點，離此地只要騎馬兩天。探明城牆裡的眞相後，我會帶你去見國王。」

大衛爬上席拉的背，羅蘭繼之以韁繩領馬回到路上，測試前方路面上有何隱藏不見、可能會傷及坐騎的窪洞。大衛仍因前一日長時間騎馬而全身痠痛，卻逐漸適應馬匹和騎乘的節奏。他手抓馬鞍，在早晨的第一道弱光劃過天際時，離開了教堂廢墟。

某個東西觀望他們離開。廢墟後方一叢叢有刺灌木裡，一雙黑眼看著他們。此狼的毛皮黝黑，臉部比野獸更像人，是路波和母狼的結晶。牠的外表和直覺偏近母親那方，是其族類中最龐大凶殘的，算是劣質變種。大如小馬，上下顎大得可環扣男人的胸膛。這個斥候由狼群遣來尋找男孩的氣味，牠在路上嗅得男孩的氣味，跟著到林中深處的小屋。矮人在住家四周廣設陷阱：底部埋有削尖長竿的深洞，表面以樹枝和草皮虛掩。牠在那兒險些送命，僅靠反射動作，才免於落洞致死。自此，牠更加謹慎。牠發現男孩的氣味跟矮人們混雜不分，而後又尾隨那氣味回到路上。有陣子牠追丟了氣味，直到抵達小溪溪畔，又讓馬的體臭取代。這就告訴狼，男孩不再步行前進，而且可能不再形單影隻。牠依狩獵習性，以尿液標示地點，讓狼群較容易追蹤。

這斥候知道羅蘭和大衛無從得知的事：狼群越過深淵後，曾停留片刻，等待更多狼陸續來到，一同往國王城堡挺進。王者勒華交託任務給這斥候，要牠尋得男孩。可能的話，帶回狼群那裡交由王者勒華處置；如果不可行，就殺了他，帶回男孩的頭充當證物，以證實任務成功。斥候已自行決定首級便足矣——牠已有多時未嘗新鮮人肉，會吃了男孩剩下的部分。

這混種狼在戰場上又偵測到男孩蹤跡，伴隨一股無名之物的異味，刺激牠敏感的鼻，讓牠雙目直要淌淚。飢餓的斥候以其中一士兵的骨頭為食，從深處吸食骨髓，數月以來，肚腹從沒這麼飽滿。精力恢復後，便再度跟蹤馬的氣味，及時趕到廢墟，目送男孩和騎士離去。

壯碩的後腿讓這斥候跳得又遠又高，龐然體型曾逼得許多騎士從馬鞍上跌落著地，令牠得以用長長尖牙扯裂其喉頭。要逮那男孩可說輕而易舉。如果斥候跳躍時拿捏得當，就能在騎士意識到出了事之前，一把咬住男孩將之扯裂，而後逃之夭夭。如果騎士硬要跟蹤牠，哼，那就直接把他引入守候的狼群口中。

騎士緩緩牽著坐騎，小心穿梭於矮枝和密生的石南叢之間。這狼悄然跟隨，靜候良機。在那騎士面前有棵倒地的樹，這狼猜想馬會在那裡稍停，找出跨越障礙的最佳途徑。馬一停，狼就會一把攫住男孩。牠悄悄向前，步伐輕快，超前馬匹，以便搶時間找到最佳出擊地點。牠抵達那棵樹，找到右側矮叢中一片完美的高起岩石正符合所需。唾液從下巴滴落，口中已然嘗到男孩鮮血的滋味。馬走進視線，斥候綳緊身子，準備出擊。

聲音從狼後頭傳來，隱約像是金屬碰上石頭的聲音。牠轉頭面對威脅，遲了一步，只見刀光一閃，喉嚨深處一陣灼燒，傷如此之深，連痛苦或訝異的聲音都發不出來。牠給自己的血嗆住，身下四肢也不管用了，撲摔於岩石上，垂死的雙眼因驚惶而發亮。那亮光逐漸消退，身體顫抖抽搐，直到最後躺著，動也不動。

雙瞳暗處映出駝背人的倒影。他用劍刃割下斥候鼻子，放在腰帶上的小皮囊裡，又是一個可供收藏的戰利品。王者勒華和狼群找到兄弟的餘屍，一看缺了鼻子，就會斟酌再三，弄懂自己到底在跟誰打交道。哦，沒錯。用這方式將獵物毀屍的別無他人。男孩是他的，就屬他一人；沒有狼能夠拿那男孩的骨頭塡腹。

駝背人眼睜睜看著大衛和羅蘭路過；如同斥候猜測，席拉在倒地的樹前停了一秒，然後一躍過樹，帶著騎士和男孩往前方的路上去。駝背人繼而沒入帶刺灌木與荊棘裡，沒了蹤跡。

20

村莊和羅蘭的第二個故事

這天早上，一路見不到人影。如此人煙罕至，令大衛訝異。畢竟，這條路路況不錯，其他人來來往往應該會經過。

「爲什麼這麼安靜？爲何沒人？」

「這世界變得異常詭譎，男人女人都怕遠行。」羅蘭說：「你昨日已見到那些男人的下場，我也跟你提過沉睡的女子和對她下咒的女巫。這些疆域裡向來危機四伏，生活不易，可是現在有新起的威脅，沒人知道它們來自何方；如果宮廷傳來的說法屬實，連國王自己也一頭霧水。據說國王氣數將盡。」

羅蘭舉起右手指向東北方。「越過這些山丘有個聚落，抵達城堡的前一天，我們在那裡過夜。也許能向當地居民多多打聽那名女子的事，還有我同伴的際遇。」

一小時後，他們遇上從林子走出來的一群男人。這些人扛著綁在竿子上的死兔和田鼠，削尖的棍棒與粗製短劍就是他們的武器。他們一見馬匹走近，便舉起武器以示警告。

「來者何人？」一人喚道：「報上名號之前，勿再走近。」

在棍棒不及之處，羅蘭勒住席拉。

「我叫羅蘭，這是我的扈從大衛。我們要往村裡去，希望能在那裡找到糧食、歇歇腳。」

發話的男人放下劍來。「歇腳處不難找，但糧食短缺。」他舉起其中一竿的獵物。「田野和森林幾乎了無生機。我們打了兩天獵，收穫卻只有這些，還失去一名成員。」

「發生什麼事？」羅蘭問。

「當時他殿後。我們聽見他大叫，回頭找他，他的屍身早沒了蹤影。」

「你沒看到抓走他的東西？」羅蘭問。

「空無一物。他站的地方，土地翻攪，彷彿有什麼生物從地底衝竄出來。地表上只剩血跡和穢物，那穢物並非來自我們所知的動物。這種死法他還不算第一人，我們痛失過其他伙伴，卻仍未目睹那個罪魁禍首。我們現在非成群結隊不敢出門。我們枯等著，大多數人相信牠很快就會趁我們上床就寢時出擊。」

羅蘭朝自己與大衛來時的方向回望。

「離這裡大約半天路程的地方，我們看到士兵的屍首。從徽章看來，他們似乎是國王的人馬。他們訓練精良、武備齊全，可對付野獸的運氣不佳。除非你們的防禦工事又高又堅固，否則最好先離開家園，等威脅遠去。」

男人搖搖頭。「我們有農田與家畜。我們住的地方，是先父先祖所居之處。我們不會放棄苦心打造的一切。」

羅蘭不再多說，可是大衛幾乎能聽到他的想法：那你們只有死路一條。

大衛和羅蘭跟這群男人同行，一路暢談，共享羅蘭扁瓶裡的酒。這些男人很感激這份善意，作爲回報，他們證實這片土地上確有異變，森林原野出現了新生物，個個張牙舞爪、飢腸轆轆。他們也提到狼；狼近來膽大包天。這些獵人在林子裡曾捕殺一隻路波，遠道而來的入侵者。牠的毛色潔白無瑕，穿著海豹皮製成的及膝褲。路波死前說出自己打從北方遠地來，一旦在他們手裡喪命，隨後來到的狼會替自己報仇。正如守林人跟大衛說的：狼想要獨占王國，正聚集大軍要全面接管。

在路上轉個彎，聚落便在眼前開展。聚落由空曠無礙的土地環繞，上頭有牛羊吃草。樹幹搭成的牆繞在空地四周，削尖的樹幹頂端呈白色；樹牆後方的高臺讓人能看清趨近的人事物。樹牆內的房舍升起裊裊細煙，樹牆上方可見另一座教堂尖塔。羅蘭見到，面色不悅。

「也許此地居民仍信奉新宗教。」他對大衛輕聲說：「但是以和為貴，我不會拿一己之見來困擾他們。」

接近村莊，牆內升起一陣呼喊，村門大敞，迎他們進來。孩子群聚前來迎接父親，婦女紛紛來到，親吻兒子與丈夫。他們好奇地盯著羅蘭和大衛，還沒有機會開口探問，便有個女人嚎叫哭泣，她在獵人行列裡找不到自己所覓之人。年輕的她非常貌美，在聲聲啜泣之間喚著一個名字：「伊森！伊森！」

獵人首領叫做費雷契，他走近大衛和羅蘭。他的妻子在附近流連不去，因丈夫安返家園而由衷感激。

「伊森就是我們在路上失去的那位。他們就要結婚了，卻連個悼他的墓都沒有。」

其他婦女圍聚在哭泣女子的身邊，嘗試安慰她，將她領進附近一間小房子，關上了門。

費雷契說：「來吧，我家後面有個馬廄。如果你們願意，可在那裡過夜。今晚可在我家用餐，但過了今晚，我僅夠餵飽自己家人，你們得要繼續前進。」

羅蘭和大衛向他道謝，跟著他穿過窄街，來到白牆木造小屋前。費雷契帶他們到馬廄去，指出哪裡可以找到水、新鮮稻草和一些走味的燕麥給席拉。羅蘭卸下馬鞍，確認席拉很舒適後，才跟大衛在水槽那邊梳洗一番。他們的衣物有異味。羅蘭還有別的衣物可換穿，但大衛一件也沒有。費雷契太太得知這件事，就拿兒子幾件舊衣給大衛。她兒子十七歲了，也有了妻小。大衛好久沒這麼神清氣爽。他跟羅蘭到費雷契家裡去，餐具菜餚均已擺好，費雷契和家人正等著他們。費雷契的兒子跟父親很肖似，同樣留著紅色長髮，不過鬍子沒那麼濃密，也沒有長者的灰鬚。他的妻子黝黑矮小，話不多，注意力全放在臂彎裡的嬰孩上。費雷契另外還有兩個孩子，都是女孩。她倆比大衛小，不過相差無幾。她們頑皮地瞥了大衛幾眼，咯咯輕聲笑著。

等羅蘭和大衛一落坐，費雷契闔上眼，俯頭作謝飯禱告（大衛注意到羅蘭沒閉眼睛也沒禱告），之後才邀請同桌的人開動。

談話內容從村落事務到那趟狩獵之行、伊森的失蹤，最後才談到羅蘭和大衛，以及旅程的目的。

羅蘭一跟費雷契提起遠征探尋，費雷契就說：「經過這裡往荊棘碉堡的，你並非第一個。」

「你為什麼這麼叫它？」羅蘭問。

「名副其實。那城堡由多刺蔓藤包覆，光是接近碉堡的牆，都有被撕裂的危險。如果要衝過藤蔓，你需要的不只是一片護胸甲。」

「這麼說來，你見過？」

「大約半個月前左右，有個陰影經過村莊。我們抬頭便看見碉堡無聲無息、在毫無支撐的情況下飄移過空。有些人跟蹤它，見到它落地之處，可是我們不敢靠近。那種東西最好別碰。」

「你說過有人找過碉堡。」羅蘭說：「他們都怎麼了？」

「一去不復返。」費雷契答道。

羅蘭伸手進襯衫，拿出墜鍊，打開來讓費雷契看年輕男子的肖像。「那些一去不回的人，有這一位嗎？」

費雷契端詳墜鍊裡的圖像。「對，我記得他。他讓馬在這裡喝水，自己則到旅店裡喝麥酒。他天黑前便離開了，那是我們最後一次見到他。」

羅蘭闔起墜鍊，再度將它靠著心放。直到用完餐，沒再說一句話。

餐桌清空後，費雷契邀請羅蘭在火爐邊坐坐，共享菸草。

「爸爸，跟我們說個故事吧。」其中一個小女孩說，她就坐在父親腳邊。

「對啊，拜託說個故事嘛，爸！」另一個女孩附和。

費雷契搖搖頭。「我故事都說盡了。你們全聽過了。不過，也許我們的客人有故事能跟我們分享？」

他用詢問的眼光望著羅蘭，小女孩的臉跟著轉向陌生人。羅蘭思量了一會，放下菸斗，開始敘說。

羅蘭的第二個故事

從前，有位騎士叫做亞歷山大。他英勇強壯，忠誠謹慎，正是騎士的理想典型。但他年輕氣盛，一心急著要藉由勇猛的功績來證明自己。亞歷山大居住的領地，長久以來浪恬波靜，他鮮有機會上戰場爭取更高聲譽。有一天，他告知領主，說自己希望能遠行至陌生的新疆土去測試自己的能力，看看自己是否真配得上與最了不起的騎士同起同坐。領主深知若不賜准亞歷山大離開，他不會稱心，便祝福他。騎士備好坐騎、武器，單槍匹馬上路去尋找自己的命運，甚至連個照料的扈從都沒有。

接下來幾年，亞歷山大覓得夢寐以求的歷險。他加入一大隊騎士，遠征至東方某個國度，在那兒對抗名叫阿巴赫納札的大巫師。巫師有法力，盯著人看就能把人化為塵土，殘骸像灰燼一般吹拂過他戰無不克的沙場。據說凡人的武器殺不死巫師，企圖取其性命的人全喪生了。可是這些騎士相信，或許還有辦法能終止他的暴虐無道。這國土的真王為了躲開巫師而藏匿某處，他所承諾的豐厚獎賞讓騎士皆躍躍欲試。

巫師帶著大隊凶猛的小魔鬼與騎士對戰，就在他城堡前的空曠平原上。一場暴烈血腥的衝突展開。同袍在魔鬼的狂爪亂牙下倒地，或讓巫師的凝視化為塵灰，亞歷山大在敵方大隊中殺出一條路，時時藏身在盾牌後方，從不往巫師的方向看，直到終於近得聲息相聞。他叫喚阿巴赫納札的名字，巫師轉眼望向亞歷山大，騎士立即將盾牌翻轉，讓內面朝向敵人。亞歷山大前晚一夜未眠，忙著拭亮盾牌，此刻盾牌就在正午的炙陽下閃閃發亮。阿巴赫納札望著盾牌，看見自己的倒影，在那一瞬間化成灰燼。他的惡魔人馬也火滅煙消，王國裡的人自此沒再見過他們。

國王信守承諾，慨贈大量黃金與珠寶給亞歷山大，還招他為駙馬，讓他可以承繼王位。可是亞歷山大婉拒這些好意，但求能傳話給自己的領主，告知自己的壯舉。國王答應了，於是亞歷山大離開國王，繼續旅程。他殺了西域最古老、最恐怖的龍，用牠的皮做成罩袍，抵禦地府的熱氣，拯救了紅女皇受惡魔誘拐的愛子。汗馬功績一一立下，紛紛回報告知他的領主。亞歷山大的聲名不斷高漲。

十年過去，亞歷山大厭倦了浪跡天涯的日子。他身上滿負多次歷險的疼痛傷疤，確信自己身為騎士之最的聲譽已然穩固。他決定返回鄉土，開始歸鄉長旅。一群賊與土匪在暗路上襲擊他，他因先前無數戰事而疲弱不堪，幾乎無力擊退賊人，因而身受重傷。他繼續騎馬前行，卻體孱力衰。他站在山丘上，看到眼前有座城堡，便騎向城堡大門，呼求協助。在那些國度裡有個習俗，人們會援助有需要的陌生人，特別是騎士。只要能出力，就當盡全力幫忙，絕不能推拒。

城堡高處燃著油燈，卻毫無回音。亞歷山大再次呼喊，這回有個女人的聲音說：「我沒辦法幫你。你得離開此地，到他處求助。」

「我受傷了。」亞歷山大回道：「如果不處理傷勢，我恐將死路一條。」

那女人再度回話：「你走吧。我無能為力。繼續上路吧。一、兩哩之內，你會到達一座村莊，那裡的人會照料你的傷口。」

亞歷山大毫無選擇，只能照她的話做，調轉馬頭，離開城堡大門，準備循路往村莊去，卻氣力頓失，跌下馬來，躺在冷硬的地面上。周遭世界逐漸轉暗。

他甦醒，發現自己躺在大房間的乾淨床單上。房間綺麗異常，卻布滿層層疊疊的沙塵與蛛網，彷彿荒廢多時。他起身，看到自己的傷口已經清理包紮。武器和甲冑了無影蹤。床邊擺了食物、一瓶葡萄酒。他吃飽喝足，便穿上掛在牆鉤上的袍子。他仍虛弱不堪，走動時隱隱作痛，但已經脫離險境。他想離開房間，可是門鎖上了。他又聽到那個女人的聲音。

「我為你付出的，遠超過我原本的打算。不過我不准你在我屋裡隨意走動。多年以來無人涉足此地。這是我的領域。等你恢復氣力、能上路，我會開門。那時你一定得離開，而且不再回來。」

「您是？」亞歷山大問。

「我叫『女士』，不再有其他稱號。」

「您在哪？」亞歷山大問。女子的聲音似乎從牆後某處傳來。

「我在這裡。」

那一刻，他右方牆上的鏡子閃了閃，慢慢轉為透明。透過那片玻璃，他看到一個女人的輪廓。她一身黑，坐在巨大寶座上，除此之外，房裡空蕩蕩。她臉覆面紗，雙手套著絲絨手套。

「我不能見救命恩人一面嗎？」亞歷山大問。

「我寧可不許。」女士回道。

亞歷山大頷首，既然女士意下如此，那就悉聽尊便。

「您的僕從在哪呢？」亞歷山大問，「我想確定我的馬有人照料。」

「我沒有僕從，自己打點一切。你的馬安然無恙。」

亞歷山大疑竇滿懷，不確定該從何問起。他張開嘴，但女士舉手要他噤聲。

「我走了。睡吧。希望你能早日康復，盡速離開此地。」

鏡子閃了閃，女士的影像由亞歷山大自己的取而代之。既然沒有事情可做，亞歷山大就回到床上沉沉入睡。

隔天早晨醒來，身旁有新鮮麵包、一罐溫熱的牛奶。夜裡沒聽見他人進房的聲音。亞歷山大喝了些牛奶，吃麵包，走向鏡子，盯著直看。影像未有改變，但他確定女士就在玻璃後方望著他。

亞歷山大跟許多偉大的騎士一樣，不僅僅是戰士而已，也能彈魯特琴和七弦豎琴。他會作詩，連畫畫也會一點。他熱愛閱讀，因為書本記錄了先人的知識。當晚，女士又現身於鏡中，他向女士央求這些東西，好藉以打發時間等傷勢復原。翌晨他醒來，眼前便是一疊古書、沾了些灰塵的魯特琴、一張畫布、油彩、幾枝畫筆。他彈了彈魯特琴，接著便孜孜矻矻讀起書來。那些書的內容有歷史、哲學、天文、道德、詩詞、宗教，他讀這些書打發時間，而女士愈來愈常出現在玻璃後方，針對他唸的種種發問。他便明白這些書她全部反覆讀過多遍，內容耳熟能詳。他非常意外。在他的國度裡，女性無法接觸這類書籍，不過，能有這樣的對談，他很感激。女士接著請亞歷山大為她演奏魯特琴，他便彈了，樂音似乎讓她相當滿意。

如此這般，日日流轉成週，女士待在鏡子另一側的時間愈來愈長，跟亞歷山大暢談藝術與書本，聽他彈奏，詢問他畫些什麼。畫作完成前，亞歷山大拒絕讓她觀畫，還要她許下承諾，在他入睡時也不能偷看。亞歷山大的傷勢幾乎痊癒了，女士卻似乎不再希望他離去，他自己也不再想走，因為他已逐漸戀上鏡後這位戴面紗的奇特女子。他提及自己參與的戰事、南征北討所贏得的讚譽，要她了解自己是位超群的騎士，一個配得上尊貴女士的騎士。

兩個月過去，女士來找亞歷山大，端坐在老位子上。

「你何以一臉悲傷？」她一眼就看出騎士悒悒不樂。

「我無法完成畫作。」

「為什麼？你不缺畫筆和油彩啊？你還需要什麼？」

亞歷山大將畫布轉過來，好讓女士看看上頭的圖像。是女士本人的肖像，只不過臉部空白，因為他還未曾見過。

「原諒我。我愛上您了。我們共度的這幾個月以來，我對您所知甚多。我從未見過像您這樣的女子，擔心一旦離開此地，可能再也無緣結識。盼您或許對我抱有同感？」

女士垂下頭來，欲言又止，鏡子閃了閃，便不見人影。

日復一日，女士未再現身。留亞歷山大獨自一人，苦思自己的一言一行是否冒犯了她。他夜夜酣睡，食物每天早晨都會出現，可是他從未見到送食物來的女士。

五天後，他聽到門鎖上有轉動鑰匙的聲音，女士走了進來。她依舊以紗掩面，仍是一身黑，亞歷山大察覺她有點異樣。

「你說的話，我好好想過。我對你也生了感情。可是告訴我，你得老實說：你真的愛我嗎？不管發生什麼，你會永遠愛我？」

亞歷山大心裡仍存有青春的躁急，幾乎不假思索回道：「是的，我會愛妳始終不渝。」

女士掀起面紗，亞歷山大頭一回看見她的臉龐。是個女人混雜著獸的面孔，像是林間野獸，黑豹或母獅。亞歷山大想開口說話，卻因眼前所見而震驚過度、無法言語。

「是繼母把我變成這樣的。我原本眉清目秀，但她嫉妒我的美貌，用動物的特徵來詛咒我，告訴我一生絕對得不到愛。而我信了她的話，帶著恥辱遁世離群，直到你到來為止。」

女士走往亞歷山大，向他伸出雙臂，眼裡滿懷希望和愛意，卻也閃著一絲恐懼。她從未對另一人敞開心懷，此刻她的心赤裸裸暴露著，恍若置於利刃之前。

亞歷山大並未向她走去，只是退開。在這一刻，他的命運已定，劫數難逃。

「可惡的男人！」女士大喊：「善變的東西！你告訴我你愛我，原來你只愛自己。」

她仰起頭，向他揭露尖牙，長爪從手指冒出，手套指端隨之迸裂。她向騎士嘶嘶低吼，彈撲到他身上，又咬又抓，用爪子撕裂他。他鮮血的氣味在她口中一陣暖，濺在她皮毛上感覺熱呼呼的。

她在臥房裡將他四分五裂。吞他入腹時，淚流不止。

羅蘭說完故事，兩個小女孩一臉驚嚇。他起身，爲了這一餐向費雷契及其家人道謝，作勢提醒大衛該離開了。在門口，費雷契將手輕輕搭在羅蘭的臂膀上。

「跟你借一步說話，拜託。父老們憂心忡忡。他們相信你提到的那頭怪獸已將本村列爲攻擊目標，肯定離此地不遠。」

「你們有武器嗎？」羅蘭問。

「我們有，可是最好的你全看過了。我們是農民、獵人，不是軍人。」費雷契說。

「或許這正是你們幸運之處。」羅蘭說：「士兵與牠對陣，片甲不留。或許你們運氣反倒會好一些。」

費雷契滿腹狐疑望著羅蘭，無法判定羅蘭是認眞的或是嘲弄。連大衛也不確定。

「你跟我開玩笑嗎？」費雷契問。

羅蘭將手搭在這較他年長的男人身上。「也不完全是。士兵想毀滅怪獸所採用的策略，就像意在擊滅另一支軍隊。他們不得不在陌生的地域上作戰，對付他們一無所知的敵人。他們有時間搭建防禦工事，我們看過了，但是工事不足以幫助他們。他們不得不往森林撤退，就在那裡給一網打盡。不管是什麼，那個生物巨大笨重，我看到牠用身子把樹和矮叢摧毀碾平。我懷疑牠行動並不敏捷，可是孔武有力，禁得起矛與劍的傷害。在空曠地帶，士兵根本不是牠的對手。

「可是你和你的村民處境不同。這是你們的土地，你們知之甚詳。只消把那東西當成威脅家畜的狼或狐狸來看。你們一定要把牠引誘到你們所選的地方，設陷阱撲殺牠。」

「你提議用誘餌嗎？也許用牲畜？」

羅蘭點點頭。「可能有用。牠就要來了，而牠喜歡肉的滋味，牠上一回進食的地點和這村莊之間沒多少肉可吃。你們也許可以擠在這裡瑟縮著，祈禱牆垣能夠抵擋牠。或者，你們能計畫該如何消滅牠。可是爲了達成這個目標，你們得犧牲的可能不只是一些牲畜。」

「你的意思是？」費雷契一臉驚懼。

羅蘭在裝水的細瓶內沾濕指頭，然後跪下，在石地上畫出一個圓，圓並未完成，留了小缺口。

「這是你的村落。你們的牆是爲驅逐外部攻擊而設。」他朝圓外畫出箭頭。「要是你們放敵人進來，然後關上門困住牠呢？」羅蘭將圓畫完，這次畫出指向內部的箭。「那麼你們的村牆便成了陷阱。」

費雷契盯著圖案看，圖案在石子上逐漸乾涸而消隱無蹤。

「一旦牠在裡頭，我們又該怎麼辦？」

「你們放火燒村，還有村裡的一切。」羅蘭說：「將牠活活燒死。」

那晚，羅蘭和大衛入睡時，起了暴風雪，村落和周圍的一切覆滿了雪。翌日，雪下了整天。雪勢之大，視線不及眼前幾呎。羅蘭認定在天氣轉好之前，他倆必須待在村裡。可是他或大衛身上已經沒有糧食，村民也幾乎無法飽腹了。羅蘭請求與村中長老會面，與他們在教堂裡待了些時候，那裡是村民聚會、討論重大事宜的地點。他提議，如果村子能提供他與大衛安身之處，他願意協助消滅怪獸。羅蘭述說自己的計畫時，大衛就坐在教堂後方。贊成與反對的意見一來一往。有些村民不願意犧牲自己的房子任憑燒毀，大衛也不能怪他們。他們想暫且觀望，期待怪獸來到時，村牆和防禦工事足以保命。

「如果撐不住呢？」羅蘭問：「那又怎麼辦？等你知道它們幫不了你，那時要做什麼都已太遲，只有一死。」

最後，有人提出妥協之道。等天氣一晴朗，老弱婦孺會先離開村莊，到附近山丘上的洞穴避難。他們會帶走有價值的東西，包括家具，只留下空空的屋殼。靠近村落中心的小屋會存放瀝青和燃油。如果怪獸攻擊，防禦者會試著從牆後驅退或擊殺牠。如果牠破牆而入，他們就撤退，將牠引至中心，點燃導火線，怪獸就會受困而滅亡，不過這只是最後一著棋。村民投票，一致同意這是上上策。

羅蘭快步衝出教堂。大衛得跑步才跟得上他。

「你爲什麼這麼生氣？你的計畫，大部分他們都同意了啊。」

「大部分還不夠。我們連自己面對的是什麼都還不知道。我們只知道訓練有素的士兵，有堅固的鋼鐵爲武備，都還取不了那東西的命。這些農民要對抗牠，又有什麼勝算呢？如果他們聽我的話，在未損及人命的情況下，可能會擊敗怪獸。現在，就爲了些棍子、稻草和幾週內就能重建的棚舍，將會有無謂的傷亡。」

「這是他們的村落。」大衛說：「這是他們的選擇。」

羅蘭放慢腳步，停下。他的頭髮因雪而轉白，讓他看來比實際上老邁許多。

「沒錯。這是他們的村落。可是我們的命運已與他們的緊緊相繫。如果這個計畫失敗，那麼我們就算花了這麼多心力，還是很可能跟他們一起命喪黃泉。」

雪花飄下，小屋裡燃著火，風將煙霧的氣味帶進森林最陰暗的深處。怪獸在巢穴裡聞到空氣中的煙味，開始動身。

21

怪獸的到來

那一整天與翌日，眾人忙著撤村。老弱婦孺把扛得動的東西全收攏好。村內徵用了每匹馬和推車——席拉除外，因爲羅蘭不讓席拉離開視線。羅蘭沿著村牆，裡裡外外繞騎，檢查村牆的缺陋。放眼所見讓他一臉不滿。雪仍紛紛落著，讓手指麻木、雙腳凍痛，也讓強化防禦工事的任務更加艱難。男人紛紛在私底下發牢騷，質問這些準備是否眞的必要，提議乾脆隨婦孺一同逃跑，情況可能還好得多。連羅蘭看來也心生疑竇。

「我們乾脆順勢拿木片和柴火來對付那個東西。」大衛聽他跟費雷契說。他們不曉得攻擊會打哪個方向來，所以羅蘭三番兩次指示防禦人力，一旦村牆攻破，該循什麼路線撤退；羅蘭也對他們耳提面命，若怪獸在村裡，他們的要務爲何。一旦怪獸破牆而入，他可不希望這些男人驚慌失措而盲目奔逃（他確定他們一定會這樣），不然一切終將前功盡棄。要是交戰時他們轉而屈居下風，還願意站穩腳步與怪獸對峙嗎？這點他實在沒什麼信心。

「他們不是懦夫。」羅蘭坐在火邊休息，喝著剛從乳牛身上擠來的溫牛奶，對大衛講。周

圍的男丁正在磨棍棒、劍刃，或是用公牛和馬匹將樹幹拖進圍場裡，從內面支撐村牆。大家鮮少交談，因爲一日將盡，夜要到臨。人人緊繃恐懼。「這些男人爲了妻兒，犧牲自己的性命也在所不惜。」羅蘭繼續說：「對象如果是強盜、狼群或是野獸，他們會勇敢面對威脅，是死是活聽天由命。可是這次不同。他們對自己要抵抗的對象不知不解，未曾受過紀律訓練，經驗也不足，無法合作無間，一起戰鬥。他們雖立場一致、有志一同，但是個人會以自己的方式面對那個東西。只有等到其中一人的勇氣動搖、邁步逃命，他們才會團結起來，尾隨他一起奔逃。」

「你對人沒什麼信心，對不對？」大衛說。

「對任何事我都沒什麼信心。」羅蘭回道：「連對我自己也是。」

他喝完最後一口牛奶，在冷水桶裡清洗杯子。

「來吧。我們得把竿子削尖，磨利鈍劍。」

他空洞地笑笑，大衛並未回以笑容。

眾人決定要將單薄戰力的主力編列在村門附近，希望此舉能吸引怪獸過來。牠如果擊破防禦工事，就能誘牠至村莊正中央，觸動在那兒的陷阱。那時他們有一次機會，單單這麼一次，一舉制住並殺死牠。

夜空裡連最起碼的一彎蒼白細月也不可見，一群人和動物悄悄離開村莊，由一小隊男丁護送，以確保他們安抵洞穴。一等這些男丁返回，村牆上正式配置守夜人員，每人輪流看守幾個小時，監視趨近的人事物。總共約有四十名男人，再加大衛。羅蘭問過大衛想不想跟著其他人進洞穴去。大衛雖然心驚膽戰，卻說自己想留下。他不確定爲什麼。也許因爲跟著羅蘭比較有安全感吧，羅蘭是此地他唯一信任的人。也因爲好奇。不管怪獸是什麼，總想瞧瞧牠的模樣。羅蘭似乎明白這個想法；村民問他爲何讓大衛留下，他說大衛是扈從，跟寶劍或駿馬一樣珍貴。他的話讓大衛驕傲地臉紅了。

村門前的空地上綁了一頭老乳牛，希望能誘引怪獸過來。守夜頭一晚、第二晚皆平靜無波，男丁愈來愈疲累，心生不滿。雪繼續飄落、凍結，又再飄落凍結。風雪很大，牆上的守衛很難看清森林的動靜，幾個人開始私下怨聲連連。

「這根本是胡來嘛。」

「那東西跟我們一樣冷到不行，才不會選在這種天氣攻擊我們。」

「也許根本沒怪獸。搞不好伊森當初是給狼或是熊攻擊呢？我們無憑無據就只有那浪人說的話，說他看過士兵的屍體。」

「鐵匠說得是。要是這全是騙局呢？」

費雷契設法跟他們講道理。

「設這種騙局有何好處？」他問眾人，「他勢單力薄，身邊還帶著男孩。他沒辦法在我們入睡時謀害我們，我們根本沒什麼值錢的東西好偷。如果是爲了糧食而下手，這裡的食物根本少得可憐。我的朋友們，有點信心吧。耐住性子，也提高警覺。」

牢騷就此終止，但他們仍然又冷又不悅，想念一家妻小。

大衛無時無刻不跟著羅蘭。輪休時間睡在他身旁；輪他們兩人守衛時，就跟在他身邊巡察周邊動靜。既然防禦工事已經盡力強化，羅蘭便花些時間跟村民談天說笑；搖醒打瞌睡的值夜；鼓舞低落的士氣。守衛工作既無聊又讓人神經緊張，他知道對村民而言，這是最艱困的時刻。看著羅蘭周旋在村民之間，觀察他監督村落的守備工作，大衛懷疑他是否像他謙稱的那樣，只是區區一名士兵。在大衛看來，他更像是主帥，天生的領袖人物，卻單槍匹馬。

第二個夜裡，他們坐在大營火的亮光中，在厚重的斗篷下瑟縮。羅蘭說大衛可以到附近任何一間小屋裡睡覺，不過因爲沒人這樣做，大衛也不想接受提議，免得本來外表就比較孱弱的他，更讓人感覺弱不禁風——即使婉拒了就表示得睡在戶外，又冷又無遮掩。火焰燃亮了羅蘭的五官，在肌膚上遍投陰影，讓他頰上的顴骨更鮮明、眼窩的暗影更深。

「你想，拉斐爾怎麼了？」大衛問他。

羅蘭沒回話，只是搖了搖頭。

大衛知道自己該保持靜默，但就是不想。他自己也有問題和疑點，而他多少知道羅蘭也有。把他倆湊在一塊的，並非偶然。在這裡，事情並非單純受控於機緣巧合的規則。發生的一切都有其目的，背後有模式可尋，既使這模式大衛只得隱約一瞥。

「你覺得他死了，對不對？」他輕聲說。

「對。我心知肚明。」

「不過，你一定要查明他出了什麼事。」

「查明以前，我無法安心。」

「你可能也會死。如果你步上他的路，你的結局可能會跟他一樣。你不怕死嗎？」

羅蘭拿了根細棍戳戳火，攪起的火星飛騰入夜空。火星飄沒多遠就熄滅了，像是掙扎著想逃出火焰卻早已被火吞噬的昆蟲。

「我害怕死亡的痛苦。我受過傷，傷勢之重，令人擔憂我難逃一死。我還記得當時痛楚徹骨，不想再經歷一次。

「然而我更怕別人死亡。我不想失去他們；他們活著的時候，我時時為他們操心。有時候，我因為可能失去他們而憂慮過度，甚至連他們存在的事實都不能讓我真正開懷。這是我天性的一部分，我連對拉斐爾也這樣。不過他是我脈中之血、眉上之汗。缺了他，我不再完整。」

大衛往火焰裡凝視，羅蘭的話語在他心內迴盪。他對媽媽的感受正是如此。他一想到會失去媽媽就驚懼不已，耗了許多光陰在恐懼上，以致無法全心享受兩人共度的最後時光。

「你呢？你只是個小孩。你不屬於這裡。你難道不怕？」

「我怕啊。可是我聽到媽媽的聲音。她在這裡，就在某個地方。我一定要找到她。我必須帶她回去。」

「大衛，你媽媽過世了。」羅蘭柔聲說：「你自己告訴我的。」

「那她怎麼可能在這裡？她的聲音我怎麼會聽得那麼清楚？」

羅蘭答不出來，大衛覺得更加挫折。

「這是什麼地方？」他質問，「它沒有名字。連你也不知道它叫什麼。這裡有個國王，不過他存不存在都一樣。這裡有不屬於此地的東西：那輛坦克、跟著我穿樹而來的德軍飛機、駭比。一切都錯亂了。只是……」

他的聲音漸弱，某些字眼像晴朗夏日裡逐漸積成的黑雲，在他腦裡成形，充滿了激動、暴怒、疑惑。他突然想到一個問題，聽到自己出聲發問，幾乎吃了一驚。

「羅蘭，你死了嗎？我們都死了嗎？」

羅蘭的視線穿過火焰看著他。

「我不知道。我想我跟你都還活著。我感覺得到冷冽和溫暖、飢餓與乾渴、欲望和懊喪。知覺到劍握在手裡的重量；夜裡卸下冑甲，肌膚上留有穿戴的痕跡。我嘗得到麵包和肉類的滋味。坐在馬鞍上一整天後，我在自己身上聞得到席拉的體味。如果我已經死了，就不會有這些事情了吧，不是嗎？」

「大概吧。」大衛說。死者一旦從某個世界通往另一個世界去以後，會有什麼感受，他一無所知。怎麼可能知道呢？他只知道媽媽的肌膚摸來冷冰冰的，卻仍能感受到自己的體溫。就像羅蘭一樣，他聞得到、摸得到，也嘗得到。他能意識到痛感或不舒適；感覺到來自火的熱氣，確信如果把手放到火上，皮膚會起泡灼傷。

不過，這世界仍是個陌生又熟悉的奇特組合，彷彿他的來到多少改變了這世界的本質，自己原有的生活樣貌影響了它。

「你曾經夢過這個地方嗎？」他問羅蘭：「你有沒有夢見過我，或是這裡的其他東西？」

「我在路上與你相遇的時候，你完全是個陌生人。我從未走過這些道路；雖知道這裡有村莊，卻直到現在才親眼目睹。大衛，這國土跟你一樣眞實。別認為這是喚自你內心深處的夢境一場。你提到狼群和帶領牠們的生物時，我目睹你眼中的恐懼，我知道牠們若找到你，會將你生吞活剝。我聞得到戰場上那些男人的屍身腐臭。殲滅他們的無論是什麼，我們很快就得直接面對。而在這場短兵相接中，我們可能無法生還。這些東西全都不假。你在這裡承受過痛苦。要是你能忍痛，就表示你可能會死。你可能在此地喪生而永遠回不到自己的世界。這點可千萬別忘了。如果忘了，那你就萬劫不復了。」

也許吧，大衛想。

也許。

第三天夜深時刻，村門其中一處瞭望臺傳起叫囂聲。

「來人哪！來人！」年輕男子高喊。他的職責是看守通往聚落的主要幹道。「我聽到聲音了。我看到地面上有動靜。我確定。」

眾人從夢中醒來，到他身邊去。遠離村門的人聽到喊聲，也連忙要跑過來，不過羅蘭向他們呼叫，要他們待在原地。他到了村門邊，爬梯往村牆頂端的高臺去。有些人在那兒等候他，其他人則站在地面，透過在樹幹上刻鑿出來、與視線同高的細縫凝望。雪一落在火炬上便瞬間溶解，劈劈啪啪、嘶嘶作響。

「我什麼也看不到啊。」鐵匠對年輕男子說：「你無緣無故吵醒我們啊。」

他們聽到乳牛緊張地哞叫，從睡夢中醒來，想從繫綁的樁柱那兒脫身。

「等等。」羅蘭說，從牆邊抽出一支箭。箭尖附有浸油的破布。他拿纏了布的箭尖往火炬上碰，箭隨即爆出火焰來。他小心瞄準，朝牆上守衛說窺得動靜的方向發射。四、五人照做，眾箭如死星般橫越夜空。

有一刻，放眼只見落雪與形影模糊的樹木，然後有東西動了。他們看到地底爆竄出黃色的巨大形體，身體波波隆起如巨蟲，每波隆起都嵌著黑色粗毛，毛的末梢都是銳利如剃刀的倒鉤。其中一把箭射入那隻生物，一陣燒灼肉身的臭味升起，氣味恐怖，令人紛紛遮掩口鼻，想隔絕惡臭。烏黑液體汩汩自傷口淌出，在箭焰熱氣中嗤嗤作響。大衛看到斷箭桿與矛柄卡在巨蟲的皮膚上，是稍早與士兵對決的殘跡。無法判斷牠到底多長，少說也有十呎高。他們目睹怪獸從土中抽身出來又扭又轉，露出駭人的獸面。蜘蛛般的黑眼成堆密擠，有些大而有些小，眼睛下方有個吮動的嘴，鼓隆著一排排利牙。一聞到村人及血脈中流動的鮮血，牠口眼之間像是鼻孔的洞全抽動著。牠的嘴巴兩側各有兩隻手臂，每臂末端有三個一串的鉤爪，牠利用鉤爪便能將獵物拖進嘴裡。看來，牠的嘴巴無法作聲，不過牠橫越林地時，嘴發出濕答答的吸吮聲。牠像醜惡的巨型毛毛蟲伸向可口葉片一樣抬起身子時，一絲絲透明的黏液便從上半身垂滴下來。牠的頭部現在距地面有二十呎，露出下半身及雙排多刺黑腳，貼著地用腳將自己往前推。

「牠比村牆高啊！」費雷契大喊：「牠根本不需要衝破村牆，攀過來就行了！」

羅蘭沒回話，要眾人點燃箭矢，瞄準怪獸的頭部。火焰像一陣雨射向那頭生物。有一些命中紅心，有些箭失準，但有更多一碰到獸皮上帶刺的粗毛就反彈回來。大衛看見射進那生物眼裡的箭，頓時將單眼爆開。腐爛燒灼的氣味愈來愈重。怪獸痛苦擺頭，朝村牆移動。終於能看清牠到底多巨大：從口部到尾部長達三十呎。牠的移動速度比羅蘭預料的快得多，只是厚雪讓牠無法動得更快。牠就要撲上來了。

「能射多久就繼續射，等你們把牠引到村牆邊，就撤退！」羅蘭喊道，一把抓住大衛的手臂。「跟我來，我需要你幫忙。」

大衛動也動不了。他被怪獸的黑眼勾了魂，無法拉開目光，彷彿自己惡夢的片段不明所以有了生命，躺在他想像力暗處的東西終於成了形。

「大衛！」羅蘭高喊，扯動男孩的臂膀，魔力破解。「快來！時間不多了。」

他們爬下高臺，往村門去。村門由兩大塊厚重的板子組成，用半截樹幹從裡面拴住，使勁壓下一端便可抬起。羅蘭和大衛走到那截樹幹，盡全力往下推。

「你們幹麼啊？」鐵匠大嚷：「你們會害死我們！」

怪獸的巨頭出現在鐵匠上方，一隻帶爪的手臂猛地伸出，一把攫住那男人，將他高舉入空，直直往等候的大嘴塞。大衛偏開頭，不忍看鐵匠死去。其他人以矛和劍刺擊獸身，劈砍身側。費雷契比其他人高大強壯，他舉起一把劍，單用一擊想將怪獸的一隻手臂從獸身砍下。那手臂像小樹樹幹一樣粗厚堅硬，那把劍勉強刮破獸皮而已。痛楚倒讓牠分了神，村民趕緊從村牆撤退；此時，大衛和羅蘭正巧成功抬起村門的橫障。

怪獸想爬過村牆，可是羅蘭交代，若怪獸靠得夠近，大家要把頂端帶鉤的竿子猛穿過牆隙。帶刺竿子撕扯怪獸的血肉，牠在竿子上掙扎旋扭。鉤子延緩了牠的行動，卻寧可冒著重傷的代價，也要將自己推越過防禦工事。就在那時，羅蘭大敞村門，現身於村牆外。他架箭上弓，射向獸頭的一側。

「喂！」羅蘭大吼：「往這邊。來啊！」

他揮動雙臂，再度射擊。怪獸從牆上拉起身來，重重趴落在地，傷口的滲出物染黑了雪。牠轉而攻擊羅蘭，將自己強推過村門，想用手臂攫住跑在前方的羅蘭。牠的頭直伸向前，大嘴緊追羅蘭猛咬。跨過門檻時，牠暫止不動，靜觀蜿蜒的街道與東逃西竄的男丁。羅蘭揮舞火炬和劍。

「這裡！」他喊著：「我在這裡啊！」

羅蘭放出另一把箭，差些正中怪獸的嘴，可是牠早已對羅蘭失了興趣，反倒低頭嗅聞尋覓，鼻孔開闔不已。大衛躲在鐵匠熔爐棚外頭的暗影裡，怪獸發現了他，他看到自己的臉倒映在獸眼深處。獸口大張，滴流著唾液與鮮血，其中一隻大爪伸來要抓男孩，一把將熔爐棚的屋頂掃掀而去。大衛投身向後，及時避開那生物的魔掌，免得被一掃而起。他隱約聽到羅蘭的聲音。

「大衛，跑啊！你得幫我們誘牠來！」

大衛站起身，在村落狹路間全速衝刺。怪獸跟在他身後緊追，一路壓垮小屋的牆垣與屋頂。牠的頭朝前方逃竄的小人影突刺、爪子扒抓空氣。大衛絆倒，獸爪撕裂了衣背，他躲避爪子翻滾開來，再次站起身。離村落中心不遠了。教堂周圍的廣場，在時局較好時曾興辦市集。村內男丁在廣場上挖了條條溝渠，讓油流進廣場以包圍怪獸。大衛奔越過露天廣場，往教堂大門去，怪獸就在他後方幾呎處。羅蘭已經在門廊等候，催促大衛向前。

怪獸突地停下，大衛轉身盯著牠。附近的房舍裡，眾人正準備將油注入渠溝，可是他們也停下了手邊的事，看著怪獸。牠顫抖搖晃，嘴巴狂張，彷彿身受劇痛般痙攣。牠忽地倒地，腹部逐漸腫脹。大衛看見裡頭的動靜：有個形體從裡頭推擠著怪獸的皮膚。

原來如此！駝背人說過，這怪獸是母的。

「牠要生產了！」大衛大吼：「你們快殺掉牠！」

已然太遲。一陣震耳嘶聲，怪獸腹部爆裂開來，後代一一湧出，一隻隻縮小的怪獸，卻長得跟大衛一樣大。牠們雙眼還蒙著翳，看不見，可是嘴巴喀嚓不停咬著，渴求食物填腹。有些一路啃嚙母體而出，從母親垂死的軀體脫身時，齧食牠的血肉。

「倒油！」羅蘭向其他人高喊：「倒油，然後點燃引線就跑！」

幼獸已經動身推著自己越過廣場，體內獵殺的本能很強。羅蘭一把將大衛拉進教堂，在身後鎖上門。有東西從外頭推撞著門，門板在框裡顫著。

羅蘭抓住大衛的手，帶他往鐘塔上去。他們登上石階，直到抵達掛鐘之處的塔頂，從那兒向下眺望廣場。

怪獸仍側身臥著，不過已經停止動作。牠要不是已經一命呼嗚，就是不久於世。牠的子嗣繼續以牠爲食，嚼食牠的內臟，噬齧牠的雙目。其他的蠕動爬過廣場，或是搜索周遭的小屋覓食。油在溝中穿流，幼獸似乎不受其擾。遠處，大衛看到倖存的村民奔向村門，急急躲避這些生物。

「沒有火啊。」大衛叫道：「他們竟然還沒點火！」

羅蘭從箭袋中抽出一把浸了油的箭。

「那我們就得替他們點。」

他用焰焰火炬點燃箭，瞄準底下一道油溝。箭離了弓，擊中黑川。頃刻間大火四起，火舌衝越廣場，循著原本挖鑿出的圖形。身在路線上的生物開始灼燒，垂死的身體蠕動著嘶嘶作響。羅蘭再拿第二把箭，穿過窗戶射進小屋，可是毫無動靜。大衛看到有些幼獸已經想逃離廣場和火焰。絕不能讓牠們回到森林裡去。

羅蘭將最後一把箭架上弓，拉弓緊靠胸膛，放箭。小屋裡傳來一聲爆裂巨響，爆炸的力道使屋頂掀飛起來。火焰衝向天際，隨著羅蘭在屋裡設置的桶子裝置一個個點燃，爆炸四起，燃油澆滿整個廣場，一舉殲滅火焰所及之物。

只有身處鐘塔高處的羅蘭和大衛保了命，火焰無法觸及教堂。焚燒生物的臭氣和刺鼻的煙味瀰漫在空氣中。他們待在那兒，直到只剩將熄火焰的嗶啪響以及雪融於火的輕輕嘶聲，攪擾著夜的靜寂。

22

駝背人和懷疑的發端

翌晨，大衛與羅蘭離開村莊。落雪已停。厚厚積雪仍然掩覆地勢，隱匿在覆樹山丘之間的道路仍隱約辨認。老弱婦孺從洞穴藏身處返回，站在昔日家園的煙熏廢墟。大衛聽到某些人哭嚎悲嘆，哀悼與怪獸決戰時斃命的三名村人。其他人聚集在廣場上，馬匹和牛隻受徵做工，這次要運走的是怪獸與污臭後代的焦屍。

羅蘭沒問大衛爲何直覺怪獸會滿村子追他。可是他倆準備啟程時，大衛看到羅蘭若有所思望著自己，也知道目睹來龍去脈的費雷契相當好奇。

大衛不知若有人問起，該如何回答；不知該怎樣解釋對那怪獸感覺很熟悉。怪獸在他想像力的某個角落裡，找到了自己的投射。他最害怕的是，覺得自己多少該爲這生物的誕生負責，而士兵之死，以及這個村落的傷亡，此刻在在讓他良心不安。

羅蘭和大衛幫席拉架上馬鞍，辛苦張羅了些食物與新鮮飲水，便穿越村落到村門去。前來送別的村民少之又少，大多數人對行將離去的旅人反倒不理不睬，或是站在斷垣殘壁中惡毒地瞪著他們。見他們要走，只有費雷契一副眞心難過的樣子。

「我爲其他人的行徑致歉。他們應該對你們的勞苦表達更多的感激。」

「他們將村落的境遇怪在我們頭上。」羅蘭跟費雷契說：「怎麼可能感念那些讓自己家破瓦殘的人呢？」

費雷契一臉尷尬。

「有些人說怪獸是跟著你們來的，說當初就不該讓你們進村。」他速速瞥大衛一眼，不願四目相對。「有些人談到這男孩的事，說怪獸跟著他而不是你。說他身受詛咒，我們最好還是趕緊擺脫你們。」

「你帶我們到這裡來，他們也生你的氣嗎？」大衛問。這男孩的掛念讓費雷契稍感詫異。

「就算氣我，很快也會拋諸腦後。我們計畫派人到森林裡伐樹，重建家園。風向挽救了南邊與西邊大多數房舍。重建完成以前，我們會共享生活空間。不多久，他們會了解到，要不是有你們，就不會有這個村落，也會有更多人命斷送在怪獸和小獸的嘴裡。」

費雷契將一袋食物遞給羅蘭。

「我不能收下。」羅蘭說：「你們需要食糧。」

「怪獸既然死了，動物會再回來的。我們可以再去打獵。」

羅蘭跟他道謝，勒馬轉向東方。

「你是勇敢的年輕人。」費雷契跟大衛說：「我希望能給你更多東西，可是我只能找到這個。」

他手裡握著看來像是鏽黑的鉤子。他遞給大衛。很沉重，有骨頭的質感。

「這是怪獸的一隻爪子。」費雷契說：「如果有人質疑你的英勇，或者你感覺自己的勇氣漸失，就握在手裡，回憶你在這裡的壯舉。」

大衛向他道謝，將獸爪存放在包袱裡。羅蘭踢踢馬刺、催席拉前進，將村莊的斷垣殘壁留在身後。

兩人靜默騎越微光世界，落雪讓這世界變得更加靈怪。事事物物似乎發著淺藍微光，大地看來更明亮卻也更詭異。天很冷，呼出的氣息重重懸在空氣中。大衛感覺細毛在鼻孔裡凍結，吐息的濕氣在睫毛上形成冰晶。羅蘭緩緩騎著，小心讓席拉避開溝道和積雪，深怕牠受傷。

大衛終於發話：「羅蘭，有件事我一直想不通。你跟我說過你只是個士兵，可是我覺得那不是眞話。」

「爲什麼這麼想？」羅蘭問。

「我看過你向村民發令、他們聽從的樣子，連那些不確定自己喜不喜歡你的人也是。我看過你的甲冑和寶劍。我本來以爲上頭的裝飾只是青銅或是鍍金，不過我仔細一瞧，才看到是黃金。你胸甲和盾牌上的太陽符號也是金子做成的，劍鞘與劍柄上也有金子。一個士兵怎麼可能有這樣的東西？」

羅蘭默不作聲，然後說：「我過去不只是士兵。家父是一片袤廣莊園的領主，我是他的長子與繼嗣。可是他不認同我或我的生活方式。我們爭辯不休，他在暴怒之下將我從他的身旁、他的領土驅離。紛爭過後不久，我便開始長征，尋找拉斐爾。」

大衛想追問，卻感覺羅蘭和拉斐爾之間的事情屬於個人隱私。若窮追猛打，對羅蘭來說既無禮又傷人。

「那你呢？」羅蘭問，「跟我多說說你自己和家裡的事吧。」

大衛照做，試著解釋自己世界中的神妙之處，提到飛機、收音機、電影院、汽車，還提到戰爭、征服他國、轟炸城市的事。羅蘭不動聲色，看不出這些事情對他而言是否不同凡響。他以成人傾聽孩童天馬行空編故事的方式靜靜聆聽，因心靈能創造出這樣的奇思怪想而印象深刻，卻不願跟著編造者相信這些奇想。他更有興趣的，似乎是守林人跟大衛說過的事，關於國王以及那本藏納祕密的書。

「我也聽過國王對書本和故事所知甚多。他的國度可能正在分崩離析，卻總有時間暢談傳奇故事。也許守林人把你引向國王是做對了。」

「如果國王像你說的一樣很虛弱，那他死後，王國會有什麼下場？他有沒有能繼承的兒子或女兒？」

「國王並無子嗣。他在位統治多時，從我出生之前就開始了，可是從未娶妻。」

「在他之前呢？」大衛對國王、女皇、王國和騎士的興趣歷久不衰。「他的父親是國王嗎？」

羅蘭絞盡腦汁追想。

「在他之前似乎有個女皇。她當時垂垂老矣，宣布有個無人見過的生面孔就要到來，頂替她的位置，統治國土。根據那時還活著的人的說法，情形正是如此。這年輕人抵達後幾天內便成了國王。女皇上床就寢後，一覺不醒。聽說，她看來幾乎對於死亡的到來……由衷感激。」

兩人來到溪流邊，驟降的氣溫令溪水冰凍。他們決定在那兒小憩一會兒。羅蘭用劍柄敲破河冰，好讓席拉喝冰下的水。大衛趁羅蘭進食期間，沿溪畔遊蕩。他不餓。費雷契太太早上給他吃的厚片自製麵包夾果醬還在胃裡沒消化。他坐在岩石上挖雪，想找石子好拋到河冰上。雪很深，手肘以下全埋進雪裡，指頭摸到幾顆小圓石……

一隻手從他身邊積雪中突伸出來，一把抓住他手肘上方。那隻手又白又瘦，長指甲參差不齊。強大的力量將他從岩石上扯離，往雪裡頭拉去。

大衛張開嘴想大叫求救，第二隻手出現，壓蓋住他的唇。他被拖往積雪深處，雪落在頭頂上，再也看不到樹木和上頭的天空，緊抓著他的那雙手一直沒鬆開。他感覺背部碰及硬地，難敵恐怖的窒息感。接著土地也崩塌下來，他發現自己身在滿是泥土和石頭的空穴中。那雙手放開他，一道光射進黑暗中。樹根自上方懸垂下來，輕柔撫觸他的頰。大衛看到三個隧道口，入口全匯集在此。角落裡堆了變黃的骨頭，曾經覆骨的肉要不是腐爛多時，就是早給噬去。四處是蠕蟲、甲蟲、蜘蛛，在冷冰冰的濕地上爬竄、纏鬥、死去。

駝背人就在那兒。他蹲在角落裡，拖大衛下來的其中一隻蒼白手臂握著一盞燈，另一隻則緊抓巨大黑甲蟲。大衛望著他將掙扎的昆蟲往嘴裡塞，一口咬成兩半。他嚼著甲蟲，直盯大衛。昆蟲的下半身又抽動了幾秒才停下來。駝背人要把牠給大衛。大衛看得見一部分內臟。是白的。他覺得噁心極了。

「救我啊！」他高喊：「羅蘭，拜託救救我！」

沒有回音。叫聲引起的震動，只讓穴頂的泥土鬆脫，落在他頭上嘴裡。他把土吐出來，準備再叫。

「噢，要是我啊，才不會這樣做唷。」駝背人剔剔牙，拉出卡在牙齦附近、又黑又長的甲蟲腳。「這兒的地不穩，加上上頭那些雪，呃，如果全往你頭上坍崩下來，我可不願去想會出什麼事喔。我猜啊，你會一命嗚呼，而且死得不怎麼愉快。」

大衛閉上嘴巴。他不想跟著昆蟲、蠕蟲和駝背人一起活埋在這底下。

駝背人繼續撥弄甲蟲下半身，拔開背殼，內臟一覽無遺。

「你確定一點也不要？很可口喲，外脆內軟呢。不過，偶爾我發現自己不想吃脆的，只想要軟的部分。」

他把蟲身提往嘴巴、吸吮蟲肉，把外殼拋到角落裡。

「我們該好好聊聊。別讓你上頭那個……嗯……『朋友』打擾。我想你沒弄懂自己身陷什麼困境。你似乎仍然認爲跟路過的陌生人結盟對自己有益，可是根本不是，你知道吧。你還活著可全因爲我，跟什麼愚昧無知的守林人或名譽掃地的騎士無關。」

聽到對方輕慢自己的恩人，大衛無法忍受。

「守林人才不無知。羅蘭也是因爲跟父親起過爭執，才不是什麼名譽掃地。」

駝背人惹人厭地咧嘴笑。「他那樣跟你說的？嘖、嘖。你見過他放在墜鍊裡的相片嗎？『拉斐爾』，他要找的人不就叫這名字？對年輕男子來說，眞是個好名字哪。你知道嗎，他們非常親近呢。哦——非常親密唷。」

大衛不懂駝背人的言外之意，可是那種說話的方式讓大衛覺得骯髒下流。

「也許他想要你當他的新朋友。」駝背人說：「你知道嗎，你晚上入睡時，他老望著你呢。他覺得你好俊美喲。他想要貼近你，比貼近還近喔。」

「不准那樣說他。」大衛警告，「你敢！」

駝背人從角落彈起，像隻蛙一樣跳躍，在大衛面前落地。他骨瘦如柴的手痛抓男孩的下巴，指甲掘進肉裡。

「別跟我說該怎麼做，小鬼。只要我想，就能扯掉你的頭，用來妝點我的餐桌。不管裡頭有什麼——我猜，裡頭也沒幾兩肉吧？等我吃個夠，就在你頭顱上打個洞，往裡頭插根蠟燭。你這小子不大聰明，是吧？你來到自己摸不清的世界，你明知某人已死，卻跟著聲音窮追不捨。你再也找不到回家的路，還出言侮辱唯一能幫你返家的人，也就是我。你這小子真是無禮、忘恩負義又無知。」

駝背人一彈指，變出一根尖尖長針，上頭穿了粗糙黑線，看似以死甲蟲有骨節的腳所製成。

「在你逼我把你的嘴唇緊緊縫上以前，何不在禮貌上下點工夫？」

緊抓的手鬆開大衛的臉，輕拍他的面頰。

「我心存好意哪，我來證明給你瞧瞧。」他壞心眼地低聲說，將手伸進腰帶上的皮袋，從中拿出從狼群斥候臉上割下的口鼻，拿在大衛面前晃呀晃。

「牠一直跟蹤你。你從森林教堂裡現身時，牠發現了你。要不是我從中作梗，牠老早殺了你。牠往哪兒去，狼群就會跟進。牠們正跟著你，數量不停增長。愈來愈多狼正在變身，勢不可擋。牠們的時代來了。連國王都知道，沒力量阻擋牠們。在牠們又找到你之前，你最好回到自己的世界。我可以幫你。把我想知道的告訴我，天黑之前你就會在自己床上安安穩穩。你家裡將會諸事順遂，而且你的問題會煙消雲散。只消回答一個問題，我可以保證你父親會愛你，就只愛你一人唷。」

大衛不想跟駝背人打交道。不可信任，大衛確定他一定隱瞞了許多事情。跟他談協議不可能很單純或是毫無代價。可是大衛也知道，他說得沒錯：狼要來了，牠們在找到大衛以前，不會善罷干休。羅蘭沒辦法將牠們一網打盡。還有那頭怪獸：牠雖然嚇人，但似乎只是這塊土地匿藏著的諸多恐怖之一。還會有別的，或許比路波或怪獸更糟。不管媽媽現在在哪，在這個或另一個世界，似乎在自己到不了的地方，沒辦法找到她。眞是笨得可以，竟以爲自己有辦法——皆因自己巴望這一切能成眞。他一直希望媽媽再活過來。他想念媽媽。有時會忘了她，可是一旦忘了，又會再度憶起，心痛的感覺來勢洶洶。可是他寂寞的解答並不在此地。該是回家的時候了。

「你想知道什麼？」大衛說。

駝背人傾身向他低語：「我要你告訴我，你家那孩兒的名字。我要你爲我說出同父異母弟弟的名字。」

大衛的恐懼一時稍減。

「爲什麼？」他不懂。如果駝背人跟他在自己臥房裡看到的是同一人，那不是也可能到過屋裡其他地方嗎？大衛想起，在家裡醒來時曾有種不舒服的感覺，有某樣東西或某個人在他沉睡時摸了他的臉。喬奇的臥房裡有時會有種怪味縈繞不去（至少比喬奇本身的氣味還怪）。這可能表示駝背人在家裡出沒過嗎？駝背人溜進他們屋裡，卻沒聽過喬奇的名字？名字到底爲何這麼重要？

「我只是想聽你親口說。」駝背人說：「如此微不足道的事，小之又小的舉手之勞，告訴我吧，那麼這一切就會畫上句點。」

大衛相當緊張，迫不及待想回家。只消說出喬奇的名字，有何大不了？他張開嘴準備說，可是說出口的名字卻不是喬奇的，而是他自己的。

「大衛！你在哪？」

是羅蘭。大衛聽到上方傳來挖掘的聲音。駝背人因這侵擾而直發嘶聲表示不悅。

「快啊！」他跟大衛說：「名字！快跟我說那名字啊！」

塵土落在大衛頭頂，一隻蜘蛛爬溜過他的臉。

「告訴我！」駝背人尖叫。大衛頭頂上方的泥土塌下來，埋覆住他，讓他一時目盲。在完全看不清之前，他看到駝背人快步往其中一條隧道溜，要逃開坍方。大衛嘴鼻都進了土。他試著呼吸，可是土卡在喉嚨裡。泥土就要將他埋沒。他感覺強壯的手抓住自己肩膀，將自己拉出地面，進入乾淨清新的空氣中。視線逐漸清楚，卻給泥土和蟲子嗆到。羅蘭拍擊大衛的身體，將喉頭的土和蟲子逼出來。大衛在清通呼吸道時，咳出了土、血、膽汁、爬動的東西。他側身倒在地上，淚在臉上凍結，牙齒打戰。

羅蘭跪在他身旁。「大衛，跟我說話。告訴我發生了什麼事。」

告訴我。告訴我啊。

羅蘭輕觸大衛的臉，大衛覺得自己瑟縮起來。羅蘭察覺到他的反應立刻抽手，自男孩身邊移開。

「我想回家。」大衛嗚咽，「只是這樣而已。我只是想回家。」

他在雪地上蜷身哭泣，直到再也滴不出淚來。

22

狼群大軍的挺進

大衛坐在席拉背上，羅蘭並未與他共騎，而是再次用韁繩領馬沿著路走。羅蘭和大衛之間有種未明說的緊張感。大衛看得出羅蘭受了傷害及其來由，卻找不到辦法透過道歉將這兩者銜接起來。駝背人暗示行蹤不明的拉斐爾與羅蘭之間有特殊情誼，大衛感覺可能所言不假，但他暗示羅蘭對自己也有類似感受，這一點就難以信服。在內心深處，大衛確信這不是眞的；羅蘭對他只有一片善意，若眞別有用意，早就洩露出來。他對自己閃避羅蘭關懷的觸碰而備感歉疚，但要是承認了這一點，豈不是逼自己招認，即使就那麼一眨眼時間，駝背人的話語正中己懷。

大衛花好長一段時間才恢復元氣。他一開口喉嚨就發痛，即使用過溪流裡的冰水想把土漱洗出來，嘴裡卻還能嚐到土味。默默騎行多時以後，他才有辦法跟羅蘭說說在地底發生的事。

大衛重述大部分的對談後，羅蘭問：「他只對你要求這件事？要你跟他說同父異母弟弟的名字？」

大衛點頭道：「他說只要我講出來，就能回家。」

「你相信他嗎？」

大衛琢磨這個問題。「信。我想，如果他願意的話，就有辦法帶路。」

「那你得自己決定該怎麼做。不過，要記得，天下無白吃的午餐。村民在家園的殘跡中篩尋有用物資時才學到這點。凡事都得付出代價。達成共識之前，先查明代價爲何，才是明智之舉。你的朋友守林人稱那傢伙爲騙徒，若他果眞就是，那麼凡是他說的話都得打打折扣。與他訂下協議之前務必當心，仔細傾聽他說的話，他可能意在言外或是藏多於顯。」

羅蘭說話時並未回頭看大衛，這是他們連續走好幾哩路之前的最後一次交談。那晚歇腳休息時，兩人分別坐在羅蘭所生的小火兩側，在沉默中用餐。羅蘭已將馬鞍從席拉背上取下，靠著樹放，遠離他幫大衛鋪好的毯子那裡。

「你可以放心休息。我不累，你睡的時候，我會守望森林的動靜。」

大衛謝過羅蘭。躺下來闔上眼，可是無法入睡。他想起狼與路波，想到爸爸、羅絲和喬奇，失落的媽媽和駝背人的提議。他想要遠離這個地方。如果只需要跟駝背人分享喬奇的名字就行，那麼也許就該這麼辦。可是有羅蘭看守，駝背人就不會回來。大衛對羅蘭的怒意漸起：羅蘭是在利用他；承諾要保護與引領他往國王城堡去，可是代價未免過高。被拖著尋找素不相識的男人，只因爲羅蘭對之懷抱感情，而那種感情（如果駝背人的話可信）並不自然。像羅蘭這樣的男人，在大衛的家鄉有些叫法，是那種最惡劣的戲稱。大人總是警告大衛要遠離那種人，而他現在身處異地，卻跟其中一個爲伍。哼，就快要分道揚鑣了。羅蘭推想隔天就會抵達碉堡，在那兒終會得知拉斐爾最終命運的眞相。在那之後，羅蘭會帶他到國王那裡，兩人的協定就結束了。

大衛酣眠而羅蘭沉思時，費雷契正跪於村牆邊，手中持弓，一袋箭近在身旁。其他人蹲踞在他旁邊，臉龐再度讓火炬燃亮，如同當初準備與怪獸對峙一樣。他們放眼凝望前方森林，即使在暗昧中，他們也明白森林裡不復空蕩平靜。樹林間有影子穿梭，成千上萬。牠們以四足靜步疾行，灰、白與黑，還有那些用後足走路的同伙，裝扮似人，顏面卻又留有曾爲野獸的痕跡。

費雷契顫抖起來。這就是他所聽說過的狼群大軍了。他從未見過那麼多動物行動一致，連夏末天際抬眼望見的鳥群遷徙也比不上。不過，牠們現在不只是動物了，有路波爲首來強加紀律、策動戰役，牠們行動的目的已凌駕純粹狩獵或生殖的欲望。路波代表人與狼最恐怖成分的融合。國王的軍力不夠強大，無法在戰場上將牠們擊潰。

其中一隻路波從狼群中鑽出來，站在森林邊緣，瞪著蹲伏在小村防禦工事的人們。牠的打扮比起同伙來得精致，連遠處的費雷契都能看出牠比其他的狼更像人類，但還不至於誤認爲人。

那是王者勒華，企圖稱王的狼。

等待巨蟲來臨的漫長守候中，羅蘭跟費雷契提過狼與路波的事，說起大衛如何將了牠們一軍。雖說費雷契誠心祝福兩人健康快樂，卻忠心感激他們已不在村內。

王者勒華知道的，費雷契心想。牠知道兩人待過這裡，如果懷疑兩人仍然在村裡，就會率大軍全力猛擊。

費雷契站起身來，眼光越過空地，往王者勒華佇立之處凝望。

「你幹麼啊？」近身有人低聲說。

「我可不願在野獸面前畏畏縮縮。」費雷契說：「我不想讓那傢伙稱心如意。」

王者勒華頷首，彷彿了解費雷契的表示，接著拿帶爪的一根指頭慢慢比劃過喉頭。解決國王以後，牠會回來的，到時候倒要看看費雷契和其他人能有多勇敢。王者勒華繼而轉頭，再度沒入狼群，留那些人無力觀望狼群大軍橫越林地，邁向篡取王國之途。

24

荊棘碉堡

翌晨醒來，大衛不見羅蘭蹤影。火熄了，席拉也沒圈在樹旁。大衛起身，找到馬匹隱身入林的足跡。起先不免憂心，然後是心上石頭落地的輕鬆感，接著便生起羅蘭的氣，竟連一聲道別也沒有就拋下他，最後才是第一波來襲的恐懼。突然之間，單挑駝背人的機會不再那麼誘人，偶遇狼群的可能性更令人倒胃口。他從壺裡飲水。手顫抖著，水濺上了襯衫。他拭去水，指甲卡在粗布料上。一條線鬆脫了，他想抽開手，線頭扯得更厲害，讓他痛得急叫。盛怒之下，他拿水壺朝最近的樹一扔，狠狠坐在地上，將頭埋在雙手中。

「爲什麼這樣?」羅蘭的聲音說。

大衛抬頭看。羅蘭從林地邊緣望著他，高高坐在席拉背上。

「我還以爲你離開我了。」大衛說。

「你爲何這麼想?」

大衛聳聳肩，爲自己露出暴躁性急的樣子，以及對同伴起疑心而感到慚愧。他想借題發

揮來隱藏羞愧感。

「我醒來的時候，你已經走了啊。那我又該怎麼想？」

「推想我預先去探察路況啊。我也沒離開多久，相信你在此處安全無虞。地底下就有岩石，我們那位朋友無法用他的地道來對付你。況且我一直都在能聽清楚一動一靜的範圍內。你沒理由懷疑我。」

羅蘭下馬，往大衛端坐的地方走去，身後領著席拉。

「自從那齷齪矮人將你拖入地底後，我們之間就再也不同以往。我想我多少明白他跟你說了什麼。我對拉斐爾的情感是我個人的感受，就屬我一人的。我愛他，別人只需要知道這個，其餘皆與他人無涉。

「至於你呢，你是我的朋友。你很勇敢，也比外表及你自己相信的來得堅強。你困身於生疏的地域，只有一名陌生人爲伴，卻已成功抵擋狼群、齷爾，打敗了將整個武裝部隊趕盡殺絕的怪獸，還有你稱爲『駝背人』的曖昧承諾。歷經這一切，我還不曾見你絕望過。當初我同意帶你去見國王，我還以爲你會成爲我的重擔，沒想到你卻證明自己的確值得敬佩與信賴。我反過來希望也能證明自己配得上你的敬意與信任。因爲，若無互敬互信，我倆的路就絕了。現在，你要隨我來嗎？我們就快到目的地了。」

他朝大衛伸長了手。男孩握住，羅蘭將他拉起身。

「對不起。」大衛說。

「你不必抱歉。不過，快收拾行囊，終點已近。」

不過才騎一會兒，四周的空氣隨他們前進而變換。大衛頭上與臂上的毛髮直立，舉手觸摸時還感覺得到靜電。風從西邊吹來一股奇異的氣味，乾燥又帶霉臭，就像地窖內部。土地在他們身下隆起，直到抵達山脊。他們在那裡停步俯視。

在他們面前，有如雪上污漬的正是碉堡的黑暗形影。因爲它帶有某種詭奇的氛圍，大衛把它當成一個輪廓而非碉堡實體。他能辨認出一座中心塔、城牆和附屬建物，可是全有些模糊，好比在濕紙上用水彩畫線條一樣。它矗立於森林中央，周遭的樹木全頹倒在地，彷彿歷經大爆炸。大衛看到城垛四處閃著金屬光芒。鳥兒盤旋於碉堡之上。那股乾燥味更濃了。

「食腐肉的鳥。」羅蘭指著，「牠們以死屍爲食。」

大衛知道他想什麼：拉斐爾走進那個地方，卻一去不復返。

「也許你該待在這裡。」羅蘭說：「對你來講較爲保險。」

大衛環顧四周。這邊的樹木跟先前看到的不同。古老又歪七扭八，樹皮患了病，坑坑巴巴全是洞。看來就像老態龍鍾的男男女女，在劇痛中凝住不動。他可不想孤伶伶待在這裡。

「比較保險？」大衛質問：「後頭有狼跟著我，誰知道林子裡還住了什麼東西？如果你硬要把我留在這，即使得用走的，我也要跟著你。搞不好在裡頭我能幫你出點力。在村裡，巨蟲追著我來的時候，我沒讓你失望，現在也不會。」他語氣堅定。

羅蘭沒跟他爭論，兩人一起騎馬朝碉堡去。騎經森林時，聲聲呢喃不絕於耳。聲音似乎來自樹裡，從樹身的開口傳出來。到底是樹本身的聲音，或是棲住樹中、眼不可見的東西，大衛無法論定。他相信自己瞥見了洞裡的動靜，甚至確定樹裡深處有東西回瞪著他。他跟羅蘭提起，羅蘭只說：「別怕。無論是何物，皆與碉堡無關。除非它們刻意要讓我們費神，否則我倆不必掛心。」

儘管如此，羅蘭還是緩緩抽劍，讓劍垂在席拉身畔，右手緊握劍柄。

森林裡樹木密布，穿行其間，眼前根本不見碉堡。乍見遍地是倒下的樹木，大衛震驚不已。不知是爆炸的力道或什麼，把樹從地面連根拔起，根部暴露在深洞上方，地面中央立著碉堡。大衛了解為何從遠處看碉堡會顯得模糊不明了：棕色藤蔓爬滿碉堡，纏繞中央高塔，覆住牆面與城垛，還生著暗色棘刺，有些少說也有一呎長，比大衛的手腕還粗。靠著藤蔓本來可以登上城牆，但是只要稍微誤踩一步，一隻手臂、一條腿，或更糟的是整顆頭或心臟，就會讓周圍的尖刺一把穿過。

他們在碉堡周邊繞，最後來到城門前。城門大敞，只不過藤蔓橫阻了入口。透過棘刺之間的空隙，大衛看得到中庭與中央塔塔底緊閉的門。門前有套甲胄貼躺在地，可是沒有頭盔，也不見頭。

「羅蘭……那個騎士……」

羅蘭的目光不在城門或那名騎士上。他仰起頭，雙眼定定看著城垛。大衛隨他的視線看去，這才發現自遠處望見、在城牆上閃爍發亮的東西是什麼。

男人的頭顱穿過最頂端的棘刺，高掛城門之上，面皆朝外。有些還戴著華美的頭盔，不過臉部護甲已經拉起或是扯掉，表情一覽無遺；還有些人連頭盔都沒有。多數差不多都成了骷髏頭；約有三到四名仍具可供辨認的面貌，可是臉上看來彷彿血肉不存，只剩一層薄如紙的灰皮包覆過骨。羅蘭一一輪流檢視，直到把城垛上每個死者的臉全數細看過。看完以後，他像是鬆了一大口氣。

「那些足以辨認的人之中，沒有拉斐爾。我沒看到他的臉，也沒見到他的盔甲。」

他下馬邁向入口，拔劍切下一根棘刺。棘刺掉落地面，原來的位置又長出另一根，比斬斷的那根還長還粗。生長速度之快，羅蘭不及閃躲，險些刺中胸膛。羅蘭繼而試著劈斬藤蔓本身，可是他的劍僅在上頭刮出極小的刀痕，破損處再次於他眼前自行癒合。

羅蘭退步，收劍回鞘。

「肯定有路能進去。要不然那些騎士喪命前，如何進去？我們就等著吧，靜觀其變。不久之後，也許它會將祕密洩露給我們。」生了小火後，他們就地落坐，緘默不安，監守荊棘碉堡。

夜幕低垂，或可說是更巨大的黑暗（只不過是加深了白日的陰影，就在這奇異世界裡給當成夜晚）。大衛舉頭望天，眼見月光微暈。他倆在城堡周圍轉悠時，森林的低語還繼續發聲，但月亮一現身，它們便乍然噤聲。食腐鳥已杳然無蹤。

只剩大衛和羅蘭。

塔頂窗戶露出微光，有個人影行經窗口擋住了光。人影暫且停步，似乎俯盯著底下的男人與男孩，然後消失了。

「我看到了。」大衛還未張口，羅蘭出聲了。

「看來像個女人。」大衛說。

那是女巫，他心想，正看守塔裡沉睡的女子。月光照在穿刺於城垛的死人頭盔上，讓他想起自己與羅蘭當前面臨的險境。那些人接近碉堡時，一定早已全副武裝，卻仍然死於非命。倒在城門內的騎士，身形龐大，比羅蘭至少高上一呎，體寬則與羅蘭相當。看守這座塔的不管是何方鬼怪，一定很粗壯，動作迅捷，極端殘酷。

觀望之際，擋住城門的藤蔓和棘刺徐徐散解，開出可供人穿行的入口。那開口像個張大的嘴，長長棘刺有如牙齒般似乎待勢咬下。

「是個陷阱。」大衛說：「一定是。」

羅蘭起身。

「我有何選擇？我一定得查明拉斐爾出了什麼事。千里迢迢而來，不是為了端坐在地盯著城牆和棘刺看。」

他將盾牌架上左臂，神情不帶一絲恐懼。在大衛眼中，羅蘭看來比認識以來的任何一刻還要快樂。他從自己的領土遠道而來，想找朋友失蹤之謎的答案；朋友可能的際遇百般折磨他。不管碉堡的城牆裡發生過什麼事，拉斐爾是死是活，至少能得知對方旅途終點的眞相。

「待在這裡，讓火繼續燒。若我破曉時仍未復返，你就帶著席拉走，盡速騎離此地。席拉是我的坐騎，現在也算你的了，我想牠鍾愛你如同鍾愛我一樣。沿著大道走，路最終會領你到國王的城堡去。」

他俯首向大衛微笑。

「路途上能與你偕伴同行，眞是榮幸。我們若無法再相見，我期盼你能覓得回鄉的路，也能尋得你探求的答案。」

兩人握了握手。大衛沒落半滴淚，想跟自己心目中的羅蘭一樣勇敢。後來，他才懷疑羅蘭是否眞的無畏無懼。他知道羅蘭相信拉斐爾已死，一心想向謀害朋友的東西尋仇。羅蘭朝靜待中的碉堡走去、穿過城門時，大衛也感覺到，羅蘭的心，沒了拉斐爾就失去活下去的意願；死對他來說，總比形單影隻的生活好。

大衛陪羅蘭走到城門前。一步步靠近時，羅蘭惶惶然向上凝望守候中的棘刺，彷彿害怕一旦進入它們所及之處，它們就會馬上合攏。可是它們動也不動，羅蘭一路無事通過開口。他跨過那位騎士的盔甲，將塔門推開。他回望大衛，舉劍當作最末的道別，邁入陰影裡。城門上的藤蔓扭旋起來，棘刺長長伸展，將通往中庭的入口再度隔絕，一切復歸靜寂。

駝背人蹲棲在森林最高的枝頭看著一切。他不為住在樹幹裡面的東西所擾，因為它們害怕駝背人的程度，勝於怕這片土地上其他生物——碉堡裡的東西古老凶殘，駝背人卻尤有甚之。他俯視坐在火堆旁的男孩，席拉近站身旁，沒繫繩子。勇敢聰慧的馬，不輕易受驚或是背棄主人。駝背人禁不住想再到大衛身邊，追問他那嬰孩的名字，可是想想又作罷。在森林邊緣落單過夜，獨自面對荊棘碉堡，讓喪魂騎士的首級直盯著看，一到早上，該會讓大衛更心甘情願跟駝背人打交道。

駝背人深知騎士羅蘭絕不會活著踏出碉堡，那麼，在這世界上，大衛又會再度形單影隻。

對大衛來說，分秒難捱。他往火上添柴，枯等羅蘭回來。有時候，他感覺席拉用鼻子輕輕磨蹭他的頸子，提醒自己近在身旁。他很高興馬兒相伴，馬兒的力量與忠誠好似他的定心丸。

疲累卻排山倒海而來，心思不停作怪。不小心打了盹，隨即發夢。他瞥見家裡的景象閃閃飛過，過去幾天來的事件在他心中重演，故事互相交疊，狼、矮人、幼獸全成了同一故事的細部。他聽到媽媽出聲叫喚的聲音，跟她臨終那幾天，感到劇痛過烈時一樣；接著，羅絲的面貌取代了媽媽的臉，就像喬奇在父愛中頂替了他自己的位置一樣。

可是那是眞的嗎？他突然了解到自己想念喬奇，因而驚異不已，幾乎轉醒過來。他憶起寶寶怎樣對他微笑，把他的手指抓在胖嘟嘟的拳頭中。的確，寶寶吵得很，又臭又索求無度，可是寶寶都是這樣啊。不是喬奇的錯，其實不完全是。

喬奇的影像消逝，大衛看到了羅蘭，手裡握劍，走過闃暗長廊。他身在塔裡，但是塔本身是種幻覺，藏在裡面的是不可勝數的房間與迴廊，個個爲粗心大意的人設下陷阱。羅蘭進入一個圓形大房間。在夢裡，大衛看到羅蘭不可置信睜大了眼，牆壁轉爲血紅，暗影裡有東西喚著大衛的名……

大衛突然驚醒。他仍舊坐在火旁，火焰幾乎全熄滅了。羅蘭還沒回來。大衛起身，往城門走去。他一走開，席拉緊張哀鳴，仍然乖乖守在火旁。大衛站在城門前，小心伸出手指碰觸其中一根棘刺。忽地，藤蔓退離，棘刺收起，路障處開了個口。大衛回望席拉以及將滅的餘燼。他想：該上路了，根本不該等到破曉。席拉會帶我到國王那裡去，而他會告訴我該做什麼。

可是他仍在門前徘徊不去。儘管羅蘭囑咐若他沒回來，大衛該要怎麼做，可是大衛不想離棄朋友。他站著面對棘刺，不確定該如何著手，卻聽到有個聲音叫著他。

「大衛……」它低語道：「來我這裡，拜託過來我這邊。」

是媽媽的聲音。

「我就是被帶來這個地方。」那聲音繼續說：「被疾病擊倒，我就睡著了，然後穿過我們的世界來到這裡。她監視我，我醒不過來，也逃不開。幫幫我啊，大衛。如果你愛我，請你幫我……」

「媽。我會怕。」

「你千里迢迢而來，一直這麼勇敢。我在自己的夢裡時時看著你。我真以你爲榮啊，大衛。只要再走幾步。再多一點點勇氣，我只要求這麼一些些。」

大衛將手伸進背囊，找到巨蟲的爪子。他悄悄將之放進口袋，想起費雷契的話。他曾經勇氣十足，爲了媽媽，可以再度鼓起勇氣。駝背人還在樹上觀望，一了解事況，立即動身。他從蹲棲處騰跳起來，一個枝幹一個枝幹向下降，像貓一樣落地，卻慢了一步。大衛已走入碉堡，棘刺路障在他身後合攏。

駝背人因震怒而叫嚎，可是早讓碉堡吞沒的大衛怎樣也聽不到。

25

女巫、拉斐爾和羅蘭的際遇

白日，食腐鳥盤旋於碉堡，排泄物弄髒了混鋪黑白圓石的中庭。雕飾階梯朝城垛向上延展；兵器架就立在樓梯旁，可是矛、劍、盾全鏽蝕無用。某些兵器設計精妙，雕有精巧的螺旋圖紋、細致交纏的銀銅鍊子，與劍柄和盾面上的設計相互呼應。巧奪天工之美存放在此邪惡所在，大衛實在無法相提並論。這暗示碉堡今非昔比。碉堡讓陰險的生命體給篡奪了，鳩占鵲巢，將它變成尖刺滿布、藤蔓滿覆的巢穴。這生命體一到，原來的居民非死即逃。

一旦置身於內，大衛滿眼盡是損壞的痕跡：大多是窪洞，是牆壁和中庭吸收炮彈攻擊的力道而來。顯然碉堡很古老，不過周圍東倒西歪的樹木顯示，羅蘭所聽聞的與費雷契自稱親眼所見的，不管有多詭異，其實千眞萬確。碉堡能穿行於空，隨著月亮週期遷移至新地點。

城牆下方爲馬廄，空無乾草，也沒有此類地方經年累月蓄積起來的健壯動物氣味，反倒只有馬匹骸骨。飼主逝去後，馬匹挨餓死亡，裡頭傳出縈繞不去的臭味，讓人想起牠們緩慢的潰爛過程。馬廄對面、中央高塔的兩側，可能曾是守衛的住所與廚房。大衛小心翼翼朝每間的窗戶裡頭窺探，可是兩區皆了無生氣。守衛那棟建築裡頭的臥鋪空蕩蕩，廚房裡是冷冰冰的空烤箱。碟子和馬克杯擺在桌上，彷彿是中途給打斷的一餐，而用餐的那些人從未有機會回到他們的食物這邊來。

大衛走向塔門。騎士的身體倒臥在腳旁，大手仍緊握著劍。劍還未鏽去，胄甲依舊亮閃閃。除此之外，肩甲上的洞插著帶白花的細枝，花兒還未完全枯萎，大衛猜想他的軀體伏臥在此的時間還不長。他的頸部或周圍的地面並無血跡。大衛不大清楚取人首級的技巧，不過他想像至少該有些血。他想知道這騎士是誰，是否跟羅蘭一樣，胸甲上飾有表明身分的圖案。高壯的騎士胸膛朝下伏著，大衛不確定自己能不能將他翻轉過來。不過，他還是覺得死去騎士的身分不該繼續處於不明狀態，免得哪天他找到管道，得將騎士的際遇轉告他人。

大衛跪下來，深吸一口氣準備使力移動屍身，接著便用力推擠胄甲。讓他訝異的是，騎士的遺體竟能輕易移動。胄甲的確沉重，但遠不如其中帶有男性軀體應有的重量。他將騎士翻過身來，看到胸甲上的老鷹圖飾，有條蛇在鷹爪內扭動。他用右手指節敲敲胄甲。聲音在裡頭迴盪，跟敲廢物桶沒兩樣。胄甲內部好似空無一物。

不是的，根本不是這樣。大衛翻轉盔甲時，聽得到也感覺得到有東西跟著移動。他檢查上方的洞，也就是身首分家之處，目睹裡面的骨頭與肌膚。頭砍離身體的地方，脊柱頂端呈白色，可是仍舊不見血跡。不知為何，騎士的遺骸在甲冑內虛成了空殼，腐爛至無物的速度如此之快，或許為求好運而戴的花都還來不及死去。

大衛考慮逃離碉堡，可是深知即使自己想走，棘刺也不會為他開路。這地方只進無出。滿腹疑慮，卻再度聽到媽媽呼喚自己。如果她眞的在這裡，那現在更不能遺棄她。

大衛跨過倒地的騎士，進入塔中。一組石階向上蜿蜒盤旋。他凝神傾聽，不聞任何聲響。他想叫喚媽媽的名字，或是大聲呼喊羅蘭，又怕讓塔裡的東西察覺自己來到。不過，守候在塔裡的東西不論是什麼，也許早知道他人已在碉堡裡，而將棘刺分開來讓他得以穿行。保持緘默看來還是比喧鬧來得明智，所以他不發話。他想起穿過窗戶的身影，還有下咒俘住女子的女巫故事，受詛咒的女子不得不在寶藏滿滿的房間裡恆久安眠，除非有一吻能將她喚醒。那女子會是媽媽嗎？答案就在上頭。

他拔出劍來，開始攀爬樓梯。每十步就有扇小窄窗，這些窗讓一點光透進塔裡，讓大衛得以看清去向。他數了十二扇這樣的窗，到達塔頂石地。一條走廊在他面前鋪展開來，兩側有開放的出入口。從外觀看起來，塔似乎有二、三十呎寬。可是眼前的走道如此之長，末端隱沒於暗影中，肯定有幾百呎之長，由嵌進牆面的熊熊火炬照明，可是不知爲何，尺寸只及走道一小部分的塔卻能容納得了。

大衛在走廊緩步而行，一路瞥探眾多房間。有些是富麗堂皇的臥房，有巨大床鋪和天鵝絨帷幔。其他房間則有沙發和椅子。其中一間除了一架大鋼琴外，別無他物。另一間的牆壁上，飾有同一畫作的上百幅相仿版本：是兩個雙胞胎男童的圖像，背景裡還有幅他倆的畫像，而這份背景圖正複製了他倆目前占有的畫面，所以他們向外凝視著自己的無窮版本。

走廊一半之處有間寬敞飯廳，由一張巨型橡木桌霸據，繞桌有一百張椅子。蠟燭沿著桌子長側一字排開，燭光照亮一整桌盛宴：烤火雞、鵝與鴨，嘴含蘋果的大豬做爲中心擺飾。大盤大盤的魚和冷盤醃肉，還有大鍋裡冒著熱氣的蔬菜。四溢香氣吸引大衛踏進那個房間，胃咕嚕作響，頻頻催促，難以抗拒。其中一隻火雞已經有人動過，火雞腿不見了，胸前切下的片片白肉擺在瓷盤上，柔嫩多汁。大衛挑起其中最大一片，正待大口咬下，就看到一隻蟲子爬過桌面。是隻大紅蟻，正朝火雞身上落下的一片碎皮而去。牠張嘴緊含棕色脆片，準備就要扛走，突然間卻似乎踉蹌起來，彷彿負荷比預期來得重。牠扔下皮，又搖晃了一會，然後完全靜止不動。大衛用手指戳戳牠，蟲子沒回應，早已一命嗚呼。

大衛把手中那塊火雞丟在桌上，趕緊把手指拭淨。這回他仔細一瞧，才看到桌上到處布滿死蟲的屍骸。蒼蠅、甲蟲和螞蟻的死屍散布在木桌和盤子上，全讓食物裡含有的某種東西毒死了。大衛胃口盡失，從桌邊退開，回到走廊。

飯廳讓他作嘔，下一個房間更令人心神不寧：是他在羅絲家那房間的完美再現，連架上的書本也是，只是比大衛房間向來有的樣子整齊。床已鋪好，枕頭和床單有些變黃，覆在一層薄塵之下。書架上也有灰塵，大衛踏進裡頭時，在地板上留下了腳印。前方是那扇面向花園的窗戶。窗子大敞，能聽見外頭傳來的歡鬧聲與歌聲。他走向窗玻璃往外望。下面花園裡，三個人圍成一圈正在跳舞。大衛的爸爸、羅絲和一時認不出來的男孩，但大衛馬上知道那是喬奇。喬奇長大了，約有四或五歲，仍舊圓呼呼的。父母跟他共舞，他笑得闔不攏嘴。爸爸握著他的右手，羅絲牽著他的左手，陽光從完美的藍天照射在他們身上。

「喬奇喬奇，布丁和派。」兩人對他唱道：「親親女孩兒，讓她們一把眼淚一把鼻涕兒！」

喬奇笑得快活，蜜蜂嗡嗡、鳥兒啼唱。

「他們早把你忘了。」大衛媽媽的聲音說：「這裡曾經是你的房間，可是現在沒人會進來。一開始你爸爸還會，後來就接受了你離開的事實，反倒從另一個孩子與新妻子身上找到歡樂。她又懷孕了，不過她自己還不知道。喬奇會有個妹妹，那麼你爸爸會再度擁有兩個孩子，也就不再需要回想起你。」

那個聲音似乎從四面八方而來，卻又不知來自何處：自大衛心裡、外頭的走廊，從腳下的地板、頂上的天花板，來自牆壁的石頭和架上的書本。有一刻，大衛甚至看到媽媽的影子映照在窗玻璃上，媽媽站在他身後、越過他肩膀望來的模糊影像。他一轉身，卻又不見人影，映影卻仍滯留在玻璃上。

「不一定非得要那樣啊。」媽媽的聲音說。玻璃上的身影動著雙唇，看來卻像是說著別的話，因為嘴唇的動作跟大衛聽到的字搭配不上。「要繼續這麼勇敢堅強喔，再多撐一會兒就好。在這兒找到我，我們就能再擁有原來的生活。羅絲和喬奇就會離開，你和我會取代他們的位置。」

傳自底下花園的聲音變了。他們不再歌唱歡笑。大衛向下俯視，看到爸爸正在草坪上除草，媽媽正用剪枝夾修著玫瑰花叢，小心剪下枝頭紅花，投進腳邊的籃子。坐在他們之間長凳上讀書的，是大衛。

「看吧？知道可以是這樣了吧？來吧，我們已經分別太久了。我們再次相聚的時刻到了。可是要小心喔，她可是虎視眈眈看著等著呢。你看到我的時候，千萬別東張西望，只要把眼光放在我的臉上，一切就沒問題了。」

影像從玻璃上消失，下頭花園的人影也無影無蹤。一陣冷風吹起，讓房裡的微塵飄起，使裡頭的一切為之蒙蔽。沙塵讓大衛嗆咳起來，雙眼溢淚。他退出房間，在走廊上彎下腰來，又咳又吐。

附近傳來一道聲響：門用力甩上、從內反鎖的聲音。他一轉身，第二道門連著甩上反鎖，接著又是一道門。他經過的房間，門逐一牢牢關上。現在他臥房的門也突然在他眼前封上，前頭的房門一一閉闔，只剩牆上火炬照亮去路。猛地火炬也一一熄滅，最靠近樓梯的火炬先來。他身後如今一片漆黑，黑暗火速掩來，整條走廊不久就要淹沒在黝暗裡。

大衛拔腿就跑，虎急急想跑在近逼黑影的前方，耳朵因爲甩門聲而嗡嗡作響。他使盡全速移動，腳步在硬石地上擊響，可是光線的消逝快於他奔跑的速度。他看到近在身後的火炬滅去，接著兩側的火炬也是，最後連前方的那些也斷斷熄去。他繼續奔跑，希望多少能跟上，不想孤伶伶留在陰暗裡。然後，最後的火炬也滅盡，全然的黑暗。

「不！」大衛喊道：「媽！羅蘭！我看不見啊。救救我！」

無人應答。大衛站著不動，不確定如何是好。他不曉得前方有什麼，但知道樓梯就在後方。如果沿著牆回頭走，就能再找到樓梯，可是這樣就得拋棄媽媽和羅蘭（如果他還活著）。向前走，就得盲目朝著未知蹣跚而去，輕易成爲媽媽聲音所提過的「她」的獵物——那個女巫用棘刺和藤蔓護衛此地，將男人化爲身穿甲冑的空殼與城垛上的首級。

大衛看到遠處有一丁點亮光，好似懸在暗昧中的螢火蟲。媽媽的聲音響起：「大衛，別怕啊。你就快到了。現在可別放棄喔。」

他便聽話照做，光線逐漸轉強，愈來愈亮，直到他看到一盞懸自天花板的燈。燈光下，拱道的輪廓慢慢清晰起來。大衛愈靠愈近，終於站在通往大寢室的入口之前，圓頂狀的天花板由四樁巨型石柱支撐。牆壁和柱子上覆滿帶刺的藤蔓，比護衛碉堡城牆與大門的那些粗壯，棘刺長且銳利，有些比大衛還高。每組柱子之間有盞銅製燈籠，垂掛在華麗鐵框上，光芒照耀一箱箱的錢幣和珠寶，照映在高腳杯與鍍金的畫框、寶劍與盾牌上，一切全因黃金與寶石熠熠生輝。這裡的寶藏比大多數人能想像的還要豐厚許多，可是大衛正眼也不瞧，注意力反倒集中在房間中央高起的石祭壇上。一名女子躺在祭壇上，不動如歿亡，身穿絲絨紅洋裝，雙手交疊於胸前。大衛定睛一瞧，看見她呼吸的起伏。那麼，這位就是沉睡中的女士、女巫魔咒的受害者。

大衛走進房間，燈盞的閃光映出某種閃耀發光的物體，就在他右邊爬滿棘刺牆面的高處。他一轉身，眼前所見讓胃部狠狠抽絞，痛得折下了腰。

羅蘭的身體穿刺在其中一支大棘刺上，離地十呎之高。刺尖穿過胸膛，從胸甲冒迸出來，毀了雙日圖案。他的甲冑上有血跡，可是不多。羅蘭的臉削瘦灰暗，雙頰凹陷，皮膚下顱骨輪廓鮮明。羅蘭身旁有另一個軀體，也穿著雙日盔甲，是拉斐爾。羅蘭終於揭開朋友失蹤的眞相了。

不只是他們。拱頂房間裡布滿男人屍骸，就像困在棘刺織網中、衰竭乾涸的蒼蠅。某些人在此地死去多時，甲冑鏽成了紅棕色；首級還在的那些人跟骷髏沒兩樣。

大衛的怒意壓過恐懼，盛怒讓他不再有逃之夭夭的想法。這一刻，他變得更像男人而非男孩，大幅邁向成年期。他緩緩走向沉睡的女人，慢慢繞轉前行，免得出其不意讓隱匿的威脅偷襲。他記得媽媽警告過，要他別東張西望，可是眼見羅蘭被刺在牆上，讓他想與女巫當面對質，要女巫爲朋友的慘死付出代價。

「出來。」他叫道：「現身啊妳！」

房裡毫無動靜，沒人回應他的挑釁。唯一耳聞的詞語，半眞半假的，是以媽媽嗓音說出的「大衛」。

「媽。」他回道：「我在這。」

他現在就在石壇旁。五級階梯引往沉睡的女子。他慢慢登上階梯，仍意識到有不可見的威脅，即謀害羅蘭、拉斐爾與所有高懸在牆、遭刺穿而成了空殼的人的眞凶。他終於走到了祭壇，低頭望著沉睡女人的臉。是媽媽。皮膚很白，臉頰上有一絲粉暈，嘴唇豐滿潤澤，襯在石上的紅髮像火一般發光。

「親親我。」女子的嘴巴動也不動，卻聽到她的聲音，「親親我，我們就能再度相會。」

大衛將劍放在她身畔，傾身去吻她的頰。唇碰上她的肌膚，冷冰冰的，比當初躺在棺木裡的還冷，這麼冰，令人痛心不已。他嘴唇發麻、舌頭凍靜，吐息成了結晶，在靜止的空氣中如細鑽閃爍。他一抽身，有人再度呼喚他的名字，可是這回是男人而非女人的嗓音。

「大衛！」

他轉頭想找聲音的來源。牆上有動靜。是羅蘭。他的左手虛弱揮動，抓住從胸膛穿突而出的棘刺，彷彿這樣做便能集中最後一絲氣力，說出該說的話。他擺了擺頭，使盡最後的努力將話語從唇間硬擠出來。

「大衛。」他低聲說：「當心哪！」

羅蘭舉起右手，食指朝祭壇上的人形一指，然後頹然落下，接著身體便在棘刺上一垮，終於魂飛魄散。

大衛低頭望向沉睡的女子，她雙目一睜——不是媽媽的眼睛。媽媽的眼睛是棕色的，慈藹和善，眼前這雙卻是黑的，不帶色彩，像雪地裡的煤塊。沉睡女子的臉蛋也變了，不再是媽媽的臉，而是另一張他熟悉的面孔：羅絲，爸爸的情人。髮絲並非紅色而是烏黑，匯聚如明澈的夜。她啟唇，大衛看到她的牙非常潔白也很尖銳，犬齒比其餘牙齒來得長。女人坐起身來，大衛向後退一步，險些從高臺上摔下。她像隻貓一樣伸展，脊椎彎起、手臂繃緊。繞肩的披巾落下，露出雪花膏般的白頸與胸膛上半。大衛看到血滴在她肌膚上凝凍，有如紅寶石項鍊。女人在石上轉身，赤腳懸垂在祭壇一側，深邃的黑眼瞅著大衛，蒼白舌頭舔著牙尖。

「謝謝你啊。」她的聲音柔軟低沉，可是字字含有嘶嘶氣聲，彷彿蛇被賜予了說話的能力。「眞是是是個帥氣氣氣的男孩。好好好個勇敢的男孩。」

大衛向後退，可是每退一步，那女人也跟著前進一步，因此兩人之間的距離永遠不變。

「我不美嗎？」她的頭稍稍一傾，滿面疑惑。「對你來說，我不夠漂亮嗎？來，再親親親我。」

她是羅絲，可也不是羅絲。她是不帶黎明展望的夜晚，沒有光照希望的黑暗。大衛伸手拿劍，這才明白劍還擺在祭壇上。他要拿劍，就得找方法越過這女人。他直覺如果試著溜過她身旁，她肯定會宰了他。她回頭瞥了瞥那把劍，似乎猜中他的心意。

「你不需要它了。從來沒有這麼年輕輕輕的如此此此遠道而來。這麼年輕輕輕，如此此此美麗。」

一隻細瘦的手指往自己唇上碰，指甲浸蝕著血。

「這兒。」她低聲說：「親親親我這裡啊。」

大衛看到自己的倒影淹溺在她的黑瞳裡，直往深處下沉，明白自己的命運將會如何。他猛然轉身，跳下最後幾階，落地時，右踝笨拙一扭。痛不堪言，但是他不會讓這一痛阻撓自己。前方地板有一把死去騎士的劍，要是能拿到……

一個身影滑過頭頂，長袍的衣襬掃過他的髮，那女人在他面前出現，雙腳離地。她在空中懸著，紅又黑，血與夜。她不再微笑，張啟雙唇，尖牙盡露，嘴巴頓時看來比先前要大，一排又一排利牙好似鯊魚。她的雙手朝大衛伸來。

「我要我的吻吻吻。」她的手指戳進大衛肩膀，頭朝大衛的雙唇靠去。

大衛將手探入夾克口袋，右手劃穿空氣，巨蟲的爪子在女人臉上扯出一道歪扭紅線。傷口大張，可是沒有血流淌出來，因爲她的血脈中無血。她尖聲大叫，拿手壓按傷口，此時大衛再度出擊，由左至右一割，馬上讓她盲了眼。女人用指甲攻擊他，猛抓他的手，巨蟲的爪子飛彈開來。大衛奔向房門，一心一意只想回到暗不見指的走廊，找到往樓梯的路。可是藤蔓扭動翻騰，擋住出去的路，把他跟這個假羅絲一起困在房裡。

她依然懸浮在空，顏面與雙目盡毀，雙手自身側向外伸展。大衛從出口處移開，試著去取那把落地的劍。女人失去視力的眼睛隨著他骨碌轉。

「我聞聞聞得到你。你對我下的毒手，你得要付出代價。」

她咬牙切齒飛向大衛，手指往空中抓扒。大衛朝右閃身，再閃回左側，希望能騙過她而拿到劍，可是她反應太快，擋住了他。她在大衛前頭來來回回移動，快得幾乎在空中成了模糊一團，總是搶先在前，封住任何逃逸的去路，將他逼回棘刺那裡，逼近到只離他幾呎遠。大衛的脖子與背上感到一陣刺痛。他正靠著棘刺的尖端站，棘刺跟矛一樣又長又利，他無處可逃。女人的手猛抓空氣，跟他的臉只差一吋遠。

她嘶聲說：「你是我的了。我會愛你，而你會以死回報我的愛。」

她伸展脊椎，血盆大口撐得如此之開，頭顱幾乎要裂成兩半，一排排尖牙準備將大衛的喉嚨扯開。她向前衝刺，大衛往地上趴下，等她幾乎撲上身時又一動。洋裝蒙住他的臉，他只聽得到而看不到接下來發生的事：有個像是戳破腐爛水果的聲響，一隻腳往他頭上一蹬，接著一片死寂。

大衛從紅色絲絨的衣褶間翻滾而出。棘刺刺穿女人的心臟、身側、右手，左手仍舊不受束縛。手靠著藤蔓顫抖，是她身上唯一還能移動的部位。大衛看得到她的臉。她看來不再像羅絲，髮絲轉爲銀色，皮膚又老又皺，身上傷口散發一股潮濕、陳腐的氣味。她的下顎鬆垂在皺巴巴的胸前。她嗅聞大衛，鼻翼翕動，試著發話。起初她的聲音微弱，聽不到說些什麼。大衛傾身靠近，雖心知她不久於世，但仍有所戒備。她的氣息散發腐敗的臭氣，大衛這回聽明白了。

「謝謝你。」她輕聲說，倚在棘刺上的身子便鬆垮下來，在大衛眼前崩化爲塵埃。

她逐漸消失，藤蔓緩緩萎縮死去，喪魂騎士的殘骸鏗鏘作響紛落在地。大衛跑向羅蘭倒地之處。他體內的血幾乎全乾涸了。大衛想爲他哭泣，但是哭不出來。他將羅蘭的遺骸拖上階梯往石床去，費了好些氣力才安放在上頭。他也爲拉斐爾這樣做，將他的軀體放在羅蘭身旁，照著書裡埋葬死去騎士的方法，將他倆的劍放在胸前，將他們的手交疊在劍柄上。他取回自己的劍，插回劍鞘中，將一盞燈從燈架上拿起，照亮回塔中樓梯的路。列有許多房間的長廊已經不見了，原地只剩塵埃滿布的石塊和崩塌的牆垣。他走到外頭，看到外頭的藤蔓和棘刺全已萎縮不見，只剩殘敗不堪的古老碉堡。城門外，席拉仍站在火堆灰燼旁守候，一見他走近便喜悅嘶鳴。大衛將手放在席拉額上，朝馬耳輕語，讓牠知道親愛的主人出了什麼事，接著爬上馬鞍，勒馬轉往森林，向東邊的路行去。

穿越樹林時，一切靜謐，因爲棲住樹裡的東西聽到大衛走近皆恐懼不已。即使是剛剛回到樹梢蹲踞處的駝背人，也以全新的眼光來看這個男孩，使勁想著該如何善用這最新進展，好好圖利自己一番。

26

兩次殺戮與兩位國王

大衛和席拉沿路往東走。大衛目不斜視直盯前方，卻不怎麼留神前頭的東西。席拉的頭垂得比以往來得低，彷彿也以溫柔尊貴的方式哀悼主人的亡逝。雪在永恆的微暗中閃耀，冰柱懸垂在灌木叢與樹木上，好似冰凍的淚。

羅蘭死了。媽媽也是。好傻啊，竟然想像媽媽還活著。馬兒沉重緩慢地穿行於這冰冷黑暗的世界，大衛也許是頭一次向自己招認，自己其實從頭到尾始終明白媽媽死了，卻只想相信顛倒的事實。就像媽媽生病時，希冀能因日常慣例讓媽媽好好活著。那些全是錯誤的期望，也是毫無根據的夢想，與他跟蹤至此的聲音一樣虛幻不實。他無法改變自己離開的世界，而這個世界吊他胃口，讓他一時以爲事情可能有所改變，但最後終究讓他灰心喪志。回家的時候到了。如果國王幫不了他，那他可能不得不跟駝背人打商量。只消把喬奇的名字大聲說給對方聽就行。

可是，駝背人不是說過，一切都能回復往日原貌嗎？根本是天大謊言。媽媽已經死了，

她曾經隸屬的那個世界永不復在。即使大衛回得去，那地方也只是把她當成一樁記憶。所謂的「家」，現在是個與羅絲、喬奇共享的房子，為了他自己還有他們好，他必須接受現狀盡力而為。如果駝背人連這個承諾都無法信守，天曉得他還會違背哪些諾言呢？如同羅蘭警告的，駝背人可能意在言外或是藏多於顯，跟駝背人打商量，充滿了潛在的陷阱和危險。大衛只能祈求國王有辦法而且也願意幫忙，讓他可以避免跟那騙徒有進一步接觸。可是到目前為止所聽過關於國王的事，全讓他頻生疑竇。羅蘭對他的評價顯然不高；連守林人都承認，國王對王國的掌控大不如前。如今面臨王者勒華與狼群大軍的脅迫，或許這份考驗將遠超過國王的能耐。他的王國將會遭強奪而去，他自己會死於王者勒華的大口裡。國王肩上背負著對這整件事的了悟，還有閒工夫處理在這世界迷途的男孩的問題嗎？

那本《失物之書》呢？書頁裡有什麼能幫助大衛回家？也許是通往另一棵空心樹的地圖，或是能用魔法將他變回家的咒語？如果那本書有魔力，國王為何無法用來保護自己的王國？大衛希望國王不是跟偉大的奧茲魔法師一樣，只有煙霧與鏡子的虛晃招式，出發點雖良善，但是根本毫無實力來支援自己。

大衛想得如此入神，況且早已習慣空蕩蕩的道路，直到那些男人幾乎撲上身來，他才看到對方。兩個衣著襤褸的人，臉上布滿傷疤，只剩雙眼還清晰可辨。其中一人帶把短劍，另一人扛著弓，箭已上弦而蓄勢待發。他們從矮叢裡衝刺出來，一把拋開用來偽裝的白皮毛，舉起武器站在大衛面前。

「停！」帶劍的男人叫道，大衛勒馬，離對方所立之處才幾呎遠。

拿著弓的那位沿著箭睨眼望去，接著放下武器，同時放鬆弦上的張力。

「唉，不過是個男孩嘛。」他聲音粗嘎，低沉的嗓音惡意滿盈。他放下臉罩，露出嘴，嘴因垂直割過雙唇的疤而扭曲。他的同伴把兜帽向後一撥，鼻子大半都給割掉了，僅剩疤痕累累、中間有兩個小洞的一團軟骨。

「管他男孩不男孩，騎的可是匹好馬啊。他無權跟這種動物一道。說不定是他偷來的。說起來，把不屬於他的東西拿走，算不上罪過。」

他伸手要抓席拉的轡繩，大衛把馬向後拉一步。

「不是我偷來的。」他輕聲說。

「啥？」盜賊說：「小鬼，你剛說啥？不許放肆，要不你可活不了多久，連後悔這天巧遇我們的時間都不夠。」

他持劍朝大衛揮舞。這劍既原始又粗製濫造，看得到劍刃上有磨刀石的痕跡。席拉嘶鳴，退步想更遠離威脅。

「我說過……」大衛重複說：「這馬不是我偷來的，不會跟你走。離我們遠一點。」

「啊，你這渾小……」

劍客再度往席拉的轡繩猛抓，這回大衛將馬拉高、靠後腿站，催促牠朝前往下蹬。馬蹄擊中劍客前額，伴著空洞的碎裂聲，那人倒地斃命。他的盜匪同伙大吃一驚，來不及反應。大衛催席拉向前時，他才想要舉起弓來，但大衛的劍早已離鞘伸出，朝弓箭手揮砍，劍尖正中喉頭，劃破襤褸衣衫直至下面的血肉。劫匪踉蹌，弓落地，將手舉至頸部，試著要說話，卻只能冒出咯嚕咯嚕的微弱聲音。血流如注，淌過手指，濺在雪地上。他在死去的同伴身旁跪下，血早已浸透衣服前襟，隨著心臟逐漸衰竭，血流也緩慢下來。

大衛將席拉轉過來，面對垂死的男人。

「我警告過你！」大衛吼道。他痛哭著，爲了羅蘭與爸媽，甚至也爲喬奇和羅絲而哭；也爲了他所失去的一切人事物：包括那些能明言道出，以及只能意會而無法言傳的。「我叫你們別管我們啊，你們偏不肯。現在看看你們的下場！白痴啊你們。大笨蛋，蠢貨！」

弓箭手的嘴一開一闔，彷彿想說話，嘴唇形成了字，卻傳不出聲響，雙眼直盯大衛。大衛看那雙眼逐漸縮小，彷彿不大明瞭大衛對他說了什麼，或是不明白當自己跪倒在雪地，血在四周匯聚成塘時，到底是怎麼一回事。

死亡給他一個解釋，他的眼瞳緩緩放大，平靜下來。

大衛從席拉身上攀下來，檢查牠的腿，想確定在衝突中有沒有受傷。馬兒似乎毫髮未損。大衛的劍上有血。他想用其中一名死者身上的破衫把劍拭淨，不過他不想碰他們的屍身。他也不想在自己的衣服上把劍弄乾淨，以免他們的血沾到自己身上。他打開背囊，找到一條費雷契拿來包乳酪的舊棉布，便用這布料清除血跡。他將沾血的布往雪地扔，將死者的屍身踢往路旁的溝渠。他疲倦得連藏妥他們的力氣也沒了。他頓時感覺到胃裡一陣轟隆，嘴裡有股酸味，肌膚上浮出了汗。他從屍身旁邊蹣跚走開，在一塊岩石後方嘔吐起來，一次又一次乾嘔，直到只吐得出臭氣。

他殺了兩個人。他原本無意如此，並不眞想這樣做，可是他們已因他而死。在峽谷那裡，路波和狼的死，甚至在小屋中對女獵人，還有在塔中對女巫下的手，都不曾如此這般衝擊他。沒錯，他曾導致他者的滅亡，但是當前其中一人至少是他殺害的，他用劍尖割裂對方的血肉。另一人雖死在席拉蹄下，然而事發當時，他正坐在馬鞍上，讓席拉抬起身、催之前進的是他。完全是自己臨場的所作所爲，甚至不必思考，來得這麼自然。最令他困擾的，就是這種傷害別人的能力。

他用雪洗淨嘴吧，爬上馬背催馬前進，把整件事留在身後，或至少暫時遺忘。騎行向前，厚厚的雪片開始飄降，停落在他衣服及席拉身上。無風。雪筆直緩慢落著，在原先的積雪上再加一層，覆滿了道路、樹木、矮叢、屍身。在雪的遮蓋下，活的與死的合而爲一。匪賊的屍體很快就掩覆在一片白茫茫裡，要不是有個濕漉漉的長鼻循著氣味追蹤並揭露屍骸，他們會一直待在那兒，無人傷悼、無人發現，直到春天來臨。那隻狼發出低嗥，整群狼撲擊而上，撕扯血肉，啃齧骨頭，森林活了過來。強壯迅猛的狼大飽口福，孱弱的只能互爭碎肉吃。不過，狼數過多，這樣微薄的一餐哪吃得夠。狼群規模大增，多達數千匹。來自北方遠地的白狼，完美融進冬季地景，只有眼珠的烏黑與大嘴的血紅會暴露牠們的形跡；來自東方的黑狼，根據老媼的說法，是女巫與惡魔的魂魄藉由野獸的形體現身；灰狼打自西方林地來，比其他的狼要巨大緩慢，自己一群獨來獨往，不信任其他來歷的狼；最後是路波，裝扮如人，跟普通的狼一樣會餓，想稱王統治。牠們跟較大的狼群稍微分開，原始的同黨爲死去劫匪的內臟攫咬爭鬥時，牠們則留在森林邊緣觀望。一頭母狼從路上走向牠們，口中含著一塊棉布碎片，上頭沾有乾涸的血。血的滋味讓牠口水直流，邊走邊壓抑自己別一口嚼了吞掉。牠把碎布丟在首領腳邊，服從地向後退步。王者勒華將破布舉至鼻頭嗅了嗅。死人之血的氣味濃烈刺鼻，仍偵測到底下有男孩的氣息。

王者勒華最後一次聞到男孩的味道，是在碉堡中庭，由斥候領著往那裡去。斥候察覺到裡頭的東西而深感不安，便不肯登上塔內的階梯。王者勒華還是上去了，向追隨者炫耀勇氣的成分，遠超過在上頭一查究竟的強烈欲望。魔法既然已經消失，這座塔只不過是立於老碉堡中心的空殼。它的前身僅剩一間塔頂的石造寢室，遍布死人殘骸；而那不是人的東西，早成了四散的塵埃。寢室中央有個高起的石臺，羅蘭和拉斐爾的屍身躺臥其上。王者勒華認出羅蘭的氣味，明白男孩的保護者現已喪命。牠忍不住想一口撕裂這兩位騎士的屍體，褻瀆他們的安息地，可是牠知道，只有動物才會這麼做，而自己已經不再是獸了。牠讓屍身保持原狀。能離開寢室與那座塔，牠著實高興，雖說牠絕不會向副手承認這一點。那兒有牠不了解而讓牠忐忑不安的東西。

現在牠站著，爪裡抓著那塊染血的布，對自己追獵的男孩感到一絲敬佩，心想他成長得眞快哪！不久之前還只是個受驚的孩子，現在，武裝騎士敗倒之所，卻是他勝出之地。取了人命，把劍刃擦乾淨，準備下一次殺戮。男孩終究得死，簡直有些可惜。

王者勒華愈來愈像人而更不像狼了。或者牠是這麼對自己說的。牠身上仍有硬毛，尖耳銳牙，可長鼻現在僅僅是口部四周的隆起，臉頰的骨骼重組，讓牠更人模人樣。除了速度上的需要，或者偵測到氣味一時興奮而沖昏頭，牠很少以四肢走路。這也是有眾多手下可供使喚的好處之一：馬的體味很重，比男孩或男人來得濃，近來的落雪隱藏了男孩或男人的氣息，不過運用大批斥候，很快就能尋得氣味。牠們一路追蹤到村莊那裡，王者勒華本想率狼群大舉襲擊村莊，不過一偵察到馬與人向東行的足跡，便知道兩人已不在村落裡。狼群飢腸轆轆，有些路波仍然提議向村莊出擊，可是王者勒華明白那只會浪費寶貴的時間。讓狼群的胃口大開，也正合牠的心意，如此一來，攻擊國王城堡的時機一到，飢餓就會強化牠們的殘暴鸞狼。牠回想起站在村莊防禦工事旁、不把狼群大軍放在眼裡的那個男人。王者勒華欽佩那人的反應，如同牠佩服人性的許多面向因而從容看待自己的轉變一般——不過牠也免不了會回到那座村莊去，對那個想要嚇阻牠的男人殺雞儆猴一番。

王者勒華原本推想，男孩與男人會直接朝國王的城堡去，想不到他們離開大路，令狼群一時失勢。牠明白自己的失誤時，已經耗費半天。大衛離開荊棘碉堡時，全憑著好運氣才與狼群錯過，只因狼不確定棲住在樹木裡、隱而不見的東西為何，不敢對森林掉以輕心，便繞過森林最深處，前往碉堡。一旦王者勒華確定碉堡裡頭無人生還，便遣出十二名斥候跟蹤大衛穿越森林的行跡，同時狼群主力循著較遠而安全的路徑，朝東往國王城堡而去。斥候與狼群會合時，倖存的只剩三匹。七隻讓活在樹木裡的生物給宰了。另外兩隻被發現的時候，喉嚨已割開、口鼻給切除，引起王者勒華的高度興趣。

「那個駝背的在保護男孩啊！」一聽到這個消息，王者勒華最親信的副官之一怒吼道——牠也變得愈來愈像人，不過牠變身的狀況慢一點，也較不明顯。

「他以為自己找到新國王了。」王者勒華回答：「可是我們在此就是要終結人類的統治。那個男孩想都別想繼承王位。」

牠吠了一聲指令，路波開始聚攏狼群，對那些回應慢半拍的露齒咆哮，又啃又咬。牠們的時機到了。再行進不到一天，就要到城堡了。一旦牠們抵達城堡，就有豐足的肉吃，新王王者勒華的血腥統治就要開始。

或許王者勒華逐漸變成凌駕動物卻不及人類的東西，可是在牠內裡深處，永遠是一匹狼。

27

城堡與國王的問候

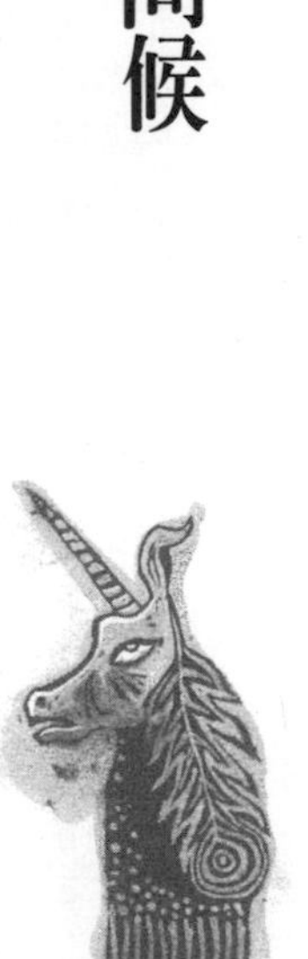

白日過去了。白日恍若拖泥帶水的可憐東西，夜晚一接替位置，它幾乎滿懷感激地離去。大衛精神委靡，因長時間騎馬，背與腿疼痛不堪。他設法調整馬蹬，讓腳舒服地套在裡頭，也因觀察過羅蘭而學會該如何握好韁繩。這匹馬對他來說還是太大，但他看來比以往還要自在。驟雪陣陣，雪勢卻不大，很快就會全面止息。這片土地似乎縱情享受著這份寧靜與純白，深知落雪使大地比往常更爲美麗動人。

來到路的轉彎處，前方地平線讓一陣黃色柔光照亮，大衛明白離城堡已近。又累又餓，卻感到能量湧起，便催促席拉前進。席拉小步快跑起來，彷彿聞到乾草與新鮮飲水，知道歇息的溫暖馬廄就在不遠處。說時遲那時快，大衛再度勒馬，豎耳細聽。他聽到某種聲音，像是風聲，但夜晚明明一片靜寂。席拉似乎也察覺到了，哀鳴不已，用前蹄扒地。大衛拍拍席拉側腹，試著安撫，自己也緊繃起來。

「噓，席拉。」他輕聲說。

噪音再度響起，現在更清晰了。是一匹狼的嗥叫。雪悶住了所有聲響，無法判斷牠到底靠得多近。但是，聽得見叫聲，便算靠得夠近。太近了，實非大衛樂見之事。右手邊的森林裡有動靜。他抽出劍來，已經能想像白牙、粉紅舌頭以及頻頻咬擊的大嘴。冒出來的卻是駝背人，手裡有把彎彎細刃。大衛將自己的劍指向趨前的身影，低頭盯著對方全身，劍尖對準駝背人的喉頭。

「放下你的劍。」駝背人說：「你不必怕我。」

大衛不改舉劍姿態，看到自己的手竟沒顫抖，心生歡喜。駝背人看來毫不詫異。

「好吧，算了。隨你高興。狼要來了，我不知道還能擋多久，可是應該足以讓你到達城堡。待在大路上，可別讓捷徑給誘惑了。」

更多嗥叫聲傳來，此刻更爲逼近。

「你爲什麼要幫我？」大衛問。

「我從頭到尾一直在幫你。」駝背人回道：「你太倔強而搞不清楚狀況。我一路尾隨你，救了你的小命，還不是爲了讓你抵達城堡。去找國王吧。他等著你。去吧！」

語畢，駝背人從大衛身邊騰跳而開，繞行森林邊緣。他直往空中切劃，刀刃發出咻咻聲響，已然在心裡屠起狼來。大衛望著他，直到對方離開視線範圍。除了照對方建議的做，別無其他選擇，便催促席拉往前方光源行去。駝背人在一棵老橡樹樹根空洞處望著大衛走。這比原先預期的棘手許多，可是男孩很快就會到他理應所在之處，而駝背人離自己的報償就更近一步了。

「喬奇波奇，布丁和派。」他唱道，舔了舔唇。「喬奇布丁、喬奇派。」他咯咯笑道，接著搗住嘴巴悶住笑聲。在場的不只有他。近身傳來粗嘎的呼吸聲，在黑暗中形成一縷吐息。駝背人蜷身成球，半埋在雪地裡，只剩握刀的手還伸向外頭。

狼的斥候經過，他將狼從喉嚨到尾巴一劃切開，野獸的內臟在夜間冷冽空氣中冒著熱氣。

道路蜿蜒曲折。大衛愈靠近目的地，路也愈形狹窄。峻峭的岩面在兩側拔起，形成峽谷，此地因有岩壁屏障，落雪較稀。穿越峽谷時，席拉的蹄聲迴盪不已。出了峽谷，山谷延綿，河水貫流其中。距離河岸約一哩之遠有座雄偉城堡，城牆高聳厚重，多座高塔與屋舍紛立。窗戶裡亮著光，城垛上點了火。大衛看得到守衛的士兵。他觀望時，鐵閘門升起，十二人騎馬現身，越過護城河上的活動吊橋，朝大衛的方位全速騎來。由於對狼仍心有餘悸，大衛便騎下來與對方會合。一見到他，騎士快馬加鞭趕到他面前，將他團團包圍。殿後的男人轉身面向峽谷，長矛備妥在側，免得受人突襲。

「我們一直在等你。」其中一人宣布。他比其他人年長，臉上帶有經年累月的戰疤。棕灰色鬈髮自頭盔底下逸散，暗色斗篷下身穿飾有銅鈕的銀胸甲。「為了安全起見，我們要帶你到國王的會客室去。來吧。」

大衛與他們一同騎行，四面八方讓武裝騎士包圍，令他感覺受到保護，也覺得自己像個囚犯。他們一路平安抵達，越過吊橋，進入城堡，鐵閘門立刻在他們身後降下。僕從一擁而上，幫大衛下馬，將他裹在軟綿綿的黑毛皮斗篷裡，用銀杯裝盛熱甜飲給他暖暖身子。其中一人握住席拉的轡繩。大衛正欲制止，騎士的首領出面調停。

「他們會看顧你的馬，安置在靠近你歇宿之處的馬廄。我叫鄧肯，國王的侍衛隊隊長。別害怕。你是國王的貴賓，跟我們一起，你安全無虞。」

他要大衛跟著走。大衛照做，一路跟在他後頭，離開外圍中庭，往城堡深處移動。這裡的人比他整趟旅程到目前為止所見過的還多，他成了眾所矚目的對象。侍女停下腳步，手掩著嘴竊竊私語談著他。他經過的時候，長者朝他微微頷首，小男孩帶著些許敬畏望著他。

「他們對你多有耳聞。」鄧肯說。

「怎麼會呢？」大衛問。

鄧肯只透露國王自有辦法。

他們走下石廊，經過熊熊火炬與富麗堂皇的房間。僕從由朝臣取而代之，這些面容嚴肅的男士全有黃金繞頸、卷宗在手。他們盯著大衛的表情可說五味雜陳：快樂、擔憂、疑心，甚至是恐懼。鄧肯和大衛來到大門前，門上刻有龍與鴿子的圖案。兩側有士兵站崗，個個以長矛爲武備。大衛與鄧肯趨前，士兵替他們開門，展現一間有大理石列柱的大房間，地板鋪著精美織毯，四壁垂懸掛氈，給這房間帶來一絲溫暖。掛氈上描繪有戰役、婚禮、喪祭、加冕禮。這裡有更多朝臣與士兵，大衛和鄧肯走過時，他們分列兩側。最後來到高起於三級石階之上的王座跟前。王位上坐著老態龍鍾的男人，戴著鑲有紅寶石的金冠，似乎非常沉重，前額與金屬交接之處磨得紅通通的。他雙目半閉，呼吸非常淺促。

鄧肯單腳跪下，俯首鞠躬。他拉拉大衛的腳，暗示大衛照做。當然，大衛從未見過國王，不確定該怎麼做，只能效法鄧肯，卻還透過頭髮尾緣向上窺望，好看清這個老人。

「陛下……他到了。」

國王挪了挪身體，眼睛撐開了點。

「過來一點。」他跟大衛說。

大衛不確定該站起來或者繼續跪著往前蹭。他可不想冒犯任何人或是惹禍上身。

「你可以站起來。」國王說：「來吧，讓我瞧瞧你。」

國王用皺巴巴的手指召大衛過去，他站起來走近高座，爬上階梯，跟老人面對面。國王費盡力氣傾身向前，抓住大衛的肩膀，整個上半身似乎全倚在男孩身上。他輕如鴻毛，讓大衛想起荊棘碉堡裡那些騎士枯竭的空殼。

「你千里迢迢而來。你所成就的事，少有人能辦到。」

大衛不知道該如何作答。「謝謝您」聽來不大對勁；話說回來，他也沒什麼好得意的。羅蘭和守林人都死了，兩個盜賊的屍體倒在路上某處，給雪遮蔽。他心想，不知道這些事國王是否都清楚。就一個逐漸管控不住自己王國的人來講，國王似乎所知甚多。

最後大衛決定說：「我很高興來到這裡，陛下。」他想像羅蘭的幽魂應該對這圓滑機智之舉深感折服。

國王微笑頷首，彷彿有自己作陪怎可能有人會不開心。

「陛下……有人告訴我，您能幫我回家。我聽說您有本書，而書裡頭……」

國王舉高皺巴巴的手，手背上亂紛紛的全是紫血管與棕色斑點。

「該來的總會來。現在啊，你得先吃東西、休息休息。我們早上再聊。鄧肯會帶你到你的住處去。離這裡不遠。」

話語方落，大衛與國王的首次會面劃上句點。他從高起的王座向後倒退，想著背朝國王大概會顯得無禮。鄧肯深表贊同地對他點點頭，起身向國王鞠躬，引領大衛往王座右側的小門去。那裡有一組階梯通往俯視這個房間的迴廊，大衛從迴廊被帶往其中一個房間。房間巨大無比，一端有張巨床，中間有張桌子與六張椅子，另一端有個壁爐，還有三扇小窗俯瞰護城河與通向城堡的道路。換洗衣物放在床上，桌上有食物：熱騰騰的雞肉、馬鈴薯、三種蔬菜，還有新鮮水果做成的甜點。也有一罐水，以及裝在石鍋裡、聞來像是熱葡萄酒的東西。火爐前放著一個大盆子，底下有一平鍋燒紅的煤可以幫水加溫。

「儘管享用，然後好好睡上一覺。」鄧肯說：「我早上會來找你。如果你需要任何東西，就搖搖床畔的鈴。門不會上鎖，可是請你千萬別離開這個房間。你不了解這座城堡，我們不希望你迷路。」

鄧肯向他鞠躬，然後離去。大衛脫下鞋子。他幾乎把雞肉全吃了，也吞了大部分的水果；他試試熱酒，可是不怎麼喜歡。在床畔的小室裡，他找到一個木製板凳，中間鑿了個圓洞，就當作馬桶用。即使牆鉤上掛著多把花束和香草，氣味依然嚇人。大衛一直憋住氣，盡快辦完該辦的事，然後衝出來在身後牢牢關上門，這才又開始呼吸。他卸下衣服與劍，在盆裡洗浴，穿上硬邦邦的棉質長睡衣。爬上床之前，走到門口輕啟門扉。下面的王座室現在空無衛兵，國王已不在場。一名衛兵沿著迴廊巡邏，背向大衛。大衛看到對面有另一名守衛。厚重牆壁隔阻所有聲響，彷彿他和衛兵是城堡中唯一活著的人。大衛關上房門，筋疲力竭倒在床上。幾秒鐘之內，他沉沉睡去。

大衛突然驚醒，有一會兒不確定自己身在何方。他以爲回到了自己床上，環顧四周想找自己的書和玩具，全不見蹤影，這才回想起一切。他坐起身，看到自己酣睡時已有人將新鮮木柴堆在火上。用過的晚餐剩菜及餐盤全收走了。連浴盆和熱鍋也移走了，這一切沒能將他從睡夢中喚醒。

弄不清時間早晚，猜想是夜半時分。城堡彷佛正在沉睡。他瞥向窗外，見到縷縷雲絲繚繞在蒼白月亮上。有什麼東西擾醒了他。他正夢到家裡，在夢裡聽到不屬於家裡的人聲。一開始他只是試著讓那些聲音與夢結合，就像是累得睡著時，鬧鈴會變成夢裡的電話鈴那樣。他坐在柔軟的床上，枕頭團團圍繞，兩個男人在外頭低沉喃喃，他聽得更清楚了。他確信聽見他們說到自己的名字。他將床罩向後一推，躡手躡腳走到門口。他試著透過鑰匙洞偷聽，可是人聲給蒙住了，模糊難懂，所以他盡量不作聲地打開門，向外窺探。

巡邏迴廊的衛兵已經離去。人聲傳自下方王位室。大衛待在陰影裡，躲在長滿蕨類的銀色大甕後方，俯視兩名男子。其中一個是國王，不過他並未坐在王位上，而坐在石階上，身穿白金兩色的長睡衣，上頭套著紫睡袍。他的頭頂全禿，上頭布滿更多棕斑，白色長髮鬆垂過耳朵與袍領，因大廳的寒氣而顫抖。

駝背人端坐在國王的寶座上，蹺高了腿，手指在眼前交叉，看來正為了國王說的某件事而怏怏不悅。他滿臉嫌惡地往石地上吐痰，大衛聽到那唾液在落地之處嘶嘶作響。

「急不得啊。」駝背人說：「再多幾個小時又不會害死你。」

「看來，沒東西取得了我的命。」國王說：「你答應過要把這事情做個了結的。我需要休息，我需要睡眠。我只想躺在自己的地下墓室裡腐朽成灰。你答應過我，終要讓我一死的啊。」

「他還以為那本書幫得了他。」駝背人說：「一旦他發現那本書一文不值，他就會好好聽道理，那麼我們就能從他那裡得到報償了。」

國王挪動位置，大衛看到他大腿上擺著一本書。書以棕色皮革裝訂而成，看來古老破舊。國王憐惜地撫過封面，臉上滿覆哀愁。

「這本書對我來說價值連城啊。」

「那你可以帶著它入土啊。」駝背人說：「它對其他任何人了無用處。在那之前，把書放在能吊他胃口的地方。」

國王吃力地站起來，搖搖晃晃走下臺階，走向牆上的小壁龕，將書小心翼翼放在金色拖墊上。先前與國王會面時，幔帳圍攏掩住了小壁龕，大衛沒注意到。

「甭操心，國王陛下。」駝背人的聲音滿是嘲諷，「我們的協議幾乎就要完成了。」

國王緊鎖眉頭。「那算不上是協議。對我來說不是，對你抓來實現協議的那個人也不是。」

駝背人從王位騰躍而起，單是那麼一跳，就在離國王幾吋遠的地方著地。老國王並未畏縮或試著移開。

「要不是你自己想實現協議，當初也不會成交。你想要的，我給了你；期望從你那裡得到的回報，我當初也講得明明白白。」

「我當時是個孩子。我很氣憤，不了解自己造成的傷害。」

「你以為那就能幫你脫罪？身為一個孩子，你看事情的方式只有黑白兩分、好壞之別，什麼帶來歡樂、什麼引起痛苦。現在你看每件事全是灰階漸層。要決定何為對、何為錯，都百般不情願，甚至不願承認自己有能力分辨對錯，連自己的王國都無力照料。我們訂下協議的那天，你明知道自己同意的是什麼。悔恨蒙蔽了你的記憶，現在你想把自己的軟弱怪到我頭上。老頭子，說話小心點，別逼得我提醒你，我在你身上還能施展什麼力量。」

「你能夠對我下手的，還有什麼沒拿來對付我？」國王問，「一切只剩死亡，而你還一直不肯讓我一死百了。」

駝背人往國王靠得如此之近，兩人鼻對鼻。

「記住，好好記住啊：有好死也有慘死。我能讓你的死平靜有如午後小盹，或者在你萎縮身軀與易碎骨頭容許的範圍內，痛苦冗長地逝去。千萬別忘了。」

駝背人轉身走向王座後方的牆壁。在火炬的光線中，狩獵獨角獸圖案的掛氈動了一下，只剩國王一人在王座室。老人走向壁龕，再次翻開書，不管展現眼前的是什麼，盯著書頁好一會兒又闔起來，穿過迴廊下方的走道離開。大衛現在獨自一人，等著守衛回來。五分鐘後，一切依然靜闃無聲，他走下階梯往王座室去，躡腳輕輕踩過石板到那本書那裡。

所以，這就是守林人和羅蘭提過的那本《失物之書》了。國王珍惜它的程度比王位更甚，駝背人卻堅稱它一無是處。也許駝背人錯了，大衛心想。可能駝背人只是讀不懂書頁裡所含藏的東西。

大衛伸手翻開了書。

28

失物之書

翻開的第一頁，飾有鉛筆繪成的大房子：有樹、花園、長窗。微笑的太陽在空中閃耀，一男一女與小男孩的火柴棒人形，手牽手站在前門邊。大衛翻開另一頁，找到倫敦劇院一場表演的票根，底下以孩子的字跡寫著：「我的第一場戲！」隔壁那頁是一張海邊碼頭的明信片。明信片很舊，看起來偏棕白色而非黑白。大衛翻了更多頁，看到黏貼於上的花朵、一撮狗毛（注明了「樂奇①，一隻好狗狗」）、照片、圖畫、洋裝的布料、塗成金色但難掩基底金屬的斷鍊。從別本書撕來描繪屠龍騎士的一頁，還有男孩親手寫的關於貓與鼠的詩。詩寫得差強人意，不過至少押了韻。

大衛一頭霧水。這些事情全屬於他的世界而不是這個世界，是某個生活的象徵物與紀念品，這生活跟他自己的不相上下。他繼續唸，讀到一連串日記條目。大部分很短，形容學校生活、海邊郊遊，連在花園蛛網裡發現的毛茸茸特大號蜘蛛也提。日記持續寫下去，語氣也隨之改變，愈來愈長也更加詳盡，不過也含有失意與怒氣。日記提及有個小女孩來到家裡，

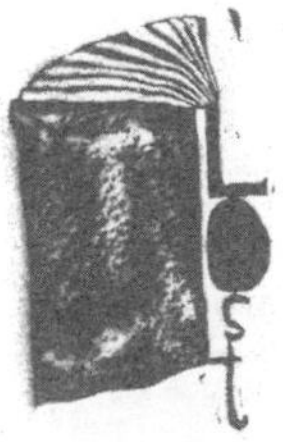

可能成爲妹妹。談到大家的注意力全集中在新來者身上，男孩因而忿忿不平。有懊悔，也有對只有「我、媽咪和爸比」時光的懷念。大衛感同身受，卻也起了反感。這男孩對於小女孩，以及父母將她帶入自己的世界裡這件事，滿懷怒氣，強烈得轉而變爲全然的恨意。「爲了擺脫她，我什麼都願意做。」日記裡寫道：「我捨得把玩具和每本書給人。我情願放棄自己存的錢。我下半輩子每天掃地。我願意賣了自己的靈魂。只要她能滾得遠遠的！」

最後一條日記最短，只這麼寫：「我決定了。我要下手了。」

貼在最末一頁的是張全家福，四名成員站在攝影棚裡的花瓶旁邊。頭頂光禿的父親與穿著蕾絲白洋裝的美麗母親，她腳邊坐著個小男孩，身穿水手裝，對著鏡頭一臉怒容，彷彿攝影師剛剛才對他口出惡言。大衛勉強看得出在他旁邊有洋裝裙襬與一雙小黑鞋，可是其他的影像都給刮除了。

大衛翻到書本首頁，看到寫在那裡的字：強納生．陶維的書。

大衛一把闔上書，匆忙遠離。強納生．陶維，是羅絲的伯父，跟著他家收養的小妹妹一起消失，沒人再看過他們。這是強納生的書，他生活的殘跡。大衛記起老國王，還有他摸著書時一副憐愛的模樣。

「這本書對我來說價值連城啊。」

強納生就是國王。他跟駝背人訂了協議，而回報就是讓他成爲這領地的統治者。連他越過的入口，都可能跟大衛穿達此地的相同。協議的內容究竟如何？小女孩又怎麼了？不管他跟駝背人打了什麼商量，最後都讓他付出了昂貴的代價。苦苦哀求一死的老國王正是活生生的證據。

一個聲音從上面傳來。大衛閃縮身體緊靠住牆，衛兵的人影出現在迴廊上。既然王座室再次空無一人，衛兵便回到崗位上。大衛如果回房間，一定會被看見。他東張西望，想找另一條出路。他可以走國王用的通道，可是免不了會給守衛撞見。還有王座後方的掛氈。不知怎的，駝背人竟穿過這裡找到路出去，大衛認爲駝背人的去處應該不會有守衛，起了好奇心。他自己掌握的資訊，比駝背人或國王以爲他知道的還多，這倒是第一回呢。該是試著善用的時候了。

他悄悄往掛氈走去，將它提離牆面。後方有道門。大衛壓下門把，門無聲開啟。再過去便是一條天花板極低的通道，由嵌在石造壁龕裡的蠟燭照明。通道頂如此之低，大衛走進去時，幾乎碰著頭髮。他隨手帶上門，沿著通道不停向下走，深深走入城堡底下又冷又暗的地方。他經過棄置不用的地牢，有些還散灑著骸骨。有間房裡放滿酷刑器具：將囚犯架在上頭、拉扯他們直到驚聲尖叫的刑架；用來打碎骨頭的拇指夾；穿刺血肉的長釘、長矛與刀刃。遠遠的角落裡有座鐵處女，形狀猶如大衛曾在博物館看過的木乃伊棺木，只是蓋子上嵌進了釘子，所以任何放進裡頭的人都會痛苦慘死。大衛覺得很反胃，便盡快穿過。

最後他來到一間讓巨型沙漏盤據的大房間。每個玻璃柱球都跟房子一般高，可是頂端柱球的沙寥寥無幾，就要空了。沙漏的木頭和玻璃看來非常陳舊。對某人或某物來說，光陰不斷流逝，幾乎將消耗殆盡。

沙漏房旁邊有個小房間，備有簡單的床、帶污漬的床墊，上頭放有一條老舊的灰毯。床對面的牆上有一列帶刃的武器、匕首、劍與刀，依據長度遞減一字排開。另一面牆有個架子，覆滿大小與形狀不等的玻璃罐。其中一個看似隱約發著光。

附近傳來難聞的氣味，大衛皺起鼻子來。他轉身去找來源，險些一頭撞上串成整圈的狼鼻，用繩子自天花板垂掛下來，共有二十到三十個之譜，有些仍因帶血而濕漉。

「你是誰？」有個人聲說。大衛一聽，嚇得魂不附體，心跳險些停了。他試著尋找聲音的來源，可是根本沒人。

「他知道你在這裡嗎？」那聲音又說。是女孩的嗓音。

「我看不到妳。」大衛說。

「我看得見你啊。」

「妳在哪裡？」

「我在這邊，就在架子上。」

大衛循著說話的聲響，到了罐子架那裡。靠近邊緣的一個綠罐裡，他看見一個小小的女孩。金色長髮與藍眼，發著微光，身穿簡單的白色長睡衣。長袍左胸上有個洞，洞的四周有一大片咖啡色污漬。

「你不該來這裡的。」小女孩說：「如果他找到你，他會傷害你喔。就像他傷我一樣。」

「他把妳怎麼了？」大衛問。

小女孩只是搖搖頭，緊緊抿著嘴唇，彷彿想盡量忍著別哭。

「妳叫什麼名字？」大衛試著轉移話題。

「我叫安娜。」小女孩說。

安娜。

「我是大衛。我要怎麼把妳弄出來呢？」

「你沒辦法。」女孩說：「你看，我已經死了啊。」

大衛傾身更靠近罐子一些。他看到女孩的小手緊貼玻璃，卻沒留下指印。她的臉很白，嘴唇發紫，眼睛周圍有黑圈。睡袍上的洞現在清楚一些了，大衛猜想周圍的污跡可能是乾涸的血。

「妳來這裡多久了？」

「數不清有幾年了。我來這裡的時候還很小。我到的時候，這房間裡還有個小男孩。我有時候會夢到他喔。他那時就跟我現在一樣，但是他非常虛弱。我被帶來這個房間，他就不見了，我再也沒見過他。不過，我愈來愈虛弱了。我很害怕。怕他遇上的事就快要發生在我自己身上。我會消失，沒有人會知道我的遭遇。」

她哭了起來，可是無淚落下，因爲逝者再也不能哭泣或流血。

大衛將小指靠放在罐子上，就在女孩子的手從裡面觸摸罐壁的地方，阻隔他倆的只有玻璃。

「還有誰知道妳在這裡嗎？」大衛問。

她點點頭。

「我哥哥有時候會來，可是他現在很老了。呃，我叫他哥哥，可是他從來就不是我哥哥，不眞的是啦。只是我自己希望他是。他跟我說他很抱歉。我相信他。我想他眞的後悔了。」

對大衛來說，每件事情頓時明朗起來，直讓人汗毛直豎。

「強納生帶妳來這裡，把妳交給駝背人。這就是他訂下的協議啊。」

他往床上重重一坐，床很不舒適。

「他嫉妒妳。」他繼續，用較輕柔的語調說話，彷彿對自己也對罐裡的女孩子說。「駝背人向他提議一個擺脫妳的辦法。強納生變成國王，而在他之前的那位老女皇就能獲准一死。也許很多年以前，她也跟駝背人訂過類似的商議，妳來的時候所看到的罐中男孩，是她的弟弟或是表弟，或是隔壁的小男孩，惹她心煩，她便夢想除去他。」

而駝背人聽到她的夢境，因爲那正是他遊走的所在。他的領地就是想像力之土，就是故事開始的那個世界。故事總是在尋找被人敘說的方法，透過書和閱讀而獲得生命。故事也因此得以從自己的世界跨進我們世界裡來。駝背人隨著故事來到，潛行徘徊在他的與我們的世界之間，找尋屬於他自己的故事，好一展創造長才，獵捕壞夢連連的孩子。這些孩子善妒、憤怒又驕傲。他把他們立爲國王與女王，用權力來詛咒他們，但實權其實總握在駝背人自己手裡。爲了回報，他們將自己嫉妒的對象出賣給他，他就把他們帶進城堡深處的地下巢穴裡……

大衛站起來，回到罐中女孩身邊。

「我知道對妳來說不容易，可是妳得告訴我，妳來的時候遭遇了什麼事。很重要。拜託，試試看。」

安娜扭曲著臉，搖了搖頭。

「不要啦。」她喃喃道：「會很傷心。我不想再想起了。」

「妳一定要。」大衛的嗓音有股新力量，聽起來更低沉，彷彿他未來會變成的男人瞬間提早現身。「爲了別讓這樣的事重演，妳必須跟我說他做了什麼。」

安娜搖頭，不住顫抖。緊閉的雙唇跟紙一樣薄，小小的拳頭握得那麼緊，骨頭好似就要破膚而出。最後，她發出一聲呻吟，有著悲傷、憤怒與再度憶起的痛苦。話語源源而出。

「我們通過地底花園。強納生一直對我很壞。他難得跟我說話也要戲弄我。他會捏我、拉我的頭髮。他會把我帶進森林裡，想辦法把我丟在那裡，直到我哭出來，他才會回來帶我，免得他爸媽聽見我哭。他跟我說，如果我敢打小報告，就會把我送給陌生人。他說大人才不會相信我，因爲他是他們親生的孩子，而我不是。我只是他們同情的小女孩，如果我消失了，他們不會傷心很久。

「可是有時候他人又很好很貼心，好像忘了自己該恨我，而讓眞實的自己流露了出來。也許這就是那晚我跟著他下地底花園的原因，他那天對我好好喔。他用自己的錢買糖給我吃；我的蘋果布丁掉到地上，他拿自己的跟我分享。他在晚上叫醒我，告訴我有東西要給我看，很特別又神祕的東西。其他人都睡著了，我們就偷偷溜下地底花園，強納生還握著我的手。他帶我看一個空蕩蕩的地方。我很怕，不想進去。可是強納生說，如果我進去，可以看到一片奇特的天地、不可思議的國境。他先進去，然後我跟著。一開始我什麼也看不到。只是一片黑暗還有蜘蛛。然後我看到樹木與花朵，也聞到蘋果花和松樹的氣味。強納生就站在一片空地上，繞著圈圈跳舞，笑著要我加入。

「所以我就照做了。」

有一刻她沉默下來。大衛等她繼續講。

「有個男人等著。就是駝背人。他坐在岩石上，盯著我看，舔了舔嘴唇，然後跟強納生說話。

『跟我說吧。』他說。

『她的名字叫安娜。』強納生說。

『安娜。』駝背人說，彷彿試試我的名字，看自己喜不喜歡它嘗起來的口味。『歡迎啊，安娜。』

「然後他從岩石上跳下，用雙臂繞住我。接著開始轉圈圈，轉啊轉的，就跟強納生一樣，只是他轉得那麼用力，在地上挖出了一個洞來，把我一同拖下去，穿過根與土、越過蠕蟲和甲蟲，進到這世界底下延伸的地道。即使我哭個不停，他仍舊扛著我過了好幾哩，直到我們到了這些房間爲止。然後……」

她停口。

「然後呢？」大衛提醒。

「他吃掉我的心。」她輕聲呢喃。

大衛覺得自己面色慘白起來，一陣噁心，以爲自己會昏倒。

「他把手伸進我身體裡，用指甲往我身上扯，接著把心拉出來，在我面前吃掉。很痛，好痛好痛喔。那麼痛，爲了逃開，我離開了自己的身體。我看到自己在地板上奄奄一息，然後被提了起來。有光還有聲音。接著我就讓玻璃包圍起來。我困在這罐子裡，給擺在這架子上。從那時候起，我就一直在這裡。下一回見到強納生時，他頭上戴了個皇冠，把自己叫作國王，可是看來並不開心。他一副害怕又悲慘的樣子，從那之後一直是那個模樣。我不睡，因爲我從不累。我不吃，因爲從不餓。我從不喝，因爲感覺不到渴。我只是待在這裡，不知道多少日子或多少年又過去了，只除了強納生來的時候，看到歲月在他臉上蹂躪的痕跡。不過大部分時間，來的人是他。他現在看來也比較老了。他病了。隨著我逐漸消逝，他也虛弱起來。我聽到他說夢話。說他目前在找下一個，就是某個頂替強納生位置的人，以及某個取代我的人。」

大衛再度看到前方房間裡的沙漏，上半段球柱幾乎空無沙粒。它正分分秒秒倒數，直到駝背人的生命終結爲止？如果能夠抓到另一個小孩，那沙漏是否會上下翻轉，而他偉大的生命計時就會再度啟動？沙漏翻轉過多少次了呢？架上有許多罐子，大多數蒙著厚厚的塵與黴。每個罐子都曾經在某個時刻裝過迷途小孩的靈魂嗎？

一項協議：向他說出孩子的名號，你自己就萬劫不復。你便成了無實權的統治者，因爲背叛過比你弱小的人（你該愛護的弟弟、妹妹、朋友——那些相信你會爲他們挺身而出的人、對你敬佩三分的人，歲月流逝、成年後也會守候在你身邊的人）而永遠有揮之不去的陰影。一旦你做了協定，再也不能回頭。明知自己犯下恐怖的事，誰還能夠回到原有的生活呢？

「妳要跟我來。」大衛說：「我不會留妳一個人在這裡，一分鐘也不。」

他從架上提起罐子。頂端有個木塞，無論多用力試，怎樣都無法鬆開。他因費勁而弄得面紅耳赤，終歸徒勞。他環顧四周，在角落裡找到布袋。

「我要把妳放在裡頭喔。免得有人看到我們。」

「沒關係。」安娜說：「我不怕。」

大衛輕手輕腳將罐子放在袋裡扛在肩上。正要離開，房間角落裡有個東西吸引他的目光。是他自己的睡衣，晨褸和一腳拖鞋，是他和守林人出發找國王之前，守林人丟棄的衣物。那似乎是好遙遠的事了，不過眼前正是他過往生活的標記，他可不想留在駝背人的巢穴裡。他收攏東西，走到門口，細心傾聽。聽不到任何聲響。大衛深吸一口氣以鎮定自己，拔腿開跑。

① Lucky，狗名，為「幸運」之意。

29

駝背人的隱密王國與存放在那兒的寶藏

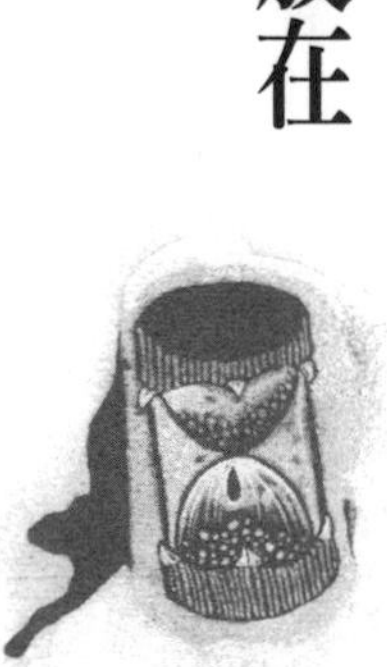

駝背人的巢穴遠比大衛想像的還要寬廣深邃，在城堡下方深處蔓延。某些房間裡的東西，遠比一整套生鏽的酷刑器具或困身罐中死去女孩的幽魂還令人毛骨悚然。這是駝背人世界的中心，是一切事物誕生與逝亡的所在。第一批人類降臨世上之前，他已在這裡，隨他們一同迸生出來。就某方面來說，人類給了他生命和目標，而他提供故事給人類說，因爲他將故事全牢記在心。他甚至有個關於自己的故事，不過他改了很關鍵的細節之後，才肯讓人拿來說。在他的故事裡，要讓大家猜的是他的名字，不過那只是他開的一個小玩笑。其實他無名無姓。別人想怎樣稱呼他，隨他們高興；他如此古老，人們幫他取過的名字，對他來說毫無意義，不論是「騙徒」、「駝背人」、「爛皮兒」——咦？那個名字怎麼叫啊？沒關係，不打緊……

只有小孩的名字深具意義。在故事裡，駝背人將關乎自己的一個眞相透露給全世界：若經妥善運用，名字眞的具有力量；駝背人的確學會了該好好利用名字。巢穴裡某個巨大房間在在證明駝背人所知的一切：整間滿是小小的頭顱，每顆頭顱上記著迷途孩子的名字，因為駝背人為了取小孩的命而訂下許多協議。他記得每個孩子的面孔和嗓音，當他站在骨骸之間憶起那些孩子，整個房間就會溢滿他們的幽靈，迷失的男孩女孩是慘遭遺忘與背叛的一群，他們同聲哭泣，要找媽咪與爹地……

駝背人有無窮寶藏，即那些說過的與等著被敘說的故事殘跡。長型地窖儲放一長排厚玻璃箱，每個箱子裡都有個身體懸浮在泛黃的防腐液體裡。來吧，瞧瞧這邊。仔細端詳這個箱子，靠得這麼近，你的呼吸在玻璃上弄出了一小朵濕氣，你能望進裡頭那禿頭胖男人的乳白雙瞳裡，彷彿他自己正在呼吸，雖說他已有多時並未呼進或吐出一口氣。看到他的皮膚是如何迸裂燒灼嗎？看到他的嘴巴與喉嚨、肚腹與肺部如何腫大而膨脹了嗎？你想知道他的故事？他可是駝背人最鍾情的故事之一呢。是個不堪的故事，不堪言狀的故事哪……

嗯，這胖男人名叫馬尼厄思，生性貪婪。他擁有許多土地，一隻鳥兒從第一塊田起飛，飛上一整個晝夜，也到不了他地產的邊界。對那些租耕他的田地與住他村落裡的人，他全索取高額租稅，連踏上他的土地都可能得付費，他因此變得極為富有。可是他從來不饜足，總在尋求增加財富的新手段。如果他有辦法跟採花粉的蜜蜂或在他土壤裡生根的樹索費，那他肯定會這麼做。

有一天，馬尼厄思走在他最大的果園，看到土地一陣騷動，駝背人突然冒出來，在地底忙著拓寬地道的網絡。馬尼厄思看見對方的衣服雖沾著土而一身髒，卻配有金鈕釦與金飾邊，腰帶上的匕首因紅寶石與鑽石而熠熠發亮，於是與對方當面對質。

「這是我的土地。土地上與土地下的東西全是我的，為了地底通道的使用權，你一定得付我錢。」

駝背人略有所思，磨搓下巴。「似乎也有道理。我會付你合理的價錢。」

馬尼厄思笑開了：「我今晚已訂了專為自己而準備的宴席。在我開動之前，我們幫桌上的食物秤重，我吃剩的食物也秤一秤。我吃下腹的食物有多重，你就付給我等重的黃金。」

「一肚子的黃金啊。」駝背人說：「一言為定。我今晚會去找你，凡是你吃得下的，我全拿黃金給你。」

他們握手定案，分頭離去。那晚，駝背人端坐靜觀馬尼厄思狂吃不停。他吞下足足兩隻火雞、整條火腿，一碗接一碗的馬鈴薯和蔬菜，好幾大湯盅的湯，大盤大盤的水果、蛋糕與奶油，一杯又一杯上等好酒。在這餐飯開動之前，駝背人仔細秤過一切的重量，等這餐飯結束後，又掂了掂稀少的剩菜殘羹還有多重。重量之間的差距高達許多鎊，或至少足以買上一百塊田地的黃金。

馬尼厄思打了嗝。他覺得疲累萬分，倦得幾乎張不開眼。

「我的黃金在哪啊？」他問。可是駝背人愈來愈模糊，整個房間旋轉起來，他還沒聽到回答，已經睡著了。

當他醒來，已被鍊在陰暗地窖的椅子上。金屬鉗撐開了他的嘴。頭頂上懸著一個滾沸冒泡的大鍋。

駝背人出現在他身旁。「我這人可是一諾千金唷。準備接收你一肚子的黃金吧。」

大鍋一傾，熔化的黃金濺入馬尼厄思嘴裡，沖下喉嚨，燙傷血肉，灼燒骨頭。痛楚不堪想像，可是他竟然沒死——他不會立即死去，因為駝背人總能延緩死亡，讓折磨延續。駝背人先倒一點黃金，待冷卻後才又多倒一些，就這般繼續，直到馬尼厄思肚裡塡飽了黃金，滿到臼齒後頭都有黃金咕嚕起泡。到了那時，馬尼厄思當然早已魂歸西天，因爲即使是駝背人也沒能耐讓他永遠活著。馬尼厄思終在滿是玻璃箱的房間中占了一席，駝背人有時候會來看看他，每當回想起這個精采絕倫的詭計，總不免撫掌大笑。

此類故事不勝枚舉。一千個房間，每個房間又有一千個故事。其中一間房裡有一群能心電感應的蜘蛛，相當古老而且很有智慧，龐大無比，每隻直徑超過四呎，尖牙帶有劇毒，一口井裡才放一滴毒液，就曾奪走整村人的命。駝背人常用牠們來獵殺無意間闖進地道的人。找到入侵者時，蜘蛛會將他們捆在蛛絲裡，帶回蛛網重重的房間，在那兒讓人慢吞吞死去。蜘蛛以他們爲食，一滴一滴將之榨乾。

在其中一間更衣室裡，有個女人面對空蕩蕩的牆壁坐著，永無止境梳著長長銀髮。有時候駝背人會帶那些觸怒他的人去拜訪這女人。當她回身看的時候，人們會在她眼中看見自己的投影，因爲她的雙眼是由鏡面玻璃製成。在那雙眼珠子裡，他們能目睹自己死去的那一刻，因此能得知自己到底何時會死、死法如何。你可能認爲知道這樣的事情沒那麼糟糕，但你錯了。我們不該知道自己死亡的時間或性質，因爲我們都悄悄希望自己能長生不死。那些被賜予這份認知的人寢食難安，也無能享受生命帶來的任何歡樂。他們目睹的事情如此折磨他們，終歸變成行屍走肉，空無喜樂，留下的只剩恐懼與悲傷，所以當生命的終點最後來到，他們幾乎因而感激涕零。

一間臥房裡有一對裸身的男女。駝背人會帶小孩到他們那裡去（不是特別的、賦予他生命的那些，而是從村落裡偷走，或走離正路而在森林迷途的那些）。男人與女人會在房間的黑暗中跟小孩低聲說些事情，那些小孩不該知道的事情。全是些曖昧故事，關於深夜裡子女就寢時，大人會一起辦的事。這麼一來，小孩的心就凋零了。在他們還沒準備好以前，受迫進入成年期，天眞給強奪而去，在陰毒思想的重壓之下，心靈爲之崩垮。很多孩子長大之後便成了作惡多端的男女，墮落就這樣傳散開來。

一個明亮的小房間，樸素無華，只點綴一面鏡子。駝背人會將某個丈夫或妻子從他們婚床上盜走，留下他們安睡中的伴侶，逼俘虜坐在鏡子前方。鏡子會透露他們伴侶所有隱藏不宣而不可告人的祕密：已犯下的與想要犯下的所有罪過；縈繞良知的所有背叛，還有未來可能的背叛。接著，受俘的人會被送回床上，而醒來時，那間房間、那面鏡子或是遭駝背人綁架的事，一概不復記憶，只能回想起他們熱愛並認爲也愛自己的對象，跟向來所相信的模樣大不同。如此一來，婚姻生活便讓懷疑與對不忠的恐懼給糟蹋了。

有間大廳滿是水塘，裡頭看來像是清澈的水，每個水塘呈現王國中不同的角落，如此一來，在城堡外頭發生的事情，駝背人幾乎全瞭若指掌。潛進去一個水塘裡，駝背人便在水塘映現的那個地點現身。從城堡底下深處忽地立即轉往遠方的房間或是田野。空氣會泛起漣漪，閃動不停，剎那間駝背人的一隻手臂出現了，再來是腿，最後是臉龐，還有彎駝的背。駝背人最愛不釋手的酷刑就是把男人或女人抓來，最好是那些有大家庭的，然後把他們掛在水塘房間的鎖鍊上，在他們眼睜睜看著時，當著他們的面獵捕並殺害其家人，一個接一個。每一回的謀殺後，他會回到那房間，聽他的俘虜連聲求饒，可是不管他們多麼大聲尖叫哭喊，乞求他發發慈悲，他一條命也不會放過。當全部的人都死了，他會把那些傷心慘目的男女帶到他最深最暗的地窖裡，把他們留在那裡，因寂寞與傷痛而瘋狂。

小惡、大惡，全是駝背人生活不可或缺之物。藉由他的地道網絡和水塘房間，他比任何人清楚他的世界，而這些資訊賜予他暗中掌政所需要的力量。長久以來，他時時出沒於另一個世界（即我們的世界）的暗影裡。他將男孩女孩拱為國王與女王，藉由摧毀他們的士氣，逼他們出賣自己應當保護的孩子，讓他們因此受他挾制。對那些揚言要反抗他的人，他會許下承諾，說終將會釋放他們以及為了協議而犧牲的孩子，宣稱能讓罐裡的脆弱人形復活。就跟強納生．陶維一樣，大多數人很快了解，跟駝背人訂定協議實在大錯特錯。

有些事情卻超乎駝背人的控制。將外來者帶進來，也就改變了這塊土地。他們隨身帶著自己的恐懼、夢想與夢魘而來，而這塊土地讓它們成真。這就是路波誕生的緣起。牠們是強納生最深的恐懼：從他童年最早的時光開始，他厭惡能跟人一樣行走說話的狼與野獸的故事。駝背人將他移送進王國來，那樣的恐懼也緊隨而至，於是狼開始變身。狼本身不怕駝背人，彷彿強納生對駝背人所暗懷的怨恨藉由牠們表現出來，而牠們的數量不停增長。現在，牠們成了王國最大的威脅，而駝背人巴望能順勢利用這威脅。

名為大衛的男孩跟駝背人所誘惑過的人不同，幫忙摧毀了那隻巨蟲以及盤踞荊棘碉堡的女人。大衛沒意會到，其實就某方面來說，那些怪物正是他自己的恐懼，而他將生命賦予了自己的恐懼。讓駝背人訝異的是這男孩處理恐懼的方式。他的憤怒和悲痛讓他做到年長男人所無法成就的事情。這男孩很堅強，堅強得足以戰勝恐懼。他也開始能夠掌控憤恨與嫉妒。這樣的一個男孩，要是控制得宜，真能當個偉大的國王。

可是駝背人的時間所剩無幾。他需要汲取另外一個小孩的生命。吃了喬奇的心臟，小孩的壽命就會成為駝背人的。如果喬奇注定要活一百歲，那麼駝背人就能獲賜百年光陰，喬奇的靈魂會一直困在駝背人的罐子裡。大衛只消高聲講出那孩兒的名字，縱容自己的怨懟，那麼他倆就會同受詛咒。

駝背人的沙漏裡只剩不到一天的生命。他需要大衛在午夜前出賣同父異母的弟弟。他坐在水塘房間裡，看到城堡四周的山丘上出現形影，幾十年來頭一次感到眞正的恐懼，同時也要爲走投無路而出的最後一招做做收尾工作。

狼群聚集，很快就要大舉進襲城堡。

駝背人因大軍近逼而心煩意亂時，大衛扛著罐中的安娜，通過繁雜地道回頭往王座室去。接近隱藏在掛氈後面的門時，大衛聽到男人大喊指令與雜遝的跑步聲、武器和盔甲的鏗鏘碰擊。他猜想這陣騷動是否因自己的失蹤而起，努力想著能解釋自己不在的最佳理由。他從掛氈後方窺望，看見鄧肯就站在附近，遣人到城垛去，要其他人確認進城堡的通路全封鎖起來。鄧肯隊長的背一轉，大衛溜了出來，盡速跑上通向迴廊的樓梯。沒人留意他的形跡，他知道這番紛擾不是自己引起。回到自己的房間，關上門，取出裝著安娜魂魄的罐子。從駝背人巢穴到城堡之間的短短旅程中，她的光線似乎又黯淡了一點，而她癱倒在玻璃罐底，臉色比先前還要蒼白。

「怎麼啦？」大衛問。

安娜舉起右手，大衛看到那手褪得近乎透明。

「我覺得很虛弱。我一直在變化。好像愈來愈黯淡了。」

大衛不知道該說什麼來安慰她。他試著找地方藏她，最後決定放在巨大衣櫥的陰暗角落裡，那兒只有困在古老蛛網中的死蟲空殼。他正要把罐子擺在剛選好的藏匿處，安娜出聲喚他。

「不要。」她叫道：「拜託，不要在那裡。我一個人困在黑暗中那麼多年，我想自己在這世上也沒多少時間了。把我放在窗櫺上吧，讓我能往外眺望，看看樹木和人們。我會安安靜靜，沒人會發現我。」

大衛打開其中一扇窗，看到外頭有鍛鐵陽臺。有些地方鏽了，大衛一摸，鍛鐵抖動不停，不過要支撐罐子的重量倒還安全。他謹慎地將罐子擺在其中一個角落，安娜移身向前，傾靠在玻璃上。兩人見面以來，她頭一回笑逐顏開。

「噢……好棒喔。看看那條河，河那兒的樹木，還有那些人。大衛，謝謝你。我想看的東西就是這些了。」

大衛沒聽她說話。她說話的時候，狼嗥正從上方山丘升起，他看到黑、白、灰的身形橫越地景，成千上萬。狼群受某種紀律與目標驅使，幾乎跟準備上戰場的軍隊一樣。在俯瞰城堡的最高點上，他看到身穿衣服的形影以後腿站立，而有更多狼來來去去奔跑，在路波和前線的野獸之間傳遞訊息。

「發生什麼事了？」安娜問。

「狼來了。」大衛說：「牠們想要除去國王，接管王國。」

「殺掉強納生？」安娜的聲音如此恐懼，本來望著狼群的大衛移開目光，將注意力轉回女孩消逝中的小小身影上。

「他對妳做了那些事以後，妳為什麼還這麼擔心他？他背叛妳，讓駝背人吃了妳，任妳在地窖的罐子裡腐朽。除了對他的怨恨之外，妳怎麼還會有別的感覺？」

安娜搖搖頭，有一會兒似乎比先前衰老許多。也許她在形體上是個女孩，可是存在的時光比她外表模樣遠遠來得長。在那個陰暗所在，她學會了智慧、容忍、寬恕。

「他是我哥哥。不管他對我做了什麼事，我都愛他。他訂下協議時年紀還小，憤怒又不懂事。要是能倒轉時光，取消做過的事，他肯定會這麼做。我不想看到他受傷害。如果狼群成功取代男人女人來統治這裡，那些人會怎樣呢？活在城牆裡的一切全會被牠們撕裂，這裡所剩不多的一丁點美好，也會消失。」

聽著她說話，大衛實在想不通強納生怎麼下得了手出賣這個女孩。他一定是氣昏頭，傷心過度，讓憤怒與悲傷吞噬了。

大衛望著狼群因一致的目標聚集。牠們要奪取城堡、消滅國王以及支持他的人。可是城牆厚重堅固，牢牢關緊的城門擋住了牠們。臭氣衝天的排泄孔洞也有衛兵守著，武裝兵士在屋頂與窗邊站崗。狼群的數量遠超過守衛人數，可是牠們還在外頭，大衛看不出牠們有闖進來的可能。只要情況繼續僵持，狼儘管叫囂吧，路波高興傳送或收取多少訊息都行。無所謂，城堡依舊固若金湯。

30 駝背人通敵叛變

地底深處，駝背人望著自己的生命之沙一粒粒緩緩流逝。他逐漸衰弱：器官系統正在瓦解；嘴裡的牙齒逐漸鬆脫；唇上長出化膿的爛瘡；扭曲的指甲滲出血來；雙瞳泛黃而帶有黏液；皮膚乾燥脫皮，一抓搔就綻開又長又深的傷口，露出底下的肌肉和筋腱；關節疼痛不堪；髮絲從頭上成簇成團脫落。死期不遠，但他並不恐慌。在他如此久遠而可怖的一生中，有好幾回比這次還要貼近死亡——看起來是他挑錯了小孩，不僅出賣不成，也無新王可供他當成王位上的傀儡來操縱。可是到最後，他總能找到法子使他們墮落，或者，他偏好這樣想：找到方法讓他們自我腐化。

駝背人相信，不管是什麼樣的邪惡，從懷胎的那一刻開始，邪惡就在人心裡。問題只在於，去發掘小孩內在那份邪惡的性質。大衛這男孩跟駝背人遇過的任何一個孩子沒兩樣，憤懣與受傷的程度相當，可是他仍然抗拒駝背人的百般殷勤。該是下最後賭注的時候了。不管他成就了什麼，不論他顯得多麼英勇，男孩終究只是個男孩。他遠離家園，跟父親及生活中

熟悉的事物分隔兩地。在內心某處，他孤伶伶，恐懼不安。如果能讓那恐懼變得難以承受，大衛就會說出家裡嬰孩的名字，駝背人便能活下去，繼而尋找取代大衛的人。恐懼正是關鍵所在。駝背人學到的是：面對死亡時，大多數人爲了活下去，會無所不爲。爲了保自己一條小命，他們會哭泣、乞求、殺害或背叛他人。如果能讓大衛爲了活命而有所恐懼，那麼駝背人所欲求的東西，大衛就會情願交出來。

於是，這個跟人類的記憶一般古老、怪異又駝背的東西，離開了有著鏡面水塘、沙漏、蜘蛛與死亡之眼的巢穴，隱身遁入地道大網當中。地道在他的疆土底下如蜂巢一般蔓延。他經過城堡多棟建築的下方，行經城牆底下，進入上方的鄉野。

他聽到上頭的狼嗥，知道目的地已到。

大衛百般猶豫，不想離開安娜。她看來好脆弱，說不定自己一轉身就會完全消失。對安娜而言，獨自待在黑暗中那麼久，如今有他的陪伴，已滿心感激。她說起跟駝背人共處的漫長數十年，提到他犯下的駭人事跡，施加在忤逆他的人身上那些恐怖折磨與懲罰。大衛談及逝去的母親，與羅絲、喬奇共享的房子——也就是安娜在父母雙亡後曾短期住過的那幢房子。一聽到以前的家，小女孩的光暈似乎亮了起來，追問關於房子與附近村莊的事，還有她離開以後的轉變。他說起戰爭，橫掃歐洲的大軍如何一路所向披靡毀盡一切。

「所以你遠離了一場戰爭，卻又陷在另一場裡面。」

大衛俯望一列列狼群目標明確地越過谷地山丘。每過一分鐘，牠們的數量似乎隨之增長，黑狼與灰狼就定位，作勢要包圍城堡。就像費雷契一樣，大衛也因牠們的秩序與紀律而深感不安。他懷疑那種秩序和紀律其實不堪一擊：要是沒有路波，狼群會潰散四方，返回自己的地盤去，一路互相爭鬥，搜刮食物。可是路波腐化了狼的天性，牠們自己的本性也變了質。路波相信自己比四足行走的同伙更偉大更進化，可是牠們其實更劣等。牠們不純正，是非人也非獸的變種。大衛想不透，路波的內在本質分立兩邊、時時爭霸，那牠們的心智狀態會像什麼？大衛至少確定王者勒華的眼中有某種瘋狂。

「強納生不會向牠們投降。」安娜說：「牠們進不了城堡。牠們應該乾脆作鳥獸散，可是牠們不肯。牠們到底等什麼呢？」

「一個機會。也許王者勒華和路波有個計畫，或者牠們只是盼望國王會踏錯一步。牠們也無法回頭了。路波絕對無法聚集另一群這種規模的大軍，而且如果慘遭滑鐵盧，連自己也活不了。」

大衛的房門開了，侍衛隊長鄧肯走了進來。大衛馬上關窗，免得隊長看到陽臺上的安娜。

「國王想見你。」

大衛點點頭。即使身在城堡裡，受武裝士兵環繞，安全無虞，他仍舊先到床那裡拿下掛在床柱上的劍和腰帶，將皮帶環腰緊緊扣上——這已成了他的例行工作，一旦身邊無劍，便覺衣裝不整。突襲駝背人的巢穴之後，特別意識到這種需要。在地下那些充滿痛苦與折磨的房間中，他了解到手無寸鐵的自己有多麼不堪一擊。他也知道駝背人一定會注意到安娜不見了；一旦注意到，肯定會四處找。沒過多久，他就會想通是大衛插了一手，大衛可不想赤手空拳與駝背人對峙。

隊長並未反對他佩劍，反而交代他隨身把所有細軟帶上。

「你不會再回到這房間裡來。」

大衛只能勉強自己別朝窗戶那兒望，安娜就躲在那後面。

「爲什麼呢？」

「國王自會和你說。我們稍早來找過你，但你不在房裡。」

「我去散個步。」

「我們交代你要待在這裡。」

「我聽到狼的叫聲，想弄明白到底怎麼了，可是每個人看來行色匆匆，所以我又回到這裡。」

「你不用怕牠們。這些城牆未曾被人攻破，一整個軍隊辦不到的事，量一群動物也做不到。來吧，國王等著呢。」

大衛收拾行囊，把自己在駝背人房間找到的衣物也加進去，然後跟著隊長下樓到王座室去，他向窗戶瞥了最末一眼。透過玻璃，他想自己看到了安娜微微亮著的光。

狼群陣線後方的樹林裡，一陣雪衝射入空，再來是一團團的土和草。一個洞出現，駝背人從中冒出來。因爲這差事相當危險，他握著一把彎刀隨時備用。他是不可能跟狼打商量的。牠們的首領路波明白駝背人的力量，雙方對彼此的不信任不相上下。駝背人也是牠們眾多伙伴傷亡的罪魁禍首，牠們不可能輕易饒過。要是陷在其中一群狼之中，恐怕連活著哀求饒命的時間都不夠。他靜悄悄前進，直到眼見一列形影爲止。牠們全穿著軍服，是從喪魂士兵的身上搜刮下來的。有些抽著菸斗，細看眼前畫在雪裡的城堡地圖，苦思進城的方法。牠們已經派遣斥候盡量接近城牆，找找是否有任何可利用的破洞或裂縫、無人看守的洞口或通道。灰狼成了誘餌，一走進防禦人力的弓箭射程範圍裡，幾乎立刻一命嗚呼。白狼比較不容易辨識，雖然死了一些同伴，但靠城牆夠近而足以做一番勘察的，也夠多了。牠們又嗅又挖，努力想找個穿行的辦法。那些生還的狼回報軍情時，確認城堡就如外表一般堅不可摧。

駝背人近得能聽到路波的聲音，聞得到牠們毛皮的騷味，心想：愚昧虛榮的生物啊，你們打扮起來可能像人，也擺出人的態度舉止，可是你們永遠會像野獸一樣臭氣熏天，永遠是動物，佯裝成自己分明不是的東西。駝背人痛恨牠們，也恨強納生藉著想像力將牠們召喚到世上來。爲了產下牠們，還創造出個人版本的小紅帽故事。當狼開始變身，駝背人警覺觀望：一開始相當緩慢，咆哮與怒吼有時形成類近話語的東西；牠們試著像人一般行走，前掌高舉向天。這些變化起初顯得頗有趣味。可是牠們的臉接著轉變，本來就迅速機警的智能變得更加敏銳。他試著要強納生下令全國挑選劣等狼加以宰殺，可是遲了一步。他派遣出去擊殺牠們的第一隊士兵，全慘遭屠害。村民對這個新威脅恐懼過度，單單只在聚落周圍建上更高的村牆，在夜裡把門鎖上，並無進一步作爲。現在事態演變至此：一整隊的狼，在半人半獸的生物的率領下，專心致志要爲自己奪取王國。

「那就來吧。」駝背人悄聲自語：「你想要國王，儘管抓去。我跟他就此一刀兩斷。」

駝背人退步，繞著狼群將領而行，到了看守的母狼面前。他確定自己待在下風處，根據輕盈雪花吹離地面的方向，判定自己該如何趨近。母狼留意到他時，他幾乎已撲到牠身上，但那時牠的命運已定。駝背人一躍，刀刃早已開始向下動。他一落在狼身上，刀子便割過牠的毛皮，深入下面的血肉。駝背人的長手指圈握住牠的鼻口，猛然使之緊閉，無法叫喊出聲。時候未到哪。

當然可以殺了牠，取牠的長鼻當作收藏，可是他不這麼做，反倒割開深深的傷口。母狼癱倒在地，四周的雪很快因血而染紅。他一放開緊抓狼鼻的手，那狼就開始唁吠嗥叫，讓狼群對此危難有所警戒。這招很危險，駝背人心知肚明，比一開始擒抓龐大的母狼還要冒險。他希望狼群看到自己，又不想近得足以被抓。四隻碩壯灰狼突然在山脊上現身，向狼群嗥叫警告。在牠們身後來了一隻令人鄙夷的路波，把張羅到的華麗軍用衣物全穿在身上：有金穗帶和釦子的亮紅色夾克，讓前任主人的血稍微沾污的白褲子，黑皮帶上佩有一把重型騎兵刀。牠站著俯望垂死的狼與造成這般痛苦的傢伙，抽劍出鞘。

是王者勒華，行將爲王的野獸，路波裡最令人恐懼與恨之入骨的一隻。駝背人暫且停步。距離頭號敵人這麼近，他忍不住手癢。年歲已高，加上安娜的光芒漸逝與生命之沙的緩緩流失，讓他變得虛弱，卻仍算迅捷。他有把握能宰掉那四匹灰狼，讓王者勒華只剩一把劍來自衛。維繫狼群大軍的是王者勒華的意志力，解決牠，狼群便會四散分離。其他路波不如牠這般進化，新王的軍力就足以擒獵牠們。

新王！此行的目的一經提醒，駝背人頓時清醒過來。愈來愈多狼和路波在王者勒華後方現身，白狼偵察隊從南邊悄然而至。有那麼一刻，狼群望著站在垂危母狼上方、最爲痛恨的仇敵，一切靜止。接著，隨著一聲勝利的呼喊，駝背人朝空揮舞血淋淋的刀刃，拔腿就跑。狼群緊隨而上，穿過樹林紛湧而來，雙目因追逐的刺激感而發亮。一隻較爲健壯迅猛的白狼從狼群脫隊，想要截斷駝背人逃生的去路。駝背人一路奔跑下坡，狼的後腿彎曲，將自己衝射入空，躍在駝背人上方十呎處，尖牙大露，準備撕裂獵物喉頭。可是駝背人的狡猾牠不足以應付，當牠一跳，駝背人打起完美的圓圈，刀刃高舉過頭，自下方將那隻狼開腸破肚，在他腳邊倒地而亡。駝背人繼續奔跑。三十呎……二十呎……只剩十呎了。他看到以土地和污雪爲記的地道入口。就快到達入口時，瞥看左側紅光一閃，聽到一把劍咻咻劃過空氣。他及時舉起自己的刀刃以抵擋王者勒華的騎兵刀，可是王者勒華比他原先想像的要強壯。駝背人微微踉蹌，差些跌倒在地。要是眞的跌倒了，那麼一切就會速速結束，因爲王者勒華已準備好做出致命一擊。反之，刀刃割穿駝背人的衣服，手臂勉強逃過一劫。他假裝身負重傷，拋下刀，向後蹣跚欲倒，左手緊抓右臂想像中的傷口。狼群圍繞住他，觀望著雙方搏鬥，聲聲嗥叫支持王者勒華，要牠做個了斷。王者勒華仰起頭咆哮一回，狼群因而靜下。

「你犯了致命的錯誤。」王者勒華說：「你本該待在城牆後頭。我們不久就會破牆而入，在牆內乖乖待著，還可能多活一些時候。」

駝背人當著王者勒華的面大笑，那張臉現在除了雜亂毛髮和微突鼻嘴之外，容貌幾乎與人相差無幾。

「大錯特錯的是你吧。瞧瞧你。非人也非獸，而只是低於人也比不上獸的可悲東西。你痛恨原有的身分，想要變成你無法眞正成爲的東西。你的外表可能會變化，可以把從受害者身上偷來的好衣服全穿上身，可是你的內在仍只是一頭狼。到了外在完全轉型、肖似你獵殺對象的時候，你想會發生什麼事？你看來就會像個人，狼群不再把你當作自己人。你最渴望的，也就是會讓你翻不了身的東西。牠們會把你撕裂，你會死在牠們口中，就像其他人死在你嘴裡一樣。等著瞧吧，死雜種，我向你……告辭了！」

話語方休，他便腳先頭後遁入地道口，不見人影。王者勒華過了一、兩秒才意會到怎麼回事。牠張嘴想怒嗥，冒出來的聲音卻是某種扼住的咳聲。果不其然，正如駝背人所說，王者勒華的轉型就快要完成，狼的叫聲已被人的嗓音取代。為了掩飾失去狼嗥的詫異，王者勒華朝兩名斥候作作手勢，指示牠們往地道口去。牠們小心嗅著翻攪起來的土壤，其中一隻迅速將頭伸進裡面，又很快抽出來，免得駝背人等在下頭。一切顯得安然，牠又試了一次，這回流連久一些。牠嗅嗅地道的空氣。駝背人的氣味仍在，不過已經逐漸淡去。他跑得遠遠，就想躲開牠們。

王者勒華單腳跪下，檢視那個洞口，望向山丘。城堡就矗立於山丘後方。牠評估自己的選擇。儘管不斷恫嚇，但狼群想找到穿越城牆的方法，看來難上加難。如果不趕快出擊，狼群大軍會騷動不安，也更加飢餓。彼此競爭的狼群會起內訌，會有鬥爭，對弱者同類相食。在暴怒之下，牠們會反抗王者勒華和路波。不行，牠得盡快行動。若能奪得城堡，大軍就能拿那些士兵填腹，牠與路波就能開始規劃新秩序。也許駝背人利用地道遁出城堡，冒著不必要的危險，是希望能多少除掉一些狼，或者除掉王者勒華。駝背人純粹是高估了自己的能力。不管原因是什麼，給了王者勒華所不敢奢望的大好良機。地道很窄，只夠一隻路波或是一隻狼進去。不過，還是能讓一小隊軍力先進城堡裡。只要能進入城堡，從裡面打開大門，牠們很快就能一舉擊潰防禦。

王者勒華轉向其中一位副官。「派些前哨兵到城堡去，分散城牆軍隊的注意。開始將主力往前調度。把最好的灰狼帶來給我。開始攻擊！」

31

那場戰鬥，以及妄想稱王的狼之命運

國王癱軟在王座上，下巴垂靠胸前，彷彿睡著了。大衛走近，卻看到國王睜著雙眼，眼神空洞盯著地板。《失物之書》擺在國王的大腿上，他一隻手停在封面上。四名衛兵圍繞在側，高座的每個角落各站一個，門邊和迴廊上更多。隊長帶著大衛趨前，國王抬眼瞥看，臉上神情讓大衛的胃一陣緊。那張臉屬於某種人：那人被告知，逃開劊子手的唯一機會就是說服別人頂替自己的位置，而國王似乎認爲大衛正是那個人選。隊長在王座前停步鞠躬，然後離開。國王下令要守衛退下，以免他們聽到交談的內容，然後試著鎮定自己的容貌，調整成仁慈的神情。他一雙眼卻洩了底：絕望、充滿敵意又狡猾。

「我本來希望……能在更好的情況下跟你談談。狼群包圍了城堡，不過，別怕，牠們只是野獸，我們永遠高牠們一等。」

他向大衛彎起指頭，「靠近點啊，小男孩。」

大衛登上通往王座的階梯，與國王正面相對。國王的手指在王座扶手上滑行，偶爾停下來檢視某個裝飾特別精美的細部，輕撫紅寶石或祖母綠。

「這寶座很棒吧，不是嗎？」他問大衛。

「很不錯啊。」大衛說，國王狠狠瞥他一眼，彷彿不確定男孩是不是嘲弄自己。大衛的表情並未透露任何線索，國王於是決定聽過就算，不予斥責。

「打從最早開始，這塊領土的統治者就坐在這上頭掌管國土。你知道他們的共通之處嗎？我來告訴你：他們都是從你的世界來的。你的世界，也是我的。統治者駕崩，繼任者就跨越兩個世界之間的邊界來承繼王位。事情在這兒運作的模式就是如此。能被挑選上可是至高榮幸啊。這榮耀現在是你的了。」

大衛不答，國王繼續說：「我很清楚你跟駝背人打過照面。你可別因爲他的外表而起反感。他出發點不錯，雖說他常常會……呃……操弄眞相。自從你來以後，他就一路尾隨你，有好多次你危在旦夕，都是他出手相救。我知道他起初提議要帶你回老家，不過那是謊言。在你坐上王位之前，他沒有能力或權力那樣做。一旦你登上屬於你的位置，就能命令他照你的心意做事。如果你推拒這個王位，他會殺了你，然後去找另外一個人。事情向來如此。

「你一定要接受這些提議。到時你若不喜歡，或者發現自己不適合治理國家，你可以命令駝背人把你送回自己的國土，協議就會終止。畢竟，成爲國王的是你，他只是區區臣民。他只要求你弟弟跟著你一起來，這樣你在新世界著手統治時，才有人作伴。如果你想，他還能把你父親帶過來。你想像一下，他看到長子坐上王位、成了這偉大疆域的王，該有多得意啊！嗯？你覺得如何？」

等國王講完，大衛本來可能還有的些許同情一掃而空。國王滿口謊言。他不知道大衛已經翻過《失物之書》，也不知道大衛進過駝背人的巢穴，在那兒遇見安娜。黑暗吞噬人心的事、爲了延續駝背人生命而存放在罐內的孩童精魂，大衛一清二楚。罪惡和悲傷擊潰了國王，他急著想要從跟駝背人的協議中脫身，爲了要大衛取代自己的位置，什麼都說得出口。

「您手裡拿的是《失物之書》嗎？」大衛問：「聽說裡頭各種知識應有盡有，也許連魔法都有。是眞的嗎？」

國王的目光閃爍。

「噢，的確的確，千眞萬確啊！我一退位，王冠成了你的東西時，我會把書交給你。就算是我賜給你的加冕贈禮。有了它，你可以命令駝背人照你的旨意做事，而他就得服服貼貼的。你一旦成了國王，這書我就再也用不上了。」

有一會兒，國王幾乎一臉懊悔。他的手指又再次滑過書皮，撫平鬆脫的線，磨搓著書背與書頁分家之處。對他而言，那本書像是活生生的東西，彷彿他當初來到這塊土地時，他的心就已逸離身體而變身成了那本書。

「我一旦成了國王，您會如何呢？」大衛問。

國王別開眼，答道：「噢，我會離開此地，找個安靜的地方享受退位後的生活。也許還會回到我們的世界去看看，瞧瞧我離開之後起了什麼變化。」

他的話聽起來很空洞，在罪惡與謊言的重擔下，連嗓子都啞了。

「我知道你是誰。」大衛柔聲說。

國王在王位上傾身向前。「你說什麼？」

「我知道你是誰。」大衛重複，「你是強納生・陶維。你有個領養的妹妹叫安娜。她被帶到你家的時候，你很嫉妒她，而嫉妒感一直都在。駝背人來了，讓你看看沒有她的日子會像什麼樣，然後你就出賣她了。你騙她跟著你穿過地底花園，進入這個地方。駝背人殺了她，還吃了她的心，把她的魂魄留在玻璃罐裡。你腿上那本書根本沒有魔法，它唯一的祕密全屬於你自己。你是一個悲傷又邪惡的老人，你的王國和王位你自己留著吧。我不想要。我什麼都不要。」

一個身影從陰影裡出現。

「那你別想活了。」駝背人說。

他看來比大衛上回見到時老多了，皮膚看來皸裂帶病，臉上和手上有傷口與膿包，散發自身腐敗的臭氣。

「原來你可是馬不停蹄啊，我懂了。」駝背人說：「你四處多管閒事。還拿了屬於我的東西。她在哪裡？」

「她才不屬於你呢。」大衛說：「她也不屬於任何人。」

大衛抽劍，手微微發顫，劍也跟著晃了晃。駝背人只是嘲笑他。

「不要緊。她已經快沒有利用價值了。小心點，免得你落得同樣的下場。死亡已經找上你了，劍也擋不了。你以爲自己很勇敢，可是我們倒來瞧瞧，等你臉上有狼呼出的熱氣和唾沫、喉頭就要給撕裂時，還能有多英勇。到時你會又哭又喊，會要呼喚我。也許我會回應。或許吧……

「把你弟的名字告訴我，我會讓你免受一切痛苦。我向你保證我不會傷他。這塊土地需要國王。如果你答應登上王位，當我把你弟弟帶來這邊，我會留他活口。我會找另一個人頂替他的位置，因爲我的沙漏裡還有些沙。你們兩人可以一起留在這裡，而你會公正又公平地統治。這一切都會過去。我向你保證。只要把他的名字告訴我。」

守衛望著大衛，武器已經出鞘，大衛若想傷害國王，他們隨時準備撂倒他。可是國王舉起手，讓守衛知道一切無恙，他們這才稍微放鬆下來，觀望事態如何發展。

「如果你不跟我說他的名字，我也會跨回你的世界，殺死那個在床上的嬰兒。」駝背人說：「即使那是我臨死前的最後一件事，我也會讓他血濺枕被。你的抉擇很簡單：你們兩人可以共同統治，或者分隔兩地而死。沒有其他出路。」

大衛搖搖頭。

「不行。我不准你那樣做。」

「不准？不准？」

駝背人硬擠出話語，臉部一陣扭曲。他的嘴唇裂開，一丁點血從裂縫滲出來，因爲他只剩下一點血可流。

「聽我說。讓我跟你說說你急著想回去的世界變成什麼樣。那是個有痛楚、苦難和傷痛的地方。你離開的時候，城市遭到空襲。婦孺都被飛機丟下的炸彈炸成了碎片或活活燒死，駕駛轟炸機的人自己也有妻兒家室呢。人們被拖出家門，在街上射殺。你的世界正將自己五馬分屍。最有趣的是，開戰前的世界也沒好到哪兒去。戰爭只是給人進一步放縱自己的藉口，謀殺免罪。此戰之前有過戰爭，此戰以後也會再有；在戰爭的空檔之間，人們照樣互相爭鬥、傷害、相殘、背叛，因爲他們向來如此。

「而即使你避開戰事與慘死，你想想，人生還有什麼等著你？你已經看到命運幹的好事。

它奪走你的母親，吸乾她的健康與美貌，等她變得像是發皺爛掉的水果皮，又把她棄置一旁。聽好了，它還會把其他人從你身邊搶走。那些你在意的人，愛人啊孩子啊，都會半途出事，憑你的愛也不足以救他們。你會失去健康，變得又老又病。四肢痠痛不已、視力減退，皮膚老化起皺紋。會有許多深藏的病痛，醫生無法療癒。疾病會在你身體裡找個溫暖潮濕的地方，在那兒繁衍不停，散布、貫穿你的系統，一個接一個敗壞你的細胞，直到你祈求醫生讓你一死、讓你脫離苦海，可是他們不會答應。你反而得苟延殘喘。當死亡到來，召喚你進入它的黑暗，無人能撫慰你或握你的手。你當初離開的生活，哪算得上是生活？在這兒，你將貴為國王，而我會准許你有尊嚴而無病痛地老去。當你死期一到，我會溫柔地遣你入睡，你會在自己選的天堂中醒來，因為每個人的天堂樂園就是依自己的夢想打造的。我要求的回報只是要你對我說出家中那孩兒的名字，這樣你在此地就有人為伴。說出他的名字吧！現在就說，免得一切太遲。」

他說話時，國王身後的掛氈移動鼓起，一個灰色形體從後方現身，跳撲在最靠近的守衛胸膛上。狼頭俯下一扭，守衛的喉頭業已扯裂。牠高聲大嗥時，便讓迴廊守衛射下的劍一把穿心而過。更多狼穿過門道紛紛湧入，古老掛氈從牆上扯了下來，摔落地上，揚起一團灰塵。王者勒華軍隊中最忠誠而凶暴的灰狼正入侵王座室。號角響起，守衛從每個門口現身。激戰開始：守衛往狼身上揮劍射矛，試圖抵擋牠們波波來襲；狼又咬又吼，尋索任何找得到的開口，以殺害那些人。牠們狠咬腿、肚、手臂，撕裂肚腹、咬開喉頭。地板很快就慘遭血洗，石板間的接縁流著一道道紅。守衛在敞開的門口圍成半圈，可是狼群單靠數量就逼得他們節節敗退。

駝背人指著混戰的人與獸。

「看吧！」他對大衛吼道：「你的劍救不了你。只有我才辦得到。跟我說他的名字，我一下子就能把你從這兒神不知鬼不覺帶開。說啊，救你自己一命！」

黑狼白狼加入灰狼的行列。狼群開始想辦法繞過衛兵，要入侵房間與走道，凡是抵擋牠們的一律格殺。國王從王位上彈起來，恐慌地望著一整個人牆的衛兵被狼群慢慢逼向自己。

侍衛隊隊長在他右手方現身。「來吧，陛下。我們得帶您到安全的地方去。」

國王將他一把推開，激憤地瞪著駝背人。「你出賣了我們！你背叛我們所有人！」

駝背人不理睬他，全心的注意力放在大衛身上。「那個名字……」他複述：「跟我說他的名字！」

在他後方，狼群攻破了人牆。新來者混雜在狼群中，以後腿站立，身穿士兵制服。路波劍砍衛兵，硬闖出一條路，要到王座室通往其他去處的門。兩隻狼一眨眼就消失在走廊上，六隻狼緊跟著，就要往城堡大門去。

王者勒華現身了。牠冷眼望著眼前的大屠殺，看到了王座。牠的寶座啊……牠在自己體內尋得最後一聲狼嗥，用來宣示自己的勝利。一聽到那聲音，國王渾身顫抖。就在此時，王者勒華與他四目交接，便要上前索命。侍衛隊隊長仍試圖要保護國王。他用劍抵擋兩隻灰狼，可是顯然疲態漸露。

「您快走啊，陛下！」他喊道：「現在快走啊……」

一隻路波發箭，擊中他的胸膛，話語戛然止於他的喉頭。他頹倒在地，狼往他一撲而上。國王伸手到長袍衣褶下方，抽出一把華美的金匕首，往駝背人逼近。

「你這壞東西……」他喊道：「我做了那麼多……你逼我做了那些多事以後，最後還是出賣了我。」

「強納生，我可沒逼你做什麼唷。」駝背人答道：「是你自己想做，所以你才出手。沒人能逼你做壞事。你的內在有邪心，而你放任不管。人類總是放縱邪惡。」

駝背人用自己的刀往國王身上一揮，老人搖搖晃晃，差點跌倒。駝背人以迅雷不及掩耳之勢轉身要抓大衛；男孩一步閃開，拿自己的劍朝對方猛擊，在他胸膛上開了個洞，開口散發惡臭但未流血。

「你死定了！」駝背人大叫：「跟我說他的名字，你就能活下去！」

他不顧傷勢，朝大衛步步近逼。大衛試圖朝他再度刺擊，他避開攻擊、反撲回去，指甲深深劃進大衛的手臂。大衛覺得自己彷彿中了毒，痛楚滲進手臂裡，流過血脈，凍結血液，最後通達手掌，劍就從麻木的掌間落下。他倚靠在牆，被打鬥的男人與咆哮的狼包圍。越過駝背人的肩膀，他看到王者勒華朝國王挺近。國王試圖用匕首刺牠，可是王者勒華將之重重拍開，匕首滑越過石板。

「名字！」駝背人尖叫：「名字啊，不然我把你留給狼處置！」

王者勒華把國王像個布娃娃一樣拉起，抓著老人的下巴，將他的頭一偏、露出頸子來。王者勒華暫停動作，看向大衛，得意洋洋地說：「再來就該你。」狼口大張，露出尖銳白牙，咬進國王的喉頭，還將他左搖又晃。國王生命漸逝，駝背人驚惶瞪大雙眼，一大片皮膚像壁紙一樣，從這騙徒臉上捲落，露出下面逐漸腐敗的灰肉。

「不要啊！」他尖叫，伸出手想勒住大衛的喉頭。「名字。你一定要把名字告訴我，要不然我們兩個都完蛋了。」

大衛心驚肉跳，知道自己死定了。

「他叫……」

「嗯！」駝背人說：「嗯！」國王嚥下最後一口氣，王者勒華將他垂死的身體扔在一旁，抹淨嘴邊的血，走向大衛。

「他叫……」

「告訴我！」駝背人尖叫。

「他叫作『弟弟』。」大衛說。

駝背人的身體絕望地倒癱下來。「不。」他呻吟：「不……」

在城堡深處，最後幾顆沙粒流過沙漏的頸子，而遠處的陽臺上，女孩的魂魄閃爍一會兒，便全然逝滅。若有人在場目睹，就會聽到她歎了一小口氣，滿是喜樂與平安，因爲折磨終於到了盡頭。

「不要啊！」駝背人號叫，皮膚迸裂，臭氣從裡面爆衝出來。一切都無可救藥、回天乏術了。在無從度量的時間、無法敘說的故事之後，他的生命竟然走到了終點。他如此激憤填膺，將手指埋進自己頭上，撕開頭皮，扯著皮膚與血肉。他拉扯自己，前額出現一道深深切痕，很快便向下延伸至鼻梁，把嘴巴一分爲二。現在他兩隻手上各有半顆頭，眼睛狂亂地骨碌轉，可是他仍舊扯個不停。這個巨大的傷口繼續穿過喉頭、胸膛與腹部，最後遠及大腿。他的身體終於變成兩大塊，徹底分家。從兩半身體中，爬出各種曾經存在於世的噁心無脊生物：蟲子、甲蟲、蜈蚣、蜘蛛、死白蠕蟲，牠們扭翻身子，在地上疾奔。當最後的沙粒穿落沙漏之頸，駝背人死去，牠們最終也跟著靜止無息。

王者勒華俯望著這一團亂，咧嘴微笑。大衛正要閉上眼準備受死，突然間王者勒華顫慄起來。牠張嘴想說話，下巴卻脫落開來，掉在腳邊石板上。牠的皮膚開始瓦解，像老舊的灰泥片片剝落。牠想移動，可是雙腳不再能夠支撐，反倒在膝蓋處一舉斷裂，牠因而向前傾覆在地，臉上和手背出現裂痕。牠想要伸手抓地，可是手指像玻璃一樣粉碎。只有雙眼仍舊如常，可是現在眼內滿是困惑與苦痛。

大衛眼睜睜看著王者勒華死去。只有他才了解事情的來龍去脈。

「你是國王的惡夢，不是我的。你殺了他，也就等於毀了自己。」

王者勒華茫然費解眨著雙眼，接著便動也不動，僅成了殘破的野獸雕像，再也沒有他人的恐懼來賦予生命。牠全身裂痕滿布，接著便崩解成千碎萬屑，永永遠遠消失了。

王座室裡，其他的路波正瓦解成灰。更多衛兵來到王座室，高舉盾牌形成一座鋼牆，矛尖像刺蝟的刺一樣穿盾而出，一般的狼沒了首腦便開始穿越地道撤離。大衛撿起自己的劍，拔腿跑過城堡的廊道，無人加以理會。他一路經過驚恐萬分的僕從與一頭霧水的朝臣，最後發覺自己置身戶外。他爬到最高的城垛上向外眺望，一覽遠處地景。狼群大軍早已陷入一片混亂。盟友針鋒相對，又鬥又咬，動作快的攀爬過慢半拍的，急著撤退返回舊地盤。成列狼群逐漸退離，紛往山丘那邊逃逸。路波則化為一柱柱塵煙，旋飛一會兒之後，便隨風散去。

大衛感覺有人搭上他的臂，轉身看到一張熟悉的臉孔。

是守林人。他的衣服和皮膚上有狼血。血從斧刃上垂滴下來，在地上匯流成暗色血泊。

大衛說不出話來，只是扔下劍，緊緊擁抱守林人。守林人一手放在男孩頭上，溫柔撫搓他的髮。

「我還以爲你死了。」大衛嘆道：「我看到狼把你拖走。」

「狼取不了我的命。我設法殺出一條路來，往飼馬人的小屋去。我在門上架上護障後，就因爲傷口而倒下不省人事。過了好多天、傷勢恢復以後，才能繼續追蹤你。拖到現在，才有辦法穿過狼群的隊伍而來。可是我們得速速離開此地。城堡撐不了多久了。」

大衛感覺腳下的城垛晃動。牆上開了一個大洞。主建築上也出現裂洞，磚塊和灰泥開始往底下的鋪地圓石崩塌。城堡下方的地道迷宮逐漸坍塌，國王與駝背人的世界分崩離析。

守林人領著大衛往中庭走下去，一匹馬在那守候。守林人叫大衛爬上去，可是大衛反倒去馬廄找席拉。那匹馬因戰鬥的聲響與狼的叫嗥而驚慌失措，一看到男孩，得救般嘶鳴不已。大衛拍拍牠的前額，低聲安撫，然後騎上馬背，跟著守林人離開城堡。衛兵紛紛騎上馬突襲潰逃的狼，逼牠們離戰地愈來愈遠。一群人魚貫走出城堡大門，是身負重物的僕從和朝臣，扛得走的食物或財寶他們盡可能帶走，要趕在城堡毀塌、活埋他們之前棄離。大衛和守林人選了一條能帶他們遠離那陣混亂的路，直到安全遠離狼群與人，才稍作停留，站在丘脊上俯瞰城堡。他們從那兒觀望城堡傾塌，到最後只剩地面上的巨洞，成了木頭、磚塊和一團骯髒嗆人的灰塵。他倆轉身背向城堡，騎乘多日，直來到大衛首度進入這個世界的森林。此刻只有一棵樹上標有細繩，因爲駝背人的魔法在他死後全面失效。

守林人和大衛在巨樹前下馬。

「時候到了。」守林人說：「你現在得回家了。」

32

羅絲

大衛站在森林中央，盯著細線與再度現身的樹洞。附近一棵樹最近才讓動物留下爪痕，血紅樹液從樹幹的傷口流下，污了下方的雪。一陣微風擾動了這棵樹的鄰居。鄰樹的枝幹撫觸這棵樹的冠頂，安撫它、要它放心，讓它知道它們的存在。上方的雲朵開始散去，陽光射透洞隙而來。這世界正在演變，因駝背人之死而改頭換面。

「離開的時候到了，可是我不確定自己眞想走。」大衛說：「我覺得還有更多東西可以看。我不希望事情回復原來的模樣。」

「有人在另一頭等著你。」守林人說：「你得回去找他們。他們愛你。沒有了你，他們的生活會變得更貧乏。你有個父親和弟弟，還有一位樂意當你的母親的女士——只要你願意接受。你一定要回去，不然他們的生活會因爲少了你而有深深缺憾。就某方面來說，你自己早已經下了決定。你拒絕駝背人的協議，選擇在自己的世界而非在這裡生活。」

大衛點點頭，知道守林人說得對。

「你這模樣回去，不免有人會問東問西。」守林人說：「你得把身上穿的全留下來，連劍也是，在你的世界裡，你用不上。」

大衛從馬鞍袋裡拿出那個裝著破爛睡衣與晨褸的包袱，到樹叢後面換上。他的舊衣服現在穿起來感覺很怪。他蛻變甚多，舊衣簡直像是別人的，屬於某個他略微熟悉卻更年幼更傻憨的人。這些舊衣屬於一個小孩，而他再也不是個孩子。

「請告訴我一件事。」大衛說。

「你想知道什麼都行。」守林人說。

「我來到這裡時，你給我穿的衣物，是小男孩的衣服。你曾有個孩子嗎？」

守林人微笑。

「他們全是我的孩子。每個失落的與每個尋回的，每個活過的與每個逝去的，全部都是。全部。全以他們自己的方式同屬於我。」

「你當初帶我去找國王的時候，就知道他是假的嗎？」大衛問。自從守林人再度現身，這個問題一直困擾他。他不敢相信這個人竟然會欣然引他入虎穴。

「關於國王和騙徒的事，如果我當初把自己知道的或懷疑的告訴你，你會怎麼做呢？你初到此處，憤怒與傷痛吞噬了你，你肯定會屈服於駝背人的奉承討好，那麼一切就無望了。我本來希望能親自帶領你到國王那兒去，在沿途讓你好好看清自己身處的險境，無奈不成，你反倒由他人一路鼎力相助。不過，最後還是靠你個人的力量與勇氣，才了解到自己在這世界與原來世界的定位。我起初找到你的時候，你還是個孩子，不過現在你就要變成男人了。」

他向男孩伸出手。大衛握了握，然後放開，擁抱守林人。過了一會兒，守林人也回抱他。他們擁抱了一會兒，陽光像花環一般將兩人圈圈圍繞，直到男孩退開爲止。

大衛走到席拉那裡，親親馬的前額。「我會想念妳。」他悄聲說。馬兒柔聲嘶鳴，蹭蹭男孩的頸。

大衛走向那棵老樹，回頭望著守林人。「我還能回得來嗎？」

守林人的回話很是詭異，「到最後……大多數人都會回到這裡。」

守林人舉手道別。大衛深吸一口氣，踏進樹幹裡。

一開始只聞得到麝香、泥土與落葉的乾腐氣味。他觸摸樹木內側，指下感到樹皮的粗糙。雖然是一棵大樹，他卻才走不過幾步就撞上東西。手臂上，駝背人用指甲刺傷他的地方仍隱隱作痛。他因爲身處幽閉空間而恐慌起來。看來根本沒有出口，可是守林人應該不會騙他啊。不對，肯定搞錯了。他決定再踏出去，一轉身，卻發現入口早就不見了。那棵樹已經完全把自己封了起來，大衛困在裡頭。他大喊救命，用拳頭擊打樹木，可是話語只是在旁邊迴盪不停，回音反彈到臉上，嘲弄著他，逐漸隱去。

突然間，有了光。樹木雖已封起，仍有光源從上方流洩而下。大衛抬頭看到像星星一般閃爍的東西。他看著那東西愈來愈大，朝他所立之處降下。或許升起來向上迎接的是他自己。他的感官知覺一片混亂，聽到不熟悉的聲響（金屬碰撞金屬、輪子尖聲吱嘎），也聞到附近傳來刺鼻的化學味。他看到各種東西（光線、樹幹的凹槽與縫隙），可是漸漸意識到自己其實閉著眼睛。既然如此，那麼他一旦睜開眼，還會看到什麼東西呢？

大衛睜開眼。

他躺在陌生房間的金屬床上。兩扇大窗望向寬闊的綠草地，那兒有護士伴隨散步的小孩，或是坐在輪椅裡由白衣護理員推著的孩童。床畔有花。右手前臂插著一根針，由一條管子與鋼架上的瓶身相連。頭部有什麼緊繞著。他伸手碰碰，摸到的是繃帶而非髮絲。他慢慢轉向左側，這動作讓他頸子一陣酸疼，頭部隱隱作痛。睡在他身邊椅子上的人是羅絲。她的衣服皺巴巴，頭髮油膩未洗，腿上放了本書，書頁拿一段紅絲帶作標記。

大衛想說話，可是喉嚨太乾了。他再試一回，發出了嘶啞的粗嘎聲。羅絲慢慢張開眼睛，不可置信地盯著他。

「大衛？」

他仍舊無法正常說話。羅絲從水瓶裡倒了一杯水，靠放在他唇上，撐著他的頭好方便他喝。大衛看見她哭。她移開杯子，有些淚水滴在大衛臉上。淚落進嘴裡，他嘗到了。

「噢，大衛。」她低聲呢喃：「我們好擔心啊。」

她將手心貼在大衛臉頰上，柔柔撫著。她不住地哭，淚流滿面，然而看得出來她很開心。

「羅絲……」

她向前傾身。

「啊，大衛。什麼事？」

他握住羅絲的手。

「對不起。」

然後他便墜回無夢的沉睡中。

33

所有失落與尋得的

接下來的日子裡，大衛爸爸時常提到的事是，大衛險些就從他們身邊給奪走了。墜機之後，他們起初見不到他的人影，認定他已給墜機之火活活燒死，想不到遍尋不著屍骸，便害怕他可能被綁架了。他們搜尋屋子、花園、森林。爲了找他，連朋友、警方，甚至眼見他們痛苦而憂心的陌生人，都一同協助搜遍田野。他們還回到他的房裡，盼望他對自己的去向留下了一點提示。他們最後找往地底花園牆壁後方的隱蔽空間，而他就在那裡，躺在塵土上，不知怎地爬進了石砌建物的裂縫，困在崩落碎礫的空洞裡。

醫生說他又發作了，也許是因爲墜機的重創之故，而這次的發作導致他陷入昏迷。好幾天裡，大衛停留在深睡狀態當中，直到那天早上醒來，說出羅絲的名字爲止。關於他失蹤的狀況，有些即使無法完全解釋清楚（首先，他到花園去做什麼？他身上有些疤痕從何而來？），他們已經萬分慶幸他能回到家人身邊，也就沒對他說過什麼氣話或怪罪之詞。直到他脫離險境、回到自己家之後，羅絲和他父親兩人在睡前會聊到這事件如何讓大衛脫胎換骨，

讓他變得更沉靜、更爲人著想，對羅絲更爲熱情。羅絲在大衛與他父親這兩個男人的生活之間，試著尋找自己的定位而衍生的種種難處，大衛更能體恤。他對突來的噪音和潛在的危險反應較爲機敏，對那些比他弱小的人愛護有加，特別是同父異母的弟弟喬奇。

歲月荏苒，大衛從男孩長成男人的速度可說太慢，也可說太快。對他自己來說太慢；在他父親與羅絲看來則太快。喬奇日漸成長，即使羅絲和父親落得分道揚鑣（大人有時候就會這樣），他和大衛始終維持手足親密之情。羅絲與父親和和氣氣離婚，兩人不曾再婚。大衛上了大學，父親在溪畔找到一間小屋，以便退休後享釣魚之樂。羅絲和喬奇同住在那間古老大宅裡，大衛盡可能常去拜訪，或自行前往、或偕同父親。如果時間許可，他會走進自己以前的臥房，想聽聽書本的低語呢喃，可是它們一直默默不語。要是天氣晴朗，他會走下地底花園的廢墟。戰機墜落後，花園稍微修繕過，但不比從前。他會靜靜盯著園牆的洞口看，卻不曾再嘗試進去，也沒人試過。

隨著時光推移，大衛發現有一件事駝背人至少沒扯謊：他的一生充滿了大悲大痛和無窮喜樂，受苦與懊悔、勝利與滿足。大衛三十二歲時痛失父親。父親心臟衰竭時，手裡正握著釣竿坐在溪畔，陽光照耀臉龐。他斷氣幾個鐘頭後，路人才發現他，而他肌膚仍帶暖意。喬奇穿著陸軍制服參加葬禮，因爲東邊戰事再起，喬奇急著想效力。他遠行至異地，與其他青年一同死去；他們對聲譽與榮耀所懷有的夢想，在泥濘的戰場上終告結束。他的遺體運送回家，埋在鄉間教會的墓地，上頭有座石製小十字架，上面有他的名字、生卒年月，還有「摯愛的兒子與弟弟」這樣的字眼。

大衛與黑髮碧眼的女子成婚。她名叫艾麗森。艾麗森產下孩子的時機到了。可是大衛為妻子與嬰孩同感心焦如焚，因為他老忘不了駝背人說過的話：「那些你在意的人，愛人啊孩子啊，會半途出事，憑你的愛也不足以救他們。」

生產過程不怎麼順利。命名為喬奇以紀念舅舅的嬰兒，因不夠強壯而早夭；給予嬰孩短暫生命的艾麗森，也失去自己的生命。駝背人的預言如實發生。大衛未再娶親，也沒再有孩子，可是他成為作家，寫了一本書。那本書叫做《失物之書》，而你手上拿著的這本就是他寫的書。小朋友會問他，事情是否真發生過？他會跟小朋友說：對，千真萬確，跟世界上任何事情一樣真實不虛，因為就跟他所記得的一模一樣。

就某方面而言，他們全變成了他的孩子。

年老孱弱的羅絲由大衛照料。羅絲死後，將自己的房子留給大衛。那時的房價不菲，他原本可以賣掉，反倒搬了進去，在樓下設了小辦公室，心滿意足住在那裡好些年。他總為那些來拜訪的孩子應門（有時候他們跟著父母來，有時候自己一人），因為這間房子很出名，許許多多孩子都想親眼瞧瞧。如果他們很乖，大衛會帶他們走下地底花園——石砌建物的洞口早已填補封好，大衛不希望小孩爬了進去而出事。他會跟孩子們談談故事與書本，告訴他們：故事想被敘說，書本想被閱讀；他們所需要知道的，關於人生與他寫過的那塊領土，或是任何國土或疆域，盡在書本裡。

有些孩子聽懂了，有些則不。

終於，大衛自己也又弱又病，因為記憶與眼力衰退而無法寫作，也沒辦法像從前那樣迎接來訪的孩童（駝背人對此也曾鐵口直斷，彷彿大衛當初曾凝視過地牢裡那女人的鏡面雙眼）。醫生除了幫他稍微止痛以外，也束手無策。他雇了一名護士來照顧自己，友人到他床畔陪伴。臨終前，他要求在樓下的大圖書室裡搭一張床，每晚入睡時，就能受由小至大所鍾愛的書本圍繞。他也悄悄要求園丁幫忙完成簡單差事並要園丁保密。園丁深愛這老人，便依了他的要求。

夜裡最晚最暗的時刻，大衛醒臥在床傾聽。書本又開始呢喃了，可是他不感到害怕。書本柔聲發話，給他慰藉與善意的話語。有時候會說說他向來深愛的故事，只不過他自己的故事也算在內了。

一晚，他的呼吸變得很淺很急，眼睛的光亮終於開始黯淡，他從圖書室裡的床上起身，緩步走往門口，沿途只爲了拿起一本書而停下。那是一本皮革裝訂的老冊子，裡頭有照片、信件、卡片、小飾物、圖畫、詩作、幾綹頭髮、一對婚戒，全是某個漫長人生的紀念物，只不過這回是他的人生。書本的呢喃聲愈來愈大，厚厚書冊的聲音揚起、歡聲雷動，因爲一個故事即將結束，而新的故事很快就要誕生。老人走過房間，輕撫書背道別，離開圖書室和屋子，穿越濡濕的夏日草地，往地底花園走去。

角落裡，園丁已經開了一個洞口，大得足以容納成人。大衛匍匐在地，痛苦地爬進那個空間，發現自己置身於磚造建物後方的空洞，便坐在黑暗中靜候。一開始平靜無事，他掙扎著別把眼睛閉上。過了一陣子，他看到一道光漸漸變強，感覺臉上涼風習習。他聞到樹皮、鮮草與花朵盛放的氣味。一個空洞在他眼前打開，他跨了過去，發現自己身在大森林的正中心。土地早已脫胎換骨。再也沒有似人的野獸，沒有尚未成形的惡夢等待時機，使輕率的人落入圈套。再也沒有恐懼與無止境的微光。連孩子般的花朵也不見蹤影，因為不再有孩子血濺暗處，靈魂已得安息。此刻正是日落，景象可真美麗哪。天際映成了紫、紅、橙，漫漫長日將盡，一片安詳。

有個男人站在大衛跟前，一手握著斧頭，另一手執著花環；花兒是他穿越森林時一面蒐採來，用長長草葉繫綁。

「我回來了。」大衛說，守林人笑意盈盈。

「大多數人最終都會回來。」守林人跟父親好像啊。大衛滿心驚奇，也訝異自己以前怎麼從來沒注意到。

「來吧。我們都在等你呢。」

大衛看到自己的影像反映在守林人眼裡：不復老邁，而是一名青年。一個人不管多老，或是與父親分離多久，永遠是父親的孩子。

大衛跟著守林人走下森林小徑，穿過空地與小溪，來到一間小屋，煙囪有煙緩緩升起。一匹馬站在附近的小牧草地上，心滿意足嚼著草。大衛一走近，牠便抬起頭來歡喜嘶鳴，晃著馬鬃快步越過牧地前來相迎。大衛走到圍籬那兒，朝席拉俯下頭、親吻牠的額頭，席拉闔上了雙眼。接著馬兒隨著他的腳步走向那間屋子，有時溫柔地磨蹭他的肩，彷彿要提醒他，自己近在身旁。

小屋的門開了，一個女人出現。黑髮碧眼，手臂裡摟著才出世不久的小男嬰。她走來，嬰孩緊抓她的上衫。一生的時光在此地只不過是一瞬間，而人人皆能依夢想打造自己的天堂。

因為所有失落的全已再度尋回，大衛於是在那片黑暗中闔上雙眼。

寫在十年之後

我能否承認，事隔多時之後，我害怕回頭去看《失物之書》？沒關係，我承認。自這本小說出版以來，我就沒再讀過內容，經過十年之後，現在我仍猶豫不前。不是因爲我以它爲恥——其實恰恰相反，我想這可能是我寫過最棒的作品，儘管有其瑕疵，也許我往後的作品都不會有它好——而是因爲我擔心我會湧現想更改、想微調的衝動。

永遠都不該讓作家回顧往日的作品。隨著時間過去，作家也會改變。他們希望自己的寫作能力隨之增長，卻不見得都能如願以償。這或許只是他們自我安慰的說詞，而他們難以面對漸走下坡的事實。所以我擔心在經過十年之後，一翻開書，只會看到我想扯動的鬆散線頭。而一旦發生這種情況，整本書即將面臨如織錦一般散解開來的危險。

其實，連寫這篇後記都相當吃力。我對於創作《失物之書》以及這本書如何誕生，並沒有多少記憶。彷彿當初在某種夢境裡寫就這本書，所以創作歷程在我的作家生涯裡，一直是最古怪的。我起步於這第一行文字，「很久很久以前（故事都該這樣開場），有個男孩失去了母親。」以及隱約想要探索神話和民俗故事、悲痛和失去的感受、書本與故事的本質，還有它們如何影響讀者（以及反之亦然，因爲書並非固定不變的物件；身爲讀者，人生歷練也會影響我們閱讀的內容，根據自己的想像形塑眼前的書籍）。

我只能說，接下來發生的事情很類似書中大衛的經歷：我打開一扇門，各種奇特的事物從縫隙紛湧而出。有些來自我的童年，以及我對人終有一死和喪親之痛的回憶，但大多來自一個更古老也更深沉的地方，也就是人類記憶的原始角落，本書涉及的故事有許多最初都來自那裡。我們背負著這些故事，以及棲居其中的生物，一代一代流傳下去。也許會因爲文化或時代，而賦予它們不同的名稱，但它們的本質不曾改變，只要時機對了，它們就會逮住機會再次浮現。

比方說，我一開始並不打算將那些老故事的微調版本寫進去，像是樵夫對大衛說的小紅帽故事，或是這本書後來出現的美女與野獸變化版。我在寫作時，一個角色會開始敘說既熟悉又陌生的故事，而我便跟著這個故事一路走到結尾。那種感覺相當古怪，不怎麼舒服。所以也許現在你可以明白，我爲什麼這麼不想回頭去看《失物之書》。人無法重現那樣的時刻，試圖這麼做的危險就是會破壞已然存在的事物。這就是我爲何遲遲不寫這本書的續集，因爲那些經驗不會相同。也許，我甚至不確定自己寫得出來，即使我想要。

說起出版《失物之書》的十週年紀念版，所有參與其中的人都同意兩件事。第一件事就是這個版本應該收錄藝術家安．安德森（Ann Anderson）的木刻插畫，當初是二〇〇七年爲了艾德托爾（Edel Torr）限量版所設計。艾德托爾是貝爾法斯特市「No Alibus」書店的大衛．托倫斯和克勞狄雅．艾德曼成立的出版公司，這兩個可愛的人兒是最早對這本書表示支持的人。他們當初想創造視覺元素來搭配文本，所以去找安．安德森；幸運的是，她跟他們一樣對這個故事懷抱熱忱。這個限量版只推出一百二十五本，沒辦法讓更多讀者看到安那些美麗的作品，我一直覺得遺憾。這個版本的《失物之書》化解了這個遺憾。

我們看法一致的第二件事情就是，封面應該維持原樣。俗話說，永遠不該用封面來判斷一本書的好壞（永遠不該以貌取人），雖然這一點適用於大多狀況，但書恰恰不是。身爲讀者，我們常常因爲受到封面的吸引，才從架上取下書來。羅伯·萊恩（Rob Ryan）爲《失物之書》首刷精裝本封面所設計的魔幻插畫，是他費盡功夫以紙裁切而成，我想這是很多讀者一開始拿起這本書的主要原因。他所畫的封面插圖和這本書是完美的互補，我對羅伯依然心懷感激，他爲了這本小說揮灑了他的才華與想像。

《失物之書》當初透過口耳相傳，仰賴讀者、書商、圖書館員的愛與熱忱，建立了廣大的讀者群。本書探討對書本的愛，而我喜歡這樣想：那些愛書人會在這本書裡看到自己的反射。讀者對這本書所表達的深情以及他們評論本書時所展現的慷慨大量，一直是我寫作生涯中最快樂的體驗。

不過，就某方面來說，這其實已經不再是我的小說了。也許讀者一開始讀這本小說時，它就已經不再屬於我。倘若如此，那麼所有的小說皆是如此。讀者開始閱讀時，作者的意圖大體來說都起不了作用，因爲讀者會隨心所欲解讀這本書。那就是小說的美妙之處：如同我稍早提過的，小說並非一成不變，而會受到讀者個性的影響。小說是玻璃，也是鏡子。

所以我再次看這本書的時候，動作非常輕緩。通常我做出些微調整，只是因爲偶爾有些字重複出現顯得刺眼，或是因爲我看出一些小失誤，加以改正會比維持原樣還好。可是我進入這本書時，確實打算更改某個字眼，而它直指我這本書的核心，也就是關於書本和讀者之間的關係，直指《失物之書》本身的核心。

幾年前，我到密西根某家書店演講。那家書店爲了《失物之書》組了個讀書會，當天在簽書會之前，安排了跟讀者聊聊。有個女孩跟著父親到來，說起這本書對她意義有多重大，尤其正處青春期的她正在學習面對自己的性傾向。她特別提到羅蘭和他的任務目標：叫拉斐爾的年輕男子。羅蘭明知對方已經死了，他希望自己能長眠於拉斐爾的身側。關於他倆之間關係的本質，小說裡並沒有明確的評論；就像這本書的大多內容，都交由讀者自行詮釋。

那個女孩說的話很有意思。她只對書裡的一個字眼有意見。在某個關鍵時刻，拉斐爾被稱爲羅蘭的「朋友」。這位女孩說，這樣描述並不正確，這個字眼不足以涵蓋他們對彼此的愛。這個字眼用得不對。

她說得沒錯。我想給讀者詮釋的自由，爲了讓這本小說成功，我覺得這樣的模糊有其必要，無意間卻挑了一個無足輕重的字眼。她告訴我，正確的用字應該是「同伴」。我要爲自己說句話，整個故事裡，我在不同的時間點都以「同伴」來描述羅蘭與拉斐爾之間的連結，卻在一個關鍵時刻犯了錯。我同意她的看法：當初應該要用「同伴」才對，現已改正。說到底，一本書的生命來自於作者和讀者的共同付出。如果書不會爲其中一方固鎖在單一形式裡，那麼對另一方而言也是如此。

多年前，我正要踏上小說家之路，替某家報社寫了篇書評。寫得油腔滑調又刻薄，我後來悔不當初。這份書評刊登出來，只讓我備感羞恥。最後，我再也受不了自己的罪惡感，捎了封信給那位作者——我跟對方保持聯繫多年，雙方都不曾提起那份書評——爲了這份書評，向對方懺悔並表達歉意。事後我接到了最具風度和慷慨大量的回函，對方寬恕了我的罪孽，也提到他並不希望死後與那本書同葬一處。以這種方式表達作家跟作品之間的關係，我覺得相當有意思，所以我在此借用一下，《失物之書》是一本與之同葬我也不會覺得丟臉的書——不過，老實說，我寧可和一本我尚未寫就，或甚至還沒讀過的書同葬。

最好是長篇的。

先提一下，以防萬一。

約翰・康納利，都柏林，二〇一六年六月

來自《失物之書》宇宙的兩則故事

作者的話

這兩則故事的頭一則〈灰姑娘辛德瑞拉（一個版本）〉是爲了向我美國編輯的兒子葛瑞恩・葛路斯曼（Graham Glusman）表達謝意而寫。葛瑞恩是頭一批寫信給我的本書讀者之一，這則輕鬆的小故事是我致謝的方式。而〈鼠王〉則黑暗得多，特地爲了這個新版本寫就。

灰姑娘辛德瑞拉（一個版本）

從前從前有個叫辛德瑞拉的美麗女孩。她跟父親住在一起，母親已經過世，而這個老先生相當溺愛她，把她寵到骨子裡。沒人敢告訴辛德瑞拉，她並不是天地間最美好、最完美、最可人的女孩。於是她逐漸相信自己就是如此。說得不客氣點，她這個人糟糕透頂。

後來她父親遇見一個女士，和對方結爲連理。這位女士有兩個女兒，她們一起住進了辛德瑞拉跟她父親的大房子裡，就在俯瞰城鎮的山丘上。好了，這兩個女兒沒有辛德瑞拉那麼美麗，也沒有她那麼完美。老實說，她們長得很不起眼，其中一個雙眼一高一低，看起來好像站在微斜的坡地上。另一個姊妹因爲太喜歡吃麵包抹果醬，體重有點超重，很吃虧，可是她心地很善良，她姊妹也是。

辛德瑞拉討厭她們。她嫉妒她們占用了她父親的時間，過去那些時間專屬她一人，她討厭必須分享他的愛，雖然他有足夠的愛可以給所有人。辛德瑞拉決定叫她們醜八怪繼姊姊，理由是，就算她們並不醜，但還是比她醜，這些事情都是相對的。辛德瑞拉對於批評姊姊和貶低繼母一直樂此不疲：這兩個倒楣女孩外表不像她那麼美好、完美和可人；而她邪惡的繼母（繼母一點都不邪惡，只是覺得辛德瑞拉是個被寵壞的小鬼）則會在她不守規矩的時候管教她。

一年過去了，在這期間辛德瑞拉完全不碰家事，成天細數自己的生活有多麼淒慘，以此娛樂那些願意傾聽的人（包括屠夫、麵包師、燭台工……他們跟她父親在同一棟建築工作，遲早會有人以他們爲主題來寫一首童謠）。

最後，全家投票表決，給辛德瑞拉兩個選擇，其實也算不上是什麼選擇：辛德瑞拉必須補足她逃過的家事，累積起來至少是一整週的打掃、下廚和整理工作。他們告訴她，爲了清償她積欠的家務，她可以每天都只比平日的分量再多做一點，前後持續半年，或是完全扛起一整週的下廚和清掃工作。她也因爲人懶個性差而受到另一項懲罰，就是不能去參加王子的舞會，這件事讓辛德瑞拉跺腳哭泣，像個任性嬌縱的小姑娘。

最後，辛德瑞拉決定在一週內完成一切，因爲她就是個怕麻煩的女孩，有很長一段時間每天都要做有用的事，她一想到就覺得討厭。其實，她根本沒做多少事情，只是成天坐在廚房裡，哀嘆壞心的家人對她多麼殘忍。六天過去了，在這段期間，她家人盡量不理會她，只能從麵包師傅那邊買派來塡肚子，眼睜睜看著家裡的灰塵愈積愈多。一位路過的神仙教母聽見辛德瑞拉的哭喊，現身在廚房裡。

「怎麼啦，孩子？」仙子問道。

「我母親過世，我父親再婚，」辛德瑞拉回答道：「現在他的新家人逼我整天獨自待在這間廚房裡。」——就某方面來說，此話不假，但另一方面來說又不是眞的。

「欸，這眞是糟糕啊。」神仙教母說，她容易輕信別人，腦袋不怎麼靈光。

「更糟糕的是，」辛德瑞拉繼續說：「今天晚上王子的宮殿有一場舞會，他們不讓我參加。我的繼姊姊嫉妒我。她們害怕王子一看到我，就會陷入愛河無法自拔，最後救我脫離她們的魔爪。」

連這位好仙子都認爲辛德瑞拉這麼說有點虛榮。辛德瑞拉確實是個長相姣好的女孩，可是任誰都知道王子對這類事情的標準很高，一個年輕女子相信自己可以輕易擄獲王子的心，這種想法並不得體。儘管如此，神仙教母還是姑且相信她，理由是她可能因爲個人的處境而深受創傷。

「妳會去參加舞會的，辛德瑞拉。」神仙教母說。

「可是要怎麼去？」辛德瑞拉問：「我身上只有這件破破爛爛的洋裝。」

她的洋裝寒酸破舊，那是因爲她爲了在廚房裡打掃，特地從自己的衣櫃裡挑了最舊的一件，雖然她並不打算做任何工作。於是神仙教母揮了揮魔杖，給了辛德瑞拉一件美麗的禮服，將兩、三隻受驚的老鼠變成拉馬車的馬，再讓一顆南瓜化為馬車，馬車瀰漫著鮮明的氣味——這一點也不意外——聞起來就像南瓜，而且顏色是帶有劇毒似的那種橘。她也給了辛德瑞拉一雙玻璃鞋穿。那雙玻璃鞋穿起來不是很舒服，可是辛德瑞拉判斷，也許最好別提這件事，因為她可不希望神仙教母覺得她這個人不知好歹。她也沒抱怨神仙教母訂定了午夜宵禁，因為她知道好女孩過了午夜不會在外面遊蕩。她希望教母認為她是個好姑娘，即使她並不是。

那天晚上，辛德瑞拉盡情跳舞，引起了英俊王子的注意。他整個晚上邀舞的對象只有辛德瑞拉。他愛上了這名神祕的年輕女子，但還來不及詢問她的芳名，午夜鐘聲噹噹敲響，她慌忙逃離，留下了一隻玻璃鞋。王子和這位不知名的美女共舞時，這隻鞋的鞋跟有一、兩次在王子腳趾上留下了隱隱作痛的淤青。

隔天宮廷立即發動了搜尋任務。王子和他的人馬在各村莊挨家挨戶遊走，只要找到的年輕女子都請她們試穿這隻玻璃鞋，可是沒人合腳。過了三天，他們來到辛德瑞拉的家，在地窖裡找到閒閒無事的她。王子讓辛德瑞拉試穿玻璃鞋，結果合腳得不得了。盛大的慶祝緊接而來，連繼姊姊們都共襄盛舉，她們好開心，因為再不久就能永遠擺脫辛德瑞拉。

王子和辛德瑞拉結為連理，從此過著幸福快樂的生活。

他們並沒有。他們幸福快樂了大約一週，王子發現辛德瑞拉是個討厭鬼，於是帶著這位惹人嫌的年輕女子回到她父親的家。

王子敲響大門。辛德瑞拉的父親前來應門。他看著王子和自己的女兒，立刻明瞭怎麼回事。他一時考慮趕緊再關起門來，直到他們離開才肯再打開，又擔心王子會命令手下踹開大門，而他希望自家大門好好的。爲了做做樣子，還是裝出一臉詫異，雖然他一點也不意外。

「那個……」王子說。

王子現在明白情勢有點尷尬。退還劣質的煮鍋，或輪子變形的推車是一回事，但試圖歸還一個活人，尤其是你最近才迎娶進門的人，又是另一回事。儘管如此，他還是堅持不懈，因爲他是王子，也因爲他眞的想趕快跟辛德瑞拉分道揚鑣。

「這位我恐怕不大喜歡，」王子說：「她個性差又懶惰，身上還有南瓜的味道。我在想，我能不能換一個？」

於是王子和辛德瑞拉離了婚，娶了眼睛一高一低的那個姊姊。而他們兩人確實從此過著幸福快樂的生活，雖然王子有時候同時看著太太的雙眼時，頭會有點痛。

至於辛德瑞拉，她在父親的資助下開了家玻璃鞋專賣店。那家店最後倒閉了。

鼠王

從前從前，久到我已經不記得何爲眞實、何爲想像……但那就是生活在黑暗中的人所承受的詛咒——我們這座城鎮發生一場可怕的鼠疫。

起初事情發展得很緩慢，因爲凡是有人的地方，就會有老鼠。結果，人們花了一段時間才注意到老鼠數量的增長，或者該說，他們才注意到這些齧齒動物凶猛得不尋常。面對狗的時候，那些老鼠會發動攻擊而不是夾尾逃逸，雖然老鼠們最終不敵狗的攻勢，但在降服認輸之前也會在敵手身上留下駭人的傷勢。貓族則毫無生存機會。漸漸地，人們開始常常發現那些經驗豐富的捕鼠者被撕成碎片，貓眼睛被啃掉，表情停留在死前痛苦的齜牙裂嘴。

而那只是在碰到一、兩隻那種老鼠的情況。隨著鼠群數量增長與更形凶暴，狗族也開始害怕牠們。不久，原本獵鼠的狗，反過來成為鼠群的獵物。那些老鼠的行動似乎是有組織的，彷彿受到某種負責統籌的智慧所指使，而那種智慧的來源終於現形了。

那是一隻巨型齧齒動物，大小有如壯漢的手臂，牠沒有尾巴，看起來有如一隻壯碩的灰蛇，頭上頂著一根尖骨，有如王冠。鼠王將城鎮中心一家舊穀倉當成自己的老巢，周圍的鼠伴多到連要接近，都要冒著受傷或喪命的危險。有人提議縱火將老鼠和牠們的國王連同那棟建築一起焚燬殆盡，但氣候加劇了這座城鎮的不幸——如果不是巧合，就是那些老鼠控制得了天候。火一點燃，就會起風，所以如果要對那座糧倉放火，風險就是會將整座城鎮燒成平地。

老鼠的數量依然在爬升，而鼠王監管著一切。

鼠疫邁入第三週，有人發現鎮長不到一個月大、襁褓中的兒子在搖籃裡，臉龐被吃掉一半，眼睛不見了。更恐怖的是，那些老鼠將一隻同伴放進那孩子的嘴裡，是一隻死去的幼鼠，渾身粉紅無毛，好似第二根舌頭，用來悶住那個嬰兒的哭喊。

鎮長的妻子痛哭，她無能但心善的丈夫納悶自己的人生和這座城鎮怎麼會碰上這樣的難關，地方當局到市政廳開會，鎮長默默坐在主席位上，悲痛難抑。下方街道傳來陣陣打鬧和呼喊的聲音，男男女女將老鼠趕出家門，再以尖矛叉刺、用棍棒擊打、拿刀刃砍殺，但似乎只是白費功夫，因爲才解決掉一隻，就馬上又有兩隻冒出來。

「我們該怎麼辦？」藥劑師問：「我會調製的毒藥都試過了，可是那些老鼠吃了卻毫髮未傷。」

「我們該怎麼辦？」身兼黃銅匠的軍械師說：「我提供器械給鎮裡的男男女女和孩子，交代他們只要用陷阱捕到的老鼠一律格殺，但那些生物還是源源不絕，繁殖個不停。」

「我們該怎麼辦？」製革匠、刀剪匠、水管工、家禽販、馬具商和製鹽商，全都報告自己採取了什麼行動，而每個人對結果都深感絕望。

最後，大家決定派一位特使到國王那裡，看看宮廷裡的賢達人士能否想出什麼解決辦法，雖然在宮殿派來任何援助以前，全體鎮民可能會被迫逃離自己的城鎮，否則多半會像鎮長的兒子那樣死去，因爲那些老鼠的攻擊變得愈來愈放肆。從那之後，又有兩個人被害，現在很少人敢在街道上獨行，也不敢手無寸鐵地上街，更不要說在夜裡這麼做。

地方當局結束會議後正準備起身離席時，敲門聲響起。門外站著一個又高又瘦的奇怪男人，穿著拼布外衣，上面有著世間一切色彩，但因爲製作技巧高超，幾乎看不出前一塊拼布與下一塊拼布的接合處，這些拼布柔和地融入彼此。男人的長相有著獨具一格的俊美，大概是因挨餓而凋萎的那種纖瘦憔悴之美，他的脖子上掛著一把雕刻的笛子。

他的模樣如此奇特，連鎮長都暫時忘卻自己的憂傷。

「你是何方神聖？」他問。

陌生人開口，他說起話來有種旋律，彷彿是以詠唱而非敘說來答話，照著只有他聽得見的音樂節拍。

「我算是吟遊詩人，」陌生人說：「上天賦予我向飛禽走獸施法的能力，不過我的天賦對那些最受人厭棄的生物來說，功效最大，像是蛇蠍、蜘蛛、蟾蜍、蠑螈、蝙蝠、蚊蚋，還有……」

「老鼠呢？」藥劑師問。

陌生人思索片刻，彷彿不曾想過用魔咒來控制老鼠。

「欸，是，」他終於回答：「老鼠也是。」

「怎麼稱呼你？」鎮長問。

「大家都叫我吹笛人。」陌生人回答，他回答的時候，手指在頸項上的淡色雕刻笛子上方彈動，但並未碰到笛子。軍械師直覺那只笛子是某種型式的武器，雖然說不上爲什麼。

「所以你自認可以替我們城鎮清除老鼠？」鎮長說。

「我不自認，我保證。」

「還有牠們的王？」

「如果牠們有國王，我也會讓牠臣服於我。」

「你的服務要怎麼收費？」

「我不知道，」吹笛人說：「難說。」

「什麼都可以！」鎮長說，他滿腦子只有自己死去的嬰孩，還有留在嬰孩嘴裡的鼠屍，「你要什麼都行！」

「一千黃金馬克？」吹笛手提議，近乎懷疑。

「一千？」鎮長說：「爲了解除這場詛咒，我們願意付你一萬。五萬也行！」

「穩住。」蠟燭商低語，他是個精打細算到出名的人。

吹笛人垂下腦袋，臉龐避開他們的目光。

「我不會要求這麼多，」他說：「如果各位男士可以接受，我會將費用寫在一張羊皮紙上，用熱蠟封起來。要是我失敗了——我承認這不大可能，但人總要對每個可能性都有所準備——我會從自己的皮包裡掏出一千黃金馬克來彌補。可是如果我成功了，你們一定要保證付清我的索價。」

噢！這些向來以精明自豪的公會成員，這些睿智的耆老，方圓百里內最優秀、最聰明的人，相信自己碰上了萬無一失的協議，於是不再議論，爽快接受了吹笛人的條件。

吹笛人踏上街道，鎮長和地方當局的人緊跟在後。（吹笛人的樂器是用象牙做的嗎？軍械師暗自忖度，因爲那把笛子看起來確實像是象牙。不是象牙，就是骨頭。）吹笛人頓住腳步，就在樂器幾乎碰到嘴唇時，他開口說了：

「我一定要先警告你們。我音符所發出的魔咒相當細致，可以輕易被打破。我知道你們憤恨難平，也很怕這些生物，可是我將牠們引誘出來的時候，你們千萬不能干擾牠們，也不能試圖傷害任何一隻。如果你們這麼做，魔咒就會被毀掉，而且無法再起作用。」

不能傷害老鼠的這番警告，傳遍了整個城鎮。人們將狗和貓帶到安全的地方，男男女女和孩子聚集在市政廳，這樣吹笛人就可以自由施展自己的魔法，不受衝動行爲的阻撓。

當吹笛人的嘴唇貼上笛子，高聲吹響三個尖亢的音，他那雙如藍綠色的圓球、好似來自海洋深處石子的雙眼閃著某種奇異冰冷的光。我必須坦承，那個樂音很悅耳，我感覺自己的雙腳有所回應而動了起來，彷彿受到舞蹈的召喚。可是那聲音底下也有種令人不快的潛音，彷彿在礪石上磨刀，或是屠夫的鋸子切過軟骨。

所有鎮民默不作聲，直到最後一個音消散無蹤。取而代之的是低沉的呢喃，以及許多動物的身軀趕著行動的啪啪響和沙沙聲。我們腳下的地面爲之震顫，塵埃和稻草從房舍的屋頂紛紛散落。老鼠從每扇敞開的門和窗、牆壁的每道縫隙或地上的每處坑洞一湧而出，有大有小，有削瘦有結實，有棕色有黑色，有灰色有黃褐。牠們好似一條毛皮組成的溪流，沿著街道奔流，帶頭的就是鼠王，腦袋上頂著刺骨。此時，吹笛人全心投入吹奏，曲調嶄新又熟悉，好似回憶中嬰幼時期母親唱過的歌曲，他隨著音樂節拍，踩著舞步滑向城鎮大門，老鼠們緊跟在後。抵達河邊的時候，老鼠們一舉躍向河流深處，除了鼠王之外全數溺斃。鼠王成功抵達河流對岸，爬過蘆葦和燈芯草，最後抵達乾燥的土地。有那麼一刻，這隻可怕的動物回首凝望城鎮，彷彿要將它牢記在心裡，接著繼續往前走，直到最後失去蹤跡。而吹笛人的曲子也畫上句點。

城鎮裡，爲了歡慶而鐘聲大作。鎮長下令挖起各處的鼠窩，填補每個坑洞，免得鼠患再次降臨。

可是，吹笛人舉起一手。

「在你們收拾善後以前，」他說：「請先支付費用。」

鎮長是個光明磊落的人，從外套衣褶之間抽出那張羊皮紙打開來，盯著吹笛人之前寫下的文字。他瞪大雙眼，下巴一掉，幾乎無法言語，但還是勉強發話了。

「這是不可能的啊，」他說：「你該不會眞的期待我們付出這樣的代價吧？」

「你們當初同意了，所以非支付不可。」

「可是我們以為你只想要黃金。」

「我從來沒指明要黃金，那是你們自己的假設。」

現在，其他人開始團團簇擁在鎮長身邊，想讀羊皮紙上寫的內容，不識字的人則請教教育程度更高的人，上頭到底寫了什麼。不久，整個城鎮都知道了吹笛人索取的價碼。十個孩子：五個男孩和五個女孩，那就是吹笛人的要求。

「為什麼？」軍械師問：「你要孩子做什麼呢？」

「也許因為我膝下無子，希望能夠訓練他們學會我的魔法，」吹笛人說：「這項技藝如果隨著我死去而失傳，未免太可惜。總之，我要孩子做什麼，不干你們的事。你們當初同意了，所以非支付不可。」

鎮長上前一步。

「我們不願付這樣的代價，」他說：「你提出這種要求，表明了你比那些現在正用屍體污染我們河流的生物還要沒人性。離開這裡！」

「不，」吹笛人說：「除非你們按約定償清，否則我不會離開。」

「那麼我們會逼你離開。」

此時，武裝的男人在軍械師的帶領下，出現在鎮長背後，許多鎮民也抓起了隨手可得的東西當作武器：桿子、耙子、菜刀。吹笛人面對一整排把弄刀槍的憤怒鎮民，不得不撤退，直到再次回到城牆外面，就在滿是溺斃老鼠的河流旁邊。大門在他眼前關上，門後傳來鎮長的聲音，警告吹笛人如果不在天黑之前撤離，只有死路一條。

天色一黑，吹笛人離開了。

現在，輪到我坦承了：我剛剛向你描述的事情，全不是我親眼所見。噢，沒錯，我確實在場。我在床上睡覺的時候，老鼠曾經爬過我的赤腳，有一隻還魯莽地偷啃我的腳趾頭。我聽到吹笛人的曲子，想跟著起舞。可是我看不見，自出生以來就是如此。我看不見他的外表、他外衣的不凡色彩、他笛子那種骨頭的泛黃色澤，還有他施下魔咒前眼裡閃過的死星光芒，這些全都是從別人那裡聽來的。

吹笛人來到以前，我一向痛恨自己的目盲。現在我知道，他回來的時候，我的盲眼救了我。

他在深夜抵達。他的曲子喚醒了我，就像鎮上的每個孩子。事實上，總共有兩條彼此對位的旋律，他那只施了法的笛子同時可以吹出這兩種旋律，一種讓成人陷於無夢的深睡中，另一種則將孩子們從床上喚醒。那些音符在我的腦海裡喚起一片歡樂的土地，泉水湧流、果樹生長，蜜蜂不帶螫刺，馬兒天生長著鷹翼。雖然這些奇觀我從未見過，但我從床上起身時，腦海裡就有這些景象，我的雙腳呼應著吹笛人的曲子，房裡有個我看不見的幽靈低聲告訴我：吹笛人的領土裡，無人眼盲或耳聾，每個孩子都看得見也聽得見，而男孩女孩各個歡舞高歌。

可是單是音符並不足以將孩子誘離家人，因爲孩子對父母的愛甚至比吹笛人的魔咒還強大，所以每個男孩和女孩醒來的時候，眼前都有個閃動的影像，是個虹彩般的人形，彷彿吹笛人將自己的分身送進了每個家中。這個形影最終將孩子們從床上拉起，帶領他們穿越街道，抵達城鎮的牆邊，他們當中最強壯的幾個使勁推開大門，好讓所有孩子加入吹笛人的行列。他們隨著曲子舞動，而吹笛人的幽魂則在他們四周嬉戲，這時城鎮上方的山裡神奇地裂開了入口，他們走進其中，消失了蹤影，自此不曾有人看見。

我之所以知道這些，是因爲磨坊主的兒子雅各，他天生耳聾，就像我天生盲眼。當時他牽著我的手，我們站在大門那裡，他以扭曲的聲音告訴我他目睹的一切。他阻止我舞動的雙腳，免得我追隨其他人的腳步，我則讓他的雙眼免於受到蠱惑，所以等那個入口在吹笛人背後關上，完全阻絕了他的樂音，只剩我們兩個可以轉述曾經發生過的事情。

鎮民全面搜索了那座山，每寸都不放過。礦工又敲又挖，但毫無所獲。國王派遣軍隊徹底清查國土，鎮長和地方當局傳話到東西南北，承諾要將這座城鎮好幾代的營收都送給吹笛人，只要他將孩子們還回來，可是遲遲得不到回音，在我們的國土上不曾有人再見到吹笛人的蹤影。最後，大家在山腳下立起紀念碑，獻給消失的孩子，上面刻著每個被誘拐孩子的姓名，總共一百三十位，一夜之間一整個世代被偷走。

可是我活下來了，而磨坊主的兒子雅各也是，我倆最後結婚了，但一直沒有自己的孩子。我們並不是刻意要在膝下無子的狀況下走完一生；雖然很少談到這件事，但我想雙方都心知肚明：身體替我們做了決定。內心深處，我們知道自己勉強阻撓了吹笛人，而吹笛人並不在意這件事。如果我們有幸擁有自己的孩子，那麼某個晚上，當我們陷入無夢的深眠，吹笛人可能會過來，要我們的孩子爲他而舞。

雅各在多年前過世了，算是壽終正寢，但對於比他長壽的我來說，這點無法帶來慰藉。我天天都想念他。不過已經無所謂了，我現在聽見了最後一批沙粒正溜過沙漏細頸，再不久便能與他團聚。在這片國土上，我活得比任何人都久。我一百三十八歲了。

我太老了。

不過上天讓我活到這麼老，或許是有理由的，因為這則故事還沒結束。幾天前，有個男人從大海對面的王國來找我。我們兩方的國王長久以來時時醞釀著衝突，不過兩位老國王都過世了，兩位繼任的國王因為有共同的敵人而尋獲共識，兩國之間恢復了貿易和交流。這個男人是個商人，橫越空海找到我，坐在我的火爐邊，跟我說了個故事。

幾個月前，商人路過他國家北端一處偏遠村莊上方的山脈，瞥見了一個奇特的身影：一頭像是滴水嘴獸的衰敗生物，穿著多彩外衣，坐在一塊岩石上。這個生物坐著，雙手忙著在一段骨頭上刻洞，要做成樂器：一只笛子。那塊骨頭很小，但看得出是人骨，商人認為可能來自孩童的手臂。商人幾乎著迷地看著那個身影切切刻刻、又鑿又挖，最後將笛子舉至唇邊，測試一下，吹出了一聲刺耳的音符。製笛者很不滿意，回頭再接再厲。

商人說，那個身影駝著背，手腳扭曲，鼻子有如一隻禿鷹：一個駝背的人。

不，是「那個」駝背人。

他身旁的石頭上站著一隻巨大的老鼠，頭頂上有根王冠似的刺骨。

駝背人一面工作一面對老鼠說話：

「一只新笛子，」他說：「給新的城鎮。」

那隻老鼠滿懷期待地舔舔腳掌，這時駝背人再試吹一次笛子，這回吹出來的樂音更討他歡喜。他站起來，從口袋裡取出一只瓶子。瓶子裡有東西在動，即使從遠處，商人也可以看出那是個散發微光的迷你男孩，他知道困在玻璃裡的是那孩子的魂魄。男孩襯衫前襟那裡有個紅漬，就在心口上方，彷彿那個器官從胸口被硬扯出來。有人殺了這孩子，但留下了魂魄。

駝背人拉開瓶塞，商人聽到男孩開始驚恐哀嚎，但聲音轉瞬間消逝不見，因為駝背人將瓶子靠在唇前，將孩子的魂魄吸了下去。

駝背人瞬間脫胎換骨。他長高了，背脊拉直，手腳調整了比例，配合他的骨架。他的鼻子縮短，眼裡的惡意之光黯淡下來，但並未全然熄滅。

商人看夠了，但當天的恐怖插曲還沒完。他聽到也感覺到地底下轟隆隆作響。岩石表面裂開了一個出口，裡面湧出一大批老鼠，聚集在駝背人和岩石上的鼠王周圍，等待著。

商人一看到牠們轉身就逃，不小心失足滾落山坡，傷勢嚴重。他失去意識，倒臥了一日一夜。等他恢復神智，發現自己斷了一條腿。他在地上爬了一天，在背後拖著受傷的腿，最後痛到再次昏厥，要不是村莊有人騎馬經過，恐怕早已喪生。

那些人正在尋找失去的孩子。

這一回，吹笛人不用幾個星期，短短幾天就完成工作。

吹笛人初次來到我們的城鎮時，我八歲。現在，一百三十年後，他再次從自己的巢穴裡現身。一百三十年，一百三十個孩子：這不會是巧合。他以吞食孩子為生，而現在他的存糧已經告罄。

不過，我不相信他可以就這樣把孩子偷走。不管出發點多麼卑劣、由一方占盡便宜，但是就是必須先訂下協議，然後再打破。一旦完成了這個程序，他便能照自己的意思帶走孩子，以他們的魂魄爲生，讓鼠王啃嚙他們的骨頭，然後繁衍新的臣民，牠們沉眠於地下，直到需要牠們出來折磨另一個城鎮。

商人離開了。他會把話傳出去，就像我向來以自己的微薄之力做的那樣。他會在城鎮、國家之間奔走，他會警告大家注意鼠王，雖然那隻老鼠不是眞正的王者。不是每個王者都戴王冠，眞正的力量往往潛伏於寶座後方。

小心吹笛人啊，商人會告訴大家，留意他的笛音啊。因爲他即將來到。

作者約翰・康納利對本書極爲私人的見解

這問題不怎麼高明，不過，創作《失物之書》的靈感是從哪裡來呢？

對於這個問題，我個人的回答可能也不怎麼高明，因爲我自己也不清楚。在本書專屬網站（www.thebookoflostthings.com）上，我嘗試分析創作本書的一些元素，可是這些元素實在無法對本書的誕生提供合理的解釋。我想探討的是童年與悲痛、從童年到成年的變遷，可是我猜自己老早就明白，弄到最後，整本書幾乎全在挖掘自己的童年，而且還深受書籍與故事的影響。現在想起來，我深入探究了個人的過往、自己在童年與成年期的種種恐懼。創作出來的東西讓我自己驚奇不已。我不禁覺得，這本書把自己潛意識裡所醞釀的大量素材具體呈現出來了。我只盼望其他人也能在本書中窺見自己的影子。我想他們會的。畢竟我也明白，提供本書骨幹的那些傳說故事之所以能夠流傳下來，其來有自。如果那些故事對我會造成如此衝擊，那麼對其他人應該也會有類似的影響。

你曾明白表示，你不把這本書當作童書看，可是很多孩子可能也會喜歡這本書。你能不能再解釋清楚一點？

我想，這本書探討的是童年，或者講得更明確一點，談的是孩子在某個時期或時刻，對所處世界之現實的感受力會變得很強：天地不仁，以萬物爲芻狗，所以免不了會充滿痛苦與失落；而面對死亡的脅迫時，人類最終還是束手無策。那一刻，某種東西就失落了。我不想把那種東西叫做「天眞」，因爲我實在想不起來自己何時曾經天眞過，即使還是孩子的時候也一樣。孩子一直能意識到自己的脆弱易傷，不管那份意識在內心埋得多深，我想這正是偉大民間傳說與童話取材的來源。不過這些故事也可以很正面積極，最終的訊息是大家能夠而且必須克服挑戰，這是從童年過渡到成年的一部分。

所以你說得沒錯，稍微大一點的孩子當然能夠讀這本書（有些孩子讀了這本書而且很喜歡），不過我想，孩子的讀法可能跟成人不同。根據我目前的經驗，那是讀者對本書的回應。成人對於書裡的「失落」主題敏銳得多；對於最終章，成人遠比孩子更能感同身受。其實有些讀者對本書的解讀讓我很驚奇。這本書刻意模稜兩可處理某些元素，所以會有那樣的詮釋不全在意料之外，不過，最讓我開心的是，成人將個人體驗運用在這本書上，進而影響他們對本書的閱讀與理解。

這本書帶有多少自傳色彩？

嗯，我從未完全隱遁在自己創造的世界裡，不過，我的確曾經把書本當作逃避的媒介，也漸漸用書來幫助自己理解這個世界，我到現在還是這樣。大衛的性格，跟童年的我有些相像之處，最明顯的就是對書本的愛好；他對父母及父母死亡的恐懼也是。我想，對很多孩子而言，這種恐懼很普遍。大衛與心理醫師互動的描寫大多來自經驗談。我十二或十三歲的時候，父母帶我去看心理醫師。對牽涉此事的人而言，這份經驗收穫不大。醫生要我畫圖，我就賣力用心畫，沒想到他卻滿臉挫折，那景象我仍歷歷在目。最後他斷定我杞人憂天。這種診斷沒多大幫助，有點像是你去看醫生，醫生卻跟你說你病了一樣。畢竟，要不是有些事讓我煩惱，我哪會去看心理醫師啊。

我曾經罹患跟大衛一樣的強迫症，不過還沒嚴重到讓身心衰弱的地步。我想，我的強迫症是因爲擔心家人的安危而產生，是因爲自己多少想要掌控他們所居住的世界。幾年後，隨著我逐漸成熟，強迫症就消失了。不過我還是覺得，就某種層面來說，強迫症是對成人世界的一種自然反應。

這本書裡對童話及民間傳說有某種特別的迷戀。為什麼呢？

我想是因爲這些故事直指人性。格林兄弟在其中一本故事集的序言裡提過，同樣的故事會在每個社會與每個年代衍生出自己的版本。對於這點，我一直很感興趣。我注意到久遠的故事跟推理或超自然小說之間有相似之處，所以我一些早期作品裡也有這樣的痕跡。在《失物之書》裡，這些故事成爲大衛建造個人世界的磚石。母親去世後，他便退隱到那個世界裡。這些故事是原型，是晚近故事的精髓所在，所以他會一再回歸到這些故事。在整本書的發展歷程中，他運用自己的想像力創造出這些故事的變奏版，並從中學習。

你以犯罪與驚悚小說聞名，就某些領域來說，《失物之書》可算是你全新的路線。這說法你同意嗎？

我不完全同意。我想，這本書只是採用新的手法來處理我向來有興趣的主題，特別是如何克服傷痛與失落、孩子如何以各種方式含納未來成人的種子；童年創傷如何影響成年後的自我，我也相當著迷。這本書的獻辭明白指出這點：「每個大人心裡都住著一個孩子，而每個小孩心裡，都有個未來的成人靜靜等候。」

我早期作品裡隱含了對民間故事與童話的興趣，這份興趣在本書則直接呈現出來。《奪命旅人》描繪「旅人」這個殺人魔的時候，運用盜走孩子及邪惡女巫的意象。《罪惡森林》（*Dark Hollow*）以大篇幅童話比喻和慣例爲出發點，寫到黑暗森林、藏匿的孩子、林中妖怪。同樣的，《夜曲》（*Nocturnes*）裡某些故事跟《失物之書》殊途同歸，特別是「妖精之王」（The Erlking）和「新女兒」（The New Daughter）。

結構上來說，這本書也呼應了早期作品的元素。打從一開始，我就利用故事中的故事來推動情節，或者提供資訊讓讀者了解故事人物的過去。在《失物之書》裡，故事有比較微妙的功能。表面上看來，故事是講給大衛聽的，而其實大衛才是真正挑選故事的人。他跟自己說故事，直覺地從中學得教訓，藉以克服讓他情緒深受影響的種種難題。

所以，「閱讀」是一種面對生存現實的方法，這本書打從一開始就為這種作法背書？

嗯，大衛拿自己讀過的書與故事創造出一個世界。他找到一個方法，透過故事將自己的恐懼與心魔表達出來，這樣一來他就能鼓起勇氣面對。

我認爲「閱讀」這種行爲能讓讀者更敏銳地感受外在世界，不閱讀的人有時正缺乏這種特質。我知道這種說法好像自相矛盾。閱讀畢竟是孤獨的活動，表面上看來，正代表對日常生活的脫離。可是「閱讀」啊……特別是閱讀小說，鼓勵我們用挑戰的新眼光來觀看世界。我向來相信，小說的功能像是三稜鏡，將我們生存的現實碎解成細部，讓我們能用全然不同的方式來觀看每個部分。小說讓我們能暫住在他人的意識裡面，爲同理心鋪路；而同理心對我來說，是好人的特點之一。

你能預見自己往後再度回歸到這本書裡的世界嗎？

我不知道。就某方面來說，這些故事裡有那麼多事情可以探索。我所觸及的，不過是表面而已。或許還有其他方式可以檢視這些故事、深入了解。《失物之書》有種完美的統一感。至少對我來說，它在該開始的地方開場，在該結束的地方收尾。我想這些老故事永遠會影響我，不過就目前來說，《失物之書》自身就能獨樹一格。就我個人及身爲作家而言，我已經寫出個人能力所及的最好作品。我在此所成就的，我問心無愧。

作者自述藏在《失物之書》裡的書

有關《爛皮兒》

其實他無名無姓。別人想怎樣稱呼他，隨他們高興；他如此古老，人們幫他取過的名字，對他來說毫無意義，不論是「騙徒」、「駝背人」、「爛皮兒」——咦？那個名字怎麼叫啊？沒關係，不打緊……

——摘自《失物之書》第二十九章

在《失物之書》中，除了大衛之外，最重要的人物就屬「駝背人」。在書中，他的血源有一部分來自爛皮兒（Rumpelstiltskin），這爛皮兒是個侏儒，幫窮苦的磨坊主女兒將稻草織成金子，並要她交出頭胎孩子做爲回報；而讓爛皮兒無法得逞的唯一辦法，就是猜出他的名字。不過在本書裡，駝背人也稱爲「騙徒」（trickster），這樣的稱呼承載了一些神話的包袱。

「騙徒」是打破規矩的人，就像是古代斯堪地那維亞的神祇洛基（Loki），他使詐讓盲眼的哈德用槲寄生的細枝誤殺了自己的雙胞兄弟波德；也像是法國民間傳說中的狐狸雷納德，或者是美洲原住民故事裡的大烏鴉和郊狼。所謂「違反規則」，通常表現在偷竊，或者有如稱呼所暗示的，透過詐騙。

「騙徒」是個舉足輕重的原型，是個淘氣而有時滿懷惡意的人物，藉由詐騙在世俗的挑戰中求生存。儘管他引起了災害，卻也引導與他接觸過的人面對自己的缺點、面對他們所處社會的缺陷。換句話說，即使他摧毀了某些東西，但也促使更好的事物起而代之。就某個方面來說，他代表了人類心靈不受社會習俗約束的那部分，也代表讓我們足以勇於面對與克服問題的想像力。

騙徒也是個變形人，等於是神話學家喬瑟夫・坎伯（Joseph Campbell）的著作《千面英雄》（*Hero with a Thousand Faces*）之化身。他是個生存力很強韌的人，誕生繼而重生，成了創生神話的象徵，跟基督教與永生的可能性產生了連結。鐘與時間的象徵與他緊密相連（在《失物之書》裡就是以沙漏來呈現）。他也跟說故事有關；在《失物之書》裡，他的力量大多源自於敘說故事。

《爛皮兒》的起源

《爛皮兒》故事裡最為人所知的，依然是格林兄弟的版本。格林兄弟首度在西元一八一二年出版這個故事，英國、義大利和瑞典也有各自的版本，也因此，這個角色有好幾種名字，其中幾個是 Titeliture、Panzimanzi、Whuppity Stoorie 以及 Purzinigele。在某些鄉村，紡織算是一種婚姻的考驗，而格林兄弟更動了原始素材的幾個面向，爲自己的版本添了一點獨特的，呃，風格——原諒我玩了個不高明的雙關語①。在一些口述版本中，故事中女孩的問題不在於實現不了將稻草紡成金子的承諾，而是她只紡得出金子來。從某個角度來看這個故事（不過得先把爛皮兒對這女孩子嗣的欲望排除在外），就有可能把這侏儒當作仁慈的角色，所以有些版本讓他在故事結尾毫髮無傷地逃開。

《爛皮兒》的故事也有點問題，因爲故事裡有無數的欺騙與貪婪交相運作，連我們理應對之付出感情的角色也如出一轍。畢竟，始作俑者是窮苦的磨坊主人，是他先向國王說謊，才讓自己的女兒陷入這般困境。國王本身也貪心得很，竟要求未來的妻子紡織更多稻草。其實，就某種層次來說，故事裡唯一不涉及欺詐行爲的就是爛皮兒。他有什麼要求，向來直言無諱；雖說除了遵循原先的約定之外，他並沒有其他義務，但是他竟然同情起那個女孩，而在最後玩了猜名字遊戲。

在《失物之書》裡，駝背人雖說有許多特徵明顯採自騙徒神話，不過仍算是這個角色極爲惡毒的版本。儘管如此，也因爲駝背人惡行惡狀的脅迫，逼得大衛不得不承認自己對於侵擾生活的嬰兒喬奇也該付起責任。

在愛瑪．多諾古（Emma Donoghue）的《給巫婆之吻》（〈紡織女工的故事〉）、威廉．海薩威（William Hathaway）的《醒悟》（〈爛皮兒〉）、安．薩克斯頓（Anne Sexton）的《變身》（〈爛皮兒〉），都可找到這個故事的不同版本。

有關《生命之水》

這個新世界讓人痛苦得無法負荷。他那麼賣力嘗試過：他謹守例行作息，小心翼翼數數。他循規蹈矩，生命卻擺了他一道。這個世界跟故事裡的世界不一樣。故事裡的世界，善有善報、惡有惡報。循著正路走、遠離森林，就保證安然無恙。若某人生了病（譬如說，某個故事裡的老國王），那麼他的兒子就會被遣去尋找靈丹妙藥、生命之水。如果其中一個兒子勇氣十足、忠心誠意，就能救國王一命。大衛一直很勇敢，媽媽更是堅強。最終，勇氣畢竟不夠，這世界並不因此給予獎勵。大衛愈往這想，就愈不情願當這種世界的一分子。

——摘自《失物之書》第二章

雖說在《失物之書》中，這個故事只是一筆帶過，但不難看出這個故事爲何對大衛深具說服力。失去父親或母親是孩子最深的恐懼。對大衛而言，他的母親過世，恐懼即化爲眞實；他也了解到，自己讀過的故事跟人類終究一死的現實之間有差距。不過，《生命之水》裡的國王在兒子們請求賜准尋找生命之水時，他的回應是：「我寧可一死。」這也是《失物之書》提到這個故事的緣故。國王的回答顯示了他認可事物的自然秩序：老病者終須一別，由年輕一代繼而存續。很多伴隨而來的困擾，都是因爲篡奪這個自然秩序所造成的。

最後，還有「兄弟關係中的狂妄自大及背叛」。小說裡的大衛有時犯了狂妄自大的錯，最主要是因爲羅絲與喬奇入侵家庭生活，使他一直無法面對。這反倒增加背叛的可能性。駝背人看透這一點，並在《失物之書》裡一直利用這點來對付大衛。

有關《小紅帽》

從前，有個女孩住在森林外圍。她活潑聰穎，總穿著紅斗篷。因為紅斗篷襯著樹木和矮叢分外鮮明，萬一走丟，別人能很容易找到她。

——摘自《失物之書》第九章

守林人跟大衛說這個故事，是爲了解釋路波的來由。「路波」（Loups）原是法文，指的是狼，也是狼人（loup-garou）這個法文字的其中一半，所以守林人講的故事結合了童話與傳說。路波在《失物之書》裡陰魂不散，部分是因爲有人跟大衛提過強納生·陶維很怕狼，不過也是因爲在大衛的想像裡，潛伏森林裡的野生動物中，狼肯定是最恐怖的一群，而且似乎深深觸發了人類的強烈恐懼。牠們喚起的威脅感，就是「遭他人吞噬、吃掉」的那種感覺。我們很容易就會把別種動物浪漫化，例如：熊（德國導演韋納·荷索於二〇〇五年拍的紀錄片《灰熊人》手法高超地指出這項錯誤），可我們看狼的方式卻大不同。狼成群狩獵。牠們很聰明，公認具有潛在的危險性。流傳不輟的傳說談的是狼人（人被自己內在的狼所征服），而不是（打個比方說）變成熊或野豬的人。其實熊跟野豬對人類來講，反倒危險得多。這一來，就透露了我們對待這些動物的態度，以及我們如何看待潛伏於自己內在的野獸。路波之首王者勒華是半人半獸；童話裡會說話也懂得用計的大壞狼，在此找到了新的存在形式與目的地。

至於這個故事裡的性含意，不同的詮釋者所探索的程度各有千秋，而《失物之書》則選擇毫不隱諱地呈現。其實，小紅帽這個角色成了性挑釁者，勾引盡全力想閃避她的狼。跟本書的其他段落一樣，這可以看成是反映了大衛本人逐漸浮現的性意識，卻也表明了他確實了解父親與羅絲兩人關係中的性本質。在本書的前頭，他聽到羅絲「沙啞低聲」地笑著，正是性事的前奏；後來駝背人也用爸爸與羅絲共處的影像來激怒大衛。

《小紅帽》的起源

遭到吞噬的故事和神話有古遠的歷史。神話人物克隆納斯（Cronos）就曾經吞食自己的孩子，不過，孩子們奇蹟似地從他的腹中生還，頂替被吞吃孩子位置的是顆石頭。十一世紀的拉丁文傳說《豐饒的容器》（*Fecunda ratis*），提到有人在一群狼當中發現了身穿紅斗篷的小女孩。法國作家佩羅（Perrault）在西元一六九七年第一次將之改寫為文學作品。他的版本現在不大受歡迎，因為在故事結尾小紅帽被狼吞下肚子去；而且跟較為耳熟能詳的其他版本不同，小女孩就待在肚子裡等著被消化。較早期的版本把小紅帽描繪成精明的少女，利用聰慧智取了狼；在其中一個版本中，她甚至脫光了衣服使狼分心，然後在速速逃命之前，先到外頭去上了廁所。格林兄弟進一步更動原始素材，把它變成較有警惕作用的故事：儘管大人嚴峻告誡不可走偏，小女孩還是因為花與蝴蝶而分了心，走偏了路，因此讓野狼有充分的時間來對付她跟祖母。格林兄弟也刪除了故事裡明顯的情色元素，不過我們只消想像一下，就能夠把這個元素再擺進故事裡。（順帶一提，南密西西比大學的網站上有個「小紅帽計畫」http://www.usm.edu/english/fairytales/lrrh/lrrhome.htm，裡面的檔案包含這個故事的十六種版本，還有一整套影像，方便讓我們瞧瞧可以用哪些不同的角度來看這個故事。）

布魯諾．貝陀罕（Bruno Bettelheim）在《魔法的用法》裡，對佩羅的版本嗤之以鼻。他認爲佩羅硬想宣導道德訓示，弄到最後把狼從貪婪的野獸變成了長著獸毛的象徵。沒人警告佩羅的小紅帽別走偏路，簡言之，佩羅的寓意就是「跟陌生男人說話的時候要當心」。其實，佩羅深怕這個寓意不夠明顯，還在故事末尾添了一首詩，就是爲了要向讀者講清楚。

在這個故事裡，你會學到，小孩啊，
特別是小女孩呀，
美麗、有教養又優雅，
聽誰說話都不對，
如果有隻狼最後把她們吞下去，
根本不足為奇。
雖然我說有隻狼，但不是所有的狼
都一個模樣。
有些狼相當迷人，
不吵鬧、不殘暴，也不會殺氣騰騰，
而是溫馴、愉悅又柔順，
跟著少女們回家去、
進到她們的閨房裡，
可是小心了，如果妳還不知道，溫馴的狼

才是最危險的哩。

所以，各位現在明白了。格林兄弟版本裡的警告是透過暗示而非明言，這份警告只在媽媽對女兒的訓誡中透露出來。性的詮釋激發了這麼多版本，新舊版本皆然；看來，小紅帽真正面對的危險是自己的性徵，結果對於狼的主動示好，她的回應始終搖擺不定。（格林兄弟添了些內容，提出第二種版本：小紅帽往祖母家的路上，又遇到一隻狼，可是這回她一路跑往祖母家去，祖孫兩人合力擊退狼的進襲，最後將牠溺死在水槽裡，一把澆熄牠的熱情。）

這個故事的現代改編版中，最受矚目的一個收錄在安潔拉・卡特（Angela Carter）精采的短篇故事集《染血之室》裡，進而啟發尼爾・喬登（Neil Jordan）拍攝《狼之一族》一片。另一個出人意表的電影版本，就是一九九六年的《極速驚魂》，由瑞絲・薇斯朋飾演身穿紅夾克的逃家女孩，受到連續殺人犯的脅迫。

有關《糖果屋》

從前，有一對姊弟……

——摘自《失物之書》第十一章

《糖果屋》一直是我最喜歡的童話故事之一，因而在《失物之書》裡占了一席之地，不過，就跟書裡其他故事一樣，不管是羅蘭說的，還是守林人講的，無論是大剌剌提到或拐彎抹角影射，之所以選了這個故事，是因為它跟大衛或其處境特別有關。

就這個例子來說，很明顯的參考點就是「遺棄」，特別是孩子對可能遭父母遺棄的恐懼感。我清清楚楚記得小時候某天放學後（那時我頂多七歲，這反映了不同時代的社會變遷，現在少有父母肯讓年僅七歲的兒子一個人走二十分鐘的路上學）發現我家消失了。簡單說，我那天早上離開的家，放學後竟然不在了。實情是（一談到這事，我的語氣就像個傻頭傻腦的孩兒，還請您見諒），我父母決定重漆房子門面，所以大門、三角牆以及簷槽的顏色完全翻新了；油漆工也把門牌拿掉，免得金屬沾上油漆。我主要是靠顏色來辨識自己的家：整條街的房子，結構外觀都一模一樣，只能靠顏色來區分，而我家是紅色。紅房子不見了，另一棟正站在它的位置上。有好幾分鐘，我處在震驚的狀態，直到我家鄰居庫朗太太冒出來，我這才確定，雖然自己被拋棄了，但是在這世界上還不至於孤伶伶一人。是她把事情的來龍去脈解釋給我聽的，可是那天仍歷歷在目，還有，不管有多短暫，我那時眞的感到，自己那個最深的恐懼終於成眞了。

所以「遺棄」在這裡是個主題。在《失物之書》裡，就某個角度來看，大衛已經遭雙親的其中一位遺棄：媽媽去世了，他害怕自己會因為爸爸及其新伴侶偏愛幼子而受到排擠。（就某種程度來說，這反映在大衛的《糖果屋》版本裡，在其中，父母親的角色改變了：背叛孩子的是父親而不是母親。）不過對大衛來說，此處還有一個訊息：獨立很重要，他還必須了解，不管是因為喪親而被迫學習獨立，或者是邁向成人期的過程中自然逐漸學會獨立，孩子到了某個階段都得靠自己闖天下。這就是《失物之書》說這個故事時，跟原來版本有所出入的重點所在。在傳統的版本裡，漢斯與葛瑞特結合兩人的努力與力量而成功脫逃，他倆擊倒巫婆而因此倖存下來。可是在《失物之書》裡，跟葛瑞特比起來，漢斯比較軟弱也較為膽小。她了解到想生存下來就必須自立更生，她弟弟卻不懂這一點。葛瑞特成長了，達成大部分小孩覺得不可能靠自己創造的事情——獨立於父母而存在，面對並克服成人世界擺在孩子面前的種種挑戰。相反的，漢斯卻沒能成長，即使巫婆（替代的母親角色）被擊敗了，他還繼續尋找替代者，也因此讓自己萬劫不復。

《糖果屋》的起源

《糖果屋》是德國的民間傳說，可是在其他文化裡也有相似的故事，屬於可簡稱為「孩子與妖怪」的故事傳統。在這類故事裡，孩子進入妖怪的巢穴，並且轉敗為勝，常常還攜帶金銀或財寶脫逃。這故事首次由格林兄弟在一八一二年出版，當時是從鄰居桃樂西・懷爾德（Dortchen Wild，日後成為威廉・格林的妻子）那裡取得。格林兄弟蒐集故事後仍一再修訂。《糖果屋》原始版本跟一八五七年的最終版本之間就相差了半世紀。這段期間裡，格林兄弟首次為故事裡的孩子命名，將他們的母親變成了後母，也為他們慘遭遺棄提供了原因。

格林兄弟特別鍾愛這故事，或許源於對這故事的投入。這故事跟他們自己的人生互為呼應：離世多時、缺席的父親角色（遺棄）、對母親的愛、親近的兄弟關係。談手足之愛而非手足競爭（《灰姑娘》即為一例）的故事不多，《糖果屋》便是其中之一。這個故事也有事實的根據：十九世紀，德國發生饑荒，無論城市或鄉鎮都有孩子遭遺棄，再加上女性的死亡率偏高，特別是分娩當時或生產之後，換言之，有繼母的家庭四處可見。同樣的，密林或森林對孩子的威脅是很真實貼切的，孩子如果在林子裡走丟了，幾乎毫無生還的機會。

現代作家所寫的變化版，可以在以下這些書裡找到：羅伯特・庫佛（Robert Coover）的《樂譜和高音》（〈薑餅屋〉）、葛立森・凱樂（Garrison Keillor）的《眞高興在這裡》（〈我的祖母、我自己〉）、愛瑪・多諾古的《給巫婆之吻》（〈鄉間小屋的故事〉）、安・薩克斯頓一九七一年的詩集《變身》（〈漢斯與葛瑞特〉）。

有關《齪爾與三隻山羊》

大衛總因故事裡有齪爾而深感著迷，卻從沒見過牠們。在他心目中，牠們是住在橋下、神出鬼沒的形影，考驗旅人，盼旅人通關失敗以大飽口福。這些攀過峽谷口、手持熊熊火炬的身形與他預期的有些落差。牠們比守林人矮小，但身形十分寬壯，膚如象皮，又粗又皺。沿著脊椎生有高突骨板，如恐龍的背，面貌似猿。擺明了是醜惡不堪的猿類，雖說似為痤瘡所苦，但怎樣都算猿。每座橋前有個齪爾就定位，令人不快地笑著。牠們有細小紅眼，在火炬的光線中邪惡發亮。

——摘自《失物之書》第十二章

《三隻山羊》的故事或許是我記憶裡最早聽過的童話故事之一。它之所以吸引孩子的原因顯而易見：結構簡單、重複性頗高、便於記憶。不過，我老是記得這個故事有點邪惡。山羊似乎很輕易地出賣彼此，我不得不想像，這些公山羊知道最後那隻會有足夠氣力來對付齪爾。故事說完了，小孩學到的教訓是：跟比你高壯的人在一起玩很好，因爲哪天遇上惡霸，他們就可以幫你應付；還有，如果有必要，出賣朋友不要緊。除了前述的事實之外，這故事沒教孩子多少東西。這番解讀讓我某位友人相當難過，因為她母親對她說過，這個故事的宗旨在於「強者應該護衛弱者」；若真是如此，那麼最大隻的公山羊早就自願帶路了，這樣的看法也代表對齪爾有些錯置的信心，推想齪爾會有能力理解「延遲享樂」（delayed gratication）這個觀念。也有可能，山羊深知只要遇上齪爾，最高壯的那隻自然能夠消滅對方，所以故意讓自己身陷險境。這麼說來，牠們很像是電影《猛龍怪客》裡查爾士．班森（Charles Bonson）所扮演的角色，只不過是比較多毛的版本。查爾士．班森在戲裡很睿智地運用塞滿硬幣的襪子除去紐約的強盜……

雖說如此，我一直很喜歡齪爾躲在橋下的意象，以及這個意象所代表的意涵——遭吞噬的威脅。《失物之書》採用的傳統元素包括橋、通關挑戰（在此是謎語）、齪爾，而且是採取相當傳統的方式來處裡。原始故事的優點在於單純簡潔：出現威脅、透過機智來克服挑戰。

有關《白雪公主與七矮人》

「啊。」矮人說，顯然放下心又開始前行。「每個人都聽過她。『噢……那個跟矮人同住、吃垮他們的白雪。弄都弄不死呢。』哦，是啊，白雪公主人人皆知。」

「呃，弄死她？」大衛問。

「毒蘋果啊。」矮人說：「功敗垂成，都因為低估了劑量！」

——摘自《失物之書》第十三章

大衛與七矮人的邂逅，一直是書裡最輕鬆的一幕，我是刻意這樣安排的。不過，我一方面避開白雪公主故事裡較陰暗的面向，也對大衛最深刻的恐懼提出了質問。畢竟，在白雪公主的故事中，有個邪惡善妒的後母，打算密謀殺掉一個孩子，並吃掉他，所以大衛透過想像力讓這個故事較爲黑暗，倒也不意外。可是，對於在童年時讀過白雪公主的大多數人而言，或者特別是那些能回想起迪士尼電影版本的人，整個故事最令人難忘的特點或許是七矮人。沒錯，巫婆／後母這角色很嚇人，我們很多人隨口就能說出她對鏡低喃的咒文；可是，七矮人不管力量多麼有限，卻承諾幫忙並提供保護，這一點還是能撫慰人心。我寫這本書的時候，不免猜想大衛自己是否會選擇把後母這個問題完全擺置一旁，然後全神貫注在七矮人身上。

不過，因爲在大衛的書架上，七矮人的故事書跟共產主義史放得很近，七矮人的性格因此稍微有變。共產主義史那本書，大衛當初試著想讀，但因爲讀不懂，才翻了幾頁就放棄了。《失物之書》的其中一個主題是「故事與書本如何互爲養分」，這跟我身爲作家而受到自己閱讀過的書籍所影響，幾乎沒有兩樣。這樣看來，《失物之書》不止建構自大衛所遇過的書本，也來自影響過我的書本與故事。

《白雪公主與七矮人》的起源

《白雪公主》大概是流傳最廣的童話故事之一，亞洲、非洲、斯堪地那維亞、南美洲與歐洲各有各的版本，只是有些元素稍有更動罷了。舉例來說，格林兄弟讓邪惡後母求教於一面鏡子，而在別的文化裡，她會跟太陽、月亮，甚至是無所不知的鱒魚對話。同樣的，在一些版本裡，七矮人由強盜、熊、猴子、老婦人或兄弟所取代，我們因此能把音樂劇《七名兄弟的七位新娘》當作是這個故事的即興反覆，白雪公主由第一位新娘來代表，其他六個陸續步上她的後塵。在這個故事最有名的版本裡，由後母自己出手謀害白雪公主；在其他版本裡，後母將這個任務委託給駝背的內科醫師，或者派個乞丐代替她出馬；而謀殺的器具包括下了毒的葡萄、酒、信件、花朵、飛鏢、拖鞋以及肥皂。

很明顯地，在某個層次上，《白雪公主》這個故事談的是母女關係的衝突。有趣的是，在許多版本裡，嫉妒白雪公主的是她自己的生母。持平來說，格林兄弟對母職的看法相當多愁善感，可說跟他們的成長背景有關，一有機會，他們就想將母親的角色改為後母。如果說《白雪公主》的確是最知名的童話故事之一，那麼它也是歷年來最常經過特意美化的一個，上自母親或後母的食人衝動（單單有取走心臟這道命令，迪士尼電影公司就已經很開心了；格林兄弟則是選肺與肝，或者在某些另類的翻譯版本裡是心臟；而西班牙版本則提高籌碼，要求一瓶白雪公主的血，然後還要拿她的腳趾頭來當瓶塞），下至母親或後母之死，都曾經過更改，衍生出各類版本，從迪士尼的「墜落」到較為傳統的炙紅鐵鞋——邪惡皇后被迫套上鐵鞋，不停跳舞至死為止。

布魯諾．貝陀罕在他的《魔法的用法》裡面，大加撻伐《白雪公主》的故事，也就不足為奇了。他對七矮人特別嚴苛，認為他們之所以存在，是因為原始版本有所刪節，最後還對他們嗤之以鼻，認為他們「永遠停留在前伊底帕斯期」——雖說後面這點可能是真的，不過這樣詮釋讓整件事的趣味消失了一大半。雖說如此，故事在本質上屬於伊底帕斯的親子衝突

（母親嫉妒女兒正要萌芽的性徵），就提供了作家足夠的養料，來深入探索較爲邪惡的含意，從安・薩克斯頓、羅伯特・庫佛、到坦尼思・李（Tanith Lee）、唐納德・巴提姆（Donald Barthelme）都是。

在這裡很明顯也有其他故事的影子。在森林裡遭拋棄的主題，在《糖果屋》裡就出現過了，不過在此又再度浮現，只是原因不同。讀者可以聽得出，七矮人對白雪公主的反應，就類似三隻熊因爲金髮歌蒂拉擅自入侵而忿忿不平，這就是《失落之書》的七矮人之所以提到歌蒂拉的原因。

有關《金髮女孩與三隻熊》

「等等。」大衛說：「歌蒂拉逃離熊的房子之後，再也沒回去啊。」

他不由得住嘴，因為矮人望著他，一副他可能有些遲鈍的樣子。

「咦，她沒逃走嗎？」

——摘自《失物之書》第十三章

七矮人跟大衛聊天的時候，提到了這個故事，他們向大衛明白表示，歌蒂拉最後下場淒慘，這個結局正適合業餘小偷與賊兒，誰叫她鑄下大錯，竟在滿屋子熊的地方睡著了。這不僅僅是黑色笑話，也指出大衛在那個階段依然天真得很。他以爲熊抱起來很舒服、七矮人不可能企圖謀害別人，而白雪公主美麗又快樂。或許吧。

《金髮女孩與三隻熊》的起源

這個故事首次以散文敘事的形式於一八三七年付梓，標題爲《三隻熊》，由詩人羅伯特·沙賽（Robert Southey）講述，就收錄在他的作品集《醫生》裡。歌蒂拉那時還沒出現在故事裡，而由一位矮小的老婦人頂替。後來的版本用名叫銀髮的女孩來代替這位老婦，最後，金髮歌蒂拉在一九〇四年的《古老的童話故事與韻文》合輯裡首度現身。詩人沙賽發展自己的故事時，或許是根據早期口述傳統的材料，現在，這個故事已經如此深植於大眾的想像力，沙賽當初的參與大抵讓人遺忘了。

有關《三名軍醫》

「不過，好運上門。我巧遇行經森林的三位外科醫生，逮住他們帶回這裡。他們提到某種自創藥膏，能將切斷的手接回腕上，或將腿接回身軀，我逼他們露一手給我看。我切斷其中一人的手臂，另外兩人負責治好，就跟他們誇口的一樣。我又將另一人劈成兩半，他的朋友再度讓他完整如初。最後我將第三人的頭斬下，他們又把頭裝回頸上。

「……他們就成了我第一批新獵物……」

——摘自《失物之書》第十六章

我牆上有幅畫，畫名題爲〈兔子〉，由藝術家大衛·莫理思（David Morris）所繪。圖中描繪了一個長了兔子頭的孩子及一隻長了孩子頭的兔子，一起從兩棵樹後面朝前窺望。除了格林兄弟的故事裡反覆出現的獵人與打獵意象，以及標題爲《三名軍醫》的故事之外，這幅圖也對《失物之書》中大衛巧遇女獵人的那部分提供了靈感。我想不透，這孩子到底爲什麼會有兔子的頭，而兔子怎麼會有孩子的頭呢？然後我衡量大衛要如何智取女獵人。某種程度來說，他從早先守林人跟他說的糖果屋故事裡學到了教訓，因爲他跟葛瑞特一樣，找到一個辦法，利用表面的天眞騙過威脅取他性命的女人。不過大衛比葛瑞特更高明：他告訴女獵人有關人馬獸的事，並利用她的虛榮心以及想成爲超級森林掠食者的欲望。

《三名軍醫》這個故事的背景資料，我能找到的很少，而且老實說，我想清楚地用在《失物之書》的唯一元素，就是運用藥膏來治療傷口這一點。這個故事明顯想探討醫學專業的狂妄自大以及他們宣傳自己技能的方式，這點或許對十九世紀初期的人別有意義，因爲他們大有理由對內科醫生感到恐懼，但又覺得缺他們不可。

儘管如此，這個故事也提出了一些有趣的議題，就是我們現在可能稱之爲「身體恐懼」（body horror）的問題。畢竟，故事的核心概念就是被「他者」（某種自己之外的東西）所取代。這三名軍醫都發現，因爲添加了自身之外的存在元素，使得自己的個體性，甚至連意識都受到了威脅。這麼說來，就不難看出這個故事（舉例來說）影響了瑪麗·雪萊的《科學怪人》（特別是從受吊刑而死的罪犯身上偷取身體器官來使用）。在像《變體人》、《歐拉克之手》或大衛·科能堡的《變蠅人》這類電影裡也能看到這個故事的影子。

在大衛大戰女獵人的後半段，以上這些作品的點子都提供了養分。女獵人最後與她實驗失敗而遭遺棄的生物互相對峙（我滿確定自己對H·G·威爾斯《攔截人魔島》的記憶也悄悄滲透進去了）。不過，這樣的對峙所提出的問題是：促使他們對女獵人下毒手的，到底是這些可憐生物的動物性，還是牠們內裡仍屬於孩子的那部分？

關於獵人、女獵人與父親的形象

許多童話故事裡的男性角色，自然而然地就代表了父親。通常的典型是森林裡的獵人或是男人；在《失物之書》裡，就是守林人了，他是大衛最初進入新世界時所遇到的第一人；而在小說的終局，大衛也在守林人身上認出自己父親的特徵。不過，從大衛的角度來看，守林人的缺點在於所知不足，以及遲遲不願分享自己生活點滴。守林人也證明自己無法保護大衛免受狼群傷害，男孩只得仰賴自己的勇氣。不過，守林人情願爲男孩犧牲自己，這一點暗示著到了小說末尾，大衛終究會諒解。

羅蘭也替代了父親的角色，不過他心繫「遠征任務」與不在場的拉斐爾，也等於是說他不像守林人那麼可靠。費雷契身爲村民名副其實的首領，給大衛提供了另一個版本的父親角色，不過，他的表現因過度謹慎而打了折扣，因爲他跟同儕一樣，不肯完全依照羅蘭的計畫來行事。國王也嘗試對大衛假扮父親的角色，可是同時也以平等的角色向大衛說項——或者說，如果大衛願意接受王位的話，國王就願意與他平起平坐。

所以，一次又一次，我們遇到不同的男性角色，可是他們全都無法成功扮演大衛所需要的保護者角色。某種程度來說，這是因爲他對自己的父親有不信任感：爸爸的新關係給他一種受背叛的感覺，這份新關係在大衛媽媽才去世不久就已完婚。就這點來說，我們可以問，大衛覺得怨憤是否情有可原？一個人喪偶後，要守喪多久才合宜？大衛的父親與羅絲交往的速度，還有大衛母親瀕死時，羅絲也在場，可能暗示了這段關係的種子早在大衛母親還在世時就種下了。顯然大衛在某種層面上認出這一點，而他父親卻沒有妥當處理這個問題，暗示了父親在人格上的缺失。一而再、再而三地，我們在童話裡老是遇到軟弱的父親角色：《小矮人》裡說謊的磨坊主人與貪心的國王；《糖果屋》裡共謀遺棄孩子的父親；《白雪公主》裡的國王看不出自己的太太威脅了女兒的生存，還有那個獵人，他未遵照皇后的心願殺了白雪公主，卻也無力保護她。這麼說來，大衛的父親與這一群軟弱的男人是一脈相承。

不過，在本書裡，最爲駭人而冷血的角色就是女獵人，這個女人本質上篡取了童話故事在傳統上會分派給男人的角色。她是反保護者、一家之長型的獵人，不過她不是將野生動物從孩子的門口驅離，而是捕捉那些動物、利用牠們來破壞孩子的自我認同。她把孩子的身分跟森林裡的生物混雜在一起，就爲了獵取並殺害自己親手塑造的雜種生物。再一次，她象徵來自女性的脅迫，支配大衛的生活，而現實生活裡指的就是他的繼母。可是女獵人可能還更恐怖，因爲傳統的父親角色雖說保護不了自己的孩子，可是代之而起的存在體卻準備好要利用孩子的脆弱來達到自己的終極目的。有如那個住在鐵道旁、得爲比利·戈丁之死負責的男人，女獵人也是個殺童者。

最後，這觸發了最末一個問題。《失物之書》裡有兩個孩子的命運始終成謎，他們的陰影糾纏著大衛，例如在書末他眞的遇上安娜的魂魄。大衛透過自己的想像力，創造了一個故事版本來解釋兩個孩子的可能遭遇，不過如果說他踏入的世界完全是想像力的產物，而我們也接受這點（我絕對不是暗示這是唯一的解讀方法），那麼強納生和安娜到底發生了什麼事？大衛思索比利．戈丁的死，並推想當初可能的情況，極有可能眞的就這麼發生過，而這種可能性影響了書裡接踵而來的所有事件。

有關《天鵝公主》

故事一完，羅蘭望著大衛。

「你覺得我的故事如何呢？」

大衛皺起眉來。「我想我讀過相似的故事。可是我的故事是講公主，不是王子。結局倒是一模一樣。」

「你喜歡這個結局嗎？」

「我小時候喜歡，覺得假王子罪有應得。我喜歡惡人受懲而死。」

「現在呢？」

「看來很殘忍。」

「可是如果他有權力決定，他也會以此道待人。」

「大概吧。可並不代表這種懲罰就有道理。」

「所以你會大發慈悲？」

「如果我是真王子的話，嗯，會吧，我想是。」

「你會原諒僕人嗎？」

大衛想了想。

「不會。他犯了大錯，應當受到懲罰。我會要他去照料豬群，感受真王子先前受迫的生活。如果他傷害任何一隻動物或是任何一個人，那他就要接受同樣的待遇。」

羅蘭點頭贊同。「這樣的懲罰仁慈而恰當。」

——摘自《失物之書》第十九章

格林兄弟所敘述的版本，是歐洲及其他地方所發現的諸多版本之一。這個故事過去曾是格林兄弟作品裡最爲知名的一個，現在卻多少已經失寵了，或許是因爲它很單純的緣故。故事裡沒有小矮人或妖怪，也沒有巫婆。這個故事談的是背叛，以及面對苦難時的沉著鎮定。傳統上來說，主角是女性，也就是故事標題中的「天鵝公主」；不過羅蘭講這個故事給大衛聽的時候，將主角的性別改成男性，使故事與大衛的情況關連更緊密。早期不同的版本裡有些就有這種情形，例如英國的版本《羅斯沃與莉莉安》。

這個故事的其中一種詮釋，就是把它當作一種教訓，談的是父母如何無力確保孩子能朝成熟的目標發展。老皇后交給女兒的世俗之物全不足以保障女兒的安全。發生在她身上的事情，大部分緣自於她自己的大意與不夠成熟，這個故事清楚呈現孩子在邁向成人的旅程中，會面對哪些困難與挑戰，也明白提出忠於自己該有多重要，爲了飛黃騰達而篡取別人的地位又有多危險。

不過，羅蘭跟大衛講的故事就單純多了。在某個層次上，可詮釋成「鳩占鵲巢」，如同以上所提過的篡奪故事。顯然，大衛就是這麼看待同父異母的兄弟喬奇，而羅蘭看得出大衛對這個新來者的憤怒。羅蘭對故事的更動，在結尾處變得最明顯也很有意義：兩個故事都以可怕的懲罰作結。羅蘭質問大衛，對那位騙子施加報復是否具正當性，也等於是邀請大衛尋找其他辦法。（值得一提的是，在兩個版本中，犯錯的人等於是自討苦吃，將罰責加諸在自己身上，這也就指出兩件事：惡人的動機最終會毀了他／她自己，而邪惡是一種自主的選擇。）大衛提出比較仁慈的替代方案，也就表示他在某個層面上已經開始接受喬奇的存在，也逐漸接受了自己對較為脆弱無力者所該負起的責任。

不過，大體而言，整本書的書寫過程中我一直很猶豫，不想用任何方法「消毒」這些古老的故事，所以它們仍舊顯得「腥風血雨」。孩子懂得懲罰的本質，如果知道惡有惡報，會比較放心。同樣的，如果把古老故事裡的暴力與脅迫抽走，就等於大大削減這些故事的力道，也破壞了它們所要傳達的訊息。這些訊息探討的是：孩子們居住的世界，有時會令人困擾、讓人恐懼。

有關《美女與野獸》

那一刻，他右方牆上的鏡子閃了閃，慢慢轉為透明。透過那片玻璃，他看到一個女人的輪廓。她一身黑，坐在巨大寶座上，除此之外，房裡空蕩蕩。她臉覆面紗，雙手套著絲絨手套。

「我不能見救命恩人一面嗎？」亞歷山大問。

「我寧可不許。」女士回道。

——摘自《失物之書》第二十章

羅蘭說這個故事的情節，是相當後來才加進《失物之書》的。這個故事跟他自己的遠征任務比較有關係，跟大衛的關係沒那麼密切。在這個故事裡，我想，羅蘭找到了一個方法，將自己的恐懼形諸於文字，他害怕正在荊棘碉堡裡等候著他的東西，可是（在這裡我們應該記得，連這個故事也算是大衛想像力的產物，也會受到他情緒的影響），帶來威脅的再次是女性，儘管到了這個階段，大衛對所處情境的反應已經變得愈來愈複雜。雖然這個故事裡有邪惡的元素，但是邪惡並不是從女性角色裡散發出來的。錯在於男性角色。男性既傲慢又虛榮，因著自己的罪孽而受到懲罰。

《美女與野獸》源自羅馬作家阿普列烏斯（Lucius Apuleius）西元二世紀《金驢記》裡的〈丘比特與賽姬〉。這個故事在十五世紀時以拉丁文印行，並在歐洲廣爲散播，接著又譯爲其他語言，以作爲公開演出使用，因此備受矚目。每個文化都在這個故事裡注入一點自己的特色，因此原始故事衍生出一大家族的故事來。雖然巴西萊（Basile）、佩羅以及斯特拉帕羅拉（Straparola）寫過早期的版本，不過咸認勒龐絲·德波蒙女士（Mme Leprince de Beaumont）於一七五七年爲《孩子的雜誌》（或是後來英譯爲《少女雜誌》）所寫的才是權威版本。在一七四〇年，維兒諾芙女士（Mme de Villeneuve）出版了一本小說《海洋故事，或是年輕的美國女孩》，其中就包括一個版本的美女與野獸。

這個故事既然源自阿普列烏斯，因此就可以解讀爲對女性性欲的駕馭。在道德意味較重的版本裡，野獸會變身爲俊俏的男子，這個故事或可解讀爲對男性性欲的控制。不過，也可以說是認可了情愛關係裡存在著性欲，等於是字面上的「有雙背的野獸②」。羅伯特·葛瑞夫將這個故事視爲「一個哲學寓言，描寫理性靈魂邁向智性愛的過程」，不過，在中世紀裡，理性靈魂可能會在「同伴愛」（companion love）的故事裡尋得靈魂伴侶，特別是主張女人要忍受願意扶持她的醜男人那類故事。

很值得一看的是瑪琳娜．華納（Marina Warner）的兩部精采作品：一九九八年的《不要，怪物走開》和一九九四年的《從野獸到金髮美女：論童話以及童話說書人》，這兩部作品跟《美女與野獸》，以及附錄裡提過的許多故事息息相關。

有關《睡美人》

「我有個朋友……」羅蘭說，沒正眼看大衛，「名叫拉斐爾。他想向那些質疑他勇氣、在背地裡說他壞話的人證明自己。他聽過一個傳說，在一個滿室珍寶的房間裡，有個女人讓女巫師作了法而長年沉睡。他起誓要將女子自魔咒中解救出來。

——摘自《失物之書》第十九章

大衛了解為何從遠處看碉堡會顯得模糊不明了：棕色藤蔓爬滿碉堡，纏繞中央高塔，覆住牆面與城垛，還生著暗色棘刺，有些少說也有一呎長，比大衛的手腕還粗。

——摘自《失物之書》第二十四章

在《失物之書》裡，大衛把睡美人的故事跟好幾種素材融合在一起，包括羅伯特．布朗寧（Robert Browning）的《羅蘭少爺來到黑暗塔》，結果把大衛帶往荊棘碉堡，也帶往碉堡中沉睡的女人。乍看之下碉堡中的女人是羅蘭長征的目標，可是其實羅蘭眞正在找的，是他的靈魂知交拉斐爾。最後賦予塔內女人具體形象的是大衛，那個女人既是親生母親，也是即將成爲他母親的羅絲，不過同時也是大衛恐懼總和的化身，這個女性角色甚至比他早先遇到的怪獸還要恐怖。

原始故事裡的性元素，在後來的重述裡逐漸淡化了，不過此處再度浮現，顯示大衛逐漸升起的性意識，也表示他察覺到自己對羅絲（如同布魯諾·貝陀罕以伊底帕斯戀母情結來詮釋這類故事，或許也包括大衛對母親）的混亂感受。沉睡公主的故事顯然可以作爲寓言，即爲自童年邁向成年女性的人生旅程：刺傷大拇指而流血，預示著月事的來到；靜伏不動的時期則是等候對性的覺醒；性覺醒的到來，則以性關係的形式來展現，有些故事以一吻爲象徵，在別的故事裡則以更加親密的行動來表示。

《睡美人》的起源

《野玫瑰》或較爲人所知的《睡美人》以許多不同的形式出現，最後才由格林兄弟書寫下來。如果要提供一份簡短的摘要，則會包含佩羅與巴西萊的版本，還有出現在十四世紀加泰隆語寫成的故事集《歡快的哥哥與喜悅的妹妹》（*Frayre de Joy e Sor de Placer*），與十六世紀以法語寫的《佩塞福雷傳奇》（*Perceforest*）。

這個故事的早期版本裡，沉睡的女孩遭發現她的人侵害（在巴西萊的故事裡，發現她的國王「將愛的果實從她身上摘下」），而她在產下孩子時才甦醒過來：跟字面上的意思一樣，屬於性的覺醒。隨後，講述這個故事的人選擇某種較不唐突的覺醒方式，最有名的就是格林兄弟版本裡的一吻。

較早期的版本將這個故事加以擴充，包括了諸多細節，像是公主成婚、她如何面對有食人傾向的婆婆，還有婆婆最終喪命於一缸蛇裡。不過從頭到尾，睡美人一直是最爲被動的童話故事女主角之一，所以這個故事會吸引一些人重新詮釋，倒也不奇怪。跟《失物之書》裡的其他故事一樣，愛瑪·多諾古、安·薩克斯頓以及羅伯特·庫佛都曾重寫這個故事的結局。

有關羅伯特·布朗寧與《羅蘭少爺來到黑暗塔》

他試讀一下，發現其中幾首詩竟然還不壞。有一首談及某騎士（只不過在詩裡面，別人喚他為「貴公子」）以及他尋找某座黑塔的過程、塔內的祕密。不過，這首詩似乎沒好好收尾。騎士到了那座塔，然後，嗯，就這樣而已。大衛想知道塔裡有什麼東西，還有，既然到達黑塔了，騎士又有何境遇。可是詩人似乎覺得這些無關緊要，讓大衛不禁對寫詩的人好奇起來。

——摘自《失物之書》第三章

戰場傳來的氣味讓大衛作嘔，也加重大衛對這老人的不信任感。老人談及「牠」的方式、提到「牠」就微笑的模樣，讓大衛明白，在此喪命的人死狀甚慘。

「『牠』是何方神聖？」羅蘭問。

「是頭母獸……」

——摘自《失物之書》第十八章

塔頂窗戶露出微光，接著有個人影行經窗口擋住了光。人影暫且停步，似乎俯盯著底下的男人與男孩，然後消失了。

——摘自《失物之書》第二十四章

羅伯特．布朗寧是我最鍾愛的詩人之一，不過我到很晚才發現他，是在都柏林三一學院念英語系的時候。他最讓人驚豔的或許是「人物詩」，我一看到安德利亞．德爾沙托（Andreadel Sarto）以及李波李披修士（Fra Lippo Lippi）的畫作時，仍會忍不住拿這兩位藝術家跟布朗寧詩作裡對他倆的描繪比較看看。詩作分別以兩位藝術家的名字爲標題，靈感有一部分來自於布朗寧對藝評家瓦薩利以及其名著《藝術家的生活》的研究。

不過，對我產生最多衝擊的是《羅蘭少爺來到黑暗塔》，或許是因爲這首詩的意象如此之豐富，而且運用了「遠征任務」（quest）的結構；我想，對讀者具有根本吸引力的結構裡，遠征正是其中一個。（這首詩顯然也提供了史蒂芬．金一個起點，來發展他的「黑塔」系列小說，故事的核心就是殺手羅蘭。）儘管如此，我跟大衛一樣，還記得自己當初因這首詩的結尾而有點沮喪。我理解詩作背後的邏輯，或者說，我至少能幫這樣的結尾找理由。我明白塔裡面的恐怖事物對我們每個人來說，因人而異；或者這麼說好了，塔裡的事物代表了更深沉的東西，而無法以任何生物型態來傳達。可是，我成長以來所接觸過的故事，結局都並非這麼開放。現在的我明白，塔裡有什麼東西其實並不重要。重要的是，羅蘭準備好要面對它了。我們人人各自有這樣的恐懼需要面對。也許，說到底，塔底裡最可怖的事就是：我們終究難逃一死。

《羅蘭少爺來到黑暗塔》首度在一八五五年出版，收錄在《男男女女》詩集裡。依照布朗寧自己加在標題底下的注解，這首詩的標題與靈感皆來自莎士比亞劇作《李爾王》裡愛德伽裝瘋賣傻時所唱的那首歌。《李爾王》裡跟這首詩最有關連的句子出自弄臣之口：

> 來到黑暗塔的羅蘭少爺，
> 他老是叨唸著：「唉—呦—喂，
> 我嗅到一名不列顛人的鮮血味。」

這個作品也帶有早期文學人物的影子，像是蘇格蘭民謠〈羅蘭少爺〉以及十二世紀法國的〈羅蘭之歌〉。布朗寧在詩中運用寓言，表示曾受到班揚《天路歷程》的影響，而他運用的歌德式恐怖意象，也呼應了浪漫主義作家的風格。布朗寧也可能讀過偉大的中世紀敘事詩〈高文爵士與綠衣騎士〉。順帶一提，「少爺」（Childe）指的是還未受封為騎士的年輕男子，這個狀況跟大衛的窘境有異曲同工之妙。大衛是個還未起步邁向成年期的少年。同時，在《失物之書》裡，羅蘭雖然身為大衛的保護者，可是對於自己的地位也抱著模稜兩可的態度。

這首詩對大衛的想像力產生了如何的衝擊，進而形塑《失物之書》裡面的地貌景致呢？塔的意象反覆出現在這本小說裡：先是森林裡殘敗的教堂，再來是立在強化防禦的村落中央尖塔，最後則是荊棘碉堡的主體高塔。塔是本書最重要的象徵之一，主因是由於大衛讀過這首詩，所以這個意象便有了分量。雖然這首詩他讀來有些挫折，但在不知不覺中，他了解了其中的含意；他早先曾經嘗試以怪獸的形貌將恐懼具體化。在塔裡時，大衛跟羅蘭一樣，必得面對自己最深的恐懼，就是這本小說裡一再出現、具威脅性的女性形象，這些形象也不斷現身於大衛深愛的古老故事裡。

這首詩裡還有其他意象也出現在《失物之書》裡：「白髮蒼蒼的瘸子」變成在戰場上向大衛與羅蘭現身的老人，這首詩裡也曾提起戰場上（「此戰在那個致命的圓窪地裡看來勢必如此。當放眼即爲廣闊無邊的平原時，倒底是什麼將他們困身於此？」）先於羅蘭、爲了任務喪生的騎士們，也是在本書中他們有了較爲具體的形象。

不過總的說起來，到底該把這首詩裡的故事當作眞實或是幻想？其實我們並不清楚。如果純粹是幻想，那麼敘事者將內在的外化成風景，任由自己的回憶、恐懼與欲望將之盡情蹂躪，跟大衛在《失物之書》裡爲了處理自己的心魔而塑造了風景地貌，兩者作法幾乎雷同。

有關人馬獸

「我一直在想妳昨晚說的話。」大衛戰戰兢兢開口：「關於小孩都夢想當動物的事。」

「不是嗎？」

「我想是吧。我一直想當馬。」

女獵人一臉興趣。

「為什麼是馬？」

「小時候在故事裡看過人馬獸，就是半馬半人。該是馬頸的地方卻是人的軀幹，所以能用雙手握弓。美麗健壯，結合了馬的力量和速度、人的技巧與狡黠，是無懈可擊的獵人。妳昨天在馬背上動作迅速，但還不算與馬一體。我是說，妳的馬也絆倒過吧？或是行動出乎妳意料之外？我爸爸小時候騎過馬，他告訴我，最上乘的騎士也會摔下馬。如果我是人馬獸，結合馬與人的最佳特質，那麼我去狩獵的時候，沒東西能逃過我的掌心。」

——摘自《失物之書》第十七章

關於人馬獸

人馬獸神話有趣的地方在於它的曖昧不明。葛瑞夫的《希臘神話》裡談人馬獸的部分只有收錄於後文的區區一小段，即爲明證。儘管如此，人馬獸代表了人與獸的合體，我想大衛會在其中找到迷人之處，也不無道理。性暗示貫穿了女獵人這段故事，人馬獸對女獵人之所以深具吸引力，除了因爲希望提高狩獵的效能，眞正的原因很可能比這個更複雜。

人馬獸的起源

馬匹對月亮來說相當神聖，而設計用來祈雨的木馬舞顯然推動了人馬獸的傳說以及半人半馬的形象。在希臘，人馬獸最早的樣貌是兩名男子結合在一起，兩人在及腰的部位與馬身相連，這樣的形象可以在麥錫尼文化的寶物上找到，此寶物源自古城阿爾戈的赫拉神廟，面對面的兩名男子舞動著。類似的一組男子也出現在克里特文化的印石上面。不過，克里特島本身沒有馬的宗教祭禮，所以這個紋樣顯然是從希臘本島傳進來的。在古代藝術裡，森林之神撒特（satyr）起先常被描繪為跳木馬舞的男人，不過後來則是山羊。人馬獸可能曾經是長著蛇尾、神諭中的英雄，而北風神波瑞阿斯（Boreas）跟母馬交合的故事因此也跟人馬獸拉上關係。

以上摘自羅伯特·葛瑞夫的《希臘神話》（企鵝出版公司一九九二年合訂版）。

有關鳥身女妖駭比

大衛那本希臘神話跟鄰近某冊詩集的大小及色調相當，所以有時候從架上拿下來的是詩而不是神話。

——摘自《失物之書》第三章

他看到某種形體滑行過空，由峽谷的上升氣流支撐，比他所見過的鳥類都要龐大——牠有著光裸、近似人的腿，腳趾頭怪異地拉長，像鳥爪般彎曲。牠的雙臂大張，巨大的皮褶垂下為翅，長長白髮在風中飛舞。

牠有女人的形體，老邁，身上是鱗片而非肌膚——總之仍算女性。他再偷瞄一眼，看到

那生物以漸小的圓圈繞行下降

「駭比。」大衛複述。

——摘自《失物之書》第十二章

我對駭比的最初記憶，來自於雷・哈利豪森（Ray Harryhausen）所導的電影《聖戰英豪》，電影以女人形體呈現動作停格的恐怖，折磨著盲了眼的菲紐斯（Phineus）。在《失物之書》裡，牠們是邪惡的女性形象之一，一部分來自大衛對繼母羅絲的怨恨。不過，這類角色在童話中有一脈傳承軌跡，駭比在其中占有一席之地。在這樣的故事裡，邪惡經常獨獨以女性來呈現。對評論家來說（像布魯諾・貝陀罕），這樣的呈現有一部分根據的是故事核心裡的伊底帕斯衝突。不過，也可能是因爲對孩子來說，沒有什麼要比具威脅性的女性（或者是母親）形象更恐怖的了。因爲父親代表著權威形象，傳統上擔負著管教的責任，所以一般說來，孩子會比較怕父親而非母親，這樣說應該還算公允。小孩如果被女性攻擊，也許更令人不安，因爲是如此出乎意料，甚至是違反自然，到了某個程度，以致於在莎士比亞的劇作裡，馬克白夫人爲了遂行丈夫的野心，竟要求「去性別」，以便參與謀殺計畫。

大衛察覺到有女性威脅了他個人的幸福，駭比算是這類女性的簡單化身。菲紐斯的故事也許是希臘神話裡最知名的一個，我也收錄了取自葛瑞夫的其他參考資料。

一，涅柔斯（Nereus）、福耳庫斯（Phorcys）、陶瑪斯（Thaumas）、歐律比亞（Eurybia）與刻托（Ceto）是大地之母為海神彭透斯（Pontus）生下的孩子；因此福耳席得

（Phorcids）、涅瑞伊德（Nereids）跟駭比就有表親關係。因為駭比是陶瑪斯與海中寧芙伊列特拉（Electra）的眾女兒，她們住在克里特島的山洞裡，蓄著美麗的長髮、長著迅捷的雙翅，會擒抓罪犯，並把罪犯遞交給復仇女神厄裡倪俄斯（Erinnyes）懲罰。

二，不過，根據其他人的說法，偷走金獒犬的是坦塔羅斯（Tantalus，宙斯嬰兒時期的監護人），他又將獒犬託付給潘特柔斯（Pandereus），潘特柔斯卻否認，於是憤怒的諸神便將他與妻子殺了，另有一說是把他們變成石頭。潘特柔斯的女兒梅洛普（Merope）與克麗歐希拉（Cleothera）成了孤兒，兩姊妹由愛與美之女神阿芙蘿黛緹以凝乳、蜂蜜與甜酒拉拔養大。赫拉將美貌與過人的智慧賜給兩姊妹；月神阿爾忒彌斯讓她倆長得又高又壯；智慧女神雅典娜則指導她們學會人間所有的手工技藝。眾女神表現得這般殷勤，甚至讓阿芙蘿黛緹去軟化父親宙斯對這兩個孤兒的心，還為她倆安排了好姻緣，實在令人匪夷所思（除非當初偷盜金獒犬的罪，是諸女神慫恿潘特柔斯犯下的，那這番殷勤當然就不奇怪了）。宙斯一定覺得事有蹊蹺，因為正當阿芙蘿黛緹在奧林匹克山上與宙斯促膝商談時，駭比就在宙斯的許可下，抓走了這兩個女孩，將她們交給了復仇女神厄裡倪俄斯，讓她們代替父親的罪過受罰。

三，阿爾戈英雄翌日再度出航，來到東色雷斯的薩米代希阨思（Salmydesseus），此地由阿革諾耳的兒子菲紐斯所統治。菲紐斯能精準預言未來，眾神因此不滿，奪走他的視力，一對駭比也在他身邊糾纏不休。駭比是長著翅膀、身形如女性的噁心生物。菲紐斯每次要進餐時，駭比就會飛進皇宮來，從他的餐桌上奪走食物，弄髒剩餘的餐點，使之散發惡臭而無法入口。其中一隻駭比叫做艾洛帕思（Aellopus），另一隻則是歐西比特（Ocypete）。當伊阿宋向菲紐斯求教，想知道該如何獲取金羊毛，菲紐斯告訴他：「先幫我除掉駭比再說！」菲紐斯的僕人為阿爾戈英雄們大擺宴席，駭比立刻降臨，想要牠們的老把戲。北風神波瑞阿斯的兒子卡萊斯與澤特斯身上長有翅膀，便執著劍，飛騰入空追趕駭比，遠遠越過了海洋。有人說他倆在斯特羅法德斯島（Strophades）趕上駭比，不過當駭比轉頭求饒，兄弟倆就饒牠們一命。會放牠們一馬另有其因，因為赫拉的使者伊里絲從中調停，保證駭比會回到克里特的洞穴裡，從此不再折磨菲紐斯。另一個說法是，歐西比特在這些島嶼上停腳，可是艾洛帕思卻繼續往前猛飛，最後溺死在伯羅奔尼撒半島泰格里思河（Tigres），此河現在命名為「哈比思」（Harpys）以茲紀念。

四，喪葬紀念碑上常把海上女妖賽蓮（Siren）刻成死亡天使，彈著七弦琴吟唱輓歌，可是咸認為賽蓮通常先對那些英雄用計，以色誘之，等他們一死才為之哀悼。因為咸信靈魂會以鳥的模樣飛走，因此，賽蓮跟駭比一樣，她們也被描繪成猛禽，等著擒捕靈魂。

以上出自羅伯特·葛瑞夫的《希臘神話》（企鵝出版公司一九九二年合訂版）。

①原文的 spin 除了「風格」之外，也是「紡織」的意思。

②意指交合中的伴侶。

Hit
暢/小說
063

失物之書（經典增修版）

•原著書名：The Book of Lost Things•作者：約翰・康納利（John Connolly）•翻譯：謝靜雯•內文插畫：滿腦袋•封面設計：鄭婷之・責任編輯：（初版）陳瀅如、（二版）徐凡（三版）李培瑜•主編：徐凡•國際版權：吳玲緯、楊靜•行銷：闕志勳、吳宇軒、余一霞•業務：李再星、李振東、陳美燕•總編輯：巫維珍•編輯總監：劉麗眞•發行人：凃玉雲•出版社：麥田出版／城邦文化事業股份有限公司／104台北市中山區民生東路二段141號5樓／電話：(02) 25007696／傳眞：(02) 25001966、發行：英屬蓋曼群島商家庭傳媒股份有限公司城邦分公司／台北市中山區民生東路二段141號11樓／書虫客戶服務專線：(02) 25007718；25007719／24小時傳眞服務：(02) 25001990；25001991／讀者服務信箱：service@readingclub.com.tw／劃撥帳號：19863813／戶名：書虫股份有限公司、香港發行所：城邦（香港）出版集團有限公司／香港灣仔駱克道東超商業中心1樓／電話：(852) 25086231／傳眞：(852) 25789337／E-mail：hkcite@biznetvigator.com、馬新發行所／城邦（馬新）出版集團【Cite (M) Sdn Bhd】／11, Jalan 30D/146, Desa Tasik, Sungai Besi, 57000 Kuala Lumpur, Malaysia.／電話：(603) 90563833／傳眞：(603) 90562833／印刷：中原造像股份有限公司•2007年6月初版／2016年2月二版／2022年9月三版一刷／2023年11月三版三刷•定價420元

國家圖書館出版品預行編目資料

失物之書（經典增修版）／約翰・康納利（John Connolly）著；謝靜雯譯. -- 三版. -- 臺北市：麥田出版：家庭傳媒城邦分公司發行,
面；　公分. --（Hit暢小說；RQ7063X）

譯自：The Book of Lost Things

ISBN 978-626-310-265-1（平裝）
EISBN 9786263102705（Epub）

873.57　　111008972

城邦讀書花園
www.cite.com.tw